西夏王

西夏，历一百八十九年。数西夏风流人物，还是元昊、谅祚、秉常、乾顺、仁孝、纯佑时期，历史的转眼之处，尽在此间。

韩银梅
郭文斌 著

华文出版社
SINO CULTURE PRESS

图书在版编目（CIP）数据

西夏王 / 韩银梅，郭文斌著. -- 北京：华文出版社，2020.10
　　ISBN 978-7-5075-5330-7

　　Ⅰ.①西… Ⅱ.①韩… ②郭… Ⅲ.①长篇小说－中国－当代 Ⅳ.①I247.5

中国版本图书馆CIP数据核字(2020)第127579号

西夏王
XIXIA WANG

作　　者：	韩银梅　郭文斌
策划编辑：	胡　子
责任编辑：	孟志成
出版发行：	华文出版社
地　　址：	北京市西城区广安门外大街305号8区2号楼
邮政编码：	100055
网　　址：	http://www.hwcbs.com.cn
电　　话：	总 编 室 010-58336239　发 行 部 010-58336267　58336230
	责任编辑 010-58336209
经　　销：	新华书店
印　　刷：	北京明恒达印务有限公司
开　　本：	710×1000　1/16
印　　张：	20
字　　数：	280千
版　　次：	2020年10月第1版
印　　次：	2020年10月第1次印刷
标准书号：	ISBN 978-7-5075-5330-7
定　　价：	62.00元

版权所有，侵权必究

目 录

引子 / 1

第 一 章　不祥的圆月 / 2

第 二 章　太子宁令哥 / 4

第 三 章　魂魄盘旋 / 8

第 四 章　龙的传说 / 13

第 五 章　德明驾崩 / 26

第 六 章　兴平公主 / 29

第 七 章　卫慕姐弟 / 34

第 八 章　政变 / 38

第 九 章　沉河 / 44

第 十 章　宋人张元 / 47

第 十 一 章　山遇惟亮 / 60

第 十 二 章　山遇惟永 / 69

第 十 三 章　射杀山遇 / 72

第 十 四 章　夜访野利仁荣 / 77

第 十 五 章　无名使者 / 85

第 十 六 章　好水川之战 / 97

第 十 七 章　太子宁明 / 106

第十八章　歧途 / 115

第十九章　宁明失踪 / 121

第二十章　索氏 / 124

第二十一章　没移氏 / 136

第二十二章　野利仁荣之死 / 144

第二十三章　离宫里的女人 / 147

第二十四章　宋兵王菘 / 151

第二十五章　野利旺荣 / 162

第二十六章　野利遇乞 / 172

第二十七章　王后野利氏 / 182

第二十八章　宋将狄青 / 185

第二十九章　寻找遗口 / 196

第三十章　没藏兄妹 / 200

第三十一章　冷宫 / 206

第三十二章　没藏氏 / 209

第三十三章　没藏讹庞 / 221

第三十四章　梁氏 / 227

第三十五章　惠宗秉常 / 238

第三十六章　宋将曲珍 / 250

第三十七章　辽公主耶律南仙 / 257

第三十八章　借兵复仇 / 264

第三十九章　纷纭之战 / 274

第四十章　起义领袖多讹 / 278

第四十一章　盛世 / 284

第四十二章　李嵬名与成吉思汗 / 291

尾声 / 302

附一　西夏纪元 / 309

附二　古今地名对照 / 311

引 子

本尊,妙音鸟,出自天竺雪山。人面鸟身,面颊丰盈,眉心自带一颗朱砂痣。口中有七音孔,喜在山谷旷野里啼鸣,却被无数乐师追踪。他们形容:音声清婉,似语似叹,半人半鸟,天生佛相。所发之声一切鸟儿所不能及,一切乐师望其项背不可及矣!某年某月,我结束了佛前供养的使命,打算在自己圆寂前完成一桩心愿。彼时一日黎明,我项挂缨络,腕束钏镯,头戴一顶如意冠。怀抱琵琶,登上与日接壤的山顶,欲将与我有缘的西夏王事,谱曲撰词传唱后人。但俗话说,万事开头难,欲著神曲,必捋其脉。西夏国近二百年凛然威武的存在,竟也忽如一夜风流散,君欲知晓,且听我从头道来。

第一章　不祥的圆月

这是夏天授礼法延祚十一年（1048）元宵节的兴庆府，大夏建国第十年的月圆之夜。因了这个特别的夜晚，国相没藏讹庞特意将窖藏多年的百坛御酿全部开启。在国相精心编排的盛世舞乐中，人间欢场直闹到三更已降。

此刻的李元昊已是欲站不稳，欲言无词，云冠倾，衣带松，早消了他平日的王者霸气，倒显了他绝顶的美貌风流。特别是那双醉眼，透过烛光灯火，扫视着众臣嫔妃，与各式各样的眼神对接：谄媚，敬畏，闪避，暧昧，色诱，什么都有……

嘿嘿，本王我没有醉……他踉跄着，伸手摸了一把扶着他的侍女的脸，不由得想，多么热闹啊，可本王我缘何心生凄哀……没人看见，他那黑密如黛的眼帘上竟沁着一串细细的泪珠。

夏王，不如您就地安寝吧？国相没藏讹庞扶住他殷勤地问。

李元昊摇摇头，说道：不必了，本王还是回宫去……

李元昊被送进皇轿，忽忽悠悠抬进宫来。进入卧榻的一瞬间，一股罕见的阴冷遍布了他的全身，使得这位大夏国王从深醉中清醒了一些。女人呢？为何这偌大华美的御榻上会没有女人迎接？亲人也没有一个，刚才不是还歌舞升平热闹非凡吗？他一手建立的泱泱大夏国顷刻间怎会如此凄凉？

这时，李元昊感觉有一只玉勺探向他的嘴边：夏王，喝一点参汤吧……

他一挥手拨开了勺子：

参汤……就知道参汤！本王要的是有……有情意的……的东西……有情……有意……

话音刚落，太子宁令哥健步走了进来，大家心里一下子有了主心骨：

是太子呀，太子来了就好了！

好，你等下去歇息吧。太子说。

谢过太子！

众侍卫随声退下，没人看出宁令哥慌忙的脚步和狂跳的心，也没人听见那个一直以来在他耳边疯狂叫嚣着的声音：

杀了他！去杀了他！为了母后，为了舅舅，为了没移氏，为了王位，更为了大夏国的前途！

宁令哥烦透了耳边的聒噪声，可他又有什么办法呢？

此刻，他已是一支离弦的箭，正朝着目标飞去，万劫不复。

第二章　太子宁令哥

　　李元昊定睛看清是太子宁令哥时,悲戚的内心涌起一股暖流,他正要伸出双手来拥揽他。这一刻,舐犊之情活了过来,如果宁令哥扑进他的怀里求他将冷宫里的母后野利氏放出来与他们团聚,他也一定会应允的。然而,宁令哥那双陌生、闪烁着仇怨之火的眼睛将他从一种幻觉里拉了出来。他一句"宁令我儿"还未脱口,一道寒光已逼了过来。

　　只听李元昊低沉地呜咽了一声,宁令哥看见自己的剑上站着父王坚挺而风流的鼻梁。月光将呆若木鸡的宁令哥照耀得如同刚从魔窟中出来,他的形容比遭遇刺客的李元昊更加恐怖。李元昊的目光瞬间成了捆绑宁令哥的绳索,使他半步都难以动弹。宁令哥看见,李元昊的两只手在鼻梁上慌乱地摸索着,一股殷红的血蔓延在他的脸部。儿时的一幕从宁令哥脑海里闪过:一次,他随父王外出打猎,不小心从马背上掉了下来,脑瓜被撞破,鲜血直流,父王急得一把撕了自己的旋阑给他包扎,然后以鞭挞石,使他止哭……宁令哥忽然有上前为父亲止血的冲动,却迎着父亲全是问号的双眼,为什么,为什么?这到底是为什么?就在这时,一声令人毛骨悚然的"抓刺客"把他从恍惚中吓醒。刹时间,宫内冲进许多卫兵,团团围住了他。宁令哥呵斥:还不快去抓刺客!可卫兵们都虎视眈眈地盯着他手中血淋淋的宝剑。

　　就在宁令哥不知所措时,一个黑衣人冲开卫兵,旋风一样来到他身边,大叫一声:太子快走!接着就有几股腥热的鲜血扑溅到他的身上脸上,陡然给他增添了逃生的动力。他知道,那是他最亲密的随从浪烈前来护驾并以死献身了!

宁令哥在森白的月光下奔跑着,像一只被飞箭追击的岩羊。他跑呀,跑呀,脑海里闪出无数曾被他追射拼死逃命的生灵。他跑呀,跑呀,没藏国相你在哪里?此时此刻他比子夜时分更加想见到国相那张亲切温雅的脸,你可知道,你的这场绝美策划是何等成功。成功了呀……本太子我已经杀了昏君……

宁令哥内心的恐惧变成了狂喜,也充满着对国相的感激。他内心的话语管不住地从嘴里冒出:整个禁卫军都掌管在国相手中,我还怕什么?国相你说得对极了,如果错过昏君让你代管禁卫军这个天赐良机,那该是一件多么遗憾的事啊!

他一边跑一边脑海里映出那个大雪纷飞的寒冬,没移氏仍然站在贺兰山离宫门口,她的眼神除了幽怨还有期盼。没移氏啊你的苦日子到头了,本王明天就可以登基了,那顶金丝起云冠一定会戴在你的头上!不,等一会儿见过国相,本王立刻就派人去接你出山,不,本王要亲自去接你!他跑啊,跑啊,冷宫的门似乎也一道道自动打开了。母后啊,你现在还要动员儿放弃这无聊的权力之争吗?快快随儿出宫享受本该属于你的富贵荣华吧……他就这样边跑边乱想着,内心充满了成功的喜悦。

国相啊国相,你可知道?你预谋的一切已经成真,当我宁令太子坐上王位的那一刻,我要实现我对你的诺言,我要将你看作是我的生身之父,我要让你策划夏国大事,我要使你、使你没藏大族因你而荣耀……

他就那么一边跑着一边喃喃着,终于看见了在月光下发着微微金光的宅院——黄芦。

这片叫作"黄芦"的宅邸是国相没藏讹庞的府上。此刻,府内一片寂静。因这里住着一个特殊的"婴儿"谅祚,使得这府宅里增添了人间烟火的气象。宁令哥与没藏讹庞达成默契之后,鬼使神差地来过这黄芦三趟。头次上门时院里匆匆穿走着婆子侍人的忙碌,晾竿上飘动着婴儿的衣物,内宅响着谅祚那不可一世的嘹亮啼哭……那一切,使宁令哥恍如隔世,仿如自己初生的情景扑进眼帘;父王母后的百般呵护,大臣嫔妃的无比殷勤,而现在……。如果不是他!不是横空出世的谅祚夺去了属于自己的一切,还能有别的解释吗?憎恶与嫉恨是那样拥塞着胸腔,委屈与伤痛是那样袒露在脸上。但没藏讹庞却让人将婴儿抱到宁令哥的面前来,奇怪的是谅祚看见他就笑了,那张稚嫩可爱的小脸比没藏讹庞更富有亲和力,并且还有几分诡谲的诱惑。宁令哥顷刻心里像打翻了五味瓶,他毕竟是自己的胞弟啊,毕竟有一份血缘在里面,可是自己怎么就那么恨他呢?第二次第三次上门没藏讹庞都没有再让他看见谅祚,迎接他的是国相正室里的安详宁静,是那玉盏佳酿轻轻相撞的悦耳之声。

宁令哥奔跑着离"黄芦"越来越近时,一股巨大的暖流像没藏讹庞伸出的双臂开始迎裹着他。泪水再次流淌。近了近了,他飞奔着跨进了第一道大门槛,守门的两个侍卫没有拦他。他又跨进了第二道大门,怎么没有往日快步迎接他的亲切笑脸?第三道大门,沉寂得像是很久没有人在此居住,但是这又何妨?他已经看见了没藏讹庞大堂里辉煌的灯光,这才是迎接他的灯火,为了他和他们的胜利而点燃的灯火!

可是他一冲进这第三道门槛就跌了个嘴啃泥,接着一条重重的绳索将他的身体迅速扎牢。疼痛使他大张了嘴,泪水一下子就湿润了那双亮晶晶的眼睛:

国相,是我,太子宁令哥啊!

没藏讹庞端坐在往日他俩推杯换盏的地方,还是那一身丁香色的旋阑,头上裹了银色幞头,腰上缠了银色束带,厚白底淡紫色的毡靴……那张脸一如往日白净,更衬了他那少见的乌眉红唇。如若此时他皓齿一笑,定如九界天子下凡,也定会给宁令哥带来莫大福音,告诉他刚才的惊恐,只不过是他宁令哥的一场恶梦罢了。但是,没藏讹庞的脸上却没有一丝和悦的征兆,他深锁眉头,神情凝重,平日温暖如春的那张白脸上结着厚厚的一层寒冰。

宁令哥死都不会想到,从没藏讹庞嘴里蹦出的却是晴天霹雳:

大胆逆贼！可知道你犯了何等大罪？

匍匐在地上的宁令哥抬起那张极其困惑年轻的脸：

这……这这这……

拉出去立斩！其母野利氏同罪！

只见没藏讹庞的身躯此刻以极快的速度增大了三倍，瞬间变成了一尊凶神。宁令哥还想说什么，一只口塞已死死堵住了他的嘴。

第三章　魂魄盘旋

　　李元昊的帐榻前围满了人,御医已给他敷上了止血的药,那黢黑的牛屎坨样的膏药取代了他高挺俊美的鼻梁,使他的样子怪异、萎顿。因为受了惊吓,又失血过多,他发起了高烧。除了御医彻夜在他身边忙碌,没藏讹庞还请来了一位穿长袍、肩膀上站着一只鸟儿,头顶上盘着一头红发的女占师为他做法驱邪。

　　李元昊恍惚之中看见女占师两只锋利的眼睛从盖帘般的红头发的缝隙中盯着他,嘴里唧唧有声。她将几张写着奇怪符号的黄表纸放在一只硕大的骷髅头里点燃,于是她肩上的那只鸟儿郑重地走过她的臂膀,开始在那荧绿色的火苗上盘旋。它美妙地啼叫着,一双雪白的小翅膀翩翩舞动。不知是那火苗烧炙着它,还是为夏王的不幸而啁啾,凄美的声音催人泪下,更使得榻前的唏嘘之声嘤嘤喏喏。玄幻之中李元昊听出女占师用吐蕃语和回鹘语交织着对鸟儿发出指令,那鸟儿就不知疲倦地继续它的歌唱舞蹈,使李元昊眼前的迷雾渐渐拨开。他挣扎了一下,将没藏讹庞叫到面前,奄奄一息地问道:

　　逆子处死了?

　　没藏讹庞回道:

　　处死了。

　　他母亲呢?

　　按照大夏律令执行!

　　也死啦?

是。

李元昊的眼角滚落出两串泪,他的嘴抖动着,嗫嚅着,显然有话要讲。没藏讹庞赶紧将耳朵凑近他的嘴巴,却像被火烧了一下地闪开,眼睛直愣愣看着李元昊大声问:

夏王,那委哥宁令是您的侄子,且又无功,他、他怎么能够继承王位呢?

李元昊叹息一声又说:

……太子已死,身后无人,本王我这也是无奈之举!

夏王糊涂,不是还有谅祚吗?谅祚可是您亲亲的骨肉啊!

李元昊凄楚地笑了一下:

……只可惜……他尚牙牙学语,一国之事怎能托付于他……

没藏讹庞眼睛充血,重新凑到李元昊耳边:

夏王放心!不是还有国相我么?我怎能不帮着我的亲外甥打理国事呢?

李元昊感到自己的心在沉沉下落,无限悲凉托着他,不知要将他带向哪里。忽然女占师一声大喝,那鸟儿就停了哀唱,从熄灭了火的骷髅头回到了女占师的肩上。法事偃旗息鼓,女占师用白瓷盘托着一焦裂羊骨到李元昊面前说道:

夏王此刻最想见到谁?

又是一阵玄惑袭入李元昊的身体,倏忽间王后野利氏牵着宁令哥的手走了进来,两人都是一袭白袍,颔首垂眉,素颜如荷。李元昊急欲起身,却听野利氏说道:

夏王不必了,无论怎样,我与宁令儿如今已是毫不足道的薄命之鬼,已了却与你阳世的妻儿缘分!此刻情状,也是抵不过巫女纠缠,哀鸟啼哭,纵然再见,那死水浮情也实在无聊!除此之外,你我还有一面之缘,三日后,我会在"奈何桥"上等你,亲手还你赐给我的"金丝起云冠",那以后,我们一了百了,恩怨如风……

王后……李元昊用微弱的声音叫了一声,不想唤起的却是一股乌风,随之,他的身体开始变轻,开始像一根羽毛被风吹着,一种将要分崩离析的恐惧从心的深处蔓延开来。他想抓紧什么,但王后的白色裙裾只在他的面上拂了一下就迅速飘逝了,跟着飘逝的还有宁令哥那双怨恨的眼睛。城门楼上分开挂着的两颗人头也在他的眼前飘来荡去。

……抓不住他们,抓住一个别的什么也好啊……他想起身边的没藏讹庞,此刻他已然感到,正是没藏讹庞这个人,让他走到如此境地。可他还是想抓紧他那只又长又白的手。若搁平素,没藏讹庞就像他肚里的一条虫,他的心思每每一动,他立刻就会递上他那温软的手,就算他需要的并不是他的手,可那第一时间递给他的手的确给过他无数次安慰和鼓励。可现在,李元昊分明看见那双手冷若冰霜,它们躲在他那紫色的袖筒里,再也不肯伸向他……

他还能有什么办法呢?他自身的力量也像所有背弃他的人一样正在远离他……为什么会是这样?接着他的身体更轻了,完全不由他控制地朝着一个又黑又高的地方蹿去。倏忽间他感到自己被粘到了一个硕大的屋顶上,他到底没能抓到一个能够支撑他的物件,他恐惧地闭着眼睛,就算不闭,那巨大的黑暗也会让眼睛失去作用。凭着感觉,他身下的这座屋宇就是1038年他作为大夏国的开国皇帝登上王位的兴庆府大殿。大殿富丽堂皇的气息依然清晰地在鼻翼两侧流动着,还有王权的威力……他身轻如羽从那排排坚固的金色雕花栋梁上掠过,他想攀扒在某根梁柱上,藏伏在梁缝里也好,但一切都不能自主。他滚动着,就看到了星空和月亮,他环顾四周,大片大片闪着光亮的琉璃瓦、琉璃花砖正与今晚的月光相映成辉。

那交错四射着的辉煌太强烈了,能把任何一个魂魄吸收,融化。他身不由己地匍匐前行,惊魂未定地观望着,屋檐四边翘立着的琉璃鸱吻、琉璃屋脊兽等建筑饰品在这样的夜色中十分瑰丽。这璀璨的夜晚啊,谁能告诉我,我这一国之君怎会沦落到如此奇诡之境?神灵啊!这一切可都是你的谋略、你的指定?这时,一阵波涛形状的风吹了过来,他的身体像一片绸缎被掀起很高。他苍白的脸颊上立刻渗出点点汗珠,双臂顺势抱住了一只巨大的琉璃鸱吻,但身体却脱离了屋檐旋荡在空中了。他开始呼喊,发出的声音细如蝇蚁:天哪!你到底要置我于何地?!

这时天地间发出了轰鸣骤响,仿佛某种交替仪式已然开始,那气氛更使这特殊的夜空格外庄严。是谁?是谁在我大夏国的王位上正举行着新的登基仪式?是谁将要把我呕心沥血出生入死筑立的两万余疆土掌控手中?啪地一声,他攀扒着的琉璃鸱吻断裂两截,他啊啊地叫着,身体向着深渊下坠。魂飞魄散后,他又重重地落入了他的帐榻之中。一个吹气般的声音在他耳边响着:

……夏王放心,他不是别人,他是您亲亲的骨肉谅祚,鬼名谅祚啊!

一瞬间,大殿两侧的文武百官齐声呼喊,昔日那威武的王座上果然出现了一个裹着金色襁褓的男婴,而一侧扶着他的正是他那千娇百媚的母亲没藏氏。李元昊这才想起,自那日重伤以来,他还没有见过这妇人一面。就算身为戒坛寺的一尼,可她明里暗里受着他夏王厚宠,众人皆知,在他命在旦夕的时候她却像被风吹散的一捧花瓣,以至于在他冥冥之中的记忆里一次也没有出现过。但此刻,虽说坐在王座上的并不是没藏氏本人,但因了那特殊的位置,她那双从侧旁伸过来的酷似她哥哥没藏讹庞的颀长白嫩、扶抱着谅祚的手指倍生出力量来。也因了这高高在上的王位,母以子贵的荣耀使得她往日的妖娆被庄严的姿态所取代。李元昊都快认不出这个没藏氏了,这个世间的尤物、精灵,她原本是生来做太后的啊……

大殿消失了,一股剧烈的疼痛从面部中间升起。恍惚间一队兵士从一片荒壑土坎下面呜呜咽咽哭嚷着围了过来。那乌合之声悲凉至极,不禁让人毛骨悚然。他正诧异着,那些人却都将脸纷纷转向他,每张脸的正中间都有一个寒森森黑乎乎的窟窿,每双眼睛都向他射出仇恨的火焰。那些火焰聚集一处灼得他无处躲藏,他两手在面上护着,乱舞着,双手也被仇怨灼痛。

谁?你们是谁?为何趁本王虚弱之际前来骚扰?

队伍里忽然有人用极其难听的声音说道:

恶魔,你不认得我们了吗?你好好看看,看看这些被你削去鼻子的契丹人……

李元昊的手就从脸上滑落,果然看见这一队人都穿着辽国契丹战服,确是昔日败在他手下的战俘……

哈哈!恶魔,你这是怎么啦?难道你也遭了劓鼻之灾么?俘虏们怪叫着嘲笑道。

李元昊下意识地去摸自己的鼻子,这才想起那股剧痛来自哪里,那高挺峻拔的鼻子已不知去向。太子宁令哥冰冷的背影出现在自己面前,他的后面是王后野利氏,再后面是新太后没藏氏,再后面是表妹卫慕小鱼,小鱼后面的那位呢?好像是兴平公主,兴平公主的后面,就是那个据说和国相张元有染的索氏……你们转过脸来啊,为什么要背对着寡人?都什么时候了,莫非还记恨本王不成?

他们就哗地一下全转过脸来,每个人手里都擎着一个鼻子。

夏王李元昊又摸了摸不复存在的鼻子,一股更大的绝望淹没了他。

第四章 龙的传说

　　我听说,那是一个生死交错、传言四起的年头。我的祖父李继迁在与数万吐蕃兵马作战时被他们的首领潘罗支一箭射中,从此西平府的上空就盘旋着一片乌云,久久不肯散去。除此之外,我祖父那充满王族气息的毡帐内也一直弥漫着浓浓的煎药味儿。支撑着祖父不肯撒手人寰的一个重要原因据说是他若见不到我绝不肯离开病榻,而我却像是与他捉迷藏似的躲在我母亲的肚子里迟迟不肯出来。其实我是多么崇拜他啊!我更怕见不到这位英雄盖世的亲祖父,怕见不到他那英武绝伦的身影。可是没有办法,不是我留恋母亲那温润的子宫,而是一个人的降临世上也是有定数的,更何况是我。我的非比寻常并不是我所能做得了主的,就拿当时夏国民间的传言来说吧,人们都说,我是白龙投胎。就因为这个传说,我祖父多次将我父亲李德明叫到榻前,有气无力地说:

　　你……你再讲一遍……白龙是怎么……怎么显现的……

　　我父亲皱了皱眉头,很快躬身向前,再次重复白龙投胎的过程。

　　那是个天空格外晴蓝的日子,我父亲李德明携我母亲卫慕氏到贺兰山游玩。这贺兰山是我们党项人的山,我们的祖先逐水草而迁徙,争战厮杀也是为了能在贺兰山下这片草丰水美的颐养之地生存下去。就凭我父亲带着我母亲那么惬意地在山上到处逛荡,便可看出他们就是贺兰山的主人了。据说那晚的夜空也是格外不寻常,到处泛着点点的金光。就在他们入睡不久,一道闪电将帐篷的门窗掀开,一条巨型白龙游弋着蹿上床来,围着我母亲的腰部转了三圈就不见了。母亲吓得大喊大叫,

浑身被汗水浸透,但我父亲却一把捂了她的嘴低声喝道:

别嚷!这是上苍给我拓跋氏送龙子来了!

接着他就拽起我母亲,两人磕磕绊绊来到帐外的一片空地上双双跪了下来。

隔着我母亲那硕大透亮的肚皮,我隐约能看见外面的一些情景,又因为我母亲穿着汉人的绸缎大红袍,我就以为外面的颜色也是那种朦胧的红色。当然我最急于想要看见的人就是我的祖父李继迁。他来日不多,气息奄奄地盼望着与我的见面。但我母亲总是离他的病榻很远,情急之下我常常会拳打脚踢,母亲的呻吟声会招来一个我并不想看见的面孔,她是我的祖母罔氏。因为她一天多次盯着我母亲的肚子看,使她产生紧张感,那种紧张感传递给我后直接造成我的不舒服。起初祖母的脸还是慈祥又可亲的,但随着时间的推移,她那张隔着红光的脸越来越不中看,满是猜忌和疑惑的表情使她的脸有些变形。当然我父亲李德明也会朝我这里偶尔观望,那都是被祖父问过话之后,是他又重复了一遍白龙投胎的故事之后。他盯着我母亲肚子看时显出了他的犹豫。我忽然摆出了一个龙的姿态并大声朝他喊着:

放心吧父亲大人,我就是一条龙,我是党项族的一条龙!

但是父亲看不见我,他悻悻地走了过去。我开始发脾气,我听见他们说我在这混沌温润的地方待了十二个月了,在第十个月的时候人们就为我的出生忙碌起来了。我隐约看见,许多侍人婆子们紧张地穿梭着,巫师不止一次地做着法事,祖母几乎片刻不离地伏在母亲的肚子上往里窥视。我呢,索性屏气一动也不动,我又听见人们说:

到底是个龙胎嘛,肯定不能像寻常人那般出生……

大概上苍为了证明我的确是龙胎吧,硬是让我在母腹里多住了两个月,到了五月五日这一天,无论是我还是母亲卫慕氏都受不了了!我要出去,我要去见我的祖父李继迁,我要去会会他那英武盖世的面孔,聆听他对我的教诲!哪怕今夜将母亲的肚子撕成碎片我也要出去!出去……我母亲的哭嚎声响了一整夜,所有的人围着她,简直是大家一起铆足了力气终于将我这天赐龙子迎到了人世。大概是我压抑得太久了，那第一声啼哭把我自己都吓了一跳，太响亮了，在场的人都被震住了，谁也不敢弄出半点响声。于是我肆无忌惮地发着我初来人世的声音，仿佛是要给谁个下马威。

我父亲迫不及待地将我胡乱裹了一下就抱到了祖父的病榻前，这正合我意，我止住了哭声，静静打量着这位传说中的英雄。但我很快就失望了，他瘦弱、苍老，箭伤处散发着浓浓的臭味儿。他看见我便挣扎着往起爬，浑身抖个不停，忽然他就哭了起来，两滴灼热的泪珠掉在了我的脸上。接着，他长叹一声开始说话，他的声音前强后弱，断断续续。我小心地听着，生怕漏掉一个字。

……本王生来有齿，少年降虎，弱冠受封，威名远播，但远不及此子……上苍赐我党项白龙贵子，瞧他啼声英异，双目奕奕有神……拓跋氏后继有人，我继迁死也瞑目了！

他说着猛烈咳嗽起来。众侍人忙着端水捶背，屋内一阵骚乱。我生怕被人抱走，我还没有听到他该对我说的关键话语。还好，我的身体在几个人的手中传了一阵之后停了下来，没有离开祖父的床前。但他接下来的一番话却不是说给我的，是说给我父亲和大臣张浦他们的。

……我继迁自幼生长兵营，备尝艰辛，虽说祖上开创的基业在我手中有了一定拓展，但是我们党项政权的羽毛并不丰满啊！照目前的形势来说，我夏国并不是宋、辽的对手……我希望德明儿审时度势，想法子归顺宋朝，和辽国搞好关系，休养生息……张浦臣德才兼备深谋远虑要竭诚辅佐……

我真失望啊！他盼我盼了那么久竟连一句重要的话也没对我说，而且他这一番软弱之言和他临离世的样子让我备感遗憾，还不如不见面的好！不如让他那高大完美的形象永驻我心。

瞬间响起了一片恸哭声，祖父如释重负地走了，弥漫在西平府的哭声中属我的声音最委屈最伤心。

时光之箭把我带到了宋大中祥符六年（1013）前后，这时的我已出落成一个英俊少年,不知是白龙投胎还是祖上英异超拔的遗传基因,我堂堂的相貌被人们赞美和传说。我在读书习武的间隙喜欢带上人到边境的榷场逛上一圈。宋边境大市场里令人眼花缭乱的物品对我同样有吸引力,但不知为什么,当那些绢、茶、瓷器、金银饰品、药品、马、牛、驼、青白盐、皮物、铁器、药材等一一从我眼前晃过的时候;当党项人与宋人讨价还价的情形从我眼前晃过的时候,一种难言的情绪总会从心底升起……就在这人海如潮商贩如织的环境里,总有人能一眼认出我来,他们喊着:看啊,夏国公子!榷场会引起一阵骚乱,人们甚至不顾自己手中的交易纷纷要一睹我的容颜。那情景当然会惊动驻守在边境上的宋将们,我听说他们也早就在伺机一睹我的风采。于是我招呼随从,趁乱打马,急驰而去。但有一次我在榷场逛荡的时候却人不知鬼不觉地被宋画师画了像去,后来我听说宋边将们围着我的画像纷纷赞叹:真英武啊!可他们当中很快就有人忧心忡忡地预言说:此人日后必为宋朝的边患哪!

此话没错,先不说我今后会成为哪方祸患,这话听来不入耳,就拿我们拓跋氏家族来说,原本出身帝胄,作为后代我岂能不承传祖业,励志图强,扩展基业,何谈他患!别人如此之说也罢了,使我纳闷的是,我父王李德明怎会在所谓的温柔之乡心安理得地受人之赐,享人之恩,完全忘了自己身为一国之王的责任呢?

可以想见我父王对我的宠爱非比寻常,他总是在忙于政务的间歇中招我来同他下棋聊天。由于我对书、文涉猎广泛,我也总是会与父王探讨一番当时我最感兴趣的《野战歌》《太乙金鉴诀》之类的兵书。除此之外我们还研讨汉、藏语言文字,讨论佛教,对于治国安邦的法律著作更是津津乐道。有一天,我与父王正在下棋,不觉中又转到了如何对待祖传大业的话题上,我突然直截了当地问父王:

您是否觉得我们目前的生活上上乘?

父王举着一枚棋子停在了半空中:

你难道不认为我夏国目前的富饶安乐是好的么?

我的一枚棋子封住了父亲的一条暗道,一不做二不休地说:

苟且求安算得了什么本领?靠别人的施舍过日子怎能心安?

父王愣愣地看着棋局,忍不住赞叹起我的棋术来:

好诡异的走势!

接着他说:

我夏国靠自己丰饶的特产换来所需物品怎说是受人施舍?

我接着说:

既然我们物品丰富,自给自足,完全可以独立生活,何必要去同人家换取什么东西呢?

父王听到这里叹了一声,推掉了棋盘里的棋子站了起来:

唉!几十年了,你看看我们身上穿的这绫罗绸缎,口中喝的这香茶,手里捧的这瓷皿玉器……汉族的这些东西哪一样我们现在离得了呢?更何况,连年来因无战事,得以保境息民以事生产,人们得以安居富裕,这都是托了宋朝的福气,人不能忘恩负义呀!

我对父王的这番说法真感到脸红,我豁然起立,说:

自古以来我党项部落都是以皮毛为衣,以畜牧为生,以英雄为荣,以霸王为求!曾几何时我们夏人变成了贪图衣锦粟谷的无志之流了?追溯我夏国遗迹,祖上为自己的邦域奋斗了数百年,如今却疏于治理,人心惰怠,贪图享受,乏于练兵,这种样子岂不是国不成国邦不成邦了吗?

父王听了我的这番慷慨之言后开始打量我,好像我是一个陌生人。他绕着我缓缓踱步,脸上露着匪夷所思的表情。半晌,他开始说话,声音幽幽的,像是突然被我捉住了短处。他说:

你出生的时候与你祖父有过一面之交,可惜你那时还不谙人事,不能够听见你祖父对我的交待……

我打断他的话更加理直气壮地说:

我祖父嘱你安民息战只不过当时兵匮财乏,是一时之举,你却沉溺这温柔乡忘记了自己身为一国之君的根本!

父亲停住了踱步,依然不愠不火地说道:

你胸怀大志不错,可你有一个弱点……

什么?我急切地问道,我巴不得父亲能将我的不足一语道中。然而他却说了一句我很不服气的话:

你缺乏审时度势的能力。

错了父王,依儿所看,我部族养精蓄锐多年,囤积了实力,已到了四行征讨扩大疆域的最佳时机……

父王用一声长叹制止了我的自以为是,他说道:

那梦中的宏伟蓝图我是一刻也不曾忘啊,只是时机未到,蛮干不得!

他这么说时那双不甘心的眼睛早已远离了我们的"残局",伸向某个使我也颇感费解的地方。

这期间,由于辽宋两国的矛盾正处在激烈的当口,他们都想方设法笼络我们夏国,父王李德明从两边都得到了不少封爵嘉赏的好处。这年九月,父王被辽国封为夏国王,那天他高兴得忘乎所以,陶醉在被人封王的喜悦里。我却不以为然。父王从欢腾的人群中走出来,在一个僻静处找到了正在独自饮酒的我。他看见我就笑着说道:

我被辽国封王,举国上下都高兴,为何只有你闷闷不乐?

我满腹的怨气正不知从何而发,加上酒在我的头脑里燃烧,便愤愤答道:

你原本就是夏国王,用得着谁来封你?就算是别人封了,你何至如此看重,何至于如此得意呢?

父王显然也喝多了酒,他摇晃着,一双笑眯眯的眼睛一直凑到了我的脸前,说道:

真是好样的啊!我们党项人的后代就该如此。可是你到底年轻啊,还不懂得自己封王与强国封你为王的区别,还不懂得被人认可的重要性啊!

接下来父王开始动用数万民夫在延州西北的山上大兴土木修建行宫,绵亘二十余里。我们王族每每从夏州至延州的出行无不大辇方舆仪卫开道,那豪华气派与宋朝皇帝也无两样。有一天,我们刚刚出行回到西平府,就有人奔跑着前来给父王禀报说,在怀远镇北的温泉山上看见了龙,于是父王忙带着我来到怀远镇祭祀,并在这时做了迁都的打算。我跟在父王身边问他:

难道就是因为怀远镇出现过龙就要动土迁都吗?

父王说:

元昊啊你到底年轻,想问题还太单纯,父王现在就给你讲讲迁都的理由吧:西平府虽说地肥水美,但它身居四塞,地形开放,我来彼往很容易,可怀远镇就不一样了,西北有贺兰山为屏障,东南有黄河围绕,后有西平为盾,形势地利都适合千秋伟业的发展,更何况你不是也看见了,卜占时神都宣布了嘛,西平府到了该迁都的时候了!我恍然大悟,心里暗想,原来父亲为建国称帝的大事一直在做着准备。

这天晚上我做了一个梦,梦见我金鳞银甲驾驭一朵云团俯瞰着怀远镇。原来我就是那条龙啊,不错,我原本是龙。生来就是夏国砥柱,我在怀远镇的上空腾跃翻飞,听见人们阵阵的惊呼,怀远镇星罗棋布的宫殿大宇也清晰可见,我隐隐感觉到,我的命运已经与这怀远镇紧紧联系到一起了。

宋天圣六年(1028)的五月,父王第一次派我出征甘州、凉州。那阵我已经快要二十五岁了,正为自己迟迟没有创建功名的机会而焦虑。因此,我接到这个命令后如风鼓帆,又如脱弓之箭,以势不可挡的劲头出发了。我的首次作战有如天助,没费太大的劲便一举拿下了甘州和凉州。凯旋后父王大喜,立刻就将我立为太子,将我母亲卫慕氏立为皇后。接下来他又向辽国为我请婚,辽国皇帝耶律宗真就答应将他的宗室女兴平公主嫁给我。

辽国公主嫁夏这事在夏王府里引起了轩然大波,上至达官下至侍人都在背后议论纷纷。当然首先难过的是我母亲卫慕氏,她连日来长吁短叹茶饭不思。加上我舅父卫慕山喜在她身边怨声喋喋,质问不休,搞得她更加烦闷,一心想要父王给她说个说法。当然这其中最受伤害的是我妹妹卫慕小鱼。一听这姓氏就知道她是我母族的人,是我卫慕山喜舅父的亲生女儿。说起这卫慕小鱼,就触到了我的心病,但这心病我却没对任何人透露过。小鱼出生不久就来到我家生活,在我母亲膝下成长,与我青梅竹马一起玩耍,表面上我们以兄妹相称,但谁都知道我俩注定要做夫妻的。拓跋氏和卫慕氏都是党项大族,自古就有着联姻的习俗。小鱼从小就被按照王族正室的要求培养着,如今出落得如花似玉,文武兼备,言行举止无不透露着王族的高贵雅致。照理说,这次我打了胜仗被立为太子后的第一件大事就是给我和小鱼完婚,将小鱼名正言顺地立为太子妃,所有人都认为这是顺理成章的事,都相信这件大喜事不久就会到来。

这就又触动了我的心病,小鱼妹妹虽说无可挑剔,但从感情上讲,我一直拿她当亲妹妹看,并没有像对其他女人那样产生过那种冲动。但我们的关系却是天命,圆房是迟早的事。因此,别人盼望着的好事正是我惴惴不安的心事。小鱼妹妹大概早就习惯了她今后将作为正妻的角色,所以她的心境与我是不同的,特别是我们长大以后,小鱼常常会有意无意地向我流露女人的心思,我呢,除了装糊涂又怕伤害她,毕竟我对她有着情同手足的浓厚感情。可就在这个时候,父王为我向辽国请婚的事横空冒了出来。说实话我对辽国公主的事并无兴趣,那种陌生和异样想起来就让人不舒服,但这也是天命,身为王族的人都深深懂得,为了大局,为了江山社稷,个人的生活和情感都算不了什么,到了关键时刻个人的一切都得通通让道。

在这纷乱如麻的心境下,我只得躲在一个僻静的地方读起了我最喜欢的兵书《野战歌》。在此之前,风云突变之际,听人们说小鱼妹妹将自己关在闺房里不想活了。这大夏府里第一着急的人不是她父亲卫慕山喜,而是我父王李德明。小鱼自幼在我父王身边围颈绕膝,乖巧可人,感情上早就形同父女,父王平日视她为掌上珍珠,疼爱之心在我之上。从辽国为我请婚如果不是个万全之策,他是断不会伤害到小鱼的。所以听到小鱼不活了的消息他也是心如刀割,亲自跑到她闺房叫门劝说。当然我也去了,我母亲也去了,但谁去都没用,她就是不开门。后来是舅父过去将她怒斥了一顿她才发出声音说她还没死。

这天我正在读书,忽然小鱼妹妹的侍女阿丹急匆匆找了来,说小鱼约我去"暗香亭"习剑。这暗香亭还是祖父李继迁时的工匠仿照唐朝的楼亭建筑的,我一点都不喜欢它雍容华丽的唐风和这俗软的名字,但卫慕小鱼喜欢,我们从小习剑做功课玩耍她都认定这个亭子,久而久之,这里成了我俩的私地。自从向辽国请婚的决定公布以来,我再没见着小鱼的面,也似乎忘记了暗香亭。此时她约我去,我即刻前往,那剑可是数日未摸了。远远望去,小鱼并没有换上舞剑的装束,而是身穿她平时最喜欢的宋朝贵族妇女穿的那种绫罗曳地长裙缓缓徘徊着。多日未见,她羸弱颀长的身影更显忧郁。近看时,果然腮边挂泪,憔悴不少。这让我的心里也一阵难过。但我还是装成没事的样子问她:

妹妹说是习剑却这般装束,到底为了何事如此伤感?

小鱼却抹着泪讥讽我说:谁比得了你,就要给人家辽国当附马都尉去了,真是春风得意啊!

我听了这话感到有一股暗影蹿上心来,一种屈服于人的羞辱遍布了全身。我跳起来一剑削去了亭檐处斜垂着的柳枝,一对鸟儿尖叫着逃远了。小鱼脸色苍白地望着我,我不忍心朝她发火,就背过身坐在一条石凳上。小鱼当然不买我的账,她一改先前的柔弱,走到我的面前,将我的脸拨向她,死死盯了我一会儿。说实话,从小到大我还从没有看见过她的这种表情,那么复杂,她一贯的清纯在这一刻被上天拿走了似的。当然,比这更严酷的表情发生在后来,发生在不久以后的那场变故中⋯⋯三尺白绫绕在她天鹅般的长颈上,隔着重重罗衫,那微微隆起的腹部也清晰可见⋯⋯那是我的骨肉,是我在遇到野利氏之后的那些疯狂时段里对卫慕小鱼造下的孽!我也经常在想,难道说这世上真有一种看不见的力量指使人的所作所为吗?不然怎会让人在亲情之间发生那种意想不到的杀伐?

也就是这一次她这么盯着我的时候让我有了一种预感,使我在她的表情里看见了我们党项人骨子里的占有欲是多么了得!我甚至都很害怕,不知这卫慕小鱼今天会将我置于何地⋯⋯还好,她叹了口气似乎是放掉了我，她一只手重新抚上我的肩，说道：

唉！我怪你又有何用，谁不知王命如天，国事为重，我们亲情一场到头来也不过是浮尘飞舞，各自有命啊。

是的，她这样一说，似乎把世间的事情都点破了。但我还是要对她表露真情，我对她说：

人虽各自有命，但亲情绝不是浮尘飞舞……

卫慕小鱼重新看着我的样子让我把话打住了，我很快又像个小孩子似的说：

就算那个什么辽国公主来了我也不会与她亲近，我的心里小鱼妹妹永远是第一位……

卫慕小鱼凄凉一笑说道：

好，有你这话我这些年也算没白活，受姑妈教养多年，我不会不明事理，更不能太难为她老人家，今天我找你来的目地其实就是要听你说这句话，现在，晴天白日你朗朗誓言，我已心满意足，没什么可说的了，你去吧……

如果这世上真有后悔药，我首先要喝上三大碗来解除我对卫慕小鱼的欺骗。我对她说她在我心里永远是第一位的时候，其实我的心里已经有了另一个女人野利氏。那是我在出征甘州途经党项族野利寨的时候遇到的奇迹。如果说我是上苍赐给拓跋氏家族的龙，那么野利寨的寨主野利兄弟就是上苍给这条龙配上的一双羽翼。关于野利兄弟，后面会有很多的故事讲述他们，而现在，我只想说我的第一个女人野利氏。不错，野利氏就是我生命中的第一个女人，而卫慕小鱼，她只是我的妹妹。可我为何要在那一刻骗她说她永远是我的第一个呢？我想那一定是慑服于王族的威力，还有不忍伤害她。尽管一位辽国公主将要取代她的位置，但卫慕家族与生俱来的地位的确是谁也无法替代的。

就像野利氏一样，如果说卫慕家族是父亲的宿命，那么野利家族之于我呢，也一定是宿命。那天晚上，当我的队伍路过野利寨的时候，野利旺荣、野利遇乞兄弟俩早早就迎候在那里了。他们热情地请我们当晚驻扎在野利寨，为我的部队准备了大锅的煮肉、上好的酒和无数的毡帐。

让我更加感动的是,这兄弟俩竟然提出要跟着我一起去打甘州。打仗这种事,当然是人多胆壮,尽管我研究了无数兵书,但那毕竟是纸上谈兵,尽管我早就迫不及待地想要一试身手,但真枪实刀地打仗毕竟是第一次。我连忙将跪在地上请战的野利兄弟扶起,说:

我与二位寨主虽说从未谋过面,但二位在党项人中的名声我却是早有耳闻,今日一见果然豪气侠胆,如二位寨主愿意跟随我出征甘州,实在是我李元昊三生有幸求之不得的呀!

野利兄弟见我答应了他们,自是一番感激涕零。他们的心情我当然能理解,和我一样,终于有了一展身手的机会了!就在这时,帐帘一掀,进来一个英姿勃勃的红衣女子,说实话,她那双闪电般的美目顷刻间就击中了我的心,我和她对视了片刻,我看见她饱满的胸部起伏急剧,若不是野利兄弟的一声呵斥,那突然而来的尴尬真不知如何收场。野利旺荣嚷道:

放肆,叔叔平日如何教你?一个女孩子家的规矩都忘了?快给元昊公子行礼!

这女子红衣一扬,躬身伏跪,漆黑的盘发似一团乌云将一股山野芬芳朝我袭了过来。

她就是野利氏。那时我们近在咫尺,长这么大还没有什么事情让我如此战栗,特别是在一个女子的面前反应如此强烈实属首次。她也一样,我看见她在微微颤动,听见她发出断断续续的声音:

见过公子……我野利氏……强烈要求跟随公子去打仗……哪怕身死战场……我……我也死而无憾。

我使出浑身的定力装出沉稳端庄的样子,将野利氏轻轻扶起。四目对视,男女之情已心照不宣。野利遇乞一把拉过野利氏就往外走,但她的眼睛还在顾盼着我,我愣愣地看着她离去的背影,半晌竟不知身在何处。那一宿我彻夜难眠,这不能怪我见异思迁,野利氏给我的感受是女人,而卫慕小鱼却只是妹妹。当然更加出乎我意外的是,这个晚上野利氏从帐窗翻进来做了我的女人。她的大胆和热情调动了我的欲望,我闻着她身体上的山野芬芳听她表白着对我的倾慕之情,这个野利氏啊,可

真有她的,她说道:

你看我真是个能把传说变成事实的女人吧?在你从未知道世上有我的时候我就发过誓言,此生非元昊公子不嫁!

我故意逗她:

我毕竟是夏国公子,未来的夏国继承人,你一个小寨之女为何攀高附贵,难道是倾羡王族富贵的虚荣心驱使的么?

黑暗中的野利氏长叹一声,双眼放出熠熠的光亮,说道:

公子不要小看我,今夜苦短,总有一日我会对你说个明白我俩是何等缘分……

我督促她立刻就说,可她却说时日不到,透露天机会影响前途。我想到这毕竟是出征的途中,便不再追问。从那以后,野利氏的身影便坚固地驻守在我的体魄里了。一口气打下甘州,又轻而易举拿下凉州都有如神助,难道这野利叔侄果真是我几世宿缘,在我第一次出征时特为我注入了力量?

没人知道我打了胜仗被封为太子那阶段的心情。我在热恋,我满心满脑装着的都是野利氏那红色的身影和芬芳的气味儿。每到黄昏,我都化装成一个骑士打马出府,静悄悄奔赴在与野利氏相会的路上。从西平府到野利寨,途中要穿越一片茫茫戈壁大漠,戈壁过后,褐色的峡谷地貌展露眼前。我一边驱马急驰,一边欣赏着那沟壑纵横、河水穿越其中的奇景,特别是这一时刻,那轮鲜红的太阳正缓缓下落,那红色的光辉将黄河水映照得如胭似脂,全然一条红河了。我为这颜色陶醉,因为那正是野利氏的颜色,是我女人的颜色,也是我俩爱情的颜色。

也就是在这样的景色里,我和野利氏坐在高高的沟壑之上,霞光河水浸润着一切,我突然问野利氏她要什么,野利氏嫣然一笑,回答:我不要天不要地,除了此生不离不弃,还要一样东西,就是那金丝起云冠。我当时就对她承诺,有朝一日我一定将那最为尊贵的金丝起云冠戴在她的头上。

是的,我当时踌躇满志,感到我的前途一片光明,我一定能将金丝起云冠亲自戴到野利氏的头上。

也就是这个时候,因为辽国请婚一事,我对卫慕小鱼撒了谎。那是一个人心混乱的阶段,我也不例外,表面看上去安静,但情况却相反。我对野利氏说了辽国公主的事,她却没有像卫慕小鱼那样尖刻,相反显出一种异乎寻常的笃定和担待。

我以父亲迁都兴庆府为由,一再推延去迎接兴平公主的期限。但就在迁都完毕的那个庆典上,我喝醉了酒,惹了一个天大的祸事让我后悔不迭——我错把卫慕小鱼当成野利氏和盘端出了我的秘密,并在错乱中与她媾和成鸾,好不孽障!兴平公主的事正让卫慕小鱼耿耿于怀,凭空又冒出我与野利氏的私情来,小鱼妹妹雪上加霜、看破红尘可想而知了。但那情那景,谁都无法解决。因此兴庆府虽说正经历着迁都之喜,但表面的喜庆下却是啼泣愁烦,全家人劝不住卫慕小鱼,只得依了她去戒坛寺出家为尼。

不久,一件更大的事情发生了,我父王李德明突然驾崩,这是宋天圣九年(1031)的冬天。在一片悲戚之中,我忽然感到一股成熟的力量正注入我的身体。

我隐隐感到,属于我的时代开始了。

第五章　德明驾崩

　　夏王李德明临终前做了一个梦,这梦蹊跷玄感,使他百思不得其解。他几次想要占梦师为他解梦,但又觉得这是天赐机密,除了自己觉悟,是万不可泄露于人的。从那天起,无论他醒着还是睡着,只要是他一个人的时候,就会有一片远远近近的声音聒噪着,将他带进那个梦境里。他从没有见过那么多五彩缤纷的鸡鸭鹅雁还有各种鸟类,它们像是浩浩荡荡的军队从天边朝他开来。他没有惊恐,反而从心底升出一种无法言传的舒适。天空又蓝又亮,那样辽阔,铺天盖地的队伍离他越近,那绚烂的色彩越是光泽四溢。他努力辨别着那声音里的意图,但是太庞杂了,也太雄浑了,他只好什么也不做,静静地观览和享受着那奇美的景象。

　　而这一天,他忽然就明白了那百鸟共鸣的语言。不错,是语言,是党项人的语言,那铿锵有力和富有节奏的吐字和发音是多么的与众不同,哪怕只有两个字——放手——放手……

　　是的,那万众一心的声音原来只有两个字:放——手! 他明白了,全明白了,一种将卸大任的复杂感情缠上了他的身心,使他措手不及。怎么会这样呢? 他正在运筹帷幄,建立大业的基础正紧锣密鼓地进行,兴庆府刚刚落成,那真正的夏国皇位他还没有坐上,怎么能在这个时候驱我放手呢? 但很快他就悟出了其中的玄机,他想起了白龙投胎的李元昊。原来我父亲李继迁和我李德明两代都是他的奠基人,原来那高高的龙座是这白龙投身之人的!

　　既然这是天意,既然事态如此紧迫,他就必须清醒地认识自己的位置,竭力做好"放手"前的几件大事。

卫慕小鱼出家为尼,这对李德明来说是一个不小的打击,但为了维护王威,她离去时他并没有阻拦,他看着卫慕氏等人都哭哭啼啼地劝阻相送,自己却稳坐不动。同时,他用眼睛寻找着太子李元昊,李元昊的无影无踪让他很是生气,说什么太子这会儿也该劝劝她,想办法将她留住。李德明将卫慕小鱼这突兀的行为当成是她对自己的报复,他一点都不知道她和李元昊之间发生了什么,更不知道太子此刻正躲在一个避人的地方,为酒后将小鱼当成野利氏的行为忏悔着……

李德明猛然警醒:咳,儿女情长何时了,由她去吧!

辽国已督催夏国前去迎亲多时了,现当务之急是尽快完成这件大事!于是他在卫慕小鱼走了之后,下令太子李元昊亲自到辽国迎请兴平公主归嫁。李元昊接到诏书立刻就从一种混乱的心境中摆脱了出来。

这是一个好机会!他想。

攻打甘州、凉州的威风与惬意一直盘桓在李元昊的心头,但那不过瘾,那只不过是自己初试身手。自那以后,各国为了自己的利益都小心翼翼地维护着大局,少有战事发生,这让正与野利氏偷尝禁果之余的李元昊又觉得英雄无用武之地,总觉得他的生活即使从温柔乡醒来后还是缺少着某种分量。此刻他浑然一振,一改往日对辽公主被动的态度,竟以争战的气势集数万骑兵向宋辽交界的一个州城开拔。这使得宋边境立刻警惕起来,悄悄在州城布置了兵力,作好了防备。这一晚李元昊的迎亲队伍刚行至此地,忽然大风骤起,阴云密布,李元昊心中大喜,忍不住叫出声来:

天助我也!

他将一位助手叫到身边低语,那助手频频点头,当下他们就在此地安营就寝。到了深夜,一队轻骑兵悄悄潜入宋营,宋知州即刻装成万事不知的样子喊道:

何方贼寇,留下人头马匹来!

接着一支暗箭飞来射倒了一匹马,李元昊这才知道,宋营是有防备的。当然他此次的目的并不是来打仗，只不过是顺便摸一下情况。他一挥手，带着自己的轻骑兵快速撤离了。

李元昊将兴平公主迎娶回来的第十天，李德明突然身亡。举国上下的喜庆顷刻变成一片悲哀。此刻为德明王做法事的大巫师将一身重孝的李元昊请到近前看"擗算"的竹片，并对他说夏王是遭逢克星厉鬼了，这厉鬼来自东北方向，盘踞附近，久久不去，巫师还须请战神助驱。接下来数小巫击打铁器，铿锵震耳，巫师旋舞吟唱，烟雾缭绕，一派请神降临的景象。不久，灵柩前的空地上被掘出了一个坑洞，巫师将一沓鬼影状的纸人儿一边焚烧一边扔入坑洞，众小巫围坑诅咒，向坑内喷酒，瞬间火焰燃起。

李元昊看着巫师消灾驱鬼若有所思，忽然想到了刚娶进门的兴平公主。尽管在辽国看见的兴平公主雍容盛装，珠宝金银点缀一身，远远看去，像一朵正开放着的富贵牡丹花。可是野利氏那热烈的红色是那般强劲地缠绕着他的身心，使他觉得那次对卫慕小鱼的一席话中至少一半是真切的，他的确不喜欢这个远道而来的辽国公主。虽说他们已按照辽国皇族的方式拜过了天地，回来后又按夏国的习俗举行了隆重的婚仪。但迄今为止，他并没有好好地看上她一眼。父王正值壮年，身体一向强劲，怎会突然就去了呢？可见的确是被哪方厉鬼掳了去……东北方向……盘踞附近……李元昊倒吸一口凉气，难道说这新娘子就是从东北方向而来的厉鬼？这么一想他不寒而栗。坑内大火渐熄，围坑的小巫们正将手中短箭射向那滚滚浓烟中。他一把拉住大巫师问道：

此鬼如何？

神形俱疲的大巫师狠狠朝已被掩埋着的坑内啐了一口喝道：

冥顽不化！不过任它三头六臂再难兴风作浪，本巫伙同战神已将它驱逐天边，消散云端……

第六章　兴平公主

　　李元昊心事重重地来到母后卫慕氏的住处请安,自从卫慕小鱼出家后母亲一直闷闷不乐,对新进门的兴平公主除了必须的礼节,并无其他热情,加之李德明的突然暴亡似完全将她击倒了。卫慕氏拒绝见人,她身着白袍,神形枯萎,啼泣不断,全没了往日王后的威仪。

　　李元昊叩见过母亲后,才看到同样重孝的国舅卫慕山喜正陪坐在母亲的身边,元昊就给舅父也行了礼。

　　兴平公主的出现明显给这个王族布上了一层阴影,仿佛大家的前途都被她给毁了,不仅如此,这敌对情绪也朝着他来了,好像这一道旨令是他李元昊自己下的,卫慕小鱼也是他逼走似的。卫慕山喜微微泛黄的脸带着刻意的冷淡问道:

　　法事完毕?

　　是。李元昊答道。

　　派去辽宋报哀的使臣还没有消息?卫慕山喜问。

　　路途遥远,还没有音讯。李元昊又答。

　　于是,彼此的沉默使空气凝固了似的,不仅是凝固,那静谧的感觉里还有着一种肃杀的气氛。相形之下,李元昊倒愿意让母亲的哭泣重新响起。对了,她不是一直在哭吗?怎么此刻突然停顿了?还有舅父,明知故问的几句话分明是在遮掩着什么。还有他们的表情,故作镇定中有着不宜察觉的慌乱。他们这对亲姐弟是怎么啦?近来他虽说承受了他们的淡漠,但此刻的感觉却是异样。一贯由父王主宰的这个世界突然没了指挥，他这个众所周知的未来新主显然还没有进入角色，还没有从这场突变中回过神来。他疑虑地退了出来，在门外犹豫了一下，朝兴平公主处走去。

新近被娶到这陌生国度的兴平公主觉得这世上再没有比自己更不幸的人了！身为皇族宗室女，她是那样的无奈，为了拒绝远嫁夏国，她孤身斗争了很久……连从小同她一起长大的心腹侍女桃红都求了她多少回了，桃红跪在她面前说：

姐姐呀，你不能就这样死去，你这么着去了……那大狱里的青山也定死无疑。你、你今天非得给我起来……只要咱好好活着，这苍天它不能太亏欠苦命人儿吧？人家都说……苦尽甘来，姐姐你得活下去，瞧瞧那甘甜的日子到底什么样儿……

兴平公主慢慢睁开了眼睛，她看见桃红两眼哭得红肿，一个小姑娘家连点水灵劲都没了，因为她的事将她磨难成这样……公主的心都要碎了。桃红虽说是侍女，但两人的感情形同姐妹，一年多来这姑娘夹在公主的灾难中也是难活……还有青山，不知他现在情形如何，是生是死，上面新传下话来，只要她顺顺当当嫁到夏国去，就给青山留条活命，她要是死了，青山和她身边的这些人就都活活跟着陪葬！就凭这个，兴平公主也不能死，她挣扎着爬起来，看见围着她的仆人们都眼巴巴地望着她，是那般的可怜，看见她往起爬，人们的脸上都呈现出希望，好像都能死里逃生了！

唉！我的一切都不是我自己的，包括死！既然如此，今后我就做一溪水吧，流到哪里算哪里……只是，只是苍天为何还不斩断我的情缘，使我像真的溪水那样任意漂流呢？

她开始张口喝桃红喂过来的参汤，随着她的下咽，身边一片唏嘘，人们得救了般彼此相告：

活过来了……活过来了呀……兴平公主一闭眼，大口大口喝起参汤来。

在出嫁前不久,兴平公主提出了一个条件,她要与恋人青山见上最后一面。上面答应了她的请求。调养了一段的兴平公主恢复了身体,往日的美丽又回到了她的身上,只是这份美里多了沉默,多了一份忧郁。这一天,天气还算明媚,通向大狱的一条小径轻快地颠簸着两乘素淡的小轿。虽说这一行动是皇上特许的,但这依然是个秘密。轿子是特意换了的,就算别人看见,也只以为这是某个普通的主仆去办普通的事情而已,谁都不知道这简单的小轿以外,有着多么森严的布防。兴平公主将轿帘撩开一条缝往天空上看,一双白色小鸟儿正在嬉戏翱翔,这忽然使她想起汉代乐府杂言里一首叫作《双白鹄》的诗来:

飞来双白鹄,乃从西北来。
十十将五五,罗列行不齐。
忽然卒疲病,不能飞相随。
五里一反顾,六里一徘徊。
吾欲衔汝去,口噤不能开。
吾欲负汝去,羽毛日摧颓。
乐哉新相知,忧来生别离。
踯躅顾群侣,泪落纵横垂。
合日乐相乐,延年万岁期。

她自小就为这诗中故事哀伤痛楚,哪承想它今日成了自己的写照。唉!也罢,就要见到青山君了,彼此已分别半年之久,朝思暮想不知他现在是多么可怜的样子……也可能这就是今生最后一面,这短促的时光说什么也不能只在眼泪中度过……

但让兴平公主死都不会想到的是,她与青山侍卫官的这最后一面,竟是斩断她情丝的最锋利的一把刀!青山一如他们刚认识时那般英俊挺拔,他看上去不但没有受苦,反而一副养尊处优的样子。他像个陌路人似的对兴平公主没有丝毫热情,使得兴平公主一声"青山君……"尴尬地停在了半空中。青山冷冷地说道:

你真是没必要再来见我,你欲死,差点害我等陪你一死!你既然非要一见,那我实话相告,半年来我被封官赏爵前途无量,现如今已对你情断义绝,请公主好自为之,将你我过去一笔勾销。

兴平公主只觉得天旋地转,不知自己是怎样背转身跌跌撞撞离去。她没有看见她转身后青山那如洪水般的眼泪,也没有看出来那情景只要再多延续一分钟,青山就会崩溃!当然她更不知道青山拉住桃红的衣袖虽泪流满面,声音却仍然冰冷:

一辈子都别对她说,否则你就死定了!

桃红会意地与青山对视了片刻,他们彼此都明白,今生的缘分的确被斩断了。

兴平公主看见李元昊走进来,禁不住有些慌乱。前不久还是喜装的她此刻已是一身孝服,她放下笔墨按照辽礼对他拜了一拜,李元昊哼了一声走到桌前拈了一张看了看,又看了看其他写满字的纸张,都是一些汉唐诗文,也都是他和卫慕小鱼从小就喜欢的佳篇名句。而且兴平公主的字迹也异常秀美,若换一种情景,李元昊大概会喝彩,但此刻不行,他心绪烦乱,兴平公主果真如辽国当初的许诺,是个百里挑一的美女,可在李元昊看来,她身上散发着晦气,她的美里藏着不吉利,她那凄然一笑里有着厉鬼的影子。陪嫁过来的侍女桃红给他端来了茶,李元昊往那茶里睃了一眼,好像那一盅上好的茶水里也翻滚着厉鬼的杀机。李元昊很后悔,不知道他此刻来到新房干什么。迎亲回来的当天晚上,他借故大醉没有与兴平公主同房,当然第二天第三天他仍然没有近她的身,他火一样的热情只在野利氏一个人的身上。至于兴平公主,他只是把她迎娶了回来,履行了他的义务,以后怎么办他也不知道。就在这个节骨眼上,父王的驾崩成了一道厚厚的屏障,使他堂而皇之地与她保持着距离。

难道我是来验证她就是克死父王的厉鬼么?他悄悄在心里这样问着自己,又觉得兴平公主也已窥明了他的心思,一时之间一句恰当的话也找不出来,处在进退两难的境地。

令兴平公主颇感意外的是,当她一踏上这塞外之国的土地,一股莫名的森冷就朝她袭了过来。虽说那陌生的丈夫李元昊是带着浩浩荡荡的军队来迎娶她的,但那暗藏着火药味儿的热情似乎与她一点关系都没有。时至初秋,一路上阴雨绵绵,蛮荒之地充斥着牲畜与河水的腥味儿,那愁煞人的心情使她感叹起当年王昭君、蔡文姬这两位才貌双全的女人的命运……想不到今日这种命运却落到了自己头上……

在婚礼的仪式上,兴平公主看到了婆婆卫慕氏那张冷淡的病恹恹的面孔。国舅卫慕山喜明显含有敌意的眼神……所谓的丈夫几乎躲着不见她,一国之王的公公又在她喜期还没结束就暴病身亡……多么晦气呀!这一切的一切难道说都与自己有关吗?可是谁又主宰着自己的命运呢?

所幸她也怀揣着断情之痛,彼此间的距离感正合她意,但她总不能对国王的暴死也无动于衷吧!连日来兴平公主不知所措,新夫李元昊几乎没有与她说过一句话,外面办法事的声音骤起骤落,吓得她和桃红两人时而抱在一起瑟瑟发抖,时而分开又莫辨东西,那可怜的样子真不知何时是个了结。

还是桃红想出了好办法,她将笔墨纸张铺好,让公主以写字平静心绪,摆脱惊恐。兴平公主刚刚安稳了一些,几张写坏的字随意散乱着,李元昊突然就进来了。因此她是那样慌张,想遮掩已来不及,只好任他随意翻看。李元昊的英武是她没有想到的,虽说当时家里人劝她时都夸过口,他们说谁不知道这夏国太子是英俊超拔的好人才,将来必是大夏国王的头号人选,谁知你堂堂一个皇室宗女竟眼界低小心胸狭隘看上一个身份卑贱的侍卫官,真是岂有此理!毕竟青山的阴影还没有从兴平公主的心头散去,她对李元昊更多的感觉还是陌生和畏惧,特别是李元昊对她的态度,令她费解,与当初他们热诚请婚的态度截然相反。

第七章　卫慕姐弟

彼此正尴尬着，外面一阵喧哗，李元昊便急匆匆往外走去。果然是去辽宋报丧的使者陆续回来了。夏国使者带回来了两国精良的车辆马匹，车上载着高高的货物，还有两国派来的高官随从也鱼贯而来。这时就有人高声宣道：

夏国太子嵬名元昊接封！

一阵强劲的心跳将李元昊降住了似的，但他很快就知道了是辽皇耶律宗真因两国"婚好之谊"派出宣徽南院使、朔方节度使、潘州观察使等人带了他的封册到兴庆府封李元昊为夏国王来了！父王曾经的感慨在他的耳边响了起来：

你还太年轻，你还不懂得自己封王与强国封你为王的区别，还不懂得被别人认可的重要性啊！

眼下夏国面临着无主掌控的局面，正急需有强权来主持和认定，这使得一身重孝的李元昊很快就屈身接封，欣然受之。紧接着，宋朝方面的消息是：宋皇赵祯下诏"辍朝三日"，同皇太后换了素服至幕殿为李德明祭奠致哀，并追赠李德明为太师尚书令兼中书令。宋皇赵祯派来祭奠的官员是开封府判官度支员外郎、六宅副使内侍省押班正副使组成的祭奠团，他们带了宋皇赵祯和皇太后所赐的三百匹帛布、七百匹绢以及佳酿、牛羊米面等。一时间，大殿热闹非凡，原本大悲的场面又掺合了些许喜气。

皇后卫慕氏怎么也没想到,侄女卫慕小鱼的出家之痛还没歇缓过来,李德明的暴亡又将她击倒了!一时间她除了哭再也没了别的主意。刚才弟弟卫慕山喜又来了,前阵子他是因为不满向辽国请婚不断在姐姐跟前发着牢骚,使卫慕氏心烦意乱,这等大事岂是她一个女流能阻止得了的?她难道愿意将小鱼未来的尊位拱手让给他人?无奈之下她骂了弟弟好几次了。每次骂过,卫慕山喜悻悻退去之后,卫慕氏都更加难过。她就这么一个亲弟弟,父母早就不在人世了,姐弟俩相依为命,一直梦想着元昊与小鱼成亲之后,两家人就将这夏国的天下坐稳了,谁承想,人心善变世道多舛,发生了这么多的变故!卫慕山喜说这不明摆着下一步就没有卫慕氏家族的一席之地了吗?但更可怕的是卫慕山喜近一段的言行。刚才,他终于点破了窗户纸,说出了一句差点将卫慕氏吓死的话——趁机夺权!

卫慕氏止住了啜泣,睁大了眼睛望着卫慕山喜问道:

什么?你要杀了元昊?

卫慕山喜讪笑着说:

您说什么呢我的姐姐,元昊是您的亲骨肉我的亲外甥我怎可能杀了他呢!

卫慕氏擦了把眼泪紧张地说:

你听好了山喜,自古以来夺权弑君都是把脑袋提在手里的凶险之事,先王驾崩,太子继位,自古皆然。卫慕氏永远是拓跋氏的亲家,我们到何时都是他的娘舅亲人⋯⋯

卫慕山喜忽然沉下脸抢过话头说:

卫慕家靠什么站稳脚跟?是靠尊贵的地位,而不是什么亲情!

你胡说,亲情是牢不可破的!卫慕氏不由提高了嗓门儿。

卫慕山喜又嘿嘿地笑了起来,老谋深算地说道:

真没想到我的皇后姐姐如此天真,亲情在王族中是最微不足道的,否则小鱼就不会被他们轻易抛弃,不会被逼出家⋯⋯

别说了!我不想再听。你给我记着,一会儿你出了这门就当是从来没有说过这一番话⋯⋯

卫慕氏颤抖的声音刚落下,李元昊就走了进来,两人都像掉了魂似的,竭力装出自然的神态。空气里散发着动荡不安,这使李元昊产生了些许的疑惑,幸亏他没有在这里多停留,他给母亲请过安,回答过国舅无聊的问话后就走了出去。

卫慕氏抚着自己的胸口催促卫慕山喜:

你快走吧,最近不要再到我这里来了,我需要安静……

没想到卫慕山喜突然变得杀气腾腾,他固执地说道:

妇人之见!这都什么时候了你怎么还想着安静二字,卫慕家族都到了生死攸关的时候了你怎么可能安静?

卫慕氏挣扎着爬了起来,她的脸上也布上了一层肃杀之气:

你想要我怎么样?难道你要我杀了我的亲生儿子不成?

卫慕山喜脸色铁青,咬牙切齿地说:

不是我让你杀了他,而是你不杀他他就会杀了你!

混帐!你疯了吗?你给我滚,不要让我再看到你!卫慕氏指着门嚷道。但卫慕山喜却忽然给她跪了下来,他抬脸看着她,眼里已布上了泪水。这情景卫慕氏还真没见过,多年来姐弟俩和睦相处,卫慕山喜以顺为多,在国事上为李德明出谋献策,鼎力相助,并无半点私心,如今德明尸骨未寒这山喜怎会完全变了个人?

姐姐呀,我卫慕家族自古以来就是党项大族,与他拓跋不相上下,我们却一直以婚宜之好屈就俯驾甘为侧臣,那都因时机不到而并非我卫慕无能!如今小鱼与元昊的婚事不成那也是天意,是上苍给我们一个掌权的空隙,是我卫慕家族古往今来唯一的一次机会啊我的亲姐姐!我卫慕山喜身为堂堂男儿岂能放过这个机缘……

他说这番话语的时候已是泪水横流,卫慕氏也重新泣不成声起来。

卫慕氏知道,这厄事非自己所能阻止得了,于是她只得擦去泪水强打精神问道:

你单枪匹马怎能对付夏国的千百精兵?

卫慕山喜冷笑一声说道:

我并非单枪匹马,为了这场政变,我已精心筹备,早已布兵控局,只等这胜负一搏了!

那你夺权之后打算怎样对待元昊?卫慕氏不安地问道。

姐姐放心!财富土地任他选,离开夏国另起炉灶……

卫慕氏又抢着说:

元昊的性情你不是不知道,他岂能善罢甘休!

卫慕山喜的嘴角露出一丝卫慕氏看不见的阴笑说道:

到那时就由不得他了!

卫慕氏头痛欲裂,她无奈地朝卫慕山喜挥了挥手就一头从卧榻上倒了下去。

第八章 政　变

卫慕山喜的第三位小妾水缨正等在隔壁卫慕氏贴身侍女桑青的房间里。这姐妹俩都是宋朝的汉人，又都是京都的老乡，家世也颇相似。她们都是由于父辈的官祸导致家破人散，颠沛流离至夏国，隐姓埋名一个做了国舅的小妾，一个当了王后的贴身侍女，也总算是都留下了性命，又都走到了人生的高处，两人在这偌大的夏国府内算是彼此最知心的人了。但是王府森严，规矩繁多，平素两人见面的机会并不很多。由于夏王李德明突然去世，水缨和桑青的见面多了起来。两个如同亲姐妹的年轻美丽的汉人女子最近都和主人一样身披大孝，面容肃穆。在这个没有别人的小天地里，窃窃低语相互透露着各自的私密。两人互诉的隐私里其中一项是关于夏国太子李元昊的，这是一件蹊跷又极不切实际的事情，身为国舅小妾的水缨竟私下里暗恋上了太子李元昊。但她身份卑微，行动受束，平日里实在是没有看见李元昊尊容的机会，她嫁过来三年了，只在少有的几次盛事上远远地见过他几面。

她也早就知道，卫慕小鱼才是元昊的天赐良缘，更何况连卫慕小鱼也痛失元昊，绝望地做尼姑去了。那么，自己的单相思更是无稽之谈自寻烦恼！可是她无能为力，日夜幻想着李元昊的音容笑貌苦不堪言。桑青从专给卫慕氏做调养保健的药师那里为水缨配了多副汤药，并私下里用从夏人处学的一点驱邪的法术为她驱迷。非但没起什么作用，反而瞧她越发花痴，桑青真是担心这样下去总有一天会出事情。由于近来卫慕山喜频繁过来看望卫慕氏,水缨极力要陪着他过来,卫慕山喜大事在身也就任由她跟着。到了卫慕氏的住处只能令她止步,只准她待在桑青那里而已。这使得她俩好欢喜,可以像放在水里的鱼儿那样畅游一会儿了。令水缨做梦都没有想到的是,此刻太子李元昊一身重孝突然出现在她的眼前。不过他并没有看见她,他只是心事重重从桑青敞开的窗前走过,到隔壁他母后那里去了。身着孝袍的他更是位超群出众的美男子,水缨即刻寸心缭乱,泪盈于睫了。她顾不得自己的身份和桑青的嘲笑,拉开门冲了出去,但是太子那飘逸的身姿刚刚走进卫慕氏的卧室,只看见他那透迤的白色孝袍在门外闪了一下便什么也没有了。这时候有人来喊桑青去给皇后取一些法事完毕后的供果,桑青应着对水缨说:

我去去就来,你可千万别做傻事!

水缨点头应着说:

你放心去吧,我虽然心不由己,可毕竟是约束在身的人……

桑青走了之后,水缨就在屋里徘徊着,这意外的相逢使她心绪难平,这到底是为什么呀?难道说我与他真有前世宿缘么?但他该有心灵感应才是,这混沌世间他对她却是浑然不觉,空剩一个卑微女子自作自受苦楚着……忽然她想到李元昊给他母亲请过安定会出来,这是一个机会,一定要让他看见自己!虽说他新近娶了貌若牡丹的兴平公主,可是兴庆府上下都在传说,他并不喜欢她,甚至在新婚之夜他以酩酊大醉来躲避她……正这么想着,就听见沓沓的脚步声穿窗而过,水缨扑去开门,那格外特殊的气息在白色孝袍的卷裹下如一束洒脱的白云,雕花木门发出了别致的响声,使得李元昊那充满疑惑的目光终于落在水缨脸上。他不知道眼前这个清丽的汉族女子是谁,觉得她的出现有些突兀,这给他正在疑虑的思绪又添了一层疑虑,但这疑虑很快就像一缕淡淡的风从他心上拂过了。

当空旷的走廊里只剩下水缨一个人的时候,她不觉地来到卫慕氏的房门外。此刻她的心绪太复杂了,近距离与太子见一面是她长期以来的一个心愿,可在这么不经意的情况下见面给她带来的却是前所未有的失落。太子虽说看了她一眼,但那只不过是轻轻地扫了她一眼。也证明了他心有旁骛,也提醒了她注意自己的身份、处境以及彼此的距离!也就在这个时候,她听到卫慕氏屋里姐弟俩好像吵架的声音。她伏身细听,才听出那是一场预谋,是一场关于生杀政变的预谋!

水缨如雷轰顶,人们都说,一个好人是不会听到或是看到一场凶事的,而我水缨区区三尺之身凭空遭受这痴情之苦不说,如此之大的一个祸事怎么就让我遇上了呢?难道这真应了那句"前世不修今世苦"?这让小女子我可如何是好!正在这时,桑青带着几个仆人搬着一些供品回来了,她看见水缨脸色苍白,神色慌张,与刚才自己离开前显然异样,忙问她发生了什么事情,水缨正想如此这般说给桑青,话到嘴边却打住了。这性命攸关的大事还是少连累她吧。于是搪塞一番,正巧卫慕山喜一脸叵测地出来,两姐妹只得匆匆告别。

卫慕山喜带着水缨匆匆离开卫慕氏的住宅之后,一路上,水缨屏声敛气,卫慕山喜也不和她说话,仿佛身边根本没有她这个人。但他的一举一动,他从马车的窗口上向外打手势,做怪异的表情,发出奇特的声音,沿途上也总有从诡异的暗处传来给他的回应。他们彼此的呼应微妙极了,小心极了。若是水缨没有听到他们刚才的那场对话,那么这一切的动静在她看来都是不存在的。但是此刻,她却清清楚楚,这乖张淆乱的空气里已有着死人的气味儿,一个潜伏着的庞大兵变的阵容已经布好了。

由于卫慕山喜终于从卫慕氏那里获得了许可,加之他迅速周密的计划,一时间他已感到稳操胜券的喜悦,为自己这番英明的决策而陶醉了:我的幼稚天真的姐姐呀!你就不想一想,自古以来夺江山这种大事怎可能马虎?怎可能还给对方留有余地?留下活口就是留下祸患!对不起了我的亲姐姐,为了我卫慕氏家族能坐定江山,元昊他非死于我手不可了!嘿嘿嘿……

李德明死后,新主李元昊不顾大臣们的反对,擅自从野利寨调遣了野利旺荣、野利遇乞兄弟俩来到兴庆府。自从打了甘州、凉州那两个胜仗以来,李元昊不仅与野利氏私结连理,他更看好了野利兄弟的能力与才干,他早就想好只要一有时机定将他俩封为自己的左右监军。因此野利兄弟接到传令后立即带了一队精兵到任了。这一举动文武朝臣纷纷不满,连德高望重的大臣杨守素都没能阻止得了他,也给国舅卫慕山喜留下了可趁之机。

对卫慕山喜来说,这场即将发生的政变的实施竟是想不到的顺利!现已万事俱备,只等着先王李德明的守丧期一过,宋辽的使者们离去之后,他一声令下,这场成功的政变就将会使历史改写,他卫慕山喜也将会名留青史了!

但就在这个时候,卫慕山喜的小妾水缨得了一种怪疾。每到黄昏,她便旁若无人地贴着院围墙作鸟啼状,发出的鸟鸣啁啾错落、委婉纷杂,并伴着鸟儿欲飞的优美姿态一直持续到天黑。起初院子里的侍女仆人们都觉得好玩新奇,也不加制止,追着她看热闹。后来看她一直癫狂着不见缓解才派人禀报国舅爷。卫慕山喜带着大夫人二夫人赶来时,看见这水缨正披头散发,声音也嘶哑了,围墙的墙头上飞舞着各色鸟类,好像她和它们正举行着一场鸟类大赛。卫慕山喜立刻上前来制止她乖戾的行为,但水缨力大无比,那疯张蛮魔也非人力所有,幸亏大夫人有些经验,拉过卫慕山喜对他耳语道:她这是中了邪了。

消息很快就传到了卫慕氏这里,自那天卫慕山喜离去之后,每至夜里她便噩梦不断,不是李德明的头就是李元昊的头血淋淋交替着滚到她的面前,使她惊魂不定难以安宁。桑青为了便于照顾她,只好守在她的床榻前彻夜不眠,卫慕氏嘱咐她不要将自己的虚弱透露给别人,特别是太子李元昊,万万不能引起他的怀疑!但卫慕山喜的小妾水缨中了邪的事情还是不胫而走,难道这里暗示着一个什么玄机么?卫慕氏顾不了那么多,因为法师说那天水缨是从她这正室出去后的道路上被鸟精缠身的,做法事的场所还须回到这里。幸亏李德明已经入土为安,宋辽的使者们已前后离去,如果卫慕家不出这档子事,卫慕山喜的计划就会如期实施,那可怕的梦魇或许已经结束……

新主李元昊紧锣密鼓准备着继位的诸多事宜,隐约听说国舅小妾被鸟精缠身,转述者说得神乎其神又颇富意趣,正欲起身去观那奇事,又想到大事在身,如今可不能像年幼无知的太子那样随心所欲了。

水缨大动干戈将事情闹到这一步也是身不由己,自那日得知卫慕家的预谋后她是一天也无法安宁了。太子虽说并不知道她这个人的存在,但她相信她一定与他有着某种不可知的宿缘,否则她怎么会一波三折地来到这夏国的土地上,又怎会如此神魂颠倒暗恋于他,这个要夺了他性命的恶劣事件又怎会被她得知?原来她是他的使者,是上苍派她来救他命的!可是啊,她再想近距离见到他却比登天还难!连日来她苦思冥想终于想出这么个重回卫慕氏正室的办法,但无论她这里如何奇异热闹,召来的围观者人山人海也召不来那英姿飒爽的身影……那一张她冒死写好的告密信就藏在她的腰间,今日太阳落山时法事就要收场,如若还是没办法告知他消息,她就会被送回国舅府,眼睁睁听着他的死讯,今后的日子也只是生不如死。

她此刻直挺挺地躺着,法师的咒语在她耳边响着,神火在她身上缭绕,她却心急如焚,连桑青也帮不了她。桑青已几次跑出来观望她了,可她毕竟是卫慕氏的人,况又不知内情,搞不好会大事败露……苍天啊!帮帮我吧!上天好像是听到了她的祈求,她忽然在人群中看见了桃红。这位刚随着兴平公主远道而来的侍女桃红站在人群的最前方,显得那样卓尔不群。水缨虽说没有见过她,但是听桑青说起过她。这使得水缨在这极其关键的时刻凭着她的独特精美的契丹服饰一眼认出了她。她心跳得要命,这是最后一个也是唯一一个机会!于是她将那封信从腰间摸出来死死攥在手心里,一跃而起直奔到桃红的面前双臂死死搂住她的脖子。众人一片惊诧,桃红也不寒而栗,可就在这个时候桃红觉到一封信塞进她的袖筒里,同时那低哑急促的声音在她耳边响起:

快将这信递与太子……一句未了,水缨就被巫师捉回即刻五花大绑了起来。

桃红被这突发的事件一激,迅速退出人群,走到僻静处将那信展开来看,多年来她深受公主影响识得汉文,当她看到信中的内容时惊恐得差点跌倒,既感到事情十万火急,又怕被人窥到,立刻稳了稳神向主人房内奔去。到了门口忽然止步,公主现在太脆弱了,如将这天大的事情告知她无疑火上浇油,为她徒增恐惧……也罢,我就独闯大殿亲自去告知驸马爷吧!

第九章 沉 河

　　当卫慕山喜一族人,像一串绑在绳子上的蚂蚱被驱逐着往黄河水中行走时,正是晚秋的十月底。河岸上已枯黄的杨树叶随着阵阵西风纷纷飞落,给萧瑟的季节平添了一份悲凉。卫慕山喜做梦都想不出,他如此周密的计划究竟哪里出了纰漏?难道是姐姐出卖了他?不会!他深深知道,在卫慕氏的心里,他与李元昊是有着同等位置的,她不可能在他俩中间作出这么残酷的选择。那么是上天的旨意,夏国的江山还轮不到他卫慕氏家族来掌控吗?无论如何,他看着自己大哭小叫的一族人被驱逐着,往冰冷的黄河水中走去的时候,他的心就像刀割一般,此刻他老泪横流,丛生的髭髯将他往日的优越全然淹没,简直如一个濒临死亡的老者了。

　　河岸边,临时架起的观望台气势凌人。李元昊身穿夏国最为华美的上等裘皮袍,高靴,银色束带,黑色毡冠,背上横挎一柄夏国最锋利的长剑。他的左右监军野利兄弟以及老臣杨守素等都全副武装地护卫在他的身边。此刻,他虽说是胜者,但脸上没有喜悦,而是被这深秋的冻霜覆盖了一般,更显威严冷峻。这样的场面是他没有料到的,他甚至现在看着这一切还恍如做梦!怎么会呢?我的外家亲人,我们血管里流淌着一部分他们的血,多年以来,卫慕辅佐先王,尽职尽责,共谋国事,此非常时期,原想舅父会鼎立相助,谁想到他竟然从背后捅来一把冷刀……

　　就在这时,桑青扶着卫慕氏跌跌撞撞赶到了河边。卫慕氏哭叫着朝观望台上的李元昊喊道:

住手！我儿元昊，为娘求你饶了你的舅父……

李元昊望着河水中那惊心动魄的一幕还愣怔着，母后的嘶喊声使他猛然朝西边望去。卫慕氏披头散发匍匐在沙滩上，一股卷着枯叶的狂风正从她的身上掠过，将她正欲爬起的衰弱身影又一次掀倒。李元昊差一点就站了起来，但他忍住了。就在这一刻，一个君王所具备的一切素质像个魅影般灌入他的身体，使他的面容呈现出前所未有的森严。他岿然不动地看着桑青又一次将母后扶起，不用他来审问，她那可怜的样子里同时还呈现着遮掩不住的心虚。就让她对这场阴谋不问自答吧！果然母后再一次喊道：

元昊儿，你给我手下留情！

李元昊皱眉问道：

为什么？

卫慕氏甩掉正扶着她的桑青显得坚硬了不少：

就因为他们是我的家人，是你骨肉连筋的亲人！

亲人？李元昊冷笑了一声，接着又叹息道：

若不是我得信及时，此刻的我早已成了亲人的刀下鬼啦！

胡说！事情并非你想的那样，你舅父即使掌权他也绝无取你性命之意，而且土地房宅任你选，各种官衔任你挑……

李元昊打断她的话问道：

国舅如此美意母后怎么知道？

是他亲口对我保证……卫慕氏此言一出顿时后悔，果然李元昊厉声又问：

如此说来这次政变是母后与国舅一起预谋的了？

不不……是……是你舅父他……不……母亲我阻止来着……卫慕氏已浑身抖动。

大胆！自古以来谋反之罪该当如何？弑君之罪又该当如何？您身为一国太后不会不知吧？

李元昊脸色铁青，霍地立起，向着滚滚河水做了一个"立斩"的手势,那凄惨的哭嚎声再一次响起。卫慕氏又是一声大喝,从怀里掏出一只血红的小瓶朝李元昊举着。

看见了吧我的儿子,这是剧毒丹顶红,既然你不肯手软,一意孤行,那为娘我以死相陪,一了百了!说着她将小瓶举到口边,一饮而尽。

当天晚上,李元昊痛哭流涕,他的心像那滚滚的黄河水翻腾不已,此刻他忽然想起了卫慕小鱼,她现在是他母族里留下的唯一活口了!他庆幸她早已出家,使他有一百个理由将她留在人世。但深夜时分,戒坛寺的僧人前来报丧,卫慕小鱼悬梁自尽了!

李元昊匆忙赶去。在卫慕小鱼的庵堂,他没有勇气揭开苦单,但他分明看到了一种表情,一种超越了仇恨和恩怨的表情,更为准确些说是一种十分不屑的表情。李元昊的目光最后停留在卫慕小鱼的腹部,那里已微微隆起,就像一条沉睡的鱼。

这场恶梦过去很久以后,卫慕氏倒地喷出的那口鲜血以及那个剧毒的瓶子,还有她生他之前就习惯穿的那身红袍搅缠到一起,一直笼罩着他,使李元昊长时间重复着一个梦境:他变成了一个很小的龙胎,藏在一个温润安逸的地方,透过朦胧的红色,张望着外面那奇特的世界。

第十章　宋人张元

说起夏国的故事来,就不得不将我张元提上一笔。与其被别人轻描淡写地一笔带过,还不如我自己讲讲我的来龙去脉。实际上,一个人无法将自己讲尽,他的后来总是由别人续讲,那么,我还是利用这个机会能讲多少就讲多少吧。不错,我是一个自命不凡的人,因此也才会是与夏王李元昊有着一番瓜葛的人。当然,我首先是一位侠士,也就是英雄。这方面并非我自诩,而是被人们公认的!不信我先讲一个我曾经的偶遇,对于我能否称得上英雄,听者会自有评判。

那是1034年的初秋,我从老家宋华州出走漫游。那时的我风流倜傥,性情豪放,武功不差。我常常喜欢一身武士打扮,背上横挎一杆铁笛,凡走到风景宜人之处我都禁不住吹奏一番,那笛声能让百鸟近前,它们围着我的笛声盘旋,放开歌喉与我比赛,它们常常追着我能翻过好几座大山呢。有一次,我来到了一个名叫长葛县的地方。一进县城我就感到气氛不对,好像这里正遭遇着什么灾祸,大街上寥寥的行人无不面色憔悴,步履惊慌。我拦住一个路人问怎么回事,他也慌忙躲掉了。后来我在一个小客栈里住了下来,我问客栈老板,老板让我到楼下去看告示。我心想,什么事情至于如此神秘,就一溜烟来到了楼下,果然一张官府告示很显眼地张贴在正墙上。虽说这张纸经历过风吹雨打,但告示上的字迹却是豁然醒目。

原来这县城里十天前开始闹蛟灾,不知从哪里来的一只巨蛟白天躲避到城郊附近,夜里窜进城来专钻进纸糊的窗户袭击婴儿,这城里已有几十个婴儿被蛟吸入腹内，整个县城已是人心惶惶、秩序大乱。官府声言，如有人降服巨蛟，赏银百两，还可请到县衙内做事。这事激起了我的探险之心，一个什么样的巨蛟如此嚣张？竟使得一个偌大的县衙这般棘手。不用说，这奇险之事让我这样血气方刚的人遇上了岂能放过？

于是我上前揭下告示，并很快投入了降蛟的准备。县衙知道此事后专给我配了士兵和武器，但我为了挑战自己，拒绝了所有外援，只身到郊外勘查巨蛟的踪迹。三天以后，我终于发现了那怪物的踪影，它从一个幽深的洞内爬出，巨体之长宛若一堵游动着的城墙！说实话，当我看见那庞然大物也吓得够呛，但我不是个半途而废的人，更何况还有那么多人在期待着我的佳音，我只能孤军而战了！巨蛟出了洞后也很警惕，它一路上狂风般游弋，压倒了许多树木花草，但它也似乎嗅到了我这陌生人的气味儿，不时停下来用它那恐怖的眼睛找寻我的影子。但它终于耐不住口渴向大桥下面的河水游去。我也急速前行，当它卧在河中央的一块大石上喝水的时候，我从桥上瞄准了，推下一块大石，正中蛟头，大蛟辗转翻腾而死，蛟血染红河水达数里。

其实所谓蛟，也就是一条罕见的大蟒蛇而已。

完成这一壮举后，长葛县的百姓们感激不尽，纷纷涌到县衙大门口要求将我留在此地，县太爷也再三挽留，但我都谢绝了。我有更大的宏愿要实现，而不是在这小城里当一名武士。总之从那以后，我的笛声在哪里响起，人们就会知道是我张元在此，连绿林寇盗听到我的声音都会落荒而逃，唯恐避之不及。

除了英雄之外，我其实是个文人，是个心潮起伏的诗人。我们宋朝文官当政，自然是学而优则仕，那时候我们必须通过科举考试才能够飞黄腾达。"书中自有千钟粟，书中自有黄金屋，书中有马多如簇，书中有女颜如玉"，也深深影响着我们那一代人。因此，我和我的好友吴昊、姚嗣宗等自然都是满腹经纶胸怀大志的有识之士。我除了有"独行侠"的癖好，也经常与朋友们一同到边塞游览考察，那雄伟的塞上风光激发着我们的爱国热忱。当时西边警报频传，李元昊正为建国称帝大作准备，并不时骚扰宋西北边境，面对这种情况，我们摩拳擦掌，恨不得将自己的

本事献出来报效国家。当时我们几个人比着作诗,以下诗文就是我们火热情怀的证明:

> 有心待捣月中兔,更让白云头上飞。
> ……　……
> 七星仗剑决云霓,直取银河下帝畿。
> 战退玉龙三百万,断鳞残甲满天飞。
> ……　……

可是,我们却屡考不中,在科场一再碰壁,这样的打击使我们深感怀才不遇,心中怨气也是无以自申。一段时间,我们借酒消愁,以诗自慰。

> 踏破贺兰石,扫除西海尘。
> 布衣能效死,可惜作穷鳞。
> ……　……
> 南粤干戈未息肩,五原金鼓又轰天。
> 崆峒山叟笑无语,饱听松声春昼眠。
> ……　……

然而面对国家干戈未息战鼓又鸣的紧迫局势,我们怎能置若罔闻醉生梦死呢?于是我们几人商量决定"投笔从戎"了。

这时正值宋皇赵祯景佑年间,李元昊准备称帝,西北边防的形势相当紧张。我、吴昊、姚嗣宗三人一路来到宋边防军驻地。到了宋边帅大营,准备毛遂自荐,但又难以为情,我们是谁呀?不过是名不见经传的无名之辈,我独身战大蛟的英雄壮举在此渺小得不堪一提!这里的气氛严肃紧张,没有人理睬我们。怎么办?我们总不能像小毛孩子那样再颠颠地回去吧!于是我们三人赶紧合计,想出一个啼笑皆非的办法。我们找来一块大石头,一人两句草就一首述志诗。我们将诗刻在石头上,又雇了几名挑夫拖着大石在正道上行走,我们跟在后面痛哭流涕。这怪异的行为终于引起了注意并很快传报到边帅那里。果然,边帅召见了我们。但边帅对我们的态度却相当傲慢。我们火热的报国之心仿佛被浇了一盆冷水,失望和愤懑使我们深夜难眠。三人的心思发生了分歧,我和吴昊深感与其在宋廷四处遭冷遇,还不如铤而走险另辟蹊径。但姚嗣宗不同意,他说凭着我们真炽的爱国热情一定会打动边帅,他一定会接纳我们。可我和吴昊想起边帅那副傲慢的嘴脸就不想再等下去了,到了深夜,姚嗣宗呼呼大睡,我和吴昊两人悄悄爬了起来……

后来我们才知道,我俩的出走为姚嗣宗换来了担任边帅幕僚的机会。当他大早上看了我和吴昊留给他的投奔夏国的信时,立刻就报告了边帅,边境给他派了骑兵追赶我俩,但为时已晚,我们早到了夏国的地界了。唉!人各有志,我们兄弟一场,情同手足,就这么着分道扬镳了。

历尽千辛万苦,终于来到兴庆府附近,我们找了家客店先住下,再想着"投门"的办法。

其实,我的真名不叫张元,吴昊的真名也不叫吴昊。我俩这后来被载入历史的大名是这一次在这家小酒店里才诞生的。在没有想出好办法之前,我俩在酒店里天天喝得大醉,醉后就高声宣读我们的诗作:

太公年登八十余,文王一见便同车。
如今若向江边钓,也被官中配看鱼。

酒楼里喝酒的人看见我俩疯张癫狂的样子也只将我们当成是酒傻子,纷纷躲远不予理睬。后来我就对吴昊说,我们这样子可不行呀,如果没有什么奇招我们依然引不起注意,无法见到夏王。我们沉默了一阵,吴昊突然眼珠一转,俯身在我耳边说出了一个绝妙高招。

这一天,我俩大喝了一通之后,高声嚷道:店家!店家!把你家笔砚借我们一用!店家不敢怠慢,忙忙地取了笔来。我挥笔在店墙壁上大书:张元、吴昊在此狂饮!这事果然惊动了巡逻兵,他们即刻赶到酒楼,看到我俩着装打扮皆为宋朝人,便将我俩抓获,报告给兴庆府。李元昊很快就命令将我俩带上,他要亲自一审。

我俩却暗地里激动,这是上苍的指引呀!早就听说过夏王李元昊的风仪了得,今日一见果然名不虚传。兴庆府大殿之上,李元昊一身白色绣花窄袖的衣装,腰束银带,头戴黑冠,身后背着的一定是那把传说中最好的大夏国剑。这身行头再加上他那英俊无比的面容真让我们叹为观止!这时大殿之上传来李元昊那洪钟般的声音,他用汉语问道:你俩到底何人?为何来到夏国?还故意以名讳相犯,难道不怕我夏王问罪吗?

我在心里窃笑:好我的夏王呀,我们怕问罪能见得着您嘛!但我和吴昊却都装成高傲强硬的样子,旁边小兵推我们跪下,我俩执拗着不跪,李元昊大概觉出我们也非寻常之辈吧,他挥退了小兵,等待着我们的回答。

我高声说道:

夏王连自己的姓都不在乎,今天被唐朝赐李姓,明天被宋朝赐赵姓,一个区区名字还有何忌?真是虚伪懦弱!

我说完这句话一股恐惧感顿时袭来,腿都悄悄发抖了,心中暗想:唉!事到如今,是祸是福也只能听天由命了。我感觉到我身边的吴昊也是如此。那一刻,大殿是那样安静,好像杀身之祸立刻就会降临……

但没想到李元昊的态度却来了个一百八十度的大转变,他忽然起立躬身对我们施了一个夏国礼,接着吼了一声:好样的!

然后对在场的人说:

快快将这二位先生请到上座,我将以国事相请教!

就这样,我与吴昊成了夏王李元昊的座上宾。不仅如此,他很快封了我们中书令等官职,等他建国后到了1041年的时候,便将我从中书令的职位提升为国相。不过这是后话了,暂且不提。

我们很快见到了夏国的一批重要人物。比如夏国最著名的大知识分子野利仁荣,建国后夏文字的主要创建者就是他。比如元老大臣杨守素。比如李德明时期就掌管军事大权的左右厢监军山遇惟亮、山遇惟永兄弟。还有新近被李元昊从野利寨调遣来的大将野利兄弟。关于这些人,后面会有很精彩的故事讲到他们。但此刻夏王李元昊隆重地将我俩

——介绍给这些夏国的顶级人物时,我们深感荣幸。置身在这群鼎鼎大名的人物中间,我俩也如入云端,感到造化弄人,想不到身为宋朝的知识分子如今却为夏国效力来了!

富有戏剧性的是,宋朝得知我二人投夏并被李元昊重用时忽然改变了态度,对我们的家属实行怀柔政策,赐以米、钱等,又封我弟弟、侄儿等官职,想通过他们将我俩招回去。那怎么可能?我和吴昊都是血气方刚知恩图报的汉子,绝不可能因宋的改变而动摇我们助夏的决心!谁知宋得知我们的态度后一怒之下将我们的家属都抓了起来,关押在随州。得知确切消息后,夏王大力支持我们,派特工乔装打扮混入随州,假传宋朝诏书释放我们的家属。谁都不敢相信这诏书也会有假,于是随州官吏匆忙放人,我们的家属被几辆豪华马车顺利接出。当接人的马车行驶到夏境时,夏王又让我俩骏马轻车带着乐队前去迎接,一路上喜气洋洋直达夏国兴庆府。夏国王如此对待我们,我张元和吴昊真是感激涕零。我们暗暗发誓:此生一定要死心塌地效力于夏王李元昊!

从那以后,夏王对我二人也是相当信任,凡有国事,辄参机密。这使得我们畅所欲言,各抒己见。后来许多出色的治国或战争方略正是出自我手。

时间飞快地进入了1038年10月11日,这个对于夏国来说具有里程碑意义的日子。这一天,在兴庆府南郊,祭坛高筑,百香缭绕,乐声四起。夏王李元昊在我们群臣的拥戴下,正式登上了皇帝的宝座,自称"兀卒"(皇帝)。也是在这个重大的仪式上,新诞生的国家的律令隆重颁布:年号"天授礼法延祚",国号"大夏"(西夏语为"大白高国",音译为"邦泥定国"),定都兴庆府,摈弃了唐朝赐李宋朝赐赵改姓嵬茗。下禿发令,大赦国中,立文武班,定兵制,创建自己的文字(西夏文),设蕃、汉二字院,更定礼乐,等等。

接下来夏王大封群臣,要臣野利仁荣、杨守素、野利遇乞、野利旺荣等,还有我和吴昊都封受了各种重要官职。封臣完毕后,李元昊追谥祖父李继迁神武皇帝,祖母顺成懿孝皇后,追谥父亲李德明光圣皇帝,母亲卫慕氏惠慈敦爱皇后。

最后，一身红袍、美艳夺人的野利氏终于在最堂而皇之的场合露面了。众人眼睁睁看着皇帝李元昊将一顶闪闪发光的金丝起云冠戴在了野利氏的头上，并高声宣布：

封妻野利氏宪成皇后！

立长子宁明皇太子！

说到这里我要讲一讲夏王的女人了，不是我张元爱嚼舌头，不管是谁说到这里也免不了要刻意说说她们。就拿皇后野利氏来说吧，我们来兴庆府也好几年了，对她也只是闻其声不见其人，所谓闻其声也是听别人说她而并非她自己发出的声音。我们所看到的夫人是兴平公主，那只是在某个盛大场合或者有外国使臣来访的重要场所她才会偶尔露面。因为我们私下里早都听说过兴平公主的不幸，因此她露面时会招来人们更多的目光。那时候兴平公主已经生病了，她出来时虽穿戴得高贵华丽，但她苍白的脸上因礼节而绽露出的笑容却是那样的凄凉。有那么几次，夏王李元昊正与要臣们商议国事，兴平公主的侍女桃红急忙来报公主病危，李元昊放下手中的事匆忙跟着去了。但兴庆府上下都知道，李元昊从不在兴平公主处留宿。卫慕族沉河后的第二年，李元昊就将野利兄弟的侄女野利氏接进兴庆府明里暗里一同生活了。野利氏来兴庆府的几年中先后生了两个儿子，但她从未露过面，也没有名分，却甘愿与李元昊过着地下夫妻又充满育子快乐的普通生活。谁都知道，野利氏终会成为正室夫人，皇后配戴的金丝起云冠迟早会戴在她的头上。果然如此，戴上金丝起云冠的野利皇后刹那间浑身都放出金光来，那一刻，夏国的国乐奏响，人们仰望着那至尊无比的皇帝皇后都热泪盈眶，无不为那场景所感动。

几天后的一个晚上，兴平公主郁闷而亡。侍女桃红的哭声凄凉幽长，兴庆府上下都散发出一种不安的气氛。新皇李元昊连夜通知要臣上朝，紧急商量怎样将兴平公主的哀事报告辽国。说实话，这的确是个非常棘手的事情，在兴平公主病重期间，她已经要求过好几次想要回老家见见亲人,她的身子那阵已相当衰弱,回国去的可能性完全没有了,但往来于夏的辽国使者不是没有,李元昊应以驸马身份告知辽皇室兴平公主的病况,但他都没有这样做,兴平公主到死也未能了却思乡心愿!李元昊心里清楚,他愧对兴平公主,辽国为此事不会轻饶他的!大家商量来商量去没有找出个更妥善的办法,黎明前只好组个了报丧队匆匆往辽国去了!

兴庆府这边开始给兴平公主布置灵堂,其排场之浩大让活着的人无不感到死去的人能享有这样一个进入天堂的通道也该死而无憾了!可是去辽报丧的使者回来后禀报说,辽皇耶律宗真听到这个不幸的消息果然大怒!兴平公主是辽皇耶律宗真的宗室姐姐,当年迫她远嫁夏国已对她不起,本指望她到夏国后过得好会渐除幽怨,但数年当中隐约听说李元昊私通一个叫野利氏的女人而始终冷落兴平公主,因相隔太远没有实证又涉及夫妻私事难以过问,不成想,泱泱大辽的公主竟然死于蛮人手中!使者说辽皇耶律宗真仰天大哭,哭着问:如果你们对她有所爱惜,她怎可能就死了呢……哭罢之后一拍桌子喊道:

备精兵十万,朕要亲讨李元昊!

面对这种情况夏国还是很害怕。李元昊心里十分清楚,一旦辽打了过来那绝非是辽一国的事情,宋朝一定会联辽攻夏!多年来,他们对夏国表面上平和友善,但大家都心知肚明,那是因为没有机会,如果机会来了,他们会立刻形成同盟将夏国置于死地。这时候夏王李元昊私下里召见了我,我很快给他拿出了方案,第一步骤是:立即对辽国大献物品,安抚彼国以求和好。李元昊很快就采纳了这个方案,将一批刚刚截获的冬服和俘虏、马匹等都献给了辽国。第二步骤是在辽国使臣到来时,刻意在会见使者的大殿周围暗布了一批锻造兵器的声音,那声音忽而如万马千军气势汹汹,忽而如万箭齐发刀戈鸣响,直吓得使者们瑟瑟发抖如临大敌,回去后四处散说:不可小看夏国啊,他们的军事力量不可估量,不可估量呀!辽皇耶律宗真掂量再三也只得强压怒火,见好就收了。

从那以后,夏王更是器重于我,在夏国后来发生的两场最重要的对宋战役中(好水川战役与三川口战役)我都亲随夏王作战,其中几项漂亮的计谋也都出自我手。不过我的好友吴昊却在第二次战役中死去了。这也是后来的事了,本想不提,但总有人会问我,我在夏王面前如此得宠,那么与我一起来的那位吴昊呢?不错,我的这位弟兄当然如我一样优秀,他所得到的官职与待遇如我等同,如果他不是在第二次战役中死去,他一定会忍不住像我一样也来一番自白的。但现在,我只能继续讲我自己与夏王有关的故事了。

说到这里,我不得不提及我和夏王妃子索氏的结识。不错,我是私通了夏王妃子索氏,这个欺君的罪名就是到了阎王爷那里我也逃不了干系!那好吧,我是一条汉子,敢做就要敢当。我不仅是英雄,也有着诗人的气节,为了索氏,我甘愿替她一起接受罪孽,再修来生的清白!

我得将时间跨越到大夏建国后的第五个年头里,也就是夏天授礼法延祚五年(1042)。我记得那天秋叶纷飞,又是一个萧瑟的季节。数年来我张元在夏国经历了几次大战争,也因荣誉而高官厚禄,享尽荣华富贵。按理说这一切已经实现了我的人生抱负,但人的欲望是难以估量的,在夏国这"穷沙绝漠"之地待久了,我在这年突然萌生了要打回宋朝去的野心。而且这野心越来越膨胀,于是我便利用一切机会怂恿夏王。但这个时候李元昊已经不再对我的建议如当初那般事事依顺了,他此刻已经历练成相当成熟的一代帝王了。对于我的提议,他总是以战事颇频夏国虽多胜但创伤也非小而拒绝。我虽说心生不快,但我的一个大规划——"更结契丹,兵时窥河北,使宋朝一身二疾"的大目标支撑着我,使我为了实现这一目标暗自努力着。因为心情不畅,我想起了我的兄弟吴昊,备了一些祭品,独自一人来到他的坟前祭奠。我将马拴在附近一棵杨树上,从马背上取下了一堆东西,然后信步朝吴昊的坟上走去。

吴昊的坟墓是气派的,是按照夏国大功臣的标准修建的,它背靠着黄河,河岸上翻滚着的树叶正被风吹往河水里,秋季的太阳金灿灿地照着河水对面的沙漠,使沙子和河水都泛着金色的光芒,那天然的气味儿混在一起令人陶醉。但面对这一切我却高兴不起来,我近来的心情是忧郁的,我厌倦了这塞外风情,一门心思想着怎样攻回大宋去,那才是我的理想和抱负。我一一将祭品摆在门台上,用宋人的仪式祭奠吴昊。之后,我取出我的长铁笛,坐了下来,面对着滚滚河水吹起了多年以前我到处游历时所吹的那些曲子。笛声不仅将我带回了那些年代,而且将我和吴昊跟随李元昊征战的那些场面也一一展现在了眼前。特别是好水川那一战,那是多么痛快的大胜仗啊!我和吴昊当时都那么年轻,我们是那样踌躇满志蔑视宋军。在大获全胜的归途上我在一处峭壁上挥笔写道:

夏竦何曾耸,
韩琦未是奇。
满川龙虎辇,
犹自说兵机。

然后在诗的下面非常骄傲地书写——太师尚书令兼中书令张元随大驾至此一题。

那时候才是一个中书令就那样快乐,现在,我已经被夏王提升为国相了,国相的地位仅次于国王,但人到高处的极乐是那样短暂,似乎原有的目标立刻就丧失了,攻回宋朝的念头就在那时蠢蠢欲动起来。

我的笛声依然如从前那般悠扬动听,终于唤来了几只白色的鸟儿在我的头顶盘旋。当然在后来的几次战役中我们也胜利了,可是我的兄弟吴昊却在其中的一场战斗中死去了!他中箭落马又被宋军众刀砍毙的情景在我的眼前好久都挥之不去……不觉中我又一次泪流满面,我的笛声和脑海里的情景交融在一起,构成了一幅无比伤感的画面……

就在那个时候,一只雪白的小羊羔来到了我的面前,我停止了吹笛,怔怔地望着眼前的不速之客。我从来都没有见过如此美丽和富有表情的羊羔,它通体雪白,点缀着粉红色眼、鼻、嘴的脸部呈现出一个小姑娘的特质。大概是看到我满面泪痕所产生的疑问吧,它偏了偏它那精致的、戴着银项圈的小脑袋更关注地望着我。一阵小风掀起它细小柔软的卷毛儿,银项圈上的小铃铛也曼妙地响了起来。我敢说那一瞬间我那颗布满甲垢的心都被它征服了。也正在这时,一个女子的声音在近处叫着:

尔里——尔里——

我回头一看,一个身穿夏国皮袍的贵族女子正手持一柄小鞭在四顾寻找着什么。不用说,她也看见了我。我们虽说都穿着便服,但还是凭着感觉认出了彼此的身份,我确定她是一位皇室妃子,她也猜到我是夏王身边的高官。我赶紧起身朝她行了礼,就匆忙牵马准备离开。没成想那女子却说话了。她说道:

敢问大人可是张元国相?

我一愣,反问道:

夫人怎么知道?

她轻轻一笑说:

如此方式祭奠吴昊壮士的不是张元还能是谁?更何况这传说中的铁笛也是独一无二……

听她这么一说,我的心为之一动。我张元如今赫赫大名不足为奇,但知道我铁笛的人却寥寥无几,在这旷野之中、荒僻之地突然冒出的女子和羔羊难道是我张元遇到了神仙不成?

见我满脸困惑,女子很快自报家门,原来她就是两年前从吐蕃俘虏来的角厮罗(吐蕃赞普的后代)女子,后被留在宫中作了夏王妃子的索氏。如不是在这样的时刻突然遇到,我是不会想起此人来的,我相信宫里其他人也早都将她忘记了。大家都知道夏王不喜欢这个与他有着历史仇怨的女人,她被安置到郊外的一处宅子后就没人再提起她了。

我赶紧又一次给她行礼,并呼尊称。索氏却冷笑一声说道:

我索氏唤住国相不为别的,只为刚才你铁笛吹出的乐曲。

我暗吃一惊:哦?索夫人也通音乐么?

索氏又笑了一下,转身向西边一指说道:

国相若无要紧之事就随鄙人到宅舍一看,乐器我那里是有一些的。

我顺方向望去,不远处果有一处宅院,因为地处荒僻,那宅子看上去也格外孤单凄凉。按理说一个堂堂国相与皇室妃子单独接触是很忌讳的事情,甚至是禁止的。但那一刻因时间地点都远离宫中,皇室那森严的气氛并不存在,而且让我有了少年时与邻家女孩在一起的纯真感觉。一时间我好奇心大增,好像真变成了一个急于要去探寻什么的小小少年。

　　就这样,我认识了索氏。我在她那简朴又很特别的乐室见识了一些难得一见的乐器珍品。原来这索氏虽出身角厮罗,但却生长在一个乐器制作者的家庭里,从小耳濡目染,对乐器与乐曲都有着精深独特的见解。我看着她在铜盆里净过手,将那蒙着绫缎的、我从未见过的乐器一件一件地展示给我。那些形状各异大小不一的乐器是:金钲、节鼓、中鸣、大横吹、角栗、桃皮、筚等。她每揭开一件介绍它的时候完全没有主人的颐指气使,她极其小心地用纤指弄出一些响声来,那些声音迥然不同,突兀生出又戛然而止,仿佛是对自己晦涩的存在欲言又止。是啊,那时候即使党项贵族使用的乐器也还是比较简朴常见的琵琶、笛什么的。当然我很快就得知了它们的来历,这些东西都是她家祖传的宝贝,还有一些是唐代宫廷使用过的乐器。她听她父亲说过,她曾祖父在唐禧宗时期是非常有名的乐器制作家。当时虽处乱世,他们家起初还能受到些许保护,地处偏僻独自沉静在制琴造瑟的快乐中。索氏还说这些乐器有的出自她家祖上,有的不是,它们历经波折,辗转世间,就剩这十来件珍藏在她的手中,没想到她竟也成了夏国的俘虏!在她被定为妃子的那天,她向夏王提出了这些乐器依然由她保管的要求,夏王答应了,而且还亲自观览了这些乐器,但他在观览过程中露出明显的鄙夷神态并说:

　　自古以来先王们制作乐器礼仪都是为了管理百姓,而我党项人的风俗是以忠实为先、战斗为务,唐宋的繁音缛节根本不适合我夏国国情,须得改造!

　　他皱着眉头说完这些话,在一乐器上猛拨一下,就转身走了。从此再没来过。

　　听着索氏委婉的讲述和看着她清冷的处境,我不由对她产生了深深的同情。那天她对我说,她终于有机会说出了这么多话,胸口的闷气也消散了,然后她为我煮了她家族的一种很特别的茶,并用特殊的礼节从铜壶中倒进铜茶盅,那种动作的过程美妙极了,宛如天使的舞蹈。我忍不住用笛为她伴奏,想不到我们的配合出神入化,将我们自己都感动了!那天我们是那样的快乐,仿佛这之前的忧愁郁闷全都没有存在过。

那以后,我常借口祭奠吴昊和索氏悄悄相会。每一次见面索氏都会用其中的一件乐器为我演奏她新近创作的乐曲,而我每一次也被她那深沉的演奏所打动。不肖说,我们俩已成了彼此的知音。到了这年冬天,我们已超过了普通男女的界线,变得难分难舍了。但是我们很清楚彼此的身份和处境,每一次极乐过后都会害怕,都会想到随时有可能暴露并被处以极刑。但越是那种心境我们越是如胶似漆,这使得我有时候在上朝时都会走神,有一次夏王当众问我一个问题,我竟然半天没有回过神来,惹得众人爆笑,我也极其尴尬。可在私下里,我想打回宋朝的决心更强烈了!

一天,大雪纷飞,我耐不住对索氏的思念冒雪来会她。沿途中,黄河凝固了,沙漠凝固了,一切都被那苍茫的雪花遮蔽了。但这时一种流动着的东西却冲破飞雪迎接我来了,那是索氏的琴声,琴音忽强忽弱,饱含着热情和渴望,我已经答应过她一定将她带回宋朝去!我的马飞奔至她的宅院门口,打了个响鼻停了下来。马的鼻子和下巴都垂着冰须,却呼呼地冒着热气。索氏果然在院中抚琴,她的皮袍上落满白雪,黑色的发辫也全然白色。看见我的到来,琴声停止了,她完全僵住了,那一刻,她多么像等待了一百年的一座雪人啊!将我拉回现实的是美丽的小羊尔里,它也披着一身白雪,和它那原有的雪白分不出彼此了,它在我面前轻轻叫了一声,然后伸出粉红色的、冒着热气的小舌头舔了一下我的手。

第十一章　山遇惟亮

山遇惟亮和山遇惟永弟兄俩是先王李德明的姑表兄弟,也是他的心腹大臣。他执政时期他们任左右厢监军,军事大权在握,始终是他忠心耿耿的护卫者。但随着李德明的死去和新主的登场,山遇兄弟俩感到属于他们的时代已渐行渐远。虽说他们的高位暂时并没有变动,但李元昊从野利寨调遣来的年轻的野利兄弟分明已取代了他山遇兄弟。唉!所谓一朝天子一朝臣,这乃是历代规律呀!

由于比较清闲,五十岁左右的山遇惟亮总会独自一人牵着自己那匹雪龙驹来边境上逛榷场。榷场车水马龙人声鼎沸的闹躁场面多少让他冷清的心境得以慰藉。是啊,久居官场的人是逃不过这最后一劫的,曾经的耀武扬威、热闹繁华都随着时代的变化而去。此刻他形单影只,身着简服,混在熙攘的普通人群中,依然显示出他的卓尔不群。他身处王族久居高处的气质散发着贵族式的沉稳、成熟。尽管形容举止是很低调的,但点点滴滴中还是难以掩饰优越雅致……他轻轻地吁着马,谦谦地与人们摩肩接踵地走着,瞧着宋夏两国的人们交易着各种货物,他心里安稳而踏实。他从人们的交易中看到喜悦和满足,暗自体察着普通人安居乐业的滋味儿。的确,李德明执政的这近三十年当中因少有战事,百姓们得利不少,国家也得以滋养而丰富。可眼下,一种显见的忧虑已搅扰他多时了,那不仅仅是他山遇的大势已去,新王李元昊正式登基的时间和力量都以一种势不可挡的劲头快速到来。他知道,一个时代的改变必然会导致一种生活的改变,眼前欣欣向荣的气象中似乎已经暗藏了一片阴霾,那种由战争导致的萧条凄凉的场面也频频出现在他的脑海。可是这些无知无识的百姓们却还不知道灾难离他们有多远。他作为夏国的一介大臣却根本无力阻挡未来的一切。

但他难道也如多数昏庸之人那样唯命是从明哲保身吗？不能！前不久,一年一度的贺兰山众酋豪盟会如期举行(那是夏国祖宗遗留下的一个传统集会,是一个凝聚人心,共建誓约的仪式),那面大石桌中间放置着一个硕大的骷髅头骨,盛满清洌如泉的烈性酒,由夏王李元昊带头,每个人都用尖刀将自己结实的臂膀刺破,让滴答流淌的鲜血融进酒里,所有的人在喝干自己手中的血酒后都将手臂搭在一起,那垒起来的臂膀如贺兰山的一处巅峰,团结而又坚实。可以试想,此刻如有"逆行人",该是多么的不合时宜,那是要冒死的！他山遇惟亮就是这样的人。当时李元昊的脸都气得变了形,他手起箭出立即射倒了一只在山坎上奔跑着的岩羊,众臣们为了缓和气氛都高声喝彩,兄弟山遇惟永在桌下使劲踩了他一脚。岩羊被拖来剥皮割食,但他仍然坚拒。李元昊当众问他：

好！山遇叔父既然拒绝起誓就请说出个让我心服口服的理由来吧！

他撩袍行跪说出一番与眼下盛况格格不入的话来：

夏王！先王禀承祖业治国近三十年才使得夏国牛马壮硕,五谷丰登,人们安居乐业颐享天年,这一切也都是因宋朝多年来对我们不薄使然,时至今日我夏国不知恩图报却要发动战争,这……这于理不通……于情难讲呀！

够了！夏王一拍石桌打断了他的话：

如此陈词滥调也说得出口！我大夏国是什么？乃堂堂一国,不是小小的寄生虫！屈从、忍辱负重、谄媚讨好靠进贡获得赏赐……身为一国要臣,耽于卑微的享乐,心满意足,不思进取,丧失人格……若我大夏一味下去还谈何建国治国！

可想那次会盟不欢而散,回去后山遇惟永来找过他,老哥俩喝了一通酒,山遇惟永劝他：

这都什么时候了,您就想开些顺应潮流吧！我们这样的人现在兴庆府哪里还有说话的资格,逆流而行的结果只能是螳臂挡道,自取灭亡啊！

山遇惟亮一边想着一边走着,鼻翼前忽然一股奇香飘过。他停住嗅了嗅,却又没有了,于是又缓缓地走,香味儿却再次出现。身为大臣的山遇惟亮对香料虽说没有什么研究,但宫廷里常用的一些高级香料他是熟悉的,比如天竺香、高丽香等等,这些香料随着宋朝赐品进入夏国,已成为贵族生活中不可缺少的日用品了。可刚刚出现过的一缕香却是闻所未闻。正想着,那香气却又在他面前旋了一下,待他捕捉时又无影无踪了,好似一个顽皮的孩子与他捉迷藏。山遇惟亮笑着摇了摇头打算走开了,可香气再次出现,这一次却淡多了,仿佛那香蒙了纱又来逗他。就这样,他走走停停,一路被不可捉摸的香味儿引领着,来到了一个柜台前。

这是一个回鹘人开的店铺。柜台上摆满各种色彩的兜罗绵、狨锦和熟绫等回鹘盛产的纺织品。柜台上还罗列着诱人的各类珠玉宝贝。山遇惟亮想起回鹘族也产香料和药材,就用回鹘语向这位店家打问刚才的奇香。回鹘人听了,又看眼前人气度不俗,便从柜台底下取出一只竹笸箩来,回鹘人将笸箩里裹着的褐色丝绒层层打开,然后指着内里的红色问山遇惟亮:

先生所说可是它?

忽然一阵玄惑之力使得山遇惟亮倒退了三尺。回鹘人哈哈大笑起来,一边笑一边裹好那东西收回去了。山遇惟亮急上前寻问,回鹘人只笑不答,山遇惟亮便从衣兜里摸出个银角递上,店家这才又对山遇惟亮说道:

先生所说的奇香正来自此物。它的名字叫做"安息香"。不过我们回鹘人一般都不提说这个名字,据说谁要是害烂嘴病,一定是提了安息香的名字,普通人并不知道这神奇的香料是怎样制作出来的,须相隔几十米外才能享用,如果离得太近就像先生您刚才那样反被香气射杀呢!

噢?原来如此!山遇惟亮感慨着世间诸物的神奇正打算离去。回鹘人却喊住了他,将一只精美小巧的菱形香荷包双手捧给了他,并告诉他这荷包内只装有芝麻那么大一粒安息香,可它的好处却享之不尽,最后还神秘地补了一句:

让它贴身戴在成熟女人的身上。

山遇惟亮小心接过那安息香荷包对着太阳瞧了瞧,心里竟是一阵感叹,年近半百的人还会为如此精美小巧的东西心疼,淑梅的身影蹿上了他的心头。于是他将它细心收好,跨上他的雪龙驹朝着边境上那条常来常往的通道奔去。

到了边境哨卡,有哨兵远远地看见他就笑着招呼:

山遇大人,近来可好?

山遇并不下马,笑着说:

好好好!

哨兵就将侧旁的一个私道门敞开来让他过去。山遇惟亮多年来从这边境哨卡来来去去,主要是押送宋夏两国的贡赐物品及办理私事。他为人随和,性情爽朗,出手阔绰,见着这些小兵总会抛一些烟酒钱,因此很有人缘。见他私自过关也不会有人为难他,大家都快快地开了边门放他过去。过了哨卡就到了宋朝延州了,山遇惟亮看看天已近午,便一打马朝延州城驰去。

不消一刻,山遇惟亮已来到一处僻静的院子里,他熟悉地将马拴在院内的一棵大枣树上,屋窗内已有人探头探脑,紧接着一个十来岁的漂亮女孩冲出来嚷着:

爹爹回来了!爹爹回来了!

她就跳下台阶一头扎进山遇惟亮的怀里。小凤!山遇惟亮这样叫了一声就将她搂在怀里使劲亲着,之后又拎起她的小身体转圈圈,父女俩大呼小叫好不热闹。

台阶上站着一位汉族妇人,她就是淑梅。虽说人到中年,可她还是那样纤秀,亭亭玉立。她梳着宋朝妇女那种普通发髻,身着藕荷色的衣裙,脚穿同色绣花鞋,乌黑的鬓发衬着白皙的皮肤,让人看着心生温暖。此刻,她微笑地瞧着眼前这对沉浸在欢爱中的父女,眼睛里全是满足。

山遇惟亮走到台阶前朝淑梅深施一礼,淑梅也下了台阶还礼,给马饮水的仆人吴妈笑着说道:

瞧你俩,夏国的官人给娘子施宋朝礼,宋朝娘子给官人还夏国礼,你们这样的夫妻也真是有意思得很呢。

两人听了这话才发现果然如此,都意会地笑了起来。两个伙计卸下马背上的箩筐,里面全盛着山遇惟亮带给他们的绫罗绸缎和各种吃食,一时间这冷清的院子布上了烟火人家的气氛,亲人团聚的喜悦自不待说。

到了傍晚,一家人正盘在炕上吃饭喝茶,一股强风刮起,天暗了下来。院里的那棵枣树噼噼啪啪被风打下一些青枣来,小凤跳下炕跑到院子拾枣去了,大雨来临前的那股水腥味扑进了屋里。隔着小茶桌,淑梅问山遇惟亮:

这回隔了很久才来,是否多住两日呢?

山遇惟亮这才放下手里的茶盅挪至淑梅的近前,握着她的手不无怜爱地说道:

我不能常留你母女俩身边,使你们平日生活冷清可怜,真是惭愧之至!

淑梅见他这样就又说:

瞧你,又说怨怪自己的话了,只要你心里有我们,我和小凤已很知足了,毕竟夫君是身不由己的皇族中人,我俩劳你费心牵挂已很是麻烦,若你再一味责怨自己,让淑梅我如何安心……

山遇惟亮突然想起了什么,起身下地,从带来的小包裹里摸了香荷包出来。他重新回到炕上将握着的拳头伸到淑梅的脸前要她猜。淑梅笑道:

我这愚笨之人向来猜不出什么名堂,是何物就展开来看吧。

山遇惟亮就伸展大手,那只精美的荷包就亮出来了。这时小凤用衣襟兜着一堆青枣进来,嚷道:

咦,何物香气袭人?

将枣儿倒在炕上,就爬上来抢那荷包。山遇惟亮却一攥手收了起来对小凤说:

小孩子家别抢,这荷包是给你母亲的。

淑梅愣怔着,半晌说道:

难怪自你进来我就隐隐闻到一丝异香,只当是你身上的熏衣香,原来是这幽香之物……

山遇惟亮就一五一十地将如何被奇香吸引又如何遇到回鹘商人的故事给她娘俩讲了一遍,大雨便哗哗地浇下来了。小凤虽得了不少爹爹特意带给她的东西,可她还是厮磨着那安息香荷包。后来吴妈裹了蓑衣进来好一阵子才将小凤哄走。

这是个难以入眠的缠绵雨夜。自从两人在华山寺相遇,淑梅为了山遇惟亮还俗入世嫁给他也多年了,可因为相隔国界两人总是聚少离多,那相思之情难以减少。多年来山遇惟亮劝过多次让她跟他回夏国去生活。但淑梅却不肯,她清楚自己是个没有什么身份的卑微女子,她不能盲目地介入到他的生活中去,她嫁给他时就知道他是个正室偏房都有的男人,他们之间的差距太大了!但为何两人的心却那样近呢?山遇惟亮一直心怀不安,觉得扰乱了她的修行之心,但淑梅却对他说是自己俗心不泯使然。她是个明白的女人,宁愿独守一处普通的小院等待着他,也决不会跟着他回夏国的。通过他的口,她知道他的大夫人二夫人也都是贤惠的党项贵族妇女,她们也早就知道她这个汉族女人的存在。比如大夫人苏玛就劝过山遇惟亮多次,让他将淑梅接回来同住,特别是有了小凤后她们还想让他将这女孩抱回去抚养。但淑梅都谢绝了,日子就这么一年年过去了。

难道今晚是因为"安息香"的缘故?那荷包已经贴身戴在淑梅身体上了,那隐约的神秘气息不仅使人心醉神迷,而且还另有内容。冥冥中一股苦涩的滋味始终围绕着他们,淑梅莫名的泪水都淌在他胸脯上好几回了,很奇怪一种生离死别的情绪缠绕在他俩中间,这在从前是不多有的。他想着那回鹘商人也许是个骗子,安息香应该是个能够让人安静的东西,可为何会让人在这湿淋淋的夜晚如此不宁呢?

黎明时分雨停了,屋檐下滴答着的水点声是那样轻柔,仿佛怕吵醒了主人。淑梅已经在厨房亲自为他做早点了。柴火微醺,粥饼腾香,多年来在国王身边享受锦衣玉食的山遇惟亮深为自己这个家悄悄感动着,他不仅想起唐代刘禹锡那首《乌衣巷》诗来：

> 朱雀桥边野草花，
> 乌衣巷口夕阳斜。
> 旧时王谢堂前燕，
> 飞入寻常百姓家。

山遇惟亮此刻的心境就是盼着快点卸甲归田，回来与淑梅母女团聚。但这谈何容易！虽说他眼下被边缘化了，但他觉得自己是个有使命的男人。就算是心存私念为了保护心爱的女人，他也要去阻止李元昊，就算是他最终像只可怜的螳螂那样被巨轮碾碎，他也必须去阻止战争的发生！这些心事他没有告诉淑梅，他不想再给她们添堵，不想让她们为他再徒添忧虑。

连日上朝，李元昊发现山遇惟亮总是郁郁寡欢心事重重，似乎还隐藏着一种破釜沉舟的劲头，这让李元昊极为不悦。那次在贺兰山会盟时他那格格不入的表现已经使他很是恼怒了，但他充其量也就是那么一下子吧，大局当前万众一心，一个过了时的大臣在这种气氛中想要逆水行舟也太自不量力了吧。这天众臣散去后，李元昊叫住了山遇惟亮。看看周围一个人也没有了，他卸去了皇威亲切地叫了一声：

惟亮叔父这边来坐。

山遇惟亮心里一喜想：劝谏的机会来了。可是三句话一过，叔侄俩背道而驰的锋芒就都露了出来。李元昊先下手为强地问道：

听说惟亮叔父在宋朝有个女人？

噢……这个……

山遇惟亮一下子红了脸，多年来这是自家的一个秘密，没想到他这个时候突然问起这事，山遇惟亮还真有些措手不及。

李元昊就哈哈地笑了几声说道：

咳！叔父已年近半百，为这人之常情也无须遮遮掩掩，您早该将夫人接回夏国来共享荣华才是啊!

山遇惟亮索性说道:

多年来臣也如此愿望,可她性情固执,宁愿常守那孤苦日子也不肯听劝,真是奈何不了她啊!

哦,如此说来她还是个倔强之人,叔父好福气啊。

山遇惟亮就拱了拱手说:

让夏王见笑了。

哪里哪里,如此奇缘让我元昊也心生羡慕,能征服宋朝女人的心也就是对宋朝的一种征服!惟亮叔父,我定为您这先行之举摆一次酒宴,让人们都知道我大夏国是能够战胜宋朝的,总有一天整个天下都属于我党项大族!

山遇惟亮一惊,忘了君臣地位忙摆手说:

不不不,元昊啊!想当年叔父我与淑梅暗结连理也是曲折多舛不得已而为之,并没有半点征服之意,也正因如此,我必须劝你,攻宋之事不能轻举妄动,先王的治国遗训不能忘记,思曾经,看今朝,夏国能有今日之繁荣不都是宋朝惠顾所至……

山遇惟亮!李元昊打断了他的说辞:

原来惟亮叔父因为一己之利竟会丧失党项气节,真是心胸狭隘、眼光短浅!

山遇惟亮又说道:

错矣!我山遇惟亮并非贪图己利的狭隘之人,我跟随先王多年,深知这强国富民的日子来之不易,能让百姓们过上富足生活才是一个国家的根本所在。而制造战事,使百姓丢失家园流离失所哪里是什么治国之策……

照你所说一个国家不要进步不求发展只要过上苟且偷安的小日子就满足啦?李元昊的声音振聋发聩。

山遇惟亮仍不甘示弱:

看边境两岸,民乐土富,泱泱千里,康居为生岂是狭隘?一国之君的欲望才是私利,是会祸国殃民的私欲!

李元昊愣怔着,就凭山遇惟亮的这一番话他此刻杀了他的心都有,但他的声音却降低了八度:

你是为了那个女人?

一半为了她,还有一半是为了大夏国。

你如此想法会持续多久?

板上钉钉!我只求夏王深思熟虑,切莫妄行……

第十二章　山遇惟永

这天傍晚,山遇惟永和夫人刚刚用过晚餐,小餐桌上的杯盘茶盅还没撤去,门卫便慌忙来报,夏王驾到!

自新王称帝以来,其实就算他没有称帝以前也从来没有发生过亲自登门的先例。因此山遇惟永来不及换去用餐的便服便慌忙迎出门去。他一路小跑刚到第三道大门就看见李元昊一身便装很闲适的样子,正观赏着庭院里的景致。他的身边也并没有往日的前簇后拥,只有心腹野利旺荣一人跟着,也是一副闲情逸致的模样。山遇惟永赶紧使用夏国的新礼仪拜见皇上,李元昊却笑呵呵地一挥手说:

惟永叔父免礼!

其态度和蔼可亲,更显姿态优美。山遇惟永一路引领着夏王来到他的书房,一帮家佣侍人忙着摆茶点,李元昊就走到书柜前浏览着山遇惟永的藏书,一边看一边夸赞他学富五车才高八斗,说得山遇惟永直叫惭愧。这看似叔侄却是君臣的两个人在书柜前闲话了一番后就言归正传了。惟永挥退了下人们,野利旺荣很谨慎地到门外警戒去了。以往山遇惟永书案前的椅子并没有什么奇特,此刻李元昊正襟一坐,那无形的王威凛然而至,使得这四壁都生起辉来。他突然说道:

山遇惟亮近来可有乖戾之举?

山遇惟永心里一惊,暗自叫苦:是祸躲不过啊!但他很快就镇定地答道:

臣听说惟亮兄前段偶感风寒,因我杂事繁多还没顾得上去看望他呢!

　　李元昊忽然脸色一沉,如此这般地对山遇惟永说了一段话。

　　从那天以后,山遇惟永是无一宁日了,接连两夜他辗转反侧,长吁短叹难以入眠。身边的夫人问了数次也没问出个名堂,此刻又到了半夜时分,既然无法入睡,夫人索性爬起来亲自去给他煮了一碗参汤,她端着汤进来时却看见山遇惟永坐在灯下正双泪长流。她急走几步将汤放在他面前说道:

　　看你这样子莫不是天要塌下来啦?你若还不如实说来就是对我一百个不信任,我们以往的恩爱也不真诚!

　　山遇惟永就像个小孩子似的抹了把泪水说道:

　　夫人啊!这人命关天的大事我怎能让夫人你跟着担惊受怕呀!

　　糊涂,你不告诉我难道这"大事"就不存在了吗?就算天要塌下来我做妻子的也会和你一起撑的。

　　山遇惟永和山遇惟亮正好相反,他就这一个夫人。这在夏国王族里相当少见,而且这夫妻俩膝下无子,多年来夫人一直劝他续弦纳妾,王亲贵戚中总有人给他介绍女人,但山遇惟永一概拒见。

　　一门心思与夫人相亲相爱,总是说此生得夫人一人足矣!他如此专一使得夫人多年来美貌不衰,贤惠体贴,彼此的照料无微不至,两人的恩爱在夏国被人们传为佳话。

　　正因如此,大难来临时山遇惟永也没了主意。自古以来皇上登门不是大喜就是大灾,自先王去了以后,"大喜"对他们上一轮的大臣来说已渐行渐远。这对山遇惟永来说是一种自然规则,他对即将"卸任"的日子充满向往,那些大志向大雄心就让年轻人们去拥有吧,他山遇惟永只对卸甲归田后与夫人的居家小日子感到满足。那次在贺兰山盟会后他去找了惟亮兄,把该说的话都对山遇惟亮说了。他们兄弟都是识大体的人,他想山遇惟亮不会太认真,与夏王作对,那不是他一个人的事情,他不会不为全族人考虑。可是他却万万没有想到,山遇惟亮还是惹了大麻烦了。

那天李元昊对山遇惟永如此说：

……由你来告发山遇惟亮,说他叛心已定择日行动……事成之后我会让你保官升爵安享荣华！否则……

夏王越说越阴沉,越说越可怕,他初来时的满面春风不觉中已变成了冰霜雨雪。灭顶之灾的感觉顷刻侵袭了山遇惟永的全身。

对山遇惟永来说,让他出卖兄弟等于是出卖他自己,李元昊亲自登门来让他做这件事无疑已经给他判了死刑。现在,他将这一切和盘托给了夫人,让他没想到的是夫人的镇定自若。他如此犹豫是因为眼前的这一切毕竟是生死抉择,他怕夫人承受不了或者为了保住自己的幸福而做出可怕的选择来。但是夫人却说：

这等大事还容得你如此犹豫？该速速行动才是啊！山遇惟永仰望着夫人好像望着一位给他指路的人。

请夫人赐教,我该如何行动？

夫人伸出手指抹去他腮边挂着的一颗残泪说道：

跑！

跑？

对,夏王给你兄弟俩留下的其实只有一条路,那就是死！与其如此,不如拼个鱼死网破,投奔宋朝,留得青山在,不怕没柴烧！

山遇惟永如梦初醒,连正经的官服都没来得及换就打马奔山遇惟亮府上去了。

次日一整天,山遇惟亮府上都在秘密且迅速地进行着外逃的准备。半夜时分,山遇惟永来过之后,兄弟俩权衡再三都认为李元昊心狠手辣,既然他对他们已起杀心,那就没有再劝说的余地了,为了保全性命也只得走投奔宋朝这条路了。

第十三章　射杀山遇

　　山遇惟亮心事重重地看着妻妾们手忙脚乱地收拾着贵重物品。大夫人苏玛将几张名画卷了起来问他：

　　这些汉唐真迹也都带着么？

　　山遇惟亮有些烦躁地说：

　　能多带就多带些吧，到了那边总是用得着的。

　　他心不在焉地踱着步子，转身出来朝祖母的房内走去。

　　白发苍苍的老祖母独孤氏正微闭目端坐在炕上，她手里捻着一串佛珠，嘴里正低沉地念着佛经。独孤氏那稳静的姿态与院内慌忙的气氛形成了强烈的反差。山遇惟亮给老祖母深施一礼，然后说道：

　　祖母大人，时候不早了，天一黑咱们就上路，您都准备好了吧？

　　独孤氏捻着佛珠的手没有停，却睁开眼睛极其平静地说道：

　　我不是说过了嘛，我老了，哪里都不会去的。你们还年轻，赶快逃命去吧，祖母我就在这老屋里为你们祈福，阿弥陀佛……

　　黎明前山遇惟永刚一离开，山遇惟亮就敲响了祖母的房门。他将这紧急的消息第一个告诉了她，他希望老祖母早做准备，他要将全族一个不落地带出境。但是祖母拒绝了他的请求。此刻，祖母果真没有任何行动，她平静地念着经，像一块磐石。

　　夜色临近的时候，山遇惟亮、山遇惟永以及所有的家眷子孙们在独孤氏的屋地上跪了一片。他们都知道，任是谁都无法求得动她了。独孤氏说了最后一句：

老身我与儿孙们今生的缘分算是到此为止了,我用我的经声送你们上路,时间紧迫,休再啰唆!于是合上双眼,经声大响。后人们在此情状中也只得再道珍重,挥泪作别,借着夜幕悄悄出发。

李元昊得知山遇出逃的消息已是夜半三更,但他们已跑出去了十多里路。他决定追捕,亲自带一队轻骑兵火速追击。当队伍赶到一岔路口时,忽见一座山般的草垛挡住了去路。一个披散着白发的老者举着一只火把在垛前站立。李元昊呼马止步,高声问道:

何人挡道?快快让开!

老者将火把照向自己的脸铿锵说道:是你老姑太独孤氏在此!

李元昊一听就跳下马来给独孤氏行礼,说道:

原来是姑太大人啊,这夜黑风高的您老人家在此干吗?当心着凉,快快回去……

独孤氏冷笑一声:

逆子元昊!你少装仁义,今天你休要从这儿过去,除非从老身我的尸体上踏过去!

李元昊沉了脸说:

姑太不得无礼,夏王我身有要务,耽误了大事天理不容!

独孤氏朝前迈了一步,火把照亮她被夜风吹散的满头白发。

逆子,你这丧尽天良的东西!先王的遗训成了过眼烟云,将你母族沉河不说如今又要将父族斩尽杀绝,你你你……老身我今天与你拼了!

李元昊被骂得浑身一颤,强忍怒火喝道:

姑太你此言大错!我元昊就是遵祖训治理大夏国,可为何如此之难?不要说强国虎视眈眈,恨不得随时一口吞了去,就内族亲人也私心泛滥,明抢暗夺!对我强国之策山遇叔父百般阻挠,私心谋小不顾大局,如今他又带族叛逃,此罪天理难容!老姑祖你快快闪开让本王去捉拿叛贼!

李元昊说完翻身上马,给骑兵队打了个手势就准备飞马而过。可独孤氏大喝一声转身将火把扔上了草垛,顿时大火燃烧,火光冲天。独孤氏冲进火海仰天大笑。瞬间,她那悲壮的身影与大火融为一体,只有那使人发抖的笑声在这恐怖的夜色中久久回响。

　　黎明时分,山遇惟亮一行来到了边境。两界之门还死死关闭着,两个卫兵也怀抱着大刀沉浸在睡梦之中。听到嘈杂声,两人醒了过来朝城楼下望着。有人高喊——山遇惟亮到了!两卫兵一听就嘻嘻笑了起来,心照不宣地想到:好处来了!可搭眼一瞧,山遇惟亮大人一行既没有给大宋上贡的装备,也不是私溜出关的样子,车辆马匹都有,男女老少俱全,此种情况令人奇怪,接着问道:

　　山遇大人如此出关不寻常,怎么回事啊?

　　山遇惟亮就说:

　　山遇惟亮我遇难了,事情紧急,后面有追兵,无奈之下我带家小投奔宋朝,请快快放我们进去吧!

　　其中一个卫兵哦了一声说:

　　这事可非同小可,我去禀报一声,请惟亮大人稍等!

　　山遇惟永却心急火燎地凑到山遇惟亮耳边问道:

　　大哥,宋朝不会不接纳我们吧?

　　山遇惟亮看着依然紧闭的城门很有信心地说:

　　不会。

　　他内心清楚,依他的为人及在宋朝的名声不会被拒之门外。这些年宋朝私下里派人劝他归宋的事情不在少数,但他都婉言谢绝了,他与宋朝的私交很好,但他更是夏国的忠臣。

　　宋边境关卡重重,禀报的卫兵一口气跑了三道门才到了传令室,又波折再三地由传令兵传信进去。

　　知延州大人郭劝刚从睡梦中醒来,听了此事疑窦顿生:山遇兄弟投宋?这怎么可能呢?夏国与宋朝四十年的贡赐关系,李德明时期就与宋有过协约:凡党项部族投奔宋者,宋朝一律不予接纳。更何况山遇兄弟声名鼎鼎,宋想用八抬大轿都抬不来的人怎么会突然叛逃呢?李元昊是个叵测之人,这其中定有诈术,不得不防啊!

于是郭劝很快召集了几名副职紧急商议,面对这也许惹来李元昊征战的借口又可能是宋朝一块到口的肥肉,他们该如何选择呢?商讨的结果是:将山遇稳住,搞清真相再作决定。延州大人终于接见了山遇兄弟,彼此一边行礼一边寒暄,郭劝说:山遇大人久等!请大人一族府上就座,先除却夜途劳顿再说详情。于是边门大开,山遇兄弟长出一口气,他们的人马徐徐开进。

李元昊一路追赶,独孤氏火海自焚的情景在他眼前挥之不去,但他又不能不去追杀叛贼。此刻他心事重重,为何命运总是让他陷入两难境地?追至宥州路,一个新的想法让他勒马止步,队伍停了下来。算算时间,山遇已经跨越边境,如他投宋成功,那么有可能他会借师反攻。李元昊下令就地安营驻扎,只派了一小股队伍到边境查探情况,又调兵遣将,前前后后周密布置,如上苍相助也许这正是攻打宋朝的一个好机会!

山遇惟亮此刻在郭劝的私宅与他密谈,为了取得信任,他变得迫不及待,完全失去了往日的沉稳风范。他低语:夏国军队虽多,但精兵只有八万,其余不过是老弱不堪之人。郭劝听了暗下诧异:这哪里是山遇惟亮的平日所为?正在疑惑,有人来报:夏国大军已压境而来。声言如不交出山遇全族,千军万马将踩平延州城!郭劝大呼上当,额头上惊出几颗大汗珠来,果然是李元昊的一大计谋,好险啊!于是也不顾山遇惟亮的百般申诉,一意孤行,下令将山遇全族送还李元昊。

当山遇全族被五花大绑送到李元昊的面前时,双方的眼里都射出仇人的火焰。那原本哭叫着的女眷幼儿一时间止住了声音,整个山谷旷野呈现着一种"死"的对峙。李元昊此刻换了一身行装,他身披锦袍,头戴一顶黄绵胡帽,身上没有任何兵器。他高高端坐在一匹高头大马上,面部平静,没有杀气。这使他看上去美极了,那些已被贴靠在峭壁上的老少囚徒们甚至对他产生了幻想,如此俊美的人是不会将他们杀害的。但山遇惟亮和山遇惟永却对他没有一丝信任。他俩坚信,要不了多久这个嗜杀成性的人会手起箭出,决不放过一个活人!由于先前的奋力反抗及大骂,兄弟俩都眼睛血红,眼睁睁看着族人受株连,真是心如刀割!山遇惟永比山遇惟亮要平静,他的夫人依偎着他,合着的眼睛似乎对这样的归宿也很是满足。山遇惟亮在这一刻双耳失聪,静谧中一股"安息香"的气味儿冒了出来,如同无数支翩跹着向他们飞来的箭……

夏王依然端庄,依然俊美。他的胳膊好像出了问题,想向空中抓什么,但却不听使唤,他转身撤退的时候好像流泪了,但他没有觉到,他的背后有一股凝聚成一团的毒怨射进了他的身体。

第十四章　夜访野利仁荣

　　我万万没有料到,宋边境对"山遇投宋"一事处理得如此轻率愚蠢!就凭这个,也说明他们的虚弱和缺乏谋略,这让本王我小看宋朝。山遇乃我大夏国的一代军师啊,换任何一国都是求之不得的人才,可宋边知州却惧我夏威拱手将山遇轻易送还给我,怎么说呢?这反倒让我感到窝囊。我正集聚了一身力量打算借这件事与宋较量一番呢。但这件事同时也为我大增信心:这大宋朝简直就是个纸老虎嘛,他既然怕我,说明我大夏称帝建国的力量已完全具备,指日可待!但自从边境回来后我却生病了。

　　我接连数日噩梦不断,那荒唐梦境缠绕着我,使我处在一种被众力挤压撕扯的地步中。我简直不能闭眼,只要一合上双目,那股怪异可怕的力量就来袭击我,使我发出极其古怪的叫喊声。我的重要大臣们都严密守候在我的宫殿内外,他们轮流进来探视我的情况。床帐内,野利氏依旧穿着红色的绫袍像座山一般端坐着。我躺在她的怀里,渺小虚弱得像个婴儿。我就是个婴儿,我已经多次看到面前的野利氏就是我母亲卫慕氏,她们穿着相同的红袍,仿佛共同养育救赎着我。我虚弱至极,死死依赖在野利氏的怀抱里。唉,我真不愿将我这副德行展露在她的面前,可我无能为力!为我生过两个儿子的野利氏愈加丰厚持重,她的脸不仅仅变幻成我的母亲,她含首垂眉望着我的时候简直就是一尊菩萨。她轻轻拍打着我,嘴里哼唱着古老的党项歌谣,在那动听的曲调中我党项祖宗为了生存而浴血奋战的身影频频从我脑海中滑过……可如今,我这个传承祖业的人却躺在女人的怀里虚弱无力,倍受那无形力量的百般折磨……先人们啊!难道我做错了什么吗?

不仅仅是无形的力量,还有像河水般流淌着的红色,它们裹挟着我,吞噬着我,用血腥气味儿淹没着我……我一边挣扎一边叫喊:

不要……不要啊……

帐外做法事的声音忽高忽低,法器铁木皆有,我看不见巫师的样子,却能感受到他与无形势力的较量,那烟火缭绕的气味儿使我的心略得慰藉……但在那个阶段里,我大多时候像是一叶孤零零漂流在大水里的芦苇,被急流漩涡掷去掳来,不知会被命运带向哪里。

当我从这场磨难中好起来的时候,我才知道时间不觉中过去了两个月,我挣脱了野利氏的怀抱,她的衣着不知何时已变成了一身白色,她惨淡的面容也如遭遇了一场劫掠。她搀扶着我来到花园时,姹紫嫣红,竞相开放,花香四溢。仿佛刚从坟墓里爬出来的我面对着九月初这灿烂的景象恍如隔世……我软弱无力地坐在一片花丛中,说不清泪水为何汩汩地流着,野利氏用她那白皙的手指一遍遍为我抹擦着,她温暖的眼神又将我变成一个脆弱的孩子。

十月份是我正式称帝建国的日子啊!我响当当的一代帝王怎会变成如此模样……建国前的诸多事宜是何等重要,我却身陷沉疴罢朝多日,这隆重的大仪无法预期举行了么!

野利氏开始说话了,我除了在梦中偶尔听到她的歌声,已经很久没有听到她说一句话了。野利氏的声音是那样稳重悦耳,舒缓自如。那谨慎又自信的一言一语让我疑心她并不是我的爱侣,而是上苍派到我面前的女神。她说道:

夏王尽可放心,建国大典如期举行,紧锣密鼓,有条不紊,一切的一切毫无松懈,现在已到了准备就绪,接受夏王检阅的时刻了!

我挣扎着站了起来,双手紧抓野利氏的手对她说:

真的么……你要我如何感激你呀!

野利氏轻轻甩掉我的手,她背过去走了两步然后转过身来看着我,她那一身月白色裙裾在艳丽的百花中是那样超脱,我从没见过她涂脂抹粉,但她骨子里的万种风情使我深深迷恋。

你我夫妻,说什么谢与不谢的客气话,多年前你第一次出征路过我野利寨,那时候我就对你说过,我们缘分非同一般,不是感激不感激的世俗关系……野利氏深沉地说着。我突然像个小孩子似地跑到她面前抚住她的双肩问道:

对啦,你那时说过有朝一日你会告诉我我们有着怎样的机缘,那时是天机,现在总可以说了吧?

野利氏一本正经地说:

既是天机,哪有可泄之时,事到如今你难道没有自悟么?

正说着,后面响起一声清脆的叫喊:

爹爹!

我转脸一看,是已成长为少年的长子宁明,他的后面还跟着蹦蹦跳跳的次子宁令哥。阳光下,花丛中,我的两个至亲骨肉朝我奔来。唉,这世俗凡间的天伦之乐让人感到多么温馨啊!野利氏迎过去轻轻斥道:

不得无礼,快给父王行礼!

宁明天生文静,无论行坐手不释卷,他腼腆地伏身跪地:

拜见父王!

可宁令哥却酷似我当年,一副不受拘束的模样嚷着:

又不是在朝上,父母兄弟何必处处行礼!

哈哈!我一巴掌拍在他的小屁股上:

好!有个性,党项后代该当如此。

我此刻不想要礼,也不想要王,就想与我的妻子孩子们乐成一团。于是我们这一家人真的在这花团锦簇的乐园中笑闹起来,我们追逐着,叫喊着,荡着秋千,放肆地大笑着,那一切的阴霾都化为乌有。活着真好,这样活着可真好啊!

接下来我一一审视了建国前的一切事务,正如野利氏所说,各个环节都有条不紊地进行着。那情景使我内心满意却暗地里感叹:这泱泱世道缺了谁都照常运转啊！可现在要称帝的人是我,是党项王族后人鬼名元昊！因此我重振威武,我在各处巡视的脚步声恢复了我以往的力量,我穿着平时最喜欢的白色窄袖旋阑,腰束银带,依然头戴那顶颇具王威的黑毡冠,后背当然背着那把最有名的夏国剑。我所到之处,即刻会引起一阵无声的慌恐,那种畏惧的情绪通过空气清晰地传达给我。是的,我热爱这种畏惧！是它衬托着至尊无上的王威。我却微颦双眉不动声色地继续巡视,以继续王威带给我的极乐。当然,我很快就收敛了对所谓极乐的体验,我的终极目的是稳坐大夏帝国的宝座,而不是贪图浅薄之乐。

不知怎么,我的外表看起来已完全康复,但没人知道我内心深处依然有着一种无法道明的恐惧感。特别是到了傍晚,天色将黑的时候,那恐惧会袭击我。可我不能再暴露这个弱点了,连野利氏也不能让她知道。于是我将每日清晨舞剑的习惯改成了晚上。在我的习剑场地,我一个人发了疯般地舞着剑,像是在与一群恶势力拼杀,直到汗水湿透了剑服,精疲力竭地倒在地上……

面对着将要荣登的王座,没有人体察到我内心的忧郁。人们都以为,一个人面临大喜时情绪一定是喜悦的,但我的体会却是:当至尊的权势被赋予在一个世俗中人的身上时,这个人是要为此而付出代价的,再没有什么比一个人走到他的最高处更孤独更绝望的事了。

一个月明星稀的晚上,我单身匹马来到我的老师野利仁荣先生的府上。野利仁荣是我党项人的骄傲,如果没有他,我大夏国会更加被蔑视为五谷不食的蛮夷之族。但因为有了这个人,别人就不敢轻视我们的智慧与文化。可以说大名鼎鼎的野利仁荣是我大夏国的文化标志,是文明的化身！他不仅仅是我的老师,也是父王的老师,也可以说是我整个大夏国的老师。在我迷惘缭乱的心绪中,渴望着先生能为我指点迷津,能拨除我心中的阴霾。为了赶在正式建国前把蕃字造出来,他已很长一段时间在夜以继日地工作着。蕃字就是夏文字。中原以"蕃"视我,但我却不以为然,我不但将我国创造的这种文字命名为"蕃书",定为国字,而且要设立蕃字院,在我大夏国普及使用。这期间我是来过这里多次的,每次先生都把一些新的成果展示给我看,神情就像一个刚刚分娩过的母亲。

为了不干扰他的工作,我给群臣下过旨,没有特殊事情谁也不得擅自打搅野利仁荣。

当他的护卫兵们认出是我时,惊得个个伏地下拜,我示意他们不要出声,就悄悄朝野利仁荣工作间走来。在普天下都在沉睡的时刻,这里却呈现出热火朝天的景象。我直立在台阶上,虽说有纱幔遮挡着窗子,但里面的灯光依然让我温暖,使我顷刻间鼻腔酸涩,双眼湿润……

看见我到来,野利仁荣忙起身在最大的书案过道上朝我行拜见礼,其他学者也都纷纷在各自的过道匍匐了身体。我迅速过去扶起他说道:

先生免礼!

并对他行了弟子礼。

野利仁荣依然穿着他最喜欢的汉族学者的素净长衫,虽说他仍在日夜不休地忙碌,但却面目清癯,软冠下露出的须髯已然花白却也梳理得一丝不乱。特别是他的那双眼睛,那是一双能洞穿世事的眼睛,星空一样深邃,放射着智慧之光。正是这如炬的目光,多年来给了我们拓跋氏以信心和力量。此时,我连日来的惶惑一下子去了不少,还有书房的墨香也将多日来心中的积郁减了一半。唉,我该早些来才是。但我的到来明显干扰了这里的工作,众学者们都停了手中的事务侧立在案旁等待着我的视察,我只好借机观览蕃字的进展情况。

野利仁荣陪在我身边,为我讲解着。他拿起一副木质扁牌指着上面并排的两行汉、蕃字说道:

夏王请看,我国文字与汉字有着异曲同工之形,均端庄方正,乍视如汉,细看却无一字相似,既有着汉字的形美,又迥异于汉字,全然另一番言意。就像我大夏国一样,神秘莫测,又卓尔不群。

我接过来欣赏着,比较着,轻轻摩挲着夏、汉两排文字,再一次热泪盈眶。

野利仁荣显然明白我的来意,介绍了一番蕃字之后,就引我进了他的内书房。

这里才是他真正意义上的私人领地。没有党项贵族的豪华,却散发着文房墨宝的气息。我发现,原先正面墙上悬挂着的"闲居静思"四个大字不见了,取而代之的是一副新字:大安则详,大公则益。

这八个字把我的心房照亮了。欢喜非常,却又无法究竟……

野利仁荣一边让座一边说道:

补白之笔,让夏王见笑了。

我说:大德如岸!只可惜于我却关山重重……

先生说:夏王过谦,谁不知夏王尧德舜智。

不敢不敢,学生我是怀着一腔之隐来求先生解惑的啊!

野利仁荣从容地说:

微臣愚钝,不能为夏王分忧,罪不能赦啊。

这时侍人端上一套紫铜雕花茶具,特别是那只茶壶,简洁古朴,完全是野利仁荣的风格。可能是使用很久的缘故,花纹早已磨钝,但壶身却通体放射着紫铜的红色光亮,让人忍不住想伸手去触摸。先生就笑了起来,他将铜壶递给我:

祖上传下来的东西不多,这茶具本不是特别之物,从制作上看,也并非上乘手艺,但它却经历了百年的岁月,在这百年中它的主人更换过数次,却没有一任主人将它遗弃。

我爱不释手地抚摸着壶身,竟有些羡慕。

当茶沏好后,一缕茶香沁人心脾,野利仁荣琴意兴起,他说:

请夏王慢慢品茶,臣为您抚琴助兴可好?

好!我轻轻击掌,他就在侍人端来的水盆中净了手,然后掀去琴上的红色丝绒,一架形状清峻的古琴豁然而现。当他的手指在那排琴弦上掠了一下之后,高山流水般的音韵即刻布满了房间,更使我豁然开朗。我暗叹:这正是我之所以来访的根源啊!从门外的灯光到屋内的气氛,从八个大字到茶香琴韵,我的心如阳光沐浴般被层层洗涤,我被高山流水的琴声带入了一个个我似曾去过但又从未抵达的地方。那琴声循序渐进,指引着我走过一段段幽深高古、明丽宽敞之处,我捧着茶盅,闭目倾听……正当我沉浸在那些美丽画卷之中,琴声逶迤而去,留下的是一片空旷的大静。

当我二人重新回到这现实世界的时候,我的眼里再次泛起泪光,我说道:

这一番神游使我想起《列子》里的一则故事,是说一个会幻术的人带领周穆王游览仙境。刚才先生的琴声也正如那幻术师般奇妙,带学生游走了一番仙境啊。

野利仁荣来到茶桌前,亲自为我斟茶。经过浸泡的茶泛着紫铜色徐徐注入茶杯,有如琼浆玉液。他也呷了一口说道:

是的,那个幻术师说——大王,我和你一起出游仙境,只不过是精神出游而非形体出游。后来周穆王明白他的所谓神游仙境不过是个梦而已,可方才我们的一番游走却不是梦。

我终于直接问道:

请教先生,难道我错杀了山遇家族啦?

野利仁荣捋一捋他那整齐的长须说道:

君王实行王道乃是天意。

那为何自追杀山遇后我神形离散,虚弱不堪,心灵片刻难安……

野利仁荣沉吟着说:

自古以来君有君道臣有臣术,抛开君道且不论,就拿臣术来说吧,身为臣者,在于"行六正则荣,犯六邪则辱"。这个要旨不过是劝勉一国的臣子们要见微知著,尽忠尽职……

我索性抢过他的话将近来的困惑倾腹而出:

是啊,古书里有关臣子如何尽职责的条例实在不少,关于国君怎样治国的道理也是很多。我大夏国夹缝求生,不进则退,若永远满足于靠别国的赏赐获得安稳,那迟早也会做了别人的美食。自古以来,一个国家的获利和强壮难道不是靠君主的勇敢征伐才能办到?作为先王时期的重臣不设法辅助新君发展国度,却百般阻挠,竟然走到叛国的地步……先生您说对此我该如何处置?如我无错又如何惶惑不宁?先生啊!请您为我明断事非、解除困惑吧!

野利仁荣背着双手缓缓踱步:

夏王宅心仁厚,但万法因缘生,您和山遇的因缘本该如此。

您是说,这一切都是宿命?

野利仁荣不再言语。

房间里一片静默。

临近五更,我们君臣告别。看天空,已是晨曦微明,先生要派大轿送我,我哪里肯听,一如来时的夜行侠,打马奔进了初晨的朝雾中,只是与来时的那只盲雁判若两人了。

第十五章　无名使者

我是一个没有名字的人。在大夏云集的人物中,我只是个微不足道的使者。说微不足道,是因为我说的这种使者并不是经常出使国外的重要大臣,而是那种以速度和准确来体现效率的送信的小使者。虽说我们这个行当与各种高级部门没法比,但作为一个二十岁出头的年轻男子来说,能够在大夏国府里做一名往来于其他国度的信使,我感到非常自豪和荣幸。你要知道,我们这样一个小小的信使可不是随便谁都能干上的,我们是通过严格的选拔和层层筛选最终被通过的极少数人之一。我们年轻、英俊,武艺高强,骑术精湛。我们被安置在兴庆府一个偏僻的角落里,每天除了练习武艺骑射及怎样排除险障,更多的是盼望着使命降临到我们的身上。我们当中的某个人如果得到出使的敕令那就会引起一片骚动,羡慕,妒忌,蠢蠢欲动……

我们都知道,也许会因为执行一次特殊的使命从此出人头地,也许会因为这次任务而断送性命!就算断送性命,我们依然踊跃,我们是那样强烈地想用我们年轻的鲜血去换取功名。虽说自古以来就有一条规矩,两国交战不杀来使,但我们当中依然有不少人以身殉职,或成为别国的俘虏。总之在我们当中,一个人接受到命令之后,除了激动和欣喜,还有着一种无法言说的悲壮感。其他的弟兄们除了眼红之外还是会为这个人送壮行酒,还是会为他祈祷平安。

我做梦都没有想到,一个相当重要的"使命"竟然落到了我的头上。在此之前,我还没有接到过一次像样的任务,因为我太年轻吧,被选拔到这个队伍还不足一年,但这一次却要我去完成一个特殊的使命,是去送由夏王李元昊亲手写给大宋皇帝的一封信,这封信被后人们称为"谩书",就是蔑视对方的意思。得到这个任务,在我们的队伍里引起一片大哗。人们悄悄议论,如此重大的事情派我这么一个毫无经验的小使去做,分明是有去无回,分明是因为这个小使的命一文不值。人们还私下里传说,夏王的"谩书"是为了直接激怒宋皇赵祯的,是为了攻打宋朝而投去的一块挑战石!因此,送"谩书"的人就是去送死。

面对如此诡谲的前途,我该怎么办呢?我是那样急于得到一个大的使命,梦想着如何漂亮地完成这桩使命,但我做这一切并不是为了要去送死。尽管死亡的事是那样频繁地在我们的生活中发生着,但我觉得它离我还相当遥远。我才刚刚长大,年轻的热血在我的身体里欢快地流淌,这人世间的美好滋味我才开始品尝,我急于要得到重大使命是为了能够成为一名勇士!是的,因为我有了自己的心上人,我心爱的一位姑娘。

在我的讲述里我没有名字,听者也恕我掩去我心爱姑娘的名字吧。在这个节骨眼上,名字难道还重要吗?她是我姑母的义女,之前我们并不认识,那是我被选拔到信使队伍后的某一天,我们才相遇。就算我不用描述她的长相,就凭我火一样炽热的诉说,听者也能够想象到她有多美……

我坐卧不宁,徜徉在我的那班兄弟们中间,我的脚步接近哪一个人,那个人就会停止窃窃私语,向我投以同情的眼神。我呢,我极力掩饰着我的慌恐,模仿着老练和沉稳,装出一副骄傲的样子。我这么穿梭在人们中间是为了在他们的眼里看到羡慕和妒忌,那种成分会告诉我我的运气是多么的好!我搜寻着,故意将脚步弄得铿锵有声,我多么想看见能使我生出力量的眼光来,但除了窃窃私语就是躲闪的目光。说真的,我在这种气氛里第一次感受到了巨大的孤独,就好像我一个人掉进了一条能吞噬我生命的大河,而我的兄弟们却都袖手在岸边观望着。我没有时间了,我不能总是像一个无措的小后生那样期待着别人的救赎,在这生死关头我必须自救。

这么一想,我忽然觉到自己正在成长,那种拔节般的成长发出嘎嘎嘎的响声,果真给自己增添了一股无形的力量!接下来,我得抓紧时间去见一面我的姑娘,我不能告诉她这也许是今生最后的一面,但我要让她看见我是多么的勇敢。如果她愿意,我就会解开衣衫给她看我强健的肌肉;如果她渴望,我会完完全全拥她入怀。我如此这般地想着并不是亵渎我的姑娘,而是我几度在她热烈的眼神里看见过她对我的渴望。可我是多么腼腆的一个青年啊!我缺乏勇气,是因为我觉得一个男人献给他最心爱女人的礼物应该是他的英雄徽章!可我没有,我连获得当英雄的机会还没有捞着,更别说英雄的徽章了。但现在我却挨着英雄的边了,我去见她,虽说还没有徽章献给她,可我要告诉她,我就要成为一个英雄了!

这是一个阴云密布的冬日,傍晚浓郁的湿度显示,一场大雪就要来临。之前我给教练使告了假,按理说,一个已被赋予特殊使命、并在当晚子时三刻就要出发的人是没有自由行动的权利了。但我们的教练使是一位非常善良的人,平日的训练中他严厉得让人受不了,可在生活中他又像是一位慈父。我对他说我要去给我的恋人告个别,他哈哈地笑着,那样地善解人意,然后将我带到没人的地方悄悄地应允了我。我忘不了他那可亲的声音,他说道:

小子,到了规定的时间你若不回来,我的命可就随你而去啦!

我给他磕了一个头,然后飞身上马,急速穿梭在阴冷潮湿的空气中,任呼出的白雾将我富有朝气的脸冻硬。

爱人啊,你此刻在做什么?你可知道我就要来到你的身边……你也盼望着我的心跳声已传递给了我,使得我恨不能插翅而飞,快一点来到你的面前。我感谢这大雪来临前的气息,它将你醇美的体香已送至我的鼻翼前,使得大地上被冻僵的一切都黯然退后。为了你我的爱人,我愿意做不归的英雄换那金灿灿的英雄徽章献至你的面前。当然,我更加愿意成为真正的英雄凯旋而归,回到你的身边。爱人啊,无论前世今生我们能否相守,但即刻的见面是那样真实,浓浓的湿雾像大朵大朵的白云,我已经看见云端的那一头正站着宛如仙女的你……

我的马喀里斯飞快地跑着,我的思绪也像这空气中的雾霭,不停地从我的七窍里冒了出来,和整个天空大地融为一体。唉,原来爱情会如此让一个年轻男人力量倍增,我简直都忘记了自己是个身负重大使命的人,我忘乎所以,完全陶醉在一种无法说清的喜悦里。

这时候,喀里斯突然冲下河沿朝着结了冰层的河面上奔去。西北十二月底的寒天虽说还没有到冰冻三尺的地步,但河面上的冰层撑住一人一马应该是毫无问题的。喀里斯啊喀里斯!这匹如我一样年轻英俊的高头大马难道也被我恋爱的幸福所感染?难道你也急于想要见到那美丽的人儿?是啊,我们的数次会面身边都少不了你,你是我们爱情的见证者!但你为何不循规蹈矩走你熟悉的老路?为何突然疯狂地朝冰河上飞奔?呀,我明白了,一定是你也爱上了我的姑娘,一腔的妒忌不知如何消散?或许是你根本没有妒忌而陶醉在你自己的欢娱里不屑于我这个主人的施令了。那好吧,就让我们消除彼此的界线奔赴在这天堂般的冰河上吧!

就这样,我和喀里斯像一股突然掀起的旋风朝着冰河上不羁地冲去。我的恋人若知道了这狂妄的行为一定会将她那颗热烈的心紧紧揪起!是啊,如果此刻有一个冷静的人用一盆冰水朝我们高烧一般的身体浇来,就会制止眼前的这起灾难,就不会造成一场空欢喜啦。是的,正如你的猜想,马蹄滑进了那阴谋一般的裂隙里,随着它那声惊恐的嘶鸣,我被甩出了数十米,撞在一截冻进冰层的老树桩上什么也不知道了。

等我醒来,已是初夜降临,稀疏的小雪花也开始飘落。我摇晃着脑袋,望着如白昼一般的天空不知身在何处。在这寂静的时刻,我听到了来自冰层上的一种动静,那是喀里斯的响鼻及马掌划拉着冰面的声音,马尾也拍打着,挣扎着。我惊魂甫定,想起了我的使命。我爬了起来,一步一滑地朝被卡住的喀里斯那里走去。

苍天呀!喀里斯受了重伤,它那先前还炯炯有神的大眼睛此刻涕泪交流,又被冻成冰须。我扑了过去,一把抱住我的马头哭了起来。但很快我就不敢哭了,我帮着它往外拔马蹄,我费了九牛二虎之力终于将马蹄弄了出来,可是它却站不起来了。

我伏在喀里斯的身边嚎啕大哭。今晚它和我一同承担着使命,子夜三刻它将载着我出发,我们将越过千山万水去执行使命……

我这相处了一年的伙伴流露出由于自己的冒失而闯了祸的负罪表情,它哀伤地眯着两眼不敢看我,由于疼痛,它下垂的眼睫毛都在发抖……

可现在是什么时辰了啊?好心的教练使恐怕都要急死了,到了规定的时间我还不回去那后果可想而知,那不仅是我,教练使也因此会招来杀身之祸啊!唉,真可谓出师未捷身先死……我幼稚莽撞的行为是多么的不可饶恕啊。我那可爱的姑娘若知道我如此这般也会嘲笑我吧!我仰头望天,小雪花们是那样沉默,静静跳着忧伤的舞蹈……我抱着马头,对着它的耳朵喃喃地说道:

好吧喀里斯,既然怎么都是一死,那么就让我们死在这里,就让这美丽的小雪花将我们覆盖了吧。

喀里斯的耳朵轻轻蹭了一下我的脸颊,似乎同意了我的安排。

就在这时,在这白雪皑皑的夜晚,我看到了一颗星星正在从天而降。不是一颗,是三颗,那隐约的星星从天上落至天边,又从天边缓缓朝我们这个方向跳跃。啊!难道那是希望之光么?我紧紧盯着那几颗划过夜空的星星轻声叫道:喀里斯,喀里斯,你看啊,你看见了么?那是火把吗?是教练使派人来救我们了吗?喀里斯也来了精神,它打了个响鼻,将它那腥热的鼻沫喷了我一脸,我抹了一把脸继续盯着那离我们越来越近的星光说道:

是的,喀里斯,一定是教练使带着人在寻找我们了……

果然,那星光越来越大,已经呈显出火把的形状,并伴有急驰的马蹄声。我霍地一下站了起来,对我的马说:

来!喀里斯,让我们一起叫喊,告诉寻找我们的人吧。

接着我就双手圈在嘴巴上,拼出全身力气发出一声长长的吼叫,但

没想到我的声音是那样的微弱和嘶哑,我用脚踢了踢喀里斯:

快呀,喀里斯！叫呀,错过了时机我们可就真的完了！

喀里斯真是好样的,它听懂了我的话,它扭动着身子试图再站起来,但办不到,于是它仰起它那粗壮的脖子嘶鸣了一声,我在它的感染下声音也高昂了起来。就这样,他们发现了我们,那几团火光朝着我们飞来了。

到了近前,几个人从马上跳了下来,打头的那个人就是我们的教练使,他举着火把大步流星地走在冰上,紧随着的那两个人当然也是我们的兄弟。冰面上突然承载了几双高毡靴的力量,那急促的脚步声震撼着我,使我的整个身体都跟着冰面在跳动。离着有三步远的时候他们停了下来,教练使将火把在我和喀里斯身上照了一遍,我呆呆地站着,看见他们嘴里呼出的白气将面部有毛发的地方全结上了冰碴。我小声地叫了一声:

教练使……

他将火把递给了旁边的人,走上来一把将我搂在怀里,说道:

天哪,你伤势如何？

我吸溜了一下鼻子挣脱了他,在原地来了一个拳脚对他说:

你看,我没有受伤,喀里斯受伤了。

教练使突然跪了下来双手抱拳仰面朝天激动地说:

苍天帮我避开了一次死罪,小使叩谢苍天啦！

然后就伏身磕头。我们几个人也赶紧伏身在地,将额头在坚硬的冰面上梆梆地磕击着。

之后,教练使走到喀里斯跟前翻动了一下它的蹄掌,语气急促地说:

时间不等人,已接近出发的时刻了。

他站起来又扳着我的肩将我也检查了一遍,然后将他的马绳塞进我的手里,同时从怀里掏出一只神圣的红绸袋,声音一下肃穆了许多:

这就是你要送到宋朝的"谩书",它比我们所有人的命更加贵重。在此之前我对你一年来的训练都是为了今天这个行动,而我自己却在这关键的时刻犯了个天大的错误,差一点为了儿女情长误了国家大事！虽说这是一个秘密,让我们逃脱了一次死罪,但我会为此而闭门自罚。至于你,一切就绪,即刻出发!我的红龙睛相当了不起,它会帮你顺利地到达大宋国,也一定会将你再带回我的面前。

他说着突然从背上抽出一柄弓箭对准了喀里斯。我大喊了一声还没来得急甩掉手里的僵绳,那只飞出的利箭已像一颗腾空而起的星星骤亮即熄,在我眼前晃了一下便准确地种在喀里斯的喉咙里了!我呜咽了一声,和喀里斯的呜咽声混在了一起。然后我被七手八脚地架上了红龙睛,教练使有些发抖的声音极其冷酷:

干我们这行的,练的不是技术和本领,而是心,直到将柔软的部分全部练去!听着,一路上所有的事情你必须充耳不闻,你要死死盯着你自己的路标直达目的地。

我沉默着,怀里的"谩书"压得我透不过气来。教练使大吼一声:

听到了没有?

是!浑身的盔甲将我变成了一个铁人,我不由自主地发出了铁一般的应答声。接着,教练使对他的红龙睛发出了一声指令,那马就带着我像一支利箭冲上了岸堤。我们来到了高处,红龙睛原地绕了一圈停下来。这是一匹特殊的精良黑骏马,毛色匀如黑丝缎,光滑闪亮,衬着一双极少见的红色大眼睛,不为人知的睿智都暗藏在那双眼睛里。它望着冰面上的主人喷着响鼻鸣叫了一声,那是一声告别,不知道教练使此刻是否真练去了柔软心?但现在我们面临的是生死险途,紧迫的时间催逼着性命,隔着这段距离,在火把和小雪花的照耀下我们最后告别。我的喀里斯依然伏卧着,它肯定没有想到,为了实现一次小小的自由而导致了如此的悲剧。但同时,它微微合上的眼睛没有了自责与苦痛,它那渐渐僵硬的卧姿在黄河水重新奔流之前会一直刻在我的心上。还有,我看见了教练使的泪眼。我冷笑了一声心里说道:你老啦,把你渴望练习掉"柔软"的那种境界交给我好了!红龙睛忽然划了一个旋风式的大圈飞跑起来,它将我刚刚又喷出的泪水旋了一个弧度,不知道是否溅落到教练使的心上。

红龙睛载着我向相反的方向驰去,小雪花顷刻间变成了鹅毛大雪,我怀揣着"谩书"冲进茫茫雪夜,开始了我一个小小信使的征途。

　　现在,略去我到达宋朝东京的一路风尘且不说,回过头来说说眼下我大夏国与宋朝的形势吧。自我们夏国王李元昊称帝的消息在天下传开之后,首先就在宋朝廷中引起了一片骚动。宋皇赵祯对李元昊的这一举动是又气又惧。其实人们都说,宋皇赵祯明白李元昊要独立称帝是迟早的事,但他一直想办法抑制他这一举动,至少不要在他在位的时期发生这种"割据大事"。从表面上来说,宋皇赵祯对我们大夏国善用"怀柔之术",不断地给一些好处。另一面,夏国和辽国的姻亲关系也是让宋朝畏惧的。说心里话,从我们小老百姓的角度来说也巴不得这种情况更持久一些,只要国家不战,我们就能过安稳的日子,这是个众所周知的道理。可对夏王来说,他的称帝却势在必行,不以别人的意愿为转移。就拿山遇惟亮和山遇惟永两大臣来说吧,他们可是大夏国赫赫有名的大功臣!听前辈人讲,前王李德明时期,担任左右厢军的山遇兄弟是何等的威武!他们分别掌握着军事大权,是夏王李德明最心腹之人。可他们能想到么,有那么一天他们竟成了晚辈李元昊的箭下鬼!这就是叛逃君主的下场。新主除掉"绊脚石"之后,无论新宠旧爱全都鸦雀无声了,所有的人都铆足了一股劲为新主的称帝而竭尽全力。因此,对夏王李元昊来说,那不可一世的熊熊火焰已在他的身体和大脑中燃烧,即使横空出现刀山火海也阻挡不了他那称帝的脚步!

　　在这次送"谩书"之前,也就是在夏王正式称帝的那个时刻,夏王先派人给宋皇赵祯送去了称帝的表章。后来我们都知道,在那封表章里,夏王正式告知宋皇赵祯他已称帝,国称大夏,改元天授礼法延祚,并慷慨陈辞了他本出自帝胄的身世,一一列举了他祖上是怎样心知兵要,手握乾坤,大举义旗悉降诸部,获临河五郡、沿边七州,又是怎样嗣奉世基,勉从朝命。他自己又是如何不屑于别国封给他的王号,称帝才是他最终的壮举。他说如何创制大夏文字,改大汉衣冠,革乐之五音,裁礼之九拜。他还说,既然万事俱备就是天意,他请求宋皇许以西郊之地,册为南牧之君。当然他还说了许多今后作为邻国如何友好往来的美意。

可想而知,宋皇赵祯在读夏王那封表章的时候,脸色都铁青了。当时送表章的除了一位夏国的大使臣还有我们的一位师兄,那些情景当然是师兄悄悄透露给我们的。宋皇赵祯读罢表章后豁地一下站了起来,随之,整个大殿都在发抖,师兄说他伏在宋大殿地中央浑身发抖,他有一种死到临头的恐惧。他生怕被旁边的大使臣看了出来,可他感到大使臣也在微微颤抖……师兄说他怎么也没有想到宋皇赵祯又坐了回去,并没有发出杀了他们的命令。但宋群臣却炸了锅。纷纷嚷着李元昊之举就是犯宋之举,先将夏使杀了再举兵讨伐他这狂妄之徒!我们那师兄说,当时他们的命真是悬在那帮人的唇齿之间。这时,任宋参知政事的大臣却冷静地发话了,他对宋皇赵祯说大宋朝可不能因小失大,杀个使者没意思,还是好好将他们送回去,然后再商对策。

宋皇赵祯虽说听取了这位大臣的意见,遣回了夏使,但他怒气难消,竟将驻守宋边的知延州郭劝(对了,就是前面出现过的将山遇家族送还给李元昊的那个无能的郭劝)以"坐不察敌情"罪给予降职处分。不仅如此,收回那份对夏王赐姓封爵的诏书,关闭榷场,在边境张贴榜文高价悬赏李元昊的人头。而且榜文上说,西夏国各族有愿意归宋的人,可按身份等级封官加赏。当然,夏国王——不不,这会我们已经称呼夏王为皇上了,但为了人物清晰,为了讲故事方便,我们还是一律沿用夏王李元昊这个称呼。夏王当然知道宋朝的这种反应是必然的了,他索性一不做二不休不断派人到边境刺探军情,也借机煽诱边境党项人与汉人归附夏国,同时断绝了与宋朝使节的往来。但到了年底,大臣张元为李元昊献策献计,要将一封"谩书"亲自送到宋皇赵祯的手上。就这样,就有了我这个无名小使的情节了。

好吧,让故事转回到我的身上吧。我历尽千辛万苦终于来到了宋东京,以我刚才讲过的种种情景,你就可想我此时的处境了。"谩书"的内容是我们这种卑微的人无法知道的,当然也不必知道。如果说前面送表章的使者能够幸免一死,那么这一次我是必死无疑!这也是教练使为何特许我去与恋人告别的缘故,对我们那个管理严格的行当来说,那种先例几乎没有。想到此我的心里又一阵难受,你知道,那是因为喀里斯……难道说我是个如此懵懂愚昧对自己的"赴死"无动于衷的人吗?不,我极力回想着别的事情就是想逃避我眼下的恐惧。从接到使命到现在,恐惧也会阵阵袭进我的身心,特别是赴宋的路途上困难种种,我的注意力都分散到克服困难上去了。现在,我已来到大东京,住在一家上等的客栈里,内线已为我打通了关系,明天一早我就会到宋大殿将我夏国"谩书"亲自呈递给大宋皇帝了!

关于大宋龙颜,有着各式各样的传说,其中最传神的一种说法是他的头会发光,是凶是吉都凭他头上光圈的颜色断定。我们那位送表章的师兄对我们说过,他当时虽然吓得发抖,但他还是看到皇帝头上的紫光了,紫光,那当然是吉兆了,不知明天我能够仰望到哪种光泽呢?这么一想我似乎又忘掉了恐惧。不管我这种人是多么的卑微,但我比起更多的人来说又是如此幸运,我竟然也是能够生活在皇府里的人。说实话我来到兴庆府一年多还没有见过夏王的面,都说他的风姿何等了得,我总是在听人们说,可我还没有机会荣幸地一睹夏王的容貌,但命运安排,明天一早,我却能有幸见到大宋皇帝的尊容了!而且我的使命也就此完成。

生死都被置之度外的人还有什么可怕的吗?我又激动起来,那当然是又想起了我的恋人。翻来覆去睡不着觉,朦胧中我还梦到我将英雄的徽章献至她笑吟吟的面前。

但事情并不像我想的那样,次日天还没亮,我就被一个人叫醒,对于这个人我是只闻其声不见其人。他指令不得骑马,那我就不骑马,他指令与前面的"影子"保持一定距离,我就遵命。于是,我怀惴着那封包了红绸缎的"谩书",身后背着一柄夏国刀,死盯着前面的人影,若即若离。终于来到类似街巷的一条路上,黎明未即,一切都是黑麻麻的,我内心的紧张可想而知。

不知走了多久,炊烟鸡鸣让我感到人间即在,街市两边参差错落的宋朝屋宇渐渐显现,做早市生意的人们已发出了轻微的嘈杂声。那一切都让我感受到了强烈的新意。但是我很快就警惕了,凭我的直感,这里更像是市井街区,而不是宋大殿的所在。既然如此为何不骑马而步行呢?我摸了摸怀里的"谩书",它安好无恙,前面的"影子"要将我带向何处呢?正想着,那人加速了步伐,像飞一般,我当然不会被甩掉,紧紧保持在距离之中。这宋朝东京虽说也是冬风肆虐,却比我夏塞外的寒意要柔和得多。就这么急走着,我身上的热气从皮袍的缝隙里一股股地冒了出来。

穿过了市井街道,一片开阔的天地呈现在眼前,晨光已将远处照白,前面那个人停了下来,我也站住了。我揉着眼睛,努力辨别着周围的景物,远处有隐约的口令声和练兵声,这时一个兵士模样的人不知从什么地方冒了出来,他从一匹马上跳下来与前面的人交头接耳了一番,两人就来到我的面前。我还是看不清他们的脸,有一个人悄声说道:

交出"谩书"吧!

我一惊,双臂抱紧了胸前。我紧张地说道:

不行,皇宫在哪里?大殿在哪里?我要亲自面呈皇上!

一声冷笑响起:你难道是瞎子不成?睁眼看啊。

我像是得到了启示,慌忙又往前望去,这一望不要紧,我差点摔倒,正前方不到百米的地方耸立着一座巍峨的宫殿。啊,原来宋皇宫近在眼前了!这时天空迅速放亮,一道淡粉色的霞光正扫向宫殿的顶部,将顶部的金色琉璃折射成辉煌的瀑布,正浩瀚地朝整个宫殿蔓延……上苍呀!这座金碧辉煌的殿宇是人间所有的么?它那攫人心魄的庄严能将普通人拒之千里……我的腿开始瑟瑟发抖,嘴里却还强硬地说道:

我……我的使命是要亲交……亲交……圣上……

带路的人终于转向我,天空已大亮,可由于那人严密的装束,我依然看不着他的脸。他对我说道:

小兄弟,你知道你现在是何物么?

我茫然地摇头。他接着又说:

是那被射出的箭!

我停了片刻,精神百倍地说道:

我身为信使,生死不属于自己!

如果我此刻给你生的机会呢?

这话让天空豁亮了一下。我着急地又说:

如果出了闪失我一样是死。

那人长吁了一口气说:没有时间多说了,你交出"谩书"赶紧跑吧,至于生死就看你的造化了!

我恍然大悟,是啊,既然都是个死,那么此刻的"死运"里开启了一线生机,我还犹豫什么呢?我突然双膝跪地,从怀里取出"谩书"双手呈上,骑在马上的那个人冲过来接住"谩书"对我低语了一声:

快跑,跑得越远越好!

当我的身边宁静下来,我的额头离开地面重新直视前方的时候,那匹载着两人的马正奔进那座宫殿,那威武大门上的金环晃荡了一下,一道灼人的光线照到了我的脸上。

真没想到我就这样死里逃生。我在回国的途中,在很多驿站里听到了关于"谩书"的传说。我从人们各式各样的讲述中听到了这样的内容:有一天,宋边境的士兵从边境上拣到了一封来自夏国的信,读到这封信内容的人皆大惊失色。这事很快就传到宋皇的耳朵里,于是这"谩书"就呈现在圣上的面前了……

我弄了一顶斗笠扣在头上,装成一个浪迹天涯的武士,坐在酒馆的角落里自斟自饮。我静静地听着五花八门的议论,哪一种说法也没有与真相合上拍,但有一个一致的说法是不容质疑的,那就是夏国要与宋朝打仗了!我在周围那些嘈杂的声音中努力想象着接应我的那个人,这辈子都不会再有人告诉我他到底是谁了,但我却能够肯定,他是我今生的救命恩人!

第十六章　好水川之战

　　自夏王"谩书"激怒宋皇赵祯之后,双方的第一次大战——三川口之战(延州外围的一处保护屏)以宋朝为败。夏军一连攻克了延州外围的好几处保护屏,在三川口歼灭了宋延州两支主力部队,攻克了离延州府很近的另一处保护屏"金明寨"并在此安营扎寨。大部队云集在延州城下,延州城门紧闭,救援的部队赶不过来,延州知州范雍死守在府内求神保佑,眼看着延州就成了虎口里的一块肉了!也就在此时,天气突变,风雪交加,气温急剧下降。夏军围城七日,缺衣少食,士兵疲惫不振,无心再战,如再拖下去后果可想而知。于是李元昊下令从延州撤军。从延州城撤到金明寨,就将刚刚占领的金明寨作为基地,休养整顿,伺机再攻。

　　宋败三川口之后,宋皇赵祯一气之下撤掉了范雍,换上了户部尚书夏竦重新驻守延州,任陕西都部署兼经略安抚使,韩琦和范仲淹为副使,共同负责对付夏国军事防务工作。三人一到任,立刻集中兵力将夏军从金明寨打了出去。之后有人向范仲淹建议:夏人才打了胜仗,不会轻易放手,得赶紧修复加固金明寨以防再犯。范仲淹觉得很有道理,就加大力量修复金明寨并安置了得力的将士负责守卫。果然,金明寨刚刚修固完毕,夏大军压寨而来,一时间两军大战,用尽自己的招术,难决雌雄。

　　面对强敌,夏竦显得手足无措。这天,他再次召来两位副使商议对敌战略,不想他们的意见截然相反。一言一语针锋相对,争执不下。争到炽热化时,韩琦说,作为一个将军就要把生死置之度外,语气中充满了鄙夷。范仲淹说,作为一个将军恰恰不能把生死置之度外,因为将军的生死系着战士的生死,而每个将士的身后都是一个家,他们不希望自己的亲人战死在疆场。见二人快要伤了和气,夏竦说:算了算了,你俩将各自的主张上表皇上吧!于是二人即刻表呈皇上。韩琦认为:对待夏军一定要集中兵力主动进攻,打进它的巢穴速战速决。范仲淹则认为这样做是一种冒险行为,不能轻易深入夏境,应该以防为主,巩固边防,在机会良好的情况下打防御战。可宋皇赵祯看到两人表章后即刻下旨支持韩琦的主张,命令韩琦、范仲淹同时出兵,急得范仲淹一连上三道表章反对,最后宋皇赵祯勉强同意由韩琦部队出兵,范仲淹部队留下作为防守招纳和牵制李元昊之用。

这天,兴庆府郊外的高台寺门前云集着戎装待发的夏军大部队。如每次出征前一样,高香缭绕,祭祀天地。出发前的仪式庄严肃穆,夏王李元昊全副武装,威仪了得。这正是十月的一天,蓝天白云,秋高气爽,他在祭祀师的引领下完成了祭天地的程序。之后,转过身来,看着黑压压的一大片士兵和那些正迎风飞舞的有着"元昊"字样的旗帜时,他的心强烈地跳动着。每一次,在这样的情景下,他不仅仅心跳,而且血脉贲张。当然,血脉贲张的绝不是他一个人,而是他身边如他一样威武的左右大将,是眼前这如黄河水般沸腾的军队。他站在高台寺那高高的青石台阶上,用他那富有感染力的声音喊道:

我大夏国英勇的将士们,军人们!靠着你们赤诚的爱国之心,勇猛无比,三川口一战,我们胜利了!当然,就凭着我们是党项族人,我们也必胜无疑!可是,刚刚占领到的金明寨又被他们夺了回去,我们还丢失了大量的武器、牲畜和我们的兄弟……不过,失守金明寨算不了什么,占领延州才是我们的目的!大家都知道,那新任副职的韩琦叫嚣着要捣毁我兴庆大殿,他真是张狂得太早了!我同族的弟兄们,大家说,我们能够坐视不管让他们打进我们的家园吗?!

……台下已群情激荡,士兵们举着兵器像一片怒吼的波涛动荡不已,争战的烈焰重新燃起,燎原之势,不可阻挡……

中书令张元就站在夏王的身边,当然还有吴昊,左右厢军野利旺荣、野利遇乞等人。他们簇拥着夏王,脸上都流露着必胜的信心。他们确信,他们的必胜是有上苍相助的,就在前两天,天空中的太阳忽然缺了一角,这奇异的天象大家都认为是吉相,众臣们都纷纷肯定:此吾军胜象也!他们推举张元力请夏王攻取延州。

此刻,大部队沿着黄河向西进发了。十月的艳阳将河水的气息捞了上来,泼洒在浩浩荡荡的士兵们中间,那气味儿使他们陶醉,还有他们脚上那厚毡制成的高勒军靴,笨重地踩踏在戈壁滩上。距上一次三川口之战过去了一年的时间,虽说那对夏军来说是打了一场大胜仗,但那场战争的残酷场面还历历在目,那正是天降大雪的严冬时节,他们围延州城七日,缺衣少食,冻饿交加,许多兄弟都伤冻而亡。虽说没有攻下延州城,但他们浴血奋战在三川口,将宋军的两支主力部队歼灭却是不争的事实。眼下,他们重整旗鼓,以新的面目和气势再次进攻已是今非昔比!夏王不是说了吗,如果我们不主动出击,宋军就会打进来,更何况出征之前的"日食"是大胜之吉,我们会借这大吉之相为我们已经阵亡了的兄弟们报仇雪恨!士兵们雄心勃勃、踌躇满志地行进着。骑在马上的李元昊时不时地停下来,他的这匹高头大马和他一样雄伟,它驮着他在步兵的队伍中向后走去。士兵们看见夏王走近他们的身边,都会倍受激励,更加昂首阔步。有时候,李元昊还会跳下马来,与步兵们步行一程,随同的大臣也纷纷效法,放下架子,与普通士兵打成一片。就这样,一路走来,轻而易举地攻陷了几个小寨子。

收获最大的是延州之西的白豹城。

白豹城是宋延州的一个集仓库、酒库、货场于一身的重要的货物基地。占领后,李元昊在此建立一个重要的落脚点,整顿军队,补给军需。也就是这个时候,宋大军以迅猛之势攻了过来,夏军兵分几路与之周旋。宋夏的又一次大规模战斗在沿边地区全面展开。百余里烽火不绝,每天杀声震耳,难分胜负。

这天夜里,一支七千人马的大部队在月色的照耀下急行军,那方向是朝着白豹城来的。月光下一名骑在马上的猛将身影清晰无比。他跨在马上,身长腰直,一张凶悍勇猛的面孔会让人有不战自败的胆怯。他就是韩琦手下的大将副总管任福。此刻他面带杀气,来势凶猛,恨不得将夏王李元昊碎尸万段!但他知道,李元昊正带主力部队在最具火力的地方战斗,白豹城究竟是个什么情况他并不清楚,但将李元昊这新的巢穴捣毁是他的当务之急。

攻打白豹城的战斗在夜色中打响。经过一夜激战,城被攻下,兵士全歼,守将多被擒获。

任福威风凛凛地骑在马上,点集将士。这时,有人来报,发现地窖酒窖中藏有党项百姓。他的嘴角就露出了一股嗜杀的快意,然后做了一个放火的指令。

顷刻间,白豹城大火冲天,人号马嘶血流成河……

正与宋主力交手的李元昊听到这个消息心里大惊,这时张元冲过来提醒他必须返回白豹城去救援,不然那任福趁虚危及夏境都有可能。于是李元昊速召分头作战的诸将吴昊及野利兄弟,几人一合计就撤军朝白豹城返来。任福得知情况赶紧带军撤退。夏军紧追不舍,当他们追到一险要的渡口处时,对岸四周埋伏着的明枪暗箭密集射来,顿时不少士兵纷纷倒下……李元昊这才带军朝已被焚烧一空的白豹城退去。

之后的一年时间里,宋夏两军频频作战,双方忽进忽退,均死伤无数,但战争却愈演愈烈。第二年的初春季节,尽管西北仍是朔风卷地冰封千里的景象,但夏王李元昊又亲率十万大军向宋营进发。与去年秋天出军的情况比,无论夏王还是大将或是普通士兵,他们的脸上不仅仅是坚韧和自信,更多了一种身经百战的成熟和沧桑。特别是士兵们,许多人身上的伤还没有好,每向前迈进一步脸上都会露出些许隐痛。李元昊依然穿梭在士兵们中间,那些最微妙的表情他都看在眼里,但他一脸的严肃,他会命令某个伤员骑上他的马,也会突然解下自己的皮袍扔给某个弱小单薄的兵……有的时候,他不仅仅向他的军师们请教问题,也会直接问普通士兵,比如说对范仲淹和韩琦这两人的看法。士兵们也会直言不讳地抢着说:范仲淹虽说不像韩琦对我夏军那样嚣张,但他胸中自有数万雄兵,我们对他才不可掉以轻心! 李元昊若有所思,心里暗想,即使普通小兵也不可小看啊。

与此同时,宋将韩琦正给全副武装的任福部队训话。他说:

与夏军交战以来,夏的反复无常及诡诈多变我们已是多次领教,但同时让我们大长了经验! 此次夏军的来路是对我军有利的路线,这一带堡寨林立,间距相近,便于粮饷的接济调拨。但此次的交战只可迂回不可强攻,能打则打不能打则以逸待劳。等夏军退兵时伏击,这样可将失败和伤亡率降至最低……

一旁的任福大声朝士兵喊着:大家听到了没有,苟违节制,有功亦斩!

士兵们纷纷高呼:是!

于是队伍出发。

夏军在一处名叫怀远寨的地方停留几天,打听到这次迎战的又是副总管任福带兵北来,于是李元昊命令大军于夜间向西南方向的一个小城开拔,在城南的川东山地摆好阵势,等待宋军,并派了大将野利旺荣带一支轻骑兵越过六盘山做出大部队直趋攻入的模样,引诱宋军。

当宋将任福带着他的部队也穿过六盘山到达一处险地时忽然看见夏军与另一小股宋军正在开战,于是任福下令,挥戈跃马前去援助。夏军节节败退,盔甲兵器散落一路,沿着好水川北岸向西逃去。这让任福大为振奋,想起白豹城一战,他打得是何等痛快淋漓,说起来这夏军每逢到他就不是对手,看来我任福是他夏军的克星哪! 任福下令当晚自己的部队驻足好水川,分了两个支队在好水川的两处支流放哨。这时有探兵来报,说是摸清了夏军人数寥寥,多老少伤兵,强壮之兵甚少见。这让任福更加轻敌,士兵们争先恐后地喊着趁这机会狠狠教训夏军一顿兴许还能立功领赏呢! 这时任福的参谋耿傅劝他,出兵前韩琦大人可是有言在先,一定要持重缓行啊! 但任福哪里肯听,一门心思只觉得这是一个歼灭夏军的绝好时机。于是传令各队,几路并进,要在好水川这个地方全歼夏军。

夏军的大旗与任福部队相隔四五里之遥,那黄色黑字的旗子时而随风飘扬,时而忽隐忽现,任福就将自己的队伍军分两路沿好水川穷追不舍。

但到了好水川口,四下里静谧无人,正疑惑着,有小兵跑过来报告说：

任福将军！那边道路上丢弃着许多木匣子,里面还有响动呢！

任福更加好奇,就跳下马来说道：走！过去看看。

任福匆匆朝木匣子处走来,到了跟前,果然一个个木匣子里扑棱棱响着,似有活物。任福就命令道：通通打开！

士兵们一拥而上抢着用刀尖撬开了那些木匣子,一瞬间,无数白色的哨鸽冲天而起,那随之而起的哨音有如天籁,盘旋在蓝色天空的大群白鸽让人一下子忘记了眼下的处境。可就在这时,喊杀声从四周的山谷里响起,夏军从四面山上铺天盖地而来。任福回过神来,知道自己陷入了夏军的包围圈。他一咬牙,下令与夏军决一死战,接着就带头挥戈跃马向夏军冲去。

看见哨鸽纷纷起飞,李元昊露出了得意的笑容,紧跟身边的张元也笑了起来。现在,东西南北全是夏军主力,四位大将分别占据四个山头,任福的部队已死死地卡进口袋里了！两人互递了个必胜的眼神就虎虎雄威地朝着宋军迎了过去,一时间,双方战在一起。

任福部队急行军一天一夜,此刻饥渴难耐,人困马乏,战了不久便被夏军分割包围,战死的人眼看着一个个从马上掉了下去,死尸越积越厚。任福杀开血路与他的参军谋士们总算是碰了头,几人身上都溅满血浆,杀红了眼睛,利用喘息之机任福喊着：

弟兄们,现在没有别的出路了,只有以死拼杀全力突围,能突出去多少就算多少……

宋军得了这个指令就全力外突,可是往西冲就有西边的夏军喊杀而至,往东突又有东边的夏军摇旗扑来。见突围不成,许多兵士纷纷跳崖而死,任福回头看看身边的亲信大将多已战亡,自己身上也中数箭,参谋也受重伤匍匐着爬过来对他说：

任总管……我们投降吧……

任福却虎眼圆睁，摇晃着想站起来，但腿上血流如注只好单腿跪下斥道：

我身为宋朝大将，战败了也只有以死报国，哪有去做俘虏的道理！

这时夏军的马蹄声迫近，重新将他团团围住，任福霍地一下立起，挥动着手中的四刃方铁锏作殊死拼斗。李元昊一声"抓活的"刚出口，任福的面部又中一枪，铁锏坠地，眼看着夏军的绳套飞来，情急之下，任福双手掐住自己的喉咙毙命。

李元昊赶至近前，飞身下马，眼前惨景使英雄也不禁长叹。

在任福一军被围困时，韩琦派出的朱观、武英一军也隔山被围。好水川战斗结束后，元昊即指挥几路大军掩杀过去，宋军几乎全军覆没。除了大将朱观带了千余名部下逃脱外，其余将士全部牺牲，真是血流漂杵，惨不忍睹。

好水川大捷让李元昊真正体会到了"胜利"二字的涵义。他们虽说也有不少将官挂了彩，士兵也伤亡不少，但大夏国毕竟胜利了，整整七万宋军被他们歼灭，可想宋朝上下是如何气恼，赵祯老儿，这次老子该和你平起平坐了吧？队伍集合到一寺院前修整，元昊给身旁的张元说：

先生何不在寺壁题诗一首，以作纪念？

张元没有推辞，略加思索，提笔挥毫：

夏竦何曾耸，
韩琦未是奇。
满川龙虎辇，
犹自说兵机。

李元昊看罢，击掌叫好。张元说：微臣是把诗题在壁上，夏王是把诗题在我大白高国的大好河山上。

李元昊笑道：爱卿就会奉承本王，不过，这次可见宋朝边帅的确是平庸之辈,那么多的忠勇战将白白葬送在他们手上,让人好不痛惜!

夏军凯旋,李元昊大摆庆功宴。兴庆府歌舞琴瑟,酒满钵盈,欢声笑语好似太平盛世,战争的杀戮之痛仿佛从来就没有发生过。已喝得半醉的张元像踩着云一般飘至夏王的近前,李元昊此刻也正喝到兴头上,他看见张元过来那张笑脸更像是桃花绽放,与战场上的威武猛将判若两人。张元举着一只雕花银酒盏微微晃了一下就要俯身敬酒,夏王一伸手扶住了他笑眯眯地说:庆功之时,何必拘礼,来来来,爱卿干杯……就将他那龙头金樽一饮而尽。张元酒醉心明,他凑到夏王耳边说道:假借休兵息民之意去信以迷惑宋朝……

李元昊将空了的金樽往面前的玉几上一蹾说道:

此言正合吾意,笔墨上来!

于是,夏王挥毫泼墨,一封充斥着傲气和几分醉意并在落款处附有僭号"大夏国吾祖"字样的书信就写好了。为了显得有诚意,他们当即拍定将宋朝的一个俘虏放回,并将这封书信带给延州副使范仲淹。

宋军大败好水川,上下正处在懊恼与混乱之中,范仲淹也在自己的大营中扼腕叹息,暗自抱怨当初没人听取自己"以防治攻"的策略,导致如此惨痛后果,心想还不知皇上如何处置我等边守呢!正郁闷着,门外有人报告:夏国释放的一个俘虏求见!范仲淹大步迎出门来,就见已被夏国质押了一年多的原塞门寨主高延德正躬身行礼。他赶紧上前扶住他说:

免礼免礼,快快请进!

高延德进得门来泪眼婆娑,唏嘘不已,述说着生死大劫后竟还能活着见面,实在不知造化是如何弄人的!双方感慨一番,高延德从怀里取出李元昊的亲笔信交给范仲淹。范仲淹展信细读,又是大吃一惊。李元昊呀李元昊,就因为你的"称帝上表书"和"谩书",导致了双方烽火漫天,死伤无数……既然此刻口口声声说议和却为何不改僭号自称"吾祖",你你你这不是伤口撒盐,火上浇油,唯恐天下不乱嘛!

这封信是要他范仲淹面呈皇上的。咳,这节骨眼上,多一事不如少一事吧!于是录了副本,焚烧书信,自己给李元昊写了回信,规劝之言无数,将改过的李元昊"求通和好"之意加强后转呈皇上,但这件事差点让范仲淹丢掉性命。

这天薄暮时分,云层压顶,憋闷的空气使人难以喘息,眼看着一场大雨就要来临。一队人马有气无力地从远处走来,打头的正是延州城大名鼎鼎的两位副官韩琦和范仲淹。他俩刚刚接到被贬职调离的圣旨,交接之前,他们得将主战场的残兵败将们迎接回来。此刻他俩骑在各自的马上,保持着十来步远的距离,彼此无话。看着眼前惨不忍睹的战场,作为将军,怎不痛断肝肠。

挡住他们的是一大片哭声,男女老少的号啕声混在一起,像是大雨前的雷鸣。上千名老百姓身披白孝手提纸钱冲了过来纷纷跪在他们面前。无疑,他们都是战死将士的亲人。韩琦、范仲淹跳下马来,一一抚摸着他们的肩膀,接过纸钱也在路边跪烧了起来,悲愤和羞愧变成热泪,夺眶而出。

韩琦突然想起战前他和范仲淹的激烈争执——作为一个将军,更加不能将生死置之度外,因为将军的生死系着战士的生死,而每一个战士的身后都是一个家——假如他当初听进这句话,就不会有这样的场面。想到这里,阵阵羞愧袭上心头。战败后,他有些怕见范仲淹,但范仲淹却缄口不提当初争执的事,相反给了他许多安慰,更让他无地自容。

第十七章　太子宁明

在夏国的连年战事中,有一个人不知不觉地长大了,他就是大夏国未来的继承人太子宁明。数年前他还是一个小小少年,天生文静,手不释卷,深得母后野利氏的宠爱。现在,他已十七岁了,比起宋朝皇帝仁宗即位时的年纪他还长了四岁。因此,他早到了该务正业的时候了。但是,这位相貌清俊如女子的宁明却很是特别,说他乖顺,他的一言一行满是礼数,那温雅的举止就是一位谦谦君子,全然不见半点未来国王的风范。也正因如此,野利氏很多时候就拿他当女儿看待着。每天一大早,宁明总是一袭白衫干净清爽地第一个来给母后请安。野利氏有时候还没有起床,可他的声音已经到了。隔着幔帐看去,视线里的宁明真是宛若天子,飘逸、俊美。他的躬身施礼将清晨的气息带给了野利氏,使她心花怒放,内心的喜悦难以言说。宁明的身上看不到半点李元昊的影子,难道他这般气质承袭了她野利氏身上的某些东西么?不不,野利氏也不是这样的。宁明的超凡脱俗总让她有"他是上天送给她的天子"之感。他也是载负着使命而来的,他天生就是为着大夏国的治理而来的。

可是,随着宁明年纪的渐长,一股忧虑盘绕在野利氏的心上,越来越浓。这没法给每每打仗回来的李元昊一个交待,他们父子俩的关系竟比宁明小时候还要疏冷。从礼仪上看,太子宁明对父王的所有礼节都一丝不苟,可是李元昊却是不满意的,他让他兄弟两个在大殿上表演舞剑,只有灵动活泼的宁令哥会让父王的嘴角绽开笑意。但野利氏注意到,李元

昊的眼睛长久地停留在宁明的身上,脸上的笑意渐渐褪去,表情严峻起来。背着人的时候,李元昊会质问野利氏:

宁明儿如此不求上进你是否知道?

野利氏轻叹一声说道:

宁明儿是个循规蹈矩之人,孔孟之道、周公之礼他无所不学,他一直力求上进,剑术上如果比不上宁令哥那该是天意……

李元昊的脸上焦急了起来:

可他是太子啊!如果只求文术不闻武功那将来他……他如何掌管国事稳固天下……我大夏国岂是文弱之人震慑得了的?!

说这些话都是几年前的事情了,如今,太子宁明越发变成了一个谜。不要说别人,就连最疼惜他的母后野利氏也很难接近他的心。除了每日早上在第一时间能够接受到他的问候,这一整天再也见不到他的身影。有那么几次,野利氏伸手掀帘,想要清楚地看看他,可是宁明就说:

母子每日一面,隔帘问候,一问一答已足够,至亲至爱的人如无距离,必起不满而破坏情感……

说着他就退身而去,使得野利氏好不暗自伤怀……虽说隔着一层纱,但野利氏还是看到宁明除了那原本的明净之外,这两年来在他的身上布了一层凄迷之色。也有那么两回,宁明风风火火地来求母后,说什么他不当太子了,他要求母亲给父王去说他要将太子身份让给弟弟宁令哥……这可把野利氏吓得够呛,她一把捂住宁明的嘴低声喝道:再不敢说混话!

她四处观望了一下发现没人偷听才放开了他,叹了口气对他说:我儿宁明,你可知道你身肩的使命是何等重大?那不是哪个人红口白牙一说了事,一个帝国的一根一基不是谁能轻易动得的,有的时候朝廷里更换任何一个角色都有可能导致国家的覆灭,更不要说换太子啦……往后这疯狂之语不能轻出!

当时宁明双泪长流,其痛苦野利氏是感受真切的,但那事变成了他们母子的一个秘密。那以后,宁明越发沉默避人,就连李元昊打了大胜仗回来宁明也是能躲就躲。但他再躲也躲不掉早上向母后请安这第一环节。这次父王在寝室里,他早已起来,看那样子已在院里练了一回刀剑。母后也梳洗整洁,侍人已将茶点端上,他们似乎是专为等他的。

宁明稳了稳情绪,按照往日的宫廷礼仪躬身施礼:

孩儿给母后父王请安!

野利氏就说:

我儿这是怎么了?父王在家,就要以王为先啊!

宁明脸上荡过一层红晕支吾了一句:我……

李元昊却爽朗地笑了两声说:好了好了,不在大殿上,不拘礼。

这时候宁令哥欢快地奔了来:宁令哥给父王母后请安!

这孩子平日可比哥哥起得晚多了,但每回父亲回来他都会早早到来,厮缠着与父王比一回剑才罢休。宁令哥也长高了一截子,那模样性格越来越像当年的李元昊了,这让夏王感叹,若是太子宁明与宁令哥调换一下该多好啊!想到宁明,那块重重的心病就又落到了他的心上。今天早上他的确是特意等待太子的,这些年来他与宋的战事一场接一场地打,从最早的三川口之战、好水川之战,到鳞府之战,再到定川砦之战……这些足够让大夏国骄傲的战役让他夏王大展了军事才华,但这一切,都是为了将夏这两万余疆土巩固发展下去。这也要求大夏国的后代必须强悍慓勇。但眼前的太子宁明一袭白衫,纤弱秀丽,举止言语皆如云如水,好看好听,就是不中用啊!看见弟弟宁令哥正缠着父王,宁明就趁机退去,可他刚要抽身,李元昊就喊他了:

宁明留步,父王有事与你切磋。

这让宁明的心咚咚地跳了几下,暗自叫苦。与父王切磋,那就是对他的考试,这是宁明最害怕的事了!母亲野利氏也为他捏了一把汗。果然李元昊一板面孔问道:

太子这一年都做了些什么?

宁明垂肩朝前走了一步:

回父王,儿读书习武……

李元昊又问：

好，都读了哪些书啊？

宁明嗫嗫地答道：

……《黄帝内经》《道德经》《太平经》，还有……《吕祖全书》……

李元昊又进一步追问：

还有哪些？

宁明开始结巴：

……还有……还有……

野利氏就抢着替他说：

还有《悟真篇》《抱朴子》……

李元昊就朝野利氏富有权威地"嗯"了一声，野利氏只好住了嘴。但宁令哥却没心没肺地嚷着：

父王，兄长他还读《周易参同契》《云笈七签》……

李元昊的眉头就更加皱紧了，他打断宁令哥的话问宁明：

就是这些吗？难道没有一本治国之书，没有一本兵书吗？

……我……宁明的头垂得更低了。

突然野利氏惊叫一声：

宁明儿看刀！

宁明急忙一抬头，一把明晃晃的大刀直朝自己飞来，他踉跄了一下，头一偏，勉强抓住了刀柄。

李元昊说了一声：

院内看招！就虎虎生威地朝院中走去。

宁明额头上渗出一些汗珠，瑟瑟地看着野利氏。母后无奈地鼓励着他说：

我儿别怕，你竭尽全力就是了……

来到院中，宁令哥已欢快地与父王展开了刀招。那一壮一少龙腾虎跃，刀光闪闪风声飒飒，使得宁明眼花缭乱，心颤身抖，好似被卷进一股劲风中无法自持。忽然李元昊停了下来，指着树梢上的一只鸟儿对宁明说道：

你将它射下来！

一个仆人双手递过来一把弓,宁明看了一眼树上的鸟儿,又看看那把弓突然跪下说道：

父王恕儿不才,我、难以从命……

李元昊鼻腔狠狠地哼了一声转向宁令哥：

宁令哥接弓！

宁令哥一个鹞子翻身已将弓拿在手里,摆开雄鹰展翅的架式拉弓就射。

宁明大喊大叫起来：

不……小弟……不能……不能啊……

但宁令哥的箭就飞了出去,树梢的鸟儿惨叫一声落下树来。李元昊击掌叫好,脸上也绽放出阳光来。但接着他又命令：

太子宁明将鸟尸拾来！

宁明此刻已脸色煞白,冷汗淋淋,脸别向一边不忍看那血肉模糊的死鸟儿,听到父王如此一说又打了个寒战,求救般地朝着野利氏低叫:母后……

野利氏看到宁明如此表现,也长叹一声对李元昊说道：

求夏王开恩,别再难为他了！

李元昊怒火难耐,朝着野利氏发起了火：

瞧瞧吧,这就是你培养的接班人,这就是大夏国未来的治国者！无血无骨,软弱无能！我李元昊出生入死建立的大夏国迟早会毁到他的手上！

宁明虽说一直跪着,听了父王这一番怨辞忽然就立直了腰身,一不做二不休地说道：

父王大人,儿宁明今有一事冒死相求！

李元昊望着相反的方向:说！

儿宁明不才,完全不是治国之人,父王说对了,如果非要将这天下重任交与儿手,的确会毁于一旦。既知未来,何必如今,我此刻郑重请求,务必将太子这重要角色让宁令哥担当,他聪慧机灵,文武双全,他才是夏国未来的接班人!而我……让父王失望了!

李元昊和野利氏惊得哑口无言,只有一边那小小的宁令哥咧开天真的嘴巴自豪地笑着。

这是初冬的某一天,边境榷场因为关闭了很久,那种冷清和寂寥加剧了冬天的寒意。最后一批飘落着的枯树叶蜷曲着,随风滚动,那哗啦啦的响声也极其伤感。太子宁明手牵着一匹马,身边跟着两个贴身仆人,正走在这满目凄凉的榷场边上。宁明的一身素袍将他那俊美清癯的脸庞衬托得更加柔和,特别是他那双总是略显忧伤的美目使这寒冷的天气也会动情。其中一个仆人说道:太子请上马吧,走了一大程了。

宁明就停了下来,扭脸看看马,这马不知是受了太子的影响还是也有伤感的心事,它那大大的眼睛似乎也饱含着泪水,眼角湿润着。宁明伸出一只手摸了摸它的脸,它就几乎将脸贴到宁明的脸上了。之后,他们继续步行着向前走去。这时,不远处突然爆发出一片喧哗声,几人循声望去,就看见衣衫褴褛的一老一少被一队巡逻兵扭住,地下掉落着两只背篓,青白盐撒落一地。宁明就问:

怎么回事?

身边的人答道:

巡兵抓住了贩私盐的。

宁明就拉着马往近前凑去。两仆人紧张地挡着他说:

太子啊,咱们走路,别管闲事吧!宁明也不听,加快脚步赶了过来。巡兵一看是太子,即刻给他行礼:

小兵见过皇太子!

宁明就喝道:

放开他们!

边境的老百姓们早都听说太子宁明是个心地善良的人,此刻一见,果真面善心慈如唐僧一般。于是被扭着的人趁机大叫起来:

太子救命,太子救命啊!

巡兵就赶紧说道：

太子大人，宋夏两国都有禁令，榷场关闭以来，私贩货物都是杀头之罪！这可是皇上的旨意呀，我等小人只是例行公事而已。

那两盐贩已是涕泪交流，老者说道：

太子大人啊，我们全家老小一向靠在边境做小买卖糊口度日，但榷场关闭，战事连年，我们这些草民饥寒交迫，如果不偷偷摸摸做些生意可真是活不下去了呀太子！

宁明就冷着脸又对巡兵说道：

放了他们！

巡兵结结巴巴地说：

放了他们就是我等的失职，这要让上面知道了我们的小命也就完了呀太子！

宁明说：人生在世一定要积德行善，放了这些可怜人上苍也会护佑你们……

不知这一行巡兵是良心发现还是被太子宁明那格外不寻常的悲悯气质所打动，总之僵局持续了一阵之后，带队的那位就打了个手势将人放了。两个盐贩慌忙过来给宁明磕头，宁明却走过去往背篓里收散落的青白盐，其他人看了不得不过来帮忙，糊口之物失而复得，那两个穷人一步三回头地走了。

宁明看着人们散去，喃喃自语：

父王啊父王，如此战争何时了结？如果身为国王带给天下人的是血腥厮杀，是百里烽火，是民不聊生，那么谁还需要什么王不王的？国家还谈什么治理不治理？让这一切自生自灭好了！

两个仆人听他这么说，紧张得不知如何是好，四处望望附近见没有窃听者才松了口气。仆人不由分说将宁明架上马去，说：太子行侠仗义是好事，可别耽搁了您的正事啊。

时已正午，温暖的太阳将早上的寒意驱去不少。太子一行三人来到一处幽寂的半山宅院，从外面看去，这是一处道观。此时别处的花草树木早已枯枝败叶,可这道观四周却还是葱郁葳蕤,只是那原本绿色的植物多成为老黄或红色。放眼望去,一派层林尽染的好风景。见有人前来,一个道童迎过来问道:

敢问这位先生是太子大人么?

宁明饶有兴致地反问:

哦,你我从未谋面,怎知是我?

道童笑着说:

是师父要我到门口迎接太子。宁明与贴身仆人面面相觑,心里暗想:此次出行,私密再三,没有任何人知道他们的目的地,难道这位叫修静的道人真已修身为仙了不成?

果然,当他们随着道童走进奇谲幽深的道室时,正面堂座上坐着一位仙风道骨的老道人。宁明肃然起敬,双膝跪地:

俗人宁明给道长行礼!

修静道人神态安然地接受了礼拜,让了座,让道童上了茶,然后捋着雪白的须髯说:

太子远道而来,有何贵干?

宁明起身答道:

欲拜道长为师,学习不二真理。

哦?你身为一国太子,该力翊国事才是。

宁明哼了一声说:

弟子已看破红尘。

修静道人淡淡一笑:

果真看破?

宁明面露羞愧,重施一礼:

不瞒师父说,俗人虽然愚钝,但一颗道心已是坚固,恳望师父慈悲接引。

修静道人沉吟片刻:

我一生从未收过徒弟,何况你又是一国太子,如此恳切之心令贫道感动!既然你与道有缘,那贫道也不敢说收你为徒,但对你可指点一二。

宁明伏地大拜：

师父在上，受弟子三拜！

宁明的随从插言：

我们早就听说师父道行甚高，能够隔墙视物，隔山听音，刚才我们一行从远处而来您果真是足不出户就已看见了吗？

修静道人只笑不答。那个小道童却抢着说：

我师父岂止隔墙视物，他的能耐可多了去了，比方赤脚化冰，静立波涛……

修静道人轻哼一声制止了小道童。

宁明说：弟子不慕神通，只求那一年半载纹丝不动，不闻不问，不饮不食的通奇境界……不瞒师父说，我来之前已看了一些书，对于"辟谷食气"已然着迷，求师父点化……

第十八章 歧　途

　　太子宁明偷偷会过修静道人之后,更加隐蔽起来,连早上给母后请安也省去了。野利氏为此已不是担心,而是成了很重的心病。宁明对父王明确表了态的那个早上,李元昊也像是变了一个人。他沉默了整整一天,两天之后他要重新出军,他原以为只要打下了江山,他党项拓跋氏的后人也都个个是顶天立地的人,将江山巩固壮大坐稳坐牢是天经地义的事情。但万万没有想到的是竟然在太子宁明这里出了问题。五年前立他为太子的时候李元昊信心十足,那个小小少年除了有些腼腆之外,自有着另一番超然风骨。那是天相！李元昊认为自己不会看错,这些年他忙于战事,总认为野利氏不费吹灰之力就会将太子培养成才,但是……莫非自己看走眼了么？那天晚上,他也是翻来覆去难以入眠,野利氏在黑暗中幽忧地说着:

　　早上那一切你都看见了吧,两个儿子全然两样,这大概也是天意吧。人生在世,人各有志,对他……就不要勉为其难了吧!

　　李元昊说:

　　你不是不知道,废太子新立谈何容易?

　　野利氏说:

　　其中利害我当然知晓,但是世间万事不可强求啊!

　　那个夜里这一对高高在上的夫妻忧心忡忡,为了夏国的前途,他们彻夜未眠,直到黎明也没有想出什么好办法来。

　　最近,她听说宁明根本不吃饭。自从他成年以后,他就和大家分餐了,总是要人将御餐送到他的房里去。对此,野利氏也没有苛求他,久而久之就成了习惯。可是近来他却不吃饭了。听仆人们说,一连十多天了饭是怎么端上去的就又怎么端回来,一丝都没动过。野利氏一听就急了:

哎哟哟,这些个千刀杀的,如此事件怎么就没人早跟我禀告一声哪!这皇太子如果有个好歹,你们有多少个脑袋来赔呀!

一个御厨扑通一声跪下说道:

皇后娘娘啊不是小奴不说,是太子不让说啊,还警告我等谁要走漏了消息拿命是问。小人实在是没有办法呀。可是眼见着这十来天了,如果太子真出了问题小人还是个死,难煞人啊……

算了算了,真出了事情再问罪!

野利氏急急地走过磕头如捣蒜的御厨身边,风一般从仆人的眼前飘然而过。

看到风风火火的野利氏赶来,宁明的两个贴身忙冲到庭院匍匐在地:

小人拜见皇后!

野利氏鼻腔重重一哼:

你们干的好事!

两个贴身紧张地追过来拦在了野利氏的面前并压低声音说:

小人冒死阻拦皇后是为了太子性命着想啊!

野利氏一听就像被人点了穴似的站住问道:

此话怎讲?

两个人忙将野利氏扶到隔壁一间房内更加小心地说道:

太子已初入境界,此刻惊扰轻者前功尽弃,重者会伤及性命,望皇后海谅……

野利氏摇晃了一下,瘫坐在一把高背木椅子上没了主意。两贴身退到一边耳语一番,其中一位上前说道:

皇后娘娘,您要是能够做到不出半点声响小人就让您悄悄地看看皇太子。

野利氏立刻就从椅子上站了起来：

行,我保证不出半点声音。

于是一人在前一人在后引着野利氏轻手轻脚顺着铺有织花软毡的侧门朝里走去。

野利氏一边走一边暗自打量这里的环境。说实话,除了宁明每天去给母亲请安,野利氏几乎不来他的住处。有的时候很寂寞,想到儿子们小的时候都是在她身边围绕着,那时候她还没有被立后,虽说她被李元昊接进兴庆府后不便出头露面,但她先后生了两个儿子,李元昊一直与她生活在一起,她的日子是充实的。但西夏国建立以后,儿子们就分出去住了,特别是宁明,他已是皇太子身份,主动要求住那处离得远一些的住宅,而将离父母宫宅近的那处让给弟弟宁令哥。当然野利氏也明白,依着宁明的性格他是要有意与任何人保持距离的。因此,就算她很是寂寞的时候她会到宁令哥的住处走走,宁令哥一日三餐也还是与她一起的。但宁明就不同了,那孩子身上有着一种天然的持重,让人对他随意不得,就连他父王那暴躁的脾气对他最失去理智的训斥也就是"打鸟"那次了。唉,真可谓儿大不由娘,生了他的身却降不了他的心啊！这宁明虽说看上去是个最乖顺的人,骨子里的执拗却又非同寻常。就拿读书来说吧,他的先生也很无奈,宁明已经很久不按他的要求学习了,他自作主张去读那些旁门左道的书,野利氏一直瞒着李元昊,但自打那次他给父王"摊牌"之后,竟更加肆无忌惮起来,居然带着两个仆人去暗访了一个叫什么修静的道人！野利氏原本憋足了劲打算他一回来定要实行一次母权,好好教训他一顿。但当她见了他的面后,依然被他那超然风骨所折服,万语千言随风飘散。有时候野利氏疑心自己根本就没有生过一个宁明这样的儿子,他这么一个人中尤物不会是从她身上掉下来的一块肉吧？可他每每叫娘的时候她又为何心肝肉都一同颤啊！就这样,谁都拿他没办法,眼睁睁看着他踽踽地独朝那歧路上去了！李元昊临出征前再三叮嘱她,换太子是下下策,一定要加大力度将太子宁明引回正道。

唉,这谈何容易。更何况他已经对王道不以为然,认为父王虽然以佛理国,但行为上却无关佛的宏旨,本质上没有践行佛的教诲。

野利氏一边这么想着一边跟着那两人在曲径通幽的软毡上无声地走着,她暗自奇怪,当初建这处宫宅的时候并未曾注意到这独特的布局,现在看来它简直就是为宁明而建。就说这屋宇的氛围吧,似乎全染着宁明的气息,就凭这独有的气息野利氏的心也安静下来。这气息告诉她:太子宁明是安然无恙的。忽然前面那个人止住了脚步,停了片刻,他用手势指着前方一处半透明的纱帐让野利氏看。野利氏手捂胸口屏住呼吸觑着眼睛向帐内望去。虽说隔着一层纱,帐内的宁明却清晰可见。他面壁静坐,纹丝不动,状如死人……野利氏将两手轻轻地捂在了嘴上,她的眼睛渐渐睁大,眼眶里已充盈了泪水。她瞧着如此这般的他时,竟是万千的感动一同涌来……这多么像一个蜷在母腹里的婴儿啊!可是谁又能孕育得起如此明净之胎呢?除非是上苍!上苍啊,多少年前您给党项拓跋氏家族送来了一条白龙,可为何又让他迷途?野利氏两串泪珠无声地滑落。使她略感慰藉的是宁明的呼吸,那微微的起伏感是那样均匀,也许他正沉浸在他的美梦里吧……

太子宁明第一次"辟谷"进行了半月有余。他醒转过来之后只觉得四周春意盎然,自身神清气爽,屋宇、庭院、天地都是那样开阔清亮,一切都像是被大水洗过一般。这一阶段他停留在一个"无我""无物"的状态里,能够感知的是眼下自己这新生了一般的身体。他陶醉在初试成功的喜悦里,不觉中就穿过了花园,沿着一条小径朝母亲野利氏的住处走来。是啊,他已有好一段没有与母后见面了,他知道她的用心良苦和对自己非同一般的疼爱。然而,造化弄人,他更清楚自己这一辈子注定是个不孝之人,与父王母后的期望背道而驰了!

这是午后时分,塞北的初春乍暖还寒。野利氏披着一件雪白的羔羊皮斗篷正由两个侍女陪着在那还没有一丝绿意的花园里散步。迎面的股股小风里却暗含着一些暖意,脚下松软的土地也有了些温度。这么一个过渡的季节看似平淡,却蕴藏着一种不易察觉的躁动。昨天有消息从前线传回来说夏军攻府州一战格外艰辛,此前已辗转数月,先后攻克了丰州、永安、来远、保宁等多处。但府州一战却陷入水源断绝,粮饷匮乏,伤兵大增的困境……

自从三川口、好水川等战役大胜之后,李元昊的野心大增。野利氏虽说不能参政,但目前的形势她是一清二楚的,那些元老级大臣也都是三番五次地找过她,大家都希望能通过某种方式使战争暂停。打胜仗之后,夏国的内伤很是不轻,如果夏王一味这么打下去,那么这耸立不久的大夏国前途究竟如何已是不言而喻的事情了!每次战争的间歇中,夏军回来修整的阶段,夏王夫妻不仅只是面对接班人的教育问题,更多的是讨论如何停止战事。按理说,十七岁的太子已有讨论国事的资格了,李元昊也希望他能够早早地在政治军事等国事上洞察局面,头脑清醒。可太子却令他一次次地失望……当然最使他恼怒的是元老大臣们对战事的百般劝谏,还有野利氏,太子没管好不说竟然也来为大臣们说话……夏国的内伤他一国之王能不知晓吗?光说停战停战好像是他李元昊一个人在打仗,为什么人们就不明白战争一旦打起那就不以任何人的意志为转移了,不是谁说停就停得了的!更何况还有辽国也在觊觎着,辽皇耶律宗真表面也还维护着两国之间早年那个姻亲关系,但其实也是恨死夏国了,巴不得找一个适当的机会伙同宋朝吃掉他大夏国……这一切的一切怎能掉以轻心?怎能不以越战越勇来威慑敌人呢!

野利氏就这么一边想一边在花园里走着,些许的暖意并没有消除她的忧心忡忡,反而让她心里多了一些纷乱。就在这时,忽然看见宁明迎面走来。黎明时她还做了个梦,梦中宁明似乎蜷卧在一只蛋壳里,说不清他是一只鸟还是一个人。自那日去看过他后又过去了好几天,她正想着今天说什么也要再去见他一面的。因此,当他神采奕奕朝她走来时,她还以为是思儿心切看花眼了呢,但宁明已快走了几步给她行礼了:

儿宁明拜见母后!

野利氏一阵激动,忙上前去拉起宁明的一只手只顾上下地打量着他。果然看见他比起以往更是清新飘逸,更如天子下凡……宁明来看母亲却掩饰不住自己的欣喜,他向来稳重,喜怒难以外露,但这次却有很大的不同,喋喋不休地对母后讲起辟谷食气的奇奥来了。野利氏难得与长子多谈久论,自然乐不可支,也不管这话题在先前是如何的忌讳就拉着宁明朝屋里走去。

进得宫里,侍女将上好的茶沏来,母子两人坐在舒适的高背卧椅上边喝茶边聊起来。

野利氏问:

自古以来饮食男女人之大欲,人不吃饭果真能活下去么?

宁明回答:

母亲啊,得此道者古今皆有人。比如说,西汉的留侯张良,原本一身疾患,就开始练这辟谷神功,他最长的一次静居行气长达三年之久;三国时曹操门客王真与郝孟节,郝孟节茶饭不食,结气不息,身不动摇可至百日半年;王真更胜一筹,年已百岁却像是五十有余的人,他每每断谷二百多日,肉色光美,气力自若,力抵数人;唐朝宰相李汝,绝粒不食,且身轻如风,腾身能在屏风上行走,指尖放气可熄灭烛火;这等人物历代有之,已不足为奇……

那个下午,母子俩一直说到傍晚,对于宁明的高深说辞野利氏倒没太听懂,但从他那痴迷的程度看,也明白了他脑海里除了修炼,再没有一点点别的念头了,即使九牛二虎也难以将他拉回头!她还能怎么办呢?除了多烧点高香保佑他不要走火入魔她还能做得了什么呢?

第十九章　宁明失踪

好水川大捷之后,李元昊屯兵天都山,经过几个月的休整,于天授礼法延祚四年(1041)七月又转向宋河东路,发动了"麟府战役"。麟州都监王凯据城坚守,夏军激战十余日,无法攻下。知并州高继宣领兵救援,被夏军击败。继宣又招募黥配厢军两千人,号清边军,令王凯率领出战,写下了两千人击退夏军数万人的英勇战史。接着,夏军转攻府州,遇麟府路巡检张岊,知州析继闵等将英勇死守,未能得破。张岊在一眼中箭的情况下指挥战斗的英雄气慨极大地鼓舞了士气,遂使部下成为无敌之师,于九月在和夏军抢收秋粮的战斗中,以九百勇士战胜夏之过万大军。

麟府战役从七月开始,一直进行到年底,最后以夏军失败告终。

第二年,国相张元献计:

宋朝的精锐军队集中在边关,关中必然空虚。如果我们用重兵围住宋朝边城,使宋兵不能出战,就可乘隙深入,东阻潼关,隔绝两川的贡赋,这样长安就在我们的掌中了。

天授礼法延祚五年(1042)闰九月,元昊按照张元的计策,于天都山点集左右厢兵十万,分东、西两路,合攻镇戎军,于定川大败宋知渭州王沿派出的泾原路副总管葛怀敏部。葛怀敏因放弃王沿打伏击战的战略,擅自贸然兵分四路出击,果然全军覆没,将校四十余人战死,士兵死伤无数,夏军俘获近万名士兵和六百多匹战马。

尽管定川一战,夏军大胜,但因为当初答应配合他们出兵的辽兵兵至幽州就按兵不动,加之夏军伤亡不小,进攻中原的大计一时无法实现。

李元昊并未放过乘机到中原走一趟的天赐良机,他不顾连年征战的疲劳,挥师南下,纵横驰骋六七百里,烧杀掠抢一番,才班师回国。同时,他也在关中沿途留下了他"朕今亲临渭水,直据长安"的标语。

这年深秋,夏军大部队全面撤回。这一仗从去年入冬打到现在,双方打了个两败俱伤。从回来的军队外观上看,这哪里还是军队,简直溃不成军!不要说伤残无数的士兵了,就连李元昊也蓬头垢面筋疲力尽,那些大将主谋们看上去也都到了快要崩溃的边缘。

向晚,部队路过一处村寨,隔墙突然传来一阵歌声,夏王立马而听,原来是一帮童子在唱:

> 塞下秋来风景异,
> 衡阳雁去无留意。
> 四面边声连角起,
> 千嶂里,
> 长烟落日孤城闭。
>
> 浊酒一杯家万里,
> 燕然未勒归无计。
> 羌管悠悠霜满地,
> 人不寐,
> 将军白发征夫泪。

稚嫩而又可爱的童声让李元昊的心里好一阵酸楚,他回首看了一眼队伍,竟觉得他们就是一排排贴地行走的衡阳之雁,他的眼睛湿润了,同时又有一种巨大的失落。前些年,部队出征时,还会引来一路老少儿童观看,如今,皇军班师,这些童子居然不屑一顾,仍然沉浸在他们的合唱里,真是让人心里五味杂陈。他原想追问一下这歌词出自何人之手,又是如何在这里传唱开来的,但是话到嘴边,却没有力量说出来了。他倒是再度贪婪地听了听他们的童声,然后打马前进。

就在这时,一个关乎宋夏命运的重大决定在元昊的心里生成了。

李元昊泡在一只泛着高丽熏香的大木盆里,缭绕的蒸汽将他的裸体掩蔽着,野利氏在他的身边忙碌。宫廷里是备有专门的沐浴师的,但每一次打仗回来都是野利氏亲自为他洗尘。他熟悉且习惯了她给他擦身按摩的动作,一切都自然默契。经历过九死一生的人是那样满足此刻的舒适和宁静。那淡淡的芬芳和野利氏轻重适度的手法让烦恼都到了九霄云外。

野利氏一边给李元昊身体撩着水,一边问些前线的情况。

李元昊说:

"麟府战役"虽说没赢,但感触良多,特别是和宋将张岊交手,有种碰到铁器的感觉,这种仗打起来过瘾,硬碰硬,意犹未尽啊!定川战役和好水川战役一样,虽然大捷,却是宋将不受主帅节制所致。

野利氏说:

将军不受节制,本身已经败了。

李元昊感慨地说:

是啊,我军之所以能够捷报频传也正是因为上下齐心。

野利氏趁机夸了一番夏王雄才大略英雄盖世并且每战身先士卒云云,想以此盖住他那虽胜犹败的消沉心情。夏王何等聪明之人,挥挥手不让野利氏再说下去,洗尘也匆匆结束,二人回房歇息自不必说。

可就在这个时候,前庭一阵大乱,野利氏的侍女惊慌地隔着纱帘叫道:

皇后娘娘,太子他、他不见啦……

在这个郁郁葱葱的季节,大夏国太子宁明突然失踪了,兴庆府发动了大批人马,找遍了夏国的山山水水,可是,宁明从此再无下落……

第二十章　索　氏

　　正如诸君在记忆里慢慢想起来的一样,我就是曾在国相张元的讲述里,出现过的那个所谓的夏王妃子索氏。因为历史的渊源,我这个不幸的弱女子也注定要成为牺牲品。诸君一定还记得,我是吐蕃贵族角厮罗的后裔,出生在一个制作乐器的世家里,从小耳闻目睹谙熟各种乐器。年事渐长,器乐与诗词就成了我生活中唯一的乐趣。在我所处的那个年代,虽说战乱不断,却是宋词盛世。虽说饱受战乱之苦,我倒也庆幸身在其中,颇得文墨浸染。在我的辗转岁月中,除了那十来件稀有乐器之外,我的身边也还保存着几本唐代最有名的诗集和一些那时代的手抄词本,但因为颠沛流离,它们多已破损。这中间我对它们修补过数次,可沧桑依然。

　　自从命运将我安置在这一处荒僻的宅院之后,仿佛一切都尘埃落定,我反倒松了口气。作为一名俘虏,就凭着我们吐蕃角厮罗的气节也是只求一死的。但是,我却没有死,我竟然成了夏王的一位妃子!自古以来,女子的命运哪里能掌握在自己的手中呢?古时的王昭君、今日的兴平公主都难与命运抗争,何况我一个小小的索氏!关于夏王李元昊,还是我当少女的时候就对其早有耳闻。说实话,对于一个情感丰富的少女来说,谁能不喜欢英雄?更何况传说中的夏王又是英俊非常。可以想象,是女子无不对其倾心爱慕!我在最初得知自己不但不被赐死反而被选为夏王妃子的时候,心情是非常矛盾的。在我们角厮罗人的观念中,民族气节永远是第一位的。一旦做了俘虏,多是以死全节,女子不幸被战胜方的头领掠为妻妾也是莫大的耻辱。但当时我的心态除了成为俘虏的羞耻之外,还有一种强烈的好奇,我的确很想亲眼目睹传说中的夏王李元昊到底是个什么样子。可结果却令我备感失望!当然,那不是指他的相貌,而是他对我的态度。我百思不得其解的是,既然夏王如此蔑视我,为何要将我封为什么妃子?侍候我的几个仆人们悄悄对我说,那是为了显示一国之王的征服力。夏王的嫔妃有很多,但他不会正眼瞧几个的,夏国人都知道,夏王最宠的就是野利氏皇后了。

当夏王对我珍藏的乐器嗤之以鼻,视我如弃屣之后,我就深恨这个暴君!他那被人们传为俊朗的容颜在我看来也极尽丑陋!说真话,他的确没有正眼瞧过我一眼,我也没有抬头正视过他。俗话说,有缘千里来相会,无缘对面不相逢。我与李元昊没有缘分,我怎么会与他有什么缘分呢?我知道我们两族有着很深的世仇,可那是祖宗的事情,我只不过是一个无辜的制作乐器人家的女儿,可他一国之王竟然将民族的报复施加在一个小女子的身上。

好就好在,我被安置在这个远离宫殿的偏僻之地,除了几个仆人,再没有什么人来打扰。我可以随心所欲地弹琴吟唱,作词赋曲。就这样,清寂的日子日复一日,没有人再想起我,我自己也认为这辈子如能这样生活下去,也是一种福气。但没想到的是,正如诸君听说过的那样,我竟然在这僻静之地邂逅了张元国相。说邂逅,不如说是我的琴声歌声感动了上苍,是上苍将他送到了我的身边。没错,我们相识的过程出现在张元的讲述里,那么,就让我来讲讲我们后来的故事吧。后来,我俩逾越了那森严的皇规变成了一对露水夫妻。唉,露水露水,就凭如此称谓也能想象它的岌岌可危了!可我们又能怎样呢?我们疯狂地相爱了。书生出身的汉人张元,尽管他也有着许多英雄的壮举,比如我也早就听说过他曾经独战怪蛟的传说,但当我第一次看见他的时候,并不如我曾想象的那样雄莽壮硕,而是完全一副汉人文官的模样。虽说张元已在夏国生活了多年,跟着夏王戎马征战无数,但宋朝书生那儒雅文静的气质仍然显露在他的举手投足中。

当然还有他那夏国高参的智慧和风度都使得我这角厮罗女子对他产生了深深的爱恋。我暗自在想，原来命运将我遗落这里是因为这一段缘呀！我这样一个女人有幸与他结为夫妻，不要说是什么露水夫妻，哪怕是风夫妻、云夫妻，哪怕是用死去换这夫妻一场也是值得的！但事情的发展远没有那么简单，对张元来说，首先他已犯了欺君大罪。另外，他是个有妻眷家小的人，她们曾经被夏王接来与他一同在夏国土地上共同生活了多年。无论从哪个角度来看，他与我的交往也并非易事。越是如此，我们彼此越是如饥似渴，看不见他的日子我度日如年，就如张元从前讲过的那个场面一样，遇到大雪天我也不进屋，谁都看出来我冒着大雪在院中抚琴是在等他。我的仆人不知劝过我多少回了，娘娘啊你不就是等个人嘛，这么冷的天在屋里等也一样啊。不，在屋里的暖炉前与在大雪地里等待一个人决不一样！我坚信在大雪天里等待他会感动老天，会把我对他的思念告诉他，好让他早一点来到我的身边。

我那样的做法可不是一次两次了，不要说下大雪就是下刀子我也会坐在院中间等他，我就是要让老天爷来见证我对他的痴情。就连我的小山羊尔里都了解我的心思，宁愿在我的膝下受冻也不愿意回到屋里去。就这样，当我的琴声都快被冻僵的时候，奇迹发生了，那跨在马上的他也完全如一个雪人儿出现在我们的眼前。我的尔里先反应过来，它清脆地叫了一声就奔了过去……后来我们拥在一起，那热度简直将寒天冻地都融化了……

好多次，在我那点着大火盆的温暖房间里，我们品茶饮酒、谈诗论乐。张元国相原本就是一个诗人，有时候他将自己写的诗读给我听，也带来一些当今宋朝最有名的词人新填的诗词，我会即兴给这些诗词配上乐曲，用合适的乐器演奏。伴着乐声，他会情不自禁地吟唱。汉腔胡调，让人陶醉，又让人心碎。

有时，他还向我讲述一些宋词家的故事，比如那个"不愿君王召，愿得柳七叫；不愿千黄金，愿得柳七心；不愿神仙见，愿识柳七面"的柳永。其时，我会打趣，如果他当年不要投夏，想必还要比柳耆卿更受青楼欢迎。他就深深地将我揽进怀里:你怎么不说,假如柳永当年也像我一样投夏呢?

起初国相最喜吟柳公的《雨霖铃》:

寒蝉凄切。对长亭晚,骤雨初歇。都门帐饮无绪,留恋处、兰舟催发。执手相看泪眼,竟无语凝噎。念去去、千里烟波、暮霭沉沉楚天阔。

多情自古伤离别,更那堪冷落清秋节!今宵酒醒何处?杨柳岸、晓风残月。此去经年,应是良辰好景虚设,便纵有千种风情,更与何人说?

后来则是《八声甘州》了:

对潇潇暮雨洒江天,一番洗清秋。渐霜风凄紧,关河冷落,残照当楼。是处红衰翠减,苒苒物华休。惟有长江水,无语东流。

不忍登高临远,望故乡渺邈,归思难收。叹年来踪迹,何事苦淹留。想佳人、妆楼颙望,误几回、天际识归舟。争知我、倚阑干处,正恁凝愁。

有一回,他在吟咏晏殊的《浣溪沙》时,中途哽咽了:

一向年光有限身,
等闲离别易销魂,
酒筵歌席莫辞频。

满目山河空念远,
落花风雨更伤春,
不如怜取眼前人。

我当然明白他的衷肠,自从我俩相遇以来,张元已过了他意气风发的岁月。正如他自己曾经讲过的那样,这时他虽已升为国相,但夏王对他的建议却不像当年那样事事采纳了,特别是在联辽攻宋的举措上,夏王完全拒绝了他的提议,这使得他的身上有了一种消极的色彩。尽管张元在我面前并不多提国事,但他内心的忧郁还是会通过这些诗词流露出来。对此,我只能强作欢笑转移一下他的心绪,用加倍的爱融化他心中的块垒。正如宋人宋祁所言:

　　浮生长恨欢娱少,
　　肯爱千金轻一笑。
　　为君持酒劝斜阳,
　　且向花间留晚照。

伤感是不可避免的,因为离别不可避免。和世界上千千万万离别不同的是,我们的每次离别都不知道归期何时。每一次,我都会送他到吴昊的坟前,看着他点燃一炷香,默悼片刻,然后飞身上马。他的马总是在飞出去数丈之后又反转回来,奔到我的面前。有一次,就是在这样的情况下,他突然对我说道:

你等着吧,我总有一天会将你带到宋朝去!

我没有应声,也不敢应声,含泪默默注视着他在马上的背影渐行渐远,直到成为天边的一个音符,直到那音符化为一片虚茫。

第二年的秋季,我发现自己怀孕了。时逢李元昊决定与宋议和,张元极力反对,两人竟到了数次争吵的地步。紧接着李元昊又甩掉张元同辽国发动了河曲大战。那之后,张元来过我这里一次,他刚刚饮了两小杯酒就大醉了。那是我们相处以来绝无仅有的情形,他双泪长流,说什么他张元为夏王规划的"更结契丹,兵时窥河北,使宋朝一身二疾"的方略完全成了泡影!他说他身为男儿无法兑现将我带回宋朝的诺言了!我极力安慰他说即使他真能带我回宋朝我也不会去,我是哪里也不去的。张元却是那样伤心,他又到吴昊的坟上痛哭了一番。

那以后,他没有再来,只派了一个心腹送来过一封信。他生病了,由于内火攻心背部生了一个毒瘤,尽管宫里的御医都为他忙碌着,那病却日渐严重。

在这个节骨眼上我该怎么办呢?我肚子里这国相的根苗该怎么办呢?这个晚上圆月当空,我的贴身侍从戚婆婆帮我在院子里摆了个小小的祭桌,她也害怕得要命,我身怀有孕的事一旦被宫里知道,我死无疑,我的所有侍从也都脱不了干系。最最当紧的是张元国相,他一世英雄,难道却要死于欺君的恶名之下么?难道我们曾经的欢娱都是为这不幸的一天埋下的种子么?不不,我不甘心!应该说最大的恶因是夏王李元昊。他又不是上苍,他只不过是一国之君,凭什么主宰别人的命运?我是吐蕃人,张元是宋朝人,我们都不是李元昊国度的人,凭什么要受他摆布而不能相爱呢?我面对着月亮双膝跪地两掌合十,默默念叨着:

光明正大的月亮神啊!既然你当初为我与张元国相牵了红线,就该让我们相爱一世白头到老。如今,张元在大夏国日渐失志,心情沮丧,积郁成疾……我又怀了他的骨肉……月亮神啊月亮神,请为我指明方向,我到底该怎么办才好?

那个晚上我就那样跪至三更,香也烧了三炷,后来经不住戚婆婆再三规劝,只好回到房里去了。进得门来,戚婆婆关好门窗走到我面前悄声对我说:

娘娘,祈求了天上的月亮神,明儿我再去请位地上的守护神帮娘娘除去"克命鬼"可否?

我一听当然欢欣,给她说:

只是这事要格外小心,格外谨慎,切不可走漏一丝风声。

戚婆婆离去之后,我更是思绪万千,难以入睡,冥冥中一个大胆的想法冒了出来,难道这是月亮神给我的启示?是月亮神,只有月亮神才会出此绝策!第二天,戚婆婆果然领来了一个红发怪服的巫师,因服饰纷繁,也看不出他是男是女,只觉得大概守护神的化身就是如此了。红发巫师用鹰隼一般的眼神朝我睃了一眼,那一眼就好像穿透了我的全身,我微微地发起抖来,我暗想,他是否看穿了我的心思?天哪,神会怎样想我那已将脑袋拎在手里的心思啊!但我转念一想,那启示不是月亮神给我的么?是月亮神要我那样干的,不是我一个小小凡间的女子所能有的心思啊……我正这样为自己开脱着,巫师说话了,他已将请神的祭坛布好,他说道:

请将你心中要除去的"克命鬼"的生辰八字、相貌和姓名呈上来。

我战战兢兢地从怀里掏出了一副黄色的纸人儿双手呈了过来。那是我昨夜受到月亮神的启示后精心制成的。是呀,呈出这纸人儿的一刻是多么的恐惧呀!不用我说什么,任凭是谁只要看一眼那个纸人儿就知道他是谁了。我清楚就在这一刻我已经在犯弑君之罪了,我的脑袋已经拎在手上了!唉,反正是个死,如此拼上一场,也许我们的命运会出现一些转机呢。红发巫师对着那纸人儿扫了一眼,就像没事人一样开始了他的职责。在此之前,我还想到了另外一种情形,红发巫师看了那黑冠旋阑的英异人形后会震惊,会将我缉拿大殿之上,会将我这弑君阴谋公之于众!但诸君已经看到我是个豁出去的人了。接下来房间里香烟缭绕,巫师请神的古怪动作与声音响起。四面的门窗都被戚婆婆堵得严严实实,为了驱鬼入坑,我的屋子地中央被挖了一个大洞。火光、烟雾和怪叫声混成一团,形成一种不管多厉害的鬼怪也定能葬身这诅咒杀戮之中的幻觉。于是我垂身端跪一旁,在这无比庄严的仪式中我的内心越来越平静,那重获新生的期望也越来越强烈。

果然,法事过去几日,有消息从兴庆宫传来,说夏王与辽军作战大败于夏境得胜寺南壁,残溃的夏军已退守贺兰山中。我心里大喜,感到守护神果真帮了我的大忙,但这样还不行,还没有得到我想要的结果。于是,第二次法事又悄然在我的住所进行,这一次巫师在地上绑了一只羊,他咒过羊之后杀之取心,戚婆婆举着黑色托盘托起那只还微微跳动的羊心端至我的面前。我害怕呀,逃避着不想看这被施了咒的羊心。但那巫师就发话了,他用那似乎已喊哑了的声音朝我说道:

娘娘请看,羊心内鲜血充足,这证明被诅咒的那个人必死,他带领的军队必败……

我的心狂跳起来,我不敢正视巫师的眼睛,他是目前知道我这叵测之心的唯一一个外人。我不停地磕着头掩饰着我的恐惧,一时间我陷入罪恶的泥沼里。我虽说憎恨夏王,但并没有到要咒杀他的地步。我也听说诅咒是要折寿的,但我还怕折寿么?如果不是为了张元国相,不是为了这腹中的胎儿,我宁愿死去,可现在生死不能由人,事态将我这样一个女子逼到了与庞大的夏军为敌的地步!不不,不是夏军,是夏王,是将致我们于死地的夏王啊!现在没有别的选择了,我一不做二不休,突然抬起头来直视着巫师,巫师和站在一边的戚婆婆都被我脸上的凶相吓了一跳。我完全变了一个人,我卡在发髻顶上的银簪突然掉落,使得我顿时披头散发,眼露凶光。我抓过一绺黑发咬在嘴里,声嘶力竭地朝巫师喊道:

是的,我要他死,我就是要他去死!

这事过去后戚婆婆替我到宫里去打听了一下张元的情况,他背上的毒瘤已溃烂成疮,他伏在榻上呻唤不止……戚婆婆如此描述着,我心如刀割,恨不得立刻前往宫中去探望我那可怜的人……但戚婆婆拦住了我,她说:

张元国相的屋内榻前全是人,除了高官、御医穿梭不止,更有妻妾子女围床而守,你这么一个不明不白的女人贸然出现,岂不是败事有余!

戚婆婆这么一说,我只得止了步,这时候我的腹中忽然动了一动,这使得我又将心事转移到正与辽作战的夏王那里。

夏与辽的这一仗真可谓是持久战了。从夏境贺兰山到辽境河曲,忽而此胜彼败,忽而彼胜此败,多少回合难分胜负,那波澜迭起的消息不断传来,使得我整日恍惚难安,心绪缭乱……这天,正当我坐卧不宁之时,戚婆婆惊喜异常地奔进我的房来,她粗气频喘,进得门来又是关窗子又是插门的,我迫不及待走到她的面前问:

何事如此?

戚婆婆双手捂着嘴想掩饰什么却忍不住喜上眉梢,连她那布满皱纹

的眼角此刻也变得那样好看。我耐心等着她卖了一会儿关子,她就凑在我的耳边吹气般地说道:

夏王死了!

什么?我浑身一颤,连同腹中胎儿也抖动了一下。戚婆婆又说:

夏军大败河曲,夏王战亡……

我忙追问一句:

此话当真?

戚婆婆笑着白了我一眼:

谁敢拿这事当玩笑呀!送货师傅刚来说兴庆府上下都乱成一锅粥了,人们都忙着为夏王接尸呢……

我愣愣地站了一会儿,不知怎么身子一阵发软,戚婆婆就将我扶至榻前并嘟哝着说:

……这可有救啦!这回可都有救了哇!

我突然拉住戚婆婆的手问道:

张国相呢?张元国相情况如何?

戚婆婆说:

咳!这乱风乱雨的,娘娘先歇着,婆子我这就往宫里去一趟,给你打听打听情况去。

但那天戚婆婆走了半道就回来了,通往兴庆府的所有道路都被戒严了,里面的任何消息都像封闭起来的酒坛子,一丝气味儿也透不出来。戚婆婆却安慰我说:

我在夏宫里做佣一辈子了,除了那年整个兴庆府为了寻找失踪的大太子宁明有过一次这种森严的气氛之外,还没有再出现过这种情况,可见这是出大事了,正说明夏王的确死了,这不是你索娘娘眼前最渴望的大事么?一个大事解决了,其他小事就会一了百了,娘娘你就养好身子保住你与张国相的这根苗儿吧!

听她这么一说,我将要躺下的身体又起来了,我捋了一把鬓角的散发对戚婆婆说:

准备琴瑟,摆一桌酒宴,我索氏要在院中起舞祝贺。

但戚婆婆却不同意,她说:

娘娘冷静,咱们这里虽说僻静,但这非常时期人心叵测,一旦你这行为传至宫里,你就得给夏王陪葬去呀!

可我不听她的劝告,正因为非常时期,我要以非常举动谢苍天!

那天,虽然临近晚秋,我的院子却布置得姹紫嫣红,我让仆人们将我所有的乐器都搬到院子里。我呢,我坐在梳妆台的大铜镜前淡扫蛾眉细点朱唇。我还将一套藏在箱底里的有着艳丽花色和独特韵味的琴袍翻出来穿上。那琴袍曾在我们家里不管老少每人一套。每当一架新乐器诞生时,全家人都要穿上这种华美的服装起舞庆贺,那贵重的程度比诞生一个人还要隆重。那么,苍天如此助我,我就要用我最隆重的形式来谢恩。但另一层意思当然是要庆贺夏王的死,这个暴君竟然真的死去了,这多么好啊!我的骨肉挚爱呀,我们可以生还了……

当我穿着琴袍来到院中的时候,老少仆人们都惊呆了,从他们的表情上我可以看出自己的模样,我知道那如同仙女下凡一般,特别是那飘逸的琴袍被微微秋风一吹,完全成了河水的波浪轻柔翻滚起来。那都是我父辈当年用最好的乐器从宋朝换来的最上等丝绸制成的,那上面的云朵花卉图案也都是最灵巧的手工绣出的。如此的琴袍不要说穿在我这样的女子身上,即使没人穿它,就将它拿在手里瞧一瞧也让人叹为观止!自从来到这里,我就再也没有机会穿它了,却总在心里想着,一定找个机会给张元国相穿上舞一回,可如今……不过这下可好了,今日虽说国相不在场,但他一定能感受到我的这一行动,有朝一日我会亲自为他父子俩穿上这琴袍的。

这么想着,我的心情别提多么喜悦了,忍不住就随风而舞了。特别是这琴袍,它好像在吐"压箱"之气似的,好像它的魂儿回到了袍子上。我的感觉也不是我穿着琴袍跳舞,而是琴袍裹着我在舞蹈。仆人们还愣愣地看着我,我就对他们说:

平日里我这些宝贝你们是难得一见的,但今日不同,每人一件可随意弹奏,只是拍节要整齐。

我的话音刚落,那金钲、节鼓、中鸣、角栗、桃皮还有箛果然都迫不及待一同响了一下,那些乐器的声音混在一起发出了一声轰鸣。我的两眼都热了,我也从没有听到过这么和美有力的声音,我是它们的主人,我熟悉它们如同熟悉我的每一个孩子,但此刻合起来的声音使我辨不出谁是谁了,它们合在一起的声音无法成乐,但却变成了铿锵有力的节奏。我就被这节奏指挥着,被琴袍的灵魂驱使着,跳起了一种我从未跳过的舞。我跳啊跳啊,院子里布置的那些花朵们在我的眼里全都旋转了起来,它们和空中翻滚着的树叶一同起舞。我呢,我变成云了,变成彩虹了,我想着张元就在一旁观赏着我,我想着我肚腹里的孩子就在拍着他的小巴掌……不觉中,我简直醉酒一般,随口吟起:

剑外忽传收蓟北,初闻涕泪满衣裳。
却看妻子愁何在,漫卷诗书喜欲狂。
白日放歌须纵酒,青春作伴好还乡。
即从巴峡穿巫峡,便下襄阳向洛阳。

虽说这是白天,我吟诗的时候就仿佛是夜晚,这几句话就是我此刻的心境,我是多么喜悦,又是多么畅快啊!这时戚婆婆就来阻止我了,她拉了一下我那正飞舞着的琴袍,我像是在大水中一样无法站稳,戚婆婆趁势抱住了我的身体说:

好了娘娘,如此动静会伤胎气……

听她这么一说,我才停了下来,乐器们也在这时停止了节奏,我眼前的一切都还在旋转着,可是我却看到了大门口有几个交头接耳又神色慌张的人,我正好还伏在戚婆婆的肩上,我就对着她的耳朵说:

那是谁呀?出了什么事情?

戚婆婆扭脸一看就放开我朝门口急走过去。

诸君呀!你可知道我在这个时候听到了怎样的消息?我听到了让我难以相信的消息,说什么兴庆府里死去的是张元国相,而不是夏王……

我一听这话就晕了过去，什么也不知道了！

等我醒来已是三更时分，戚婆婆等人围着我，我的周边燃着很多灯盏，那通明的灯火照着仆人们个个哭肿的眼睛，特别是戚婆婆，看见我醒来，用衣袖抹了抹像桃儿般红肿的眼睛，一副悲喜交集的模样。我努力回忆着，这是在哪里？到底发生了什么事情啊？这回我看清楚了，所有人都披着白色孝服……对了，这是在给夏王戴孝，夏军大败河曲……不不……好像……好像……我一把抓紧戚婆婆的手问道：

张元国相他……他究竟怎样啦？

一想起张元国相，我心就碎了，我抓着戚婆婆的胳膊，要翻起来，可是身体却像和我没有关系似的不听我指挥，接着，我就发现我的身体怎么变成一个空壳。我的两手不由自主向着腹部摸去，那以往日渐隆起的地方怎么成了一只干瘪的口袋？我忽然挣脱了戚婆婆的臂膀喊道：

孩子呢？我的孩子呢？我的……

我又一次晕了过去。

世事的变化是多么叵测啊！在一段短暂的时间里，我这样一个女子经历了大悲大喜……经历了一场丰盈和虚无……原以为拥有的成了一场梦！原以为痛恨之人已下了地狱，却不曾想，一切又倒了回来……是的，夏王没有死，夏军在河曲一战最终反败为胜，此刻夏大军正载誉而归。我梦见夏王威风凛凛地骑在他那匹高头大马上，有奸臣俯身在他耳朵上将我的一切都密告了他，他听罢脸上露出了杀机……我还梦见，张元国相手里牵着一个男婴在一条小路上急走着，我候在路边等着他们走到跟前，我想拉住他们，他却面无表情地对我说：看，看见那座奈何桥了吗？我们在那里等你！我俯身想看清那个男婴，原来他却是一团小小的雾气……后来，我唯一的路就是去追赶他们。我梦见我穿着我的那件琴袍飞舞着，一座彩虹般的桥梁上有着一高一矮的两个影子在向我招手。一股暖流涌遍我的全身，我纵身一跃，身子如一片云，向那桥飞去。

第二十一章 没移氏

这年开春,兴庆宫来了一位年轻美貌的女子。她名叫没移氏,年纪十七刚过,论辈分她该是皇后野利氏的一位外甥孙女。可说起这门亲戚,左牵右扯是那种八竿子以外的远亲。但不管怎么说这没移氏千辛万苦百般周折地上门来认亲,野利氏还是决定见一见她。没移氏在宫外一处简陋的住处已候了数日了,送她来的家里人托着不知怎样的关系,用银钱打点着不知怎样的人。总之,有一点没移氏是清楚的,那就是大家所做的一切只有一个目的,就是要让她与皇后姨奶奶见上一面。如果缘分好呢?兴许能留在宫中做个贴身侍女,一个底层女孩子若能得福服侍皇后,这辈子的生计都无须忧愁了。就算没这个福分,来一趟兴庆府长一番见识也是难得的。她家里的人都说,反正是这么一赌,否则就太亏没移氏的好相貌了。

这天野利氏刚从经房出来,一个贴身忽然跪在她面前说道:

皇后娘娘,前日小人说起的那个姑娘已候在府门口多时了。

野利氏停了下来:

哦,哪个姑娘?

她若有所思的面色有几分苍白,全然不记得这档子事了。自从儿子宁明失踪以后,野利氏真是憔悴了不少,尽管夏王吩咐御厨设法为王后进补,可野利氏却渐渐厌倦荤腥,而且在自己的房内供起了观世音菩萨像,每天烧起香来。当时正逢印度僧人善称等一行九人前往宋京都贡献梵经,在回国途中经过夏国时被李元昊强行扣押。说扣押其实是将这一行僧人安置在夏国最好的驿馆中,待之如贵宾。李元昊也带着他的尊师野利仁荣亲自去拜见善称法师。交谈之中夏王得知善称法师献给宋朝的不仅仅是梵经,还有佛骨、铜牙菩萨像等最珍贵的法物,嫉妒得恨不得把这几位僧人一口吞到肚里去。

夏国早在李德明时期曾有过很好的佛教基础,野利仁荣创制夏文之后立即又投入到翻译佛经的事业中,发展佛教当然是治国中很重要的一项举措。因此李元昊听到印度僧人将那么多珍稀法物贡献给宋朝自然满心妒忌,就向善称索求贝叶经,没有得到,暗怒之下要求善称法师在夏国讲经十场才肯放人,于是这一行急着赶路的僧人被羁留夏国数十日之久。这期间,野利氏正因宁明的事心绪迷茫,极度伤心,就前去听善称法师讲经,场场不落,并在间隙中亲自向善称法师讨教佛教方面的知识。之后,还去译经院将新译出的一些佛经请回自己的宫内。

又过了半年,野利氏命人将原来宁明修道的那处房子改成了一所经房,每日一早一晚礼佛两次。而且每次礼佛时都取下那金丝起云冠搁置一旁,那虔诚的模样令夏王大为感动,在发展佛教的关健时刻王后沉入其中,正给国人做了楷模。

……就是小人前几次给皇后提起的您的一位亲戚。

哦?那就带回宫里见我吧。

野利氏回宫后觉得一阵乏力,勉强喝了一小盅莲子红枣粥就打算到高枕上卧着去了。就在这时,一个如黄鹂鸟般的声音响了起来:

拜见姨奶奶王后!

野利氏撩开幔帐朝门口处望去,就见一个轻盈的身体跪伏在地上。野利氏这才又想起这码事,就出来款款走到坐椅处端正地坐了下来。身边的侍女将金丝起云冠很小心地给她戴好,野利氏的眼睛却一直没有离开那个还伏在地上的身影。她的心忽然动了一下,好奇心大增:

这女孩子是谁呢?即使这么一副姿态就让人如此爱怜:

起来吧!

没移氏有些慌乱地立了起来,可她紧张,两只手扭在一起,低垂着脑

袋,一动也不敢动的样子。野利氏和蔼了声音说道:

抬起头来给我看看。

没移氏就赶紧仰起脸来。野利氏端详了她良久,心里赞叹着:果然天生丽质啊!接着说:

别怕,过来坐吧。

没移氏就朝前走了几步,慌忙中步子也不会迈了,她在野利氏指着的那个椅子上僵僵地坐了,两手不知往哪里放才好。野利氏就笑了一下,说:

你刚才叫我姨奶奶来着……

没移氏赶紧抢着说:

不……姨奶奶王后……

野利氏近处看着这女孩儿的脸,内心更加感叹:上天真会造出这样标致的人儿来吗?野利氏很有分寸地欣赏着没移氏,并就此寻问起她的身世来。

按照没移氏的说法,野利氏想起她也算得上能与她搭上一根丝线的那种亲戚。这样的亲戚实在是多如牛毛,多年来也都使尽手段上门来讨生计。野利氏都尽了力,能留用的留用,能安置的安置,再不济也会打发些银两走人。不过能找上门来的人也都十八般武艺各有各的长处,很无能的人也是不敢来认这皇亲的。很明显,没移氏的能耐就是美貌。而这样出众的美本该是属于皇宫的,怎能让她流落民间呢?这让野利氏又想起了大太子宁明,唉!如果不是他一意孤行抛弃了这世俗,她定会作主将这如花似玉的女子许配给他……这时候忽然宁令哥来给野利氏请安。自打宁明销声匿迹之后,兴庆府上下寻找了大半年之久,将夏国的山山水水都找遍了,野利氏也问遍了夏国最灵验的"诸神",神说,太子是健在的,只是无心担负国事才隐遁起来。神也说,人各有志,凡事任其自然……万般无奈之下,李元昊只得择吉将次子宁令哥立为太子。这事一晃也过去了三年。

宁令哥给母亲行过礼后,忽然看见母后近处正坐着个天仙一般的女

子。宁令哥呆住了,情不自禁地盯着她一句话也说不出来。野利氏看到这情形就笑了一下,对宁令哥说:

她算是我的一个外甥孙女,也该是你的外甥女呢!

然后又对没移氏说:

快来见过你的这位太子舅舅吧。

没移氏忙起来就要跪拜,宁令哥迈前一步拉住了没移氏的手说:

免礼免礼。

那盯着没移氏的双眼竟熠熠放光。野利氏轻咳了一声才让宁令哥意识到自己的唐突,忙放开了没移氏的手。没移氏更没想到,自己在尊贵的皇后面前已经紧张得快透不过气来了,却又突然被不知从哪里冒出来的美少年拉住了手……没移氏觉得自己快要喘不过气来了,恨不得有个地缝给她钻进去才好。

自从那天他们彼此见过面后,野利氏有了新的心事。她眼看着宁令哥发生了明显的变化,如同害了相思病一般。他被立为太子三年了,打春时刚给他过了十六岁生日,这孩子越来越像他父王了,李元昊是打心眼里喜欢他,可野利氏心里更偏爱宁明,一想到宁明野利氏的心就痛……唉!还是考虑眼下的宁令哥吧。这阶段宁令哥有事没事就来见母后,表面上跟母后搭讪,目光却四下里搜寻。野利氏看在眼里想在心里,如果就将没移氏许配给宁令哥也确是一桩天下美事。于是她心里盘算着择个日子让李元昊见见这未来的太子妃,她很自信地想着,任凭是谁都会觉得他们是天生的一对。

河曲之战胜利后,宋辽夏三国之间进入一段相对和平的时光。彼此忙着议和、治国,特别是夏王李元昊,他面对的治国大事一桩又一桩,蕃字在国内的推广使用,定国教为佛教,铸造夏币推进印刷术,制定律令发展教育,提高冶铁巩固铸造、陶瓷、纺织、建筑技术;等等。总之和平时期的夏王更是日理万机,整天忙于与各大臣商讨各种政务国事,还要时时应对与宋辽议和当中出现的问题,有时真到了比打仗还吃力的地步。每每那个时候他会想起一些死去的得力大臣,比如张元……想到张元他会放下案头的书文重重叹上一口气。事情过去不短的时间了,但张元的影子总是在他眼前挥之不去。他很想念张元,当年张元跟他是多么心心相印啊!但后来张元怎么就变了一个人呢?怎么也不看形势就一味地要攻打宋朝呢?当然他还听到过一些关于张元的私人传闻,甚至跟他有关,但他宁信其无不信其有。与辽河曲大战之前,两人的争吵是那样激烈,自己虽说一意孤行地甩了张元,但在战斗中却非常想念他,而且决定战事一结束立刻回来与他和解,但没想到大军还未凯旋他却撒手而去了!失去张元,他痛心不已,也就在那个时候一个叫索氏的妃子竟也悬梁自尽了。事情虽蹊跷,他却按下没查,一个死不足道的贱人!该消失的消失,该出现的出现,一切都随缘吧!

这天早朝刚罢,歇息片刻,夏王又这么不经意地想着,就见皇后野利氏如春风般走了进来,夏王这才想起自己忙在大殿已多日没有回宫中去了。野利氏拜见过夏王之后,看看旁边没有别人就恢复了夫妻状,喜形于色地说要给他看一个人。夏王也很久没有看见皇后的笑脸了,就云里雾里地问道:

何人至于如此一看?

野利氏也不再说话,朝着大殿的门口一招手,侍卫就带进一个女子来。

李元昊看见跪拜在大殿中央的没移氏,自然也是很久没回过神来。这阶段野利氏将没移氏养在宫中加以调教,从衣着到装扮完全变成了王室风格。若是普通人如此修饰也会呈现不凡的气象,何况是天女下界般的没移氏。李元昊就想:难道说皇后看他如此辛苦特选了这女子来服侍他么?这在他们夫妻多年来还是没有过的事情,尽管他立帝以来后宫嫔妃充实了不少,但基本形同虚设,都如历代别国的国王一样,那更多的只是征服的证明,是一种荣耀的象征。他和野利皇后可谓是恩爱夫妻了,他们的激情持续了那么久,直到太子宁明失踪以后,野利氏完全变了个人,几无夫妻床笫之事。特别是她热衷礼佛后更是矜持有度,已然菩萨,使得他的非分之想也渐渐收敛了。此刻看着这个美人儿,忽然春心就荡漾开来,这也是很久不曾出现过的事了。

夏王看她如何?

李元昊这才回过神来,频频点头:

好!好!

夏王没有什么挑剔么?

夏王又木偶般地说:

无可挑剔。无可挑剔。

这么说夏王你是同意了?

王后你都同意我哪有反对之理?

好!那今天咱就在这大殿之上一言为定,你与诸臣商量一下,将立太子妃的事定下来,之后择个吉日就给他们完婚吧。

太子妃?谁是太子妃?给谁完婚?李元昊像是刚从梦中惊醒,一脸的迷茫。

野利氏叹了一声在旁边坐了下来:

还能有谁!如果宁明在着,肯定是先给他完婚……

原来如此!幸亏本王没有露出得意之形,否则就成了她的笑柄……李元昊做出若有所思的样子,开始重新打量没移氏。面对一国之王的审视,没移氏慢慢地抬起脸来。因为接受了一段时间的宫廷训练,没移氏的外表看上去沉稳了一些,但进入大殿的这一刻她却是那样的胆怯。虽说有皇后亲自带着她上殿,也减轻不了她的害怕。听到一声让她抬起头来的命令,她就好像豁出命去似的听从着。

四目相对的时刻,也是天翻地覆的时刻。夏王李元昊和这位小小的民女没移氏的心里发生了怎样的震动,无人知晓。但有一点是肯定的,正是这一对视,改写了野利氏的初衷,也改写了历史。对夏王来说,没移氏的美攫人心魄,怎么说呢?就好像一瞬间让他回到了当年他与野利氏疯狂恋爱的岁月!不,不对……这么说吧,如果说野利氏让他沉醉,这女子却让他迷狂。

没移氏呢?这个没见过世面的小小女子在这么短暂的时间里正经历着从地下到天上的升腾感。这过程虽说让她毛骨悚然,但却是短暂的。很快她就看见了眼前这位神化般的人物夏国王。她看见了他,他温情脉脉看着她的样子很快就让她的惧怕消散了,取而代之的是崇拜,是敬爱,还有那勾魂摄魄的吸引力……没移氏原以为自己这样一个卑微的女子是没有能力辨别什么或选择什么的,但这一时刻,忽然她就有了一切。那个美少年宁令哥与眼前的夏国王比较起来竟如鹅毛一般轻微,飘浮着,影子一般不真实。而夏国王呢?真切笃定。一位国王身上所具备的一切美德都在他身上呈现!没移氏的双眼迷离起来,充盈了泪水,就这样,在微妙之中,她轻而易举就将一种迫切的期望传递给了夏国王。

对野利氏来说,她精心策划的美好姻缘如同一场噩梦破碎了!她怎么都不能接受眼下这个残酷的现实,李元昊怎么能将给儿子定下的这个亲事据为己有呢?而且,他像变了个人似的,完全没有了羞耻心。与没移氏那次见面之后,他失去了理智,竟然当着大殿全体大臣的面宣布了要娶没移氏为妃的决定!这个决定让野利氏的情感遭受了一场浩劫。她原以为他俩的感情是牢不可破的,这么多年来,掐指算一算,出现在他生活中的女人也不在少数,可他爱过谁吗?有目共睹,他只宠爱她野利氏一人。而他自己也曾经说过,野利氏是他第一个女人,也是他一辈子的女人。那属于最高贵女人的金丝起云冠是戴在她头上的。而她野利氏呢?没有辜负那顶桂冠。无论相夫教子还是恪守妇道,还是皇后德行,她都无可挑剔。尽管宁明出了事情,可那是天意!无论如何与他们的感情没有关系,那么她到底错在哪儿了?难道是她忽略了他还热衷于床笫之事么?可他有三宫六院啊,那是他光明正大的权利,谁都不会对此有所指摘,也全然不算背叛她。但现在不同了,他那有悖常理的宣布引起大殿一片哗然!人们都认为他疯了,文武大臣们纷纷劝阻,德高望重的族人与一些老臣们也来阻止,宁令哥也来与他理论,野利氏不吃不喝整日流泪,这一切都动摇不了他的心了,他像一匹脱缰的马,似乎回到了二十年前与野利氏热恋的激情时光。

不但如此,不久他还封没移氏为"新皇后",并下令在贺兰山为她大建离宫,那离宫比兴庆宫的所有宫殿更加奢侈豪华,耗资巨大。野利氏的心都碎了！她的功劳苦劳在执迷不悟的夏王面前难道就这样烟消云散了？自从他变了心之后她就再没有见过他,最初跟他的几次吵闹现在都变得恍惚了。她的两位叔叔、眼下李元昊最得力的左右厢军野利旺荣和野利遇乞也从各自驻地赶回来极力反对过这档子事,当然都无济于事。一段时间夏王完全不理朝政了,他携了没移氏隐进贺兰山离宫,任外面闹翻天就是不出来。这期间年迈的老臣杨守素失望之极告老还乡了,临行前,野利氏还在这位父亲般的老臣面前哭了一场,彼此的伤感就好像这是个无君之国、无父之家一样。野利氏无奈中只恨自己俗心太重,苦痛缠身。宁令哥也多次喝得酩酊大醉来她这里搅扰,要么跑到边境上去寻衅滋事,惹是生非,几度引起边境祸患。这些情况报进离宫,夏王也是充耳不闻,与没移氏整日里吃喝玩乐,尽享奢靡。

第二十二章　野利仁荣之死

大夏国最重要的文臣野利仁荣病重的消息终于将李元昊从"迷魂阵"般的离宫里唤了出来。此时正是数九寒天,李元昊从白雪皑皑的贺兰山上下来,一路上心急如焚又恍如隔世。他刚隐进离宫不久有人来报说大臣杨守素要告老还乡了,他手一挥做了一个应允的手势。但这时,透过轿子上的窗帘,大山里积落的白雪被股股冷风吹着,像一绺一绺的白发四处散去,一阵强烈的失落感蹿进他的心里。自从失去张元后,他的心情黯淡了好长时间,就算失去太子宁明他也没有难过到那种程度。杨守素几乎是祖辈的老臣了,虽说对于朝政已没有什么实力,但是只要他们在座,他的心就是安稳的。可他竟然告老还乡了,这不是对他夏王无声的抗议吗?这都不算什么,野利仁荣可是国宝啊!他不能病重,更不能离去……正这么想着,轿子停了一下,外面有人问道:夏王,是先回兴庆府还是先去蕃学院?李元昊没好气地说:朕难道是为回兴庆府而下山吗?于是轿子一动,向着蕃学院野利仁荣府上奔去。

一进野利仁荣府内,一股浓烈的煎药气味儿就扑鼻而来。李元昊直奔野利仁荣的病榻。看见他,李元昊大吃一惊。先生怎会到了"弥留"的地步呀!觉到是夏王亲临榻前,野利仁荣艰难地睁了睁眼睛,那是一双历来让夏王觉得能给自己增添无穷力量的眼睛。可此刻,这双眼睛却已枯瘪深陷,那没有了血色的灰暗嘴唇也微微地抖动着,似乎想要说:拜见夏王!李元昊将两个手指轻轻盖在他的唇上,示意他别动,野利仁荣那干井般的眼窝就溢出一行浑浊的泪水。这让李元昊一瞬间酸楚满怀,也落下两颗泪珠。

那天,夏王李元昊一直守在大学者野利仁荣的身边。虽说双方始终默默无语,但一切尽在不言中,两颗心在做着最后的交流。夏王也一直将那就要衰亡的手握在自己的手中,仿佛只要那么握着,他就不会离他而去!他的谆谆教导再次回响在耳边:

……一王之兴,必有一代之制。议者咸谓化民成俗,道在用夏变夷,说殆非也。昔日商鞅变法而国霸,赵武胡服而兵强。国家表里山河,蕃汉杂处,好勇喜猎,日以兵马为务,非有礼乐诗书之气也。惟顺其性而教之功利,因其俗而以刑赏,则民乐战征,习尚刚劲,可以制中国,驭戎夷,岂斤斤言礼言义可敌哉……

李元昊的心颤抖着,默默回应着老师……是啊先生,王者制礼作乐道在宜民,蕃俗以忠实为先战斗为务,正是当年您的这些高见使我大夏国迅速崛起!可是现在……您为何如此模样?难道说先生您也要像他们那样离我而去?难道我李元昊真的做错了什么吗……

天黑尽了,御医说野利仁荣该休息了,李元昊才脚步踉跄地离开了病榻。

当他回到兴庆宫,忽然有了久违的感觉,他突然意识到自己离开它已数月之久。寝室里,灯光微明,卸了妆束的野利氏素面素服正安静地跪在佛像面前做晚课。看她的背影,她自身也如一尊佛了。听见动静,野利氏还是回了一下头,接着她又背过身念经去了。像每一次打仗回来那样,李元昊习惯于野利氏对他的热情迎接,也渴望她为他沐浴洗尘,但眼下是怎么啦?她对他从外面回来从未如此冷淡过。刚才她的回头一瞥,他看见了她的恨,那种恨令他不寒而栗又百思不解,难道他一国之王纳了一个小妾又有多大的罪过吗?

野利氏好像听到他的心声一般忽然说道:

那不在于什么纳不纳小妾!错就错在你不该夺儿之妻,错就错在你怎能因此大建离宫并弃朝数月,错就错在你执迷不悟扔下朝政让国家处在无主险境……身为一国之王在关键时刻分不清孰大孰小,苍天是让杨守素的告老还乡和野利仁荣的死……将你唤回来的呀！看看你为了那么一个小贱人付出了怎样的代价……

　　李元昊背后阵阵发冷，如梦初醒。这些话在相当一段时间里被人们轮番说起，可他听不进去，那些聒噪使他讨厌，那个阶段除了那个小小的没移氏他什么也不想要。但这会儿野利氏的这些话却如铁锤一下一下捶在他的心上，将他渐渐敲醒。

　　……怎样的代价……李元昊这才发现，其实野利氏什么都没有说，他是从她的心里看到这些话的，这些话像明晃晃的刀剑一样一排排立在野利氏的心里，凛冽灼人。倏忽间又变成蕃字院海潮一样的蕃字，撞击他的心房。

　　不觉中三更的鼓声响起，那更鼓声，从未像今夜这样庄重，从未像今夜这样警示人心！

　　这时，李元昊感觉到了一种奇异的动静，那动静不像是来自他内心，而是外在的，从远处而来的。他愣怔着，感受着那由远而近似有若无的动静，但很快就像是大水破堤，他清楚此刻正是冰封河面的季节不可能有水灾泛滥，片刻之后又转成了天降巨石，似有天崩地裂之势。李元昊惊惧地扭脸去看野利氏，野利氏仍如他初进来时看见的一样，安稳地念着经，仿佛什么事也没有发生。他探头朝窗外望去，深沉的夜色也寂静无声。正困惑着，一片沓杂的脚步声已到了寝宫门口，接着就有一阵令人毛骨悚然的喊声响起——野利仁荣臣归天啦！

　　翌日一早，夏王李元昊携要臣家人全身重孝来到野利仁荣府上。在野利仁荣的灵堂前，李元昊三哭野利仁荣，他抚着灵柩悲呼：

　　苍天啊，为何夺我股肱如此之速也！

第二十三章　离宫里的女人

　　就在夏王悲痛欲绝的时候,有一个人在暗处正冷冷地盯着他,那就是陷入失爱之痛后的太子宁令哥。宁令哥被白色孝布遮盖得整张脸都藏了起来,他如此藏匿就是在躲避他的父王。自从他掠去了本属于他的没移氏遁入离宫之后,一股仇恨就在他的心底生根发芽。这个所谓最疼爱他的父王的举动打破了他对人世间许多事情的幻想,包括对王的崇拜。这个年轻人没有想到,自己最崇拜与最爱的人竟成了自己有生以来的第一个情敌!他不知道该怎么办,一时间他恨不得立刻就杀了他。可最终被他杀了的是几个边境上的守兵。那时,他真希望引发一场大战,自己就死在战场上,让那个昏君受断子绝孙之苦,受找不到后悔药吃之苦!

　　后来,他变得沉默寡言,有时悄悄流泪,他甚至想到干脆像兄长宁明那样销声匿迹算了。可是,宁令哥丢弃不了自己的使命,他不能够像宁明那样放弃未来的江山,他要忍,忍到自己当王的那一天。但在这长长的忍耐途中他该怎样面对已经成为情敌的父王呢?他不想看见他,但又不能不面对他。在野利仁荣的葬礼上,宁令哥一直都暗暗观察着父王的举动。他瘦了很多,完全沉浸在一种大悲痛中。那情景是死去了一个野利仁荣,几乎也要了夏王的半条命,宁令哥的心也会抑制不住地疼,但对没移氏的刻骨相思让他的心更疼。

　　几天来,宁令哥甚至盼着父王的眼光能与他对上,他至少想看到父王对他是有歉意的。可是,李元昊根本就没有看他宁令哥一眼。一眼都没有看！很快，一个国王的气度和无上的高傲就全都恢复到父王的身上了。他虽说身披大孝，但他开始从容不迫地接见外国前来吊唁的使臣，频繁召开大臣会议，赠封野利仁荣为富平侯，给予厚葬。

这更让宁令哥无法忍受。

葬礼之后的一天，宁令哥悄悄地离开了王宫打马往贺兰山离宫奔去。当他来到山脚下，望着也如同为野利仁荣戴孝一般披着白雪的群山时，又犹豫了，他跑到这里来做什么呢？从半山腰露出的逶迤的离宫属于他吗？不，那是王权的象征。那个被劫掠其中的美人儿属于他吗？不，不，她早已是国王的妃子……那么，这里的一切与他宁令哥是没有半点关系了？有！这离宫里有他日思夜想的女子，如果不是风云突变，她早就是他的爱妻。自从他们在母亲的寝室里见面之后，不知怎么搞的，她似乎就与他有了关系，有了千丝万缕的关系，感觉里甚至有了一种莫名的肌肤之亲……没移氏被父王强行霸占，她一定是痛恨交加的，也可能她正在盼望着他这位年轻英俊的太子前来搭救呢。但比起王权，他是那么渺小无能，他救不了她……可今天，他能够偷偷地来看望她，他要告诉她，总有一天他会救她出虎口，他来这里就是要亲口告诉她要她等待，她是有盼头的，他宁令哥总有一天会成为国王，这是天定的事实！

就这样，诗人一样的贺兰山，记录下了世界上一串最为动人也最为错误的马蹄声。

宁令哥到达离宫时，披着红色裘皮披风的没移氏正站在门口向远方眺望。衬着身后茫茫的雪山，远远望去，她就像是一只红狐。看见来人是宁令哥，她忙转身回宫。卫兵见是太子到来，也就没有拦阻，让他随了进去。

突然之间，没移氏转过身来，投给宁令哥一个充分准备过的微笑。按理说，这是一个销魂的时刻，可是这时的宁令哥却有些犯傻。当他回过神来时，没移氏已收敛了她的微笑。说是孔雀收屏也好，说是昙花一现也好，总之她变回去了，回到了常态。她的表情甚至有些陌生和困惑，好像在问：你是谁，我们认识吗？

但没移氏还是给他行了礼：见过太子。

他忙伸手相扶，她却躲开了。她退后两步，保持了相当的距离。像是要问什么，犹豫了一下，又把他让进殿内。然后让侍女给他端来一盆热水，一杯热茶。

这个过程里，他发现，相隔数月，没移氏以惊人的速度成熟了，就像一个熟透了的大红杏，仿佛稍有一阵微风就会从枝头上掉下来。当初他们见面时的单纯和恐慌不见了，取而代之的是一位宠妃特有的高傲和矜持。

现在的她微颦眉宇，耳边垂下的一缕黑发将她渴望着什么的焦躁显露了出来。一种强烈的怜香惜玉之情从宁令哥心底涌起。她是因为我宁令哥吧？可是，我现在又能做些什么？

就在这时，宁令哥似乎听到了没移氏的一声叹息。

宁令哥就对立在屏边的侍女们说：你们下去，我有事要给娘娘禀报。

不想没移氏同样像早就准备好似的抢在侍女离开之前问他：

太子亲临离宫是你父王派你来的吗？

不是，是我自己要来给您请安的。

哦？皇太子应给母后请安，翻山越岭来给一个小小妃子请安有悖常理！

宁令哥瞧着她那张风云突变的脸，更加感到她完全不是他想象中的没移氏了。他有几分尴尬地说：

我……我们原本……

没移氏抢过话头说：

我是夏王的女人，我没移氏心中只有夏王一个男人！我和你是不存在的，自从我看见夏王的那一刻，这世界上再没有别的男人了……我生是他的人，死是他的鬼！我此刻心情烦闷，正苦苦等他回来。太子若无事就赶紧下山去吧，见着你父王请转达我对他的思念……

没移氏的话像一阵暴雨，劈头盖脸而来，把宁令哥给打愣了。

宁令哥在回去的路上如被霜杀过的青禾，生气全无。但他还是不服气,若当初没有父王的介入,不惮于父皇的王威,没移氏一定会钟情于自己。他们一定会情投意合,他们一定会是最般配的恩爱夫妻……

无论如何,他是不能原谅父王的。

父王截妻之后,母后不断地给他领来一些出色的女子,但宁令哥再也没有看上过别人。没移氏夜夜出现在他的梦中,戏子一样不停地变着脸谱,讨他欢心。宁令哥颠之倒之,恍之惚之,一时间兴庆府御医穿梭,人们私下里疯传:太子宁令哥相思病缠身,贵体不保,大夏国后继要无人了!直到府里贴出一张告示:抓到散布胡言者杀头!各种传言才顿时消散了。

宁令哥在五迷三道中过了一年才渐渐好起来。但那份活泼开朗从他身上游走了,他变得忧郁了,野利氏甚至觉得,他越来越像宁明了!为此她起劲地念经,一个阶段她整日整日不离经房,她不能让大夏国未来的接班人再有任何闪失。她忽然想起多年前她给李元昊的那一番话,那时候他们是那么年轻,那么相爱。她对他说他俩的缘分不一般。是啊,那可不是故弄玄虚,她野利氏的作用就在此刻,她链接在这对父子中间,哪怕受刀箭砍射之苦,她也要拉住两边,只要她拉住,大夏国就不会分崩离析!

有一件奇怪的事,宁令哥好了之后,野利氏问起过他去离宫的事,宁令哥却矢口否认,他说他从来就没有去过离宫。他说事已至此,他不可能去离宫,那是不可能的事。野利氏看他满脸认真的样子,也长舒了一口气。

第二十四章　宋兵王崧

　　说起来,我本是一个不值一提的人物。可夏国的故事讲到这里非要我出来说话,我也只好硬着头皮讲讲我与宋夏两国的关系了。这么一说,倒好像我真成了什么了不起的人了,其实,我只是宋边境上一个自由成性的小兵。但有一天,我还真被搅到宋夏两国的心脏里去了!难道这不是命么?俗话说,命中有时自会有,命中无时莫强求。这话一点也不假,那么,就让我讲讲我的经历吧。有一天,我忽然成了和尚,我当和尚也并非发自心愿想要当个修行者,而是因为那阵子我实在活不下去了,才投奔了一座叫紫山寺的寺院。那阵我都是个快三十岁的人啦,正想一条绳子吊死算了,可巧紫山寺施粥的钟声响了。在此之前,我姓王名崧字光信,宋青漳人氏,本行武出身,曾也精于骑射,骁勇无比。论长相呢,得让我师父来评述了,他说之所以将我收下就是因为我长得好。师父为我剃度的时候给我起了法名就叫法崧,他端详着我赞叹着我的堂堂相貌,对我说道:

　　阿弥陀佛!你乃是深山里的一头白熊转世,这个小寺院里盛不下你的,我收你也只是救你一时之饥,寺院并非你的久留之地。

　　我惊讶于师父的说法,又茫然于眼下的处境,真不知道自己还有什么前途可言。剃度过后,我双手合十跪在师父面前说道:

　　求师父为弟子指明方向!

　　不想师父却说了一句让我摸不着头脑的话:

　　阿弥陀佛!但凡行好事,莫要问前程。

我就那样成了每日念经还为寺里干些杂活的和尚了。不知师父的话是真还是我堕落的老毛病又犯了，才过了数月，我便忍不住偷偷下山去找酒喝了。说到这儿，我还是说说我是怎样沦落到如此境地的吧！

那就是因为我嗜酒。不仅酒，还有赌……干脆我就全说了吧，人们都说吃喝嫖赌不分家，这话是有道理的，作为一名士兵，我因为喝酒而常常离队，喝了酒就去赌钱，赢了钱就去青楼找女人，找了女人就又是吃吃喝喝……按理说我们当小兵的，管吃管穿管住，发薪时只有一些碎银补贴，哪有闲钱逛青楼啊！可我这个人，虽说是个穷人，但我命中注定手上有过往的钱。什么叫过往的钱？就是说，钱到了我手里脚不着地，今早得来的钱必定过不了夜。我得来容易，一转眼就又撒了出去，我对银子的态度就是这样。

因为我大方，长得又好，女人们都喜欢我。不仅仅是青楼的那些女子，就是街边坊道的小媳妇大姑娘也爱与我搭讪调笑。我呢，一视同仁，来者不拒。就这样，我归队之后总是遭到处罚，有的时候被指挥使用鞭子抽得皮开肉绽。挨打我是不怕的，怕的就是不能再喝酒。因此我常常好了伤疤忘了痛，离队的次数越来越多。最终导致我被开除的罪名不是这些，而是因为我私通夏人，擅自越境。

这些话说来又长了，我的酒友赌友里不乏夏国人，因为我们是驻守边境的部队，就生活在边境上，打交道的自然两国人都有了。但军营里有严格规定，宋士兵严禁越境，不得与夏人擅自交往。不过规定是规定，人嘛，都是感情动物，离得那么近，免不了每天照面打招呼，日久了哪有不生情的道理呢。虽然说严禁，但从上到下谁也难免有个私交什么的，对此情况，只要不过分，上面也是睁一只眼闭一只眼不予追究。比较麻烦的就是我这个人，那时我也年轻，谁都知道我生性不羁，难以管束。指挥使虽说对我头疼，可每次队里比赛个骑术剑法什么的我总是数一数二，因此我每每犯规指挥使除了用鞭子对付我，倒也没想开除我，也正因为这样，更加纵容了我自由自在的毛病。夏边军里有我的一些酒友赌友，他们只要一招呼我，那我就如将要飞翔的鹰再也坐不住了。

由于我是那边的常客,因此能听到很多关于夏国的新闻,上至兴庆府下至普通草民,五花八门的。每回我一归队,我身边的士兵们就在晚上熄灯后让我讲夏国宫廷的故事。人真的很奇怪,普通的小老百姓总是对王宫里的事情更感兴趣。于是我就讲,从什么早年夏王李元昊怎样弑母杀亲啦,怎样立野利氏为后而气死兴平公主啦,到大太子宁明失踪,国相张元如何私通索妃,一直到最近的夏王如何霸占太子之妻又如何弃之如敝屣,著名大臣杨守素如何因愤告老还乡,大学者野利仁荣如何气毙而亡,夏王又如何痛心疾首三哭野利仁荣,等等。

除了这些绯闻,两国的政治大事也是大家关心的话题,比如双方议和时总是要出尔反尔啦,总是要出现轻毁条约的行径啦,等等。当然,作为宋人我们自然认为不讲信誉的一方是夏王这个诡诈之君。最终大家免不了要为大宋惋惜,宋庆历四年(1044),宋夏议和,朝廷不但答应开放保安军和镇戎军、高平砦榷场,而且岁赐夏银七万二千两,绢十五万三千匹,茶三万斤。

想想看,这是多少老百姓的血汗啊。也有人说,这岁赐多么像是一个掩耳盗铃,说白了是用这些老百姓的血汗钱换个平安,换个让夏称臣的臭面子!要说这个李元昊你不服不行,他先把你狠狠地揍上一顿,然后却又放下架子,主动请和,用一声吾皇万岁换来万千银两,最后落得钵满盆满,还有比他更聪明的人吗?听说他最近以同样的办法让大辽国乖乖地就范。说实话,从心底里我是同意他们的高见的,但作为军人,对此我自然不敢枉加评说,我的原则是,对夏可以兜他们的家底儿,但对宋却不发一言,为此落得个大滑头的美誉。

我这个人的语言天赋比较好,就连党项语都能说个八成呢。有时候我就用党项语给他们讲,逗得他们趴在被窝里大笑,直到外面站岗的人警告才住声。因为这个,我的人缘不错,大家都暗地里叫我"夏国通"。关于这些,上面其实也是知道的,如果不是我后来闯了一个大祸,我也不会因"私越边境"的罪名被开除。看官肯定想知道我到底闯了一个怎样的祸事导致这样的下场,唉,说起来这也是命,是命里该着有这么一劫!

我在夏国的某个青楼里认识了一个叫拉玛的妓女。拉玛原是吐蕃的一个女奴，身世可怜命运多舛，最终沦落到这家青楼里。我遇到拉玛的时候她已经不年轻了，我当年二十五岁，她比我长个五六岁，已三十出头。在青楼里她这个年纪已经很危险了，点她的客人越来越少，青楼里的管事也越来越不给她好脸色看。

我这个人呢，除了上面所说的那些，骨子里还有着一种怜贫济弱的激情。无论是夏国的青楼还是宋朝的青楼，我常去的两家地方的人都熟悉我。前面说了，我那"过往钱"的来源当然是靠赌，我酒后赌钱的手气出奇地好。因此，我去青楼过夜总能受到贵宾一样的待遇，当然没有一个子儿的时候情况就完全不同了。一天，我怀揣着赢来的钱带着七分醉又来到这家青楼，就遇到管事正在骂拉玛。那拉玛哭泣无助的样子让我直接就点了她。不成想，那个晚上过去后，拉玛成了我的相好。以往我对待女人的态度也像是对待银子那样，只不过银子不过夜，女人也只是一夜缘，一夜过后概不拉扯。

我无情是因为我不得不如此，我从小就过着没家没业的飘荡生活，如今以军队为家，说不定在哪一场战役中就被削首马下了，所以我只能过那种来去无牵挂的日子。说到底，一个人也不过像是手中那留不住的钱一样，有今没明的，没啥意思。可是人这东西也会发生变化，和拉玛过了一夜后，我却有了牵绊。拉玛的皮肤很黑，眼睛又黑又深，披一头垂肩的细麻花小辫子，一张厚嘟嘟的嘴巴就像是安上去的一只菱角。虽说她是个三十岁的女人了，可吐蕃人的皮肤紧实，她那黑黑的额头上一丝皱纹也没有。不不，我的意思并不是说她如何年轻美丽，这与那些都无关，有关系的是我遇到了拉玛这个人。那天，那个正骂她的管事听说我点了她之后，立刻就转怒为喜，将我们安排到一间上好的房子里。就算我七分醉也罢，我还是看清了我面前这个穿着红花长膝大襟褂子的黑女人。我伸手撩开她额前那垂帘一般的细密发辫，她那黑黑的光洁的额头就露了出来。同时我还看到了一双凄楚的泪眼，像幽深的两眼井，泛着深水的气息……同是天涯沦落人……

我不是一个文人,可不知怎么拉玛就让我产生了这么多的想头。另外,她还给了我一种截然相反的感受,懦弱无助中有着一种暗藏的刚硬。我想,让我与她有了瓜葛的正是后面的这种东西,当时我的好奇大于需要。经过一夜后,产生依恋感的反而是我了。其实那一晚我们什么也没干,和她说了几句话之后我的醉意加深,就昏睡了过去。直到第二天早上醒来。拉玛在我的面前端着一碗刚刚煮好的莲子大枣汤。这样的情景对我也并不陌生,以往我都会像一个无情的嫖客喝过莲子枣汤转身就走,一丝都不拖泥带水。可这次我接过拉玛递来的汤时却磨磨蹭蹭生怕一饮而尽后就没有再停留的借口。就在这时拉玛开口说话了,她说:

我知道你是因为同情我,可我却不能变成一个服侍你的人……

我呢,忽然局促起来,平常我的嘴巴能说会道是大家公认的,可那阵子,我变成了一个哑巴,完全不知道该说些什么。于是我就啥也不说,一口气喝干碗里的汤就想一走了之,可拉玛却突然扑下身子抱住了我的腿,她哀求道:

求你带我出去,求你让我当你的奴隶……

咳!拉玛以为我是个军官呢,她劲可真大。我就对她说:

快起来吧,我只是个小兵,养不起奴隶的。

她说:我不要你养,我啥都能干,我给你喂马。

我低下头看她那一头密密麻麻的小发辫,忍不住摸了一把,然后推开她,朝外面走去。

可当天晚上我就又来了,当然我还是点了拉玛,这次我没喝多,这个夜晚让我们成了情人。成了情人就不是普通嫖妓的关系了,我们都不是自由人,不自由的人是不能有非分之想的,可我的性格却是如此不羁。与拉玛相好以后,我们交往上变得有难度了。首先我们边军进入了一个相当严酷的集训阶段,根本就没有溜号的可能,即使我偶尔出来也没有钱。也就怪了,那个阶段我怎么也赢不上钱,就好像应了人们的那句老话,情场得意赌场失意!瞧,上苍是不会让一个人事事如意的。因此,我和拉玛见面就难上加难了。过来人都知道,情人之间的见面越是有难度,那份情感也就会越显得异乎寻常。得不到正常途径的见面,就会设法想一些旁门左道,于是在我那些狐朋狗友的帮助下,拉玛会从青楼围墙边的一棵大枣树上爬下来和我见面。但这样的情况仅有两次,都是在深夜里,而且第二次就出事了。前面说过,拉玛的处境是最难的,即便没有接客她也不能闲着,得干许多杂活,青楼管事会时时尖着嗓门喊她。第二次夜里,拉玛刚刚爬到树顶上青楼管事就在叫她了,她一着急就往外跳,我虽说在外面接应她,可她情急之下身子偏离了,一下子就摔出去老远。青楼里的人乱成了一锅粥,纷纷喊着:有人逃跑了,有人逃跑了。我的赌友身手麻利地从围墙里飞了出来,对我俩喊道:快跑!可是拉玛的腿受伤了,她站不起来,我只好背着她跑,可没跑出几步就被青楼的打手们追上了。后来我才知道这家青楼是夏国的一个官府开的,我一个宋边小兵越境将一个妓女拐走的事成了一桩政治事件,成了当时边境上的一大热点新闻。但毕竟一个小兵一个妓女都是人渣一般的小人物,并没有酿成两国间的战事。我俩被追到后,少不了先是一通暴打,之后被关进大牢,我后来听说拉玛入狱后三天就死了!我呢,因为在宋边军也是个没名没分的小兵,过了一段夏边境也不将我当回事了,我的指挥使便托人花些钱将我弄了出来。但有一条,我被开除了。领队使将我接出来后对我说:

小子呀,你看看你惹的这场祸,没有葬送性命已经是你的造化了,不是我狠,我对你已经尽了力了,以后你究竟是生是死也只能看你的本事了,如果能活着,我们后会有期……

就这样,出现了前面那一幕。唉!人常说,禀性难移,我在紫山寺上刚刚有吃有穿就又开始不安分了。幸亏我师父刚开始就看出我是个不能久留之人,因此也不对我特别管教,任由我自由出入,但我即使下山,情况已然不是从前,我很难再找到喝酒赌钱的场所,没有人再接纳我这个潦倒的和尚了,人们大多不认识我,即使认出,也是慌忙躲避。因为往日风光不在,我整日没精打彩,浑浑噩噩,不知道师父说我是什么白熊转世的话是否能应验。因此我身在佛寺心却在焦躁不宁中企盼着什么。

半年后的一个中午,师父带我下山去采买一些东西,刚进入集市不久,我就被一个人拉住了,一看原来是军营上我的一个兄弟,这兄弟告诉

我说我们的指挥使正在发动兄弟们找我呢！我揉着眼睛半天不太相信眼前的事,但这兄弟就在我脸上拍打了几下问:

疼不?

我又点了下头,兄弟说:

这就对了,这不是梦,你瞧瞧你,怎么就变成和尚了……

临分手,我对他说我在紫山寺,兄弟就说:

那你等着吧,指挥使会很快带人去接你的。

果然,没出三天指挥使就带着一队人马来紫山寺接我了。虽说指挥使曾经没少打我,但他也是将我从大狱里捞出来的人,是我的救命恩人……此刻相见,感概万千,我竟然鼻涕一把泪一把的啥也说不出来了!把我吓了一大跳的是指挥使说的一番话。他说:

我们来找你是因为驻边大将军种世衡要面见你!

天啊,大名鼎鼎的种世衡将军要面见我这个小人物？为什么？他难道想要杀了我？领队使就呵呵大笑了起来,说:

种将军要杀你也犯不上杀鸡还用宰牛刀呀!走吧,去了就知道了。

就这样我又脱了袈裟换戎装了。我给正在念经的师父跪下磕了头,师父也不睁眼睛,挥了挥手说:

阿弥陀佛!去吧,你来的那天师父就知道会有这一天的。

我给师父又磕了几下头说道:

我只要活着,会来报师父救命之恩!

将我送到种将军帐内的是指挥使,当时我紧张得有些发抖,真不知我将要面对的是祸是福。突然我就听到了一阵爽朗的大笑:

免礼免礼,起来吧!

我这才颤巍巍地爬了起来,并看见了站在大帐中央英武堂堂的种世衡将军。

你就是当了一回和尚的王菘？种将军来到我近旁问道。

是!

你就是那个能说会道,经常出入夏境的王菘？

正是小兵……

说实话,当时我的心又重新提到嗓子眼上了,只觉得种将军手起刀落我就会人头落地……可是,我又听到了一阵笑声,一只手掌重重地落到了我的肩上了。

好,大名鼎鼎的王菘,名不虚传啊!

我做梦也没想到,从那时起,我的命运发生了天大的变化!种世衡将军竟然将我留在他的军中,并任我为三班经略司指挥使。这下可不得了了,我一夜之间从一个一无所有的穷光蛋变成了应有尽有的富人。种将军给了我豪宅、女人、马匹、衣食、随从等。当然,我作为一个指挥使也很快进入了角色。带兵训练时种将军有时来现场观摩,他频频夸赞着我,夸我天生是个带兵的料。

按理说,依我现在的状态应该将曾经那种下等生活全部忘光才对。可是,我那吃喝嫖赌的旧毛病像是一个很难去除的根,在身体的各个部位时时发芽。可见人的需要并不因为满足而止步,而是有了这个自然又会向往那个了。我怀念偷越边境又一醉方休的日子,我想念突然赢来一大把钱又瞬间挥霍掉的感觉,我还想起了拉玛。我现在身边的女人叫媚娘,年轻、白皙、漂亮,与拉玛截然相反。但不知是得来容易还是怎么的,反而没有我曾经对拉玛那种复杂的渴望感觉。人呀,真是贱!我又开始偷越边境了,因为我怀揣着丰厚的赌资。种将军对我可真是好啊,除了我一个指挥使的正常薪金,他总是让人另给我送钱。而且,他还常常亲自来找我喝酒。我俩在一起喝酒的时候他简直不像个大将军了,像是我的一个什么亲人。如果说我现在的行为是旧病复发倒不如说是种将军的怂恿所致。大家都知道我的毛病,我相信种将军更是清楚我的行径。我俩喝着酒他会问我夏国的事。我呢,忘乎所以,大讲特讲,直听得种将军眉飞色舞。

也就是这个时候,厄运之神再一次瞄上了我。有一天,我又被请到种世衡将军的营帐内,我满面春风地走了进来,却看见种将军一脸阴沉,双目怒火。我不知道发生了什么事情,赶忙给他行正规礼,谁知种将军却猛地一拍桌子大喝道:

大胆王菘！为何负我？

我被这突如其来的断喝搞懵了，一时无语作答。

种将军又拍了一下桌子，气急败坏地问：

本将军对你不薄吧？你为何暗通夏贼挖我墙脚？

我这才听明白是怎么回事，连忙申辩：

将军大人在上，我王菘愿以性命向您保证，绝无此事，望将军明察！

还敢狡辩！

我底气很足地说道：

我王菘是有一些不良嗜好，如将军说的是这些，那我王菘现在就当着您的面断指发誓，从此不为！

谁知种将军越发生气：

谁管你那蝇营狗苟之事，自你来到我帐下，我缺你的赌资了还是限制你的自由了？

我大声回道：

感谢将军！都没有。

那你为何背信弃义，阴与贼通？

天地良心，将军对我王菘如再生父母，我王菘也发过誓此生只为将军效死！

没想到种将军更加生气，他竟然命令给我上刑具，拖至刑房。

我一边挣扎一边喊道：

难道有奸人对将军谄了谗言不成？我王菘冤枉啊将军！

不管怎样叫喊，我还是被五花大绑地拖到刑房去了。在刑房里，我被打得死去活来！老天爷呀，我王菘到底犯了什么天规戒令，要遭受如此大难？从前我由于不守纪律，常挨指挥使的打，好在我的耐力特别好，好像早就给打出来了似的。他们对我用一阵酷刑就停下来审问一气，无非是要我承认我勾结夏人背叛种世衡将军是事实。说实话，当时我气息奄奄，几度欲死，但是我王菘不是孬种，我不会因为这样就满口胡说，没有的事就是打死我我也不会瞎承认。所以多次从昏死中被冷水浇醒过来,也决不屈打成招。

对我的用刑足足进行了十天之后,又将我扔进一个黑洞一般的死牢。除了每日有人从一个小洞口塞进来一点食物和水,就再也没有一丝动静了。很多时候我以为我已经死了,是在阎王爷那里呢。不知时间过去了多久,也不知现在是怎样的季节。正当我绝望之际,我的命运却又一次发生了一个转机。这天,牢房门打开了,走进来一个人,进来的人和他身后的光亮都让我恐惧。我捂住双眼,身体朝更黑的地方缩去。可是来人却说话了:

王菘何在?

我听出来是种将军的声音,心想,死到临头了!但种将军的声音继续响着,语气是那样温和:

唉,王菘呀,本帅让你受苦了!

然后他对身边的人说:

快快卸下他身上的枷锁!

于是就有几个人上来七手八脚地卸下我身上的枷锁。由于长期带着沉重的枷锁,身体一直处于一种爬行状,此刻突然没了重量,身体反而失衡了。我扶着墙勉强站起,身子却东摇西晃,根本不会走路了。后来我被蒙住眼睛抬了出去,有人替我沐浴熏香,剃须理发,更换新衣,那个过程中我也以为我是死了,那些美妙的感受也让我以为自己是从地狱之门通往天堂的路上。当我面目一新地被人推到一面大铜镜前的时候,镜里的那个王菘就像是重新诞生了一样,连我自己也完全不认识我了。我忽然想起师父说的话,我仿佛看见大铜镜里果然是一只虎虎生威的大白熊。

一切停当了之后,种将军接见了我。一见面,他将跪在地上的我搀扶了起来,说道:

你无过啊,我种世衡如此待你是为了考验你,是为了要交给你一个重大的使命呀!

之后,他将一个令我吃惊的对付夏国的秘密策划告诉我,并对我说为了物色我这样一个人是怎样的用心良苦费尽心思。我知道真相后更是感激涕零,我这样一个小人物能引起大人物的如此重视乃是我三生的造化!我又一次要给种将军行礼,却又一次被他止住。他深情地对我说:

虽说这有可能是成就你的一次使命,但是更有可能会使你献出生命!

我说:

王崧我贫贱无状,蒙将军恩教,致身显荣……常想能以死相报,如今承蒙大人赐此报恩良机,即使让我王崧赴汤蹈火也在所不惜!

好样的,本帅没看错人!种将军笑着又是一掌重重地落在了我的肩上。之后,种世衡将军给夏王李元昊的左厢军野利旺荣写了一封信,用蜡封闭,郑重地交到我的手上。

接着,又为我送了壮行酒,然后让人拿来一件上好的皮袄,把那封信缝在夹层,披在我身上,语重心长地说:

塞外苦寒,我送你这件皮袄,但有一个条件,当你回来的时候一定要将它亲手还给我。

我抚摸着已缝进皮袄里的那封信,含泪点着头。我明白他此刻所有的意思,什么都不用说了,我接过种将军带给野利旺荣的礼物,一幅"龟图",一串红珊瑚雕成的枣枝。将这两样东西小心地装好之后,我给种将军磕了一个头,然后飞身上马,朝着北风萧萧的西部飞驰而去。

第二十五章　野利旺荣

这是左厢军野利旺荣的地盘。眼下,他和兄长野利遇乞成了夏王李元昊最重要也是唯一的左膀右臂了。这兄弟俩,自多年前李元昊第一次领命去打甘州的时候起,就发誓跟着他干了。当然,李元昊没有亏待他兄弟俩,除了君臣关系,他们毕竟还有着一层姻亲关系。多年来,他们的侄女野利氏一直高居皇后的位置,李元昊对她的宠爱多年中没有改变,这让野利兄弟更加死心塌地。特别是目前,重要大臣散的散死的死,夏国大厦的栋梁之材们一一离去。但无论如何,夏国不是没有人了,就凭他野利兄弟的威名,宋朝和辽国都不敢小觑。尽管眼下是几国议和,但阴诡之气无时不在,那两国也正如两头猛兽,暗下里觊觎着,只恨不得一有时机就联合灭夏。但是掌握夏国军权的野利兄弟太厉害了,他俩完全就是夏国的铜墙铁壁。因此,野利兄弟对夏王李元昊说:夏王尽管放心,只要我们紧紧抱成团,别人是没有任何空隙可钻的。也正因如此,李元昊是自负的,认为没有人能轻易将他大夏国撼动一下。

这天午后,天气晴好,寒风总算是止住了,旷野之中蓝天白云更显清丽,但太阳再怎么好,也毕竟是腊月时节,加上好久没有下雪,空气里还是有着刀子般的凛冽。野利旺荣的一小队巡逻兵看见远处有一个骑马的人向这边奔来,因为离得远,起初像一个移动着的小点儿,就算离得远,巡兵们还是看出这人的骑术精湛,那匹奔跑的马完全就是一条笔直的横线,它顶着太阳,又像是从天而降的飞马。巡兵们呆呆地观望着,欣赏着,忘记了自己的职责。忽然有人猛醒过来,喊道:有情况!另一个伸着脖子眯着眼说:瞧那架式像是那边的那个王菘啊?

别瞎说了,那王菘早都见阎王爷去了……

谁说的,我听说他好像出家当和尚去了?

不对,是被种世衡将军收到麾下做了一名……

巡兵们如此议论着,就见那横线般的飞马已渐清楚了,而骑在马上的人不是大家都认识的王菘是谁呢?正这么想着,那匹格外剽悍的灰色马已四蹄扬尘地来到了近前,王菘一拉缰绳,那马立起身子咴咴地叫着,两只前蹄在空中踢蹬着,鼻子里喷出的一股白沫把巡兵们都射散了。

王菘从马上跳了下来,抱拳朝大家笑着说:

兄弟们,多时不见,别来无恙啊?

巡兵们立刻围了上来,七嘴八舌地问开了。王菘就严肃了起来,说:

兄弟我这趟来夏是有要事在身,等我完成了任务一定请兄弟们喝一顿,到时再给你们讲讲我的传奇经历吧。现在,你们快快带我去见野利旺荣大人,我受种世衡将军之托给大人带了东西呢。

巡兵领队说:

咱们虽说是熟人,但彼此的规距都一样,要见旺荣大人,那只好委屈你过来受绑吧。

王菘将马缰绳递给一个小兵,就伸着两臂走到领队面前说:

我毕竟也是边境上的兵,大家按规矩办事,谁也不为难谁吧。

就这样,王菘被五花大绑着带到了野利旺荣的营帐。

野利旺荣正襟危坐,一身夏国高层武官的衣着,窄袖皮旋襕,紫冠高靴,后堂横着一柄夏国刀。这么一个人,他就是不说话,只是往正堂上那么一坐,那威慑力便在厅堂四散开来,不由得朝人的骨头里钻。王菘就心跳腿软起来,那驰骋在马背上的威风也顿时扫地。但王菘毕竟是王菘,他与那些从未见过世面的小兵毕竟有天壤之别,他暗暗给自己鼓了劲,尽管被绳子束缚着,但还是不卑不亢地给野利旺荣行了礼:

宋小兵王菘拜见野利旺荣大人!

163

野利旺荣微皱眉头,几分好奇地打量着眼前这个仪表不俗的汉族军人,从他的装束来看,显然是个下等军官。但凭着他多年带兵的经验,已经一眼识出这是块军营中的好料子。还有王菘这个名字挺耳熟,在哪里听到过呢?他这么想着却不动声色地问道:

你是什么人,为何私越边境擅闯我帐?

回大人话,王菘我前来拜见大人是受种世衡将军之托!

野利旺荣这下吃了一惊说道:

哦,种将军让你来见我有何贵干?

王菘又面露难色地说:

求大人给王菘松绑,我有种将军带给大人的礼物要面呈。

野利旺荣稍一思忖就做了个松绑的手势。

被松了绑的王菘从行囊中小心翼翼地取出了那幅龟图和红珊瑚雕成的枣枝恭恭敬敬地呈在了野利旺荣的面前。那两样礼物立刻引起了一片惊叹声,在场的人皆为"枣枝"和"龟图"的精美大嘘小叹起来。只有野利旺荣疑惑地望着它们。稍顷猛醒:枣龟枣龟难道不是暗喻早归吗?这时候王菘按照夏国的礼仪重新给野利旺荣又施一礼并说道:

大人,种将军让我转告您,您派过来的浪埋一行三人都安全到宋,种将军深知您的心意,将那三人都安置了职务,给了待遇,他们也都感激万分只盼着大人您早日行动啊!

野利旺荣突然一拍桌子喝道:

住嘴!何方贼人跑到本官这里满口胡言?给我拉出去斩了!

王菘大喊:

不能啊大人,小人死了事小,可破坏了您与种将军的事麻烦可就大了啊!

野利旺荣鼻腔重重地一哼说道:

我野利旺荣素来敬重种世衡,却没想到他竟会使用小人手段,既然如此何谈情义?我野利旺荣今天杀了他的使者也算与他恩断义绝,没有他这个友人!

旁边的一个副官悄悄对野利旺荣说道:

大人息怒！这个王崧杀不得，一旦这事惊动了夏王，大人会落个杀人灭口说不清的境地呀！

野利旺荣一听只得按捺住肝火又问王崧：

既然如此，种将军一定有书信带给我？

王崧却又吞吞吐吐地答道：

没……没有……

野利旺荣思忖着，这也不合常理呀？

但他看王崧此刻的样子知道他也不敢撒什么谎了，于是就下令先将他囚进地牢，等候处置。

关起王崧之后，野利旺荣越想越觉得这事不可小看，于是就只身一人骑马速奔兴庆府。夏王李元昊听了野利旺荣的报告后也觉得事情蹊跷，但他对野利兄弟是丝毫不会怀疑，现如今，大夏国最结实的两根栋梁就是这野利兄弟了，这可是多年考验所得到的实证。于是夏王亲密地拍着野利旺荣的肩膀嘱咐他一定要多注意身体，过两天他将亲自审理那个叫王崧的人。果然过了两天，上面传令将王崧先交枢密院，后转至中书省听审。审理王崧的过程完全按照夏国法律程序执行，夏王并没有亲自来审而是让野利旺荣参与审问。

野利旺荣真没想到审理王崧使自己陷入了很窝囊的境地。整个审讯过程中，那王崧吞吞吐吐，闪烁其词，特别是当野利旺荣再次问到种世衡有无给他带书信时，王崧虽否认却欲言又止。野利旺荣一气之下将他拉出去打了个半死，还是没说出个所以然。野利旺荣闷闷不乐，恰好驻地有急事，只好就先离开了。

几天以后，王崧被带到一座宫室中，他暗自感叹，自己虽见多识广，却也从未置身如此阔绰考究的大厅，除雕梁画柱，四面皆斑竹垂帘，侍者全着一袭绿衣恭立左右。王崧以为自己在做梦。正纳闷着，缦帐后面走出两位绿衣美女，端着美味佳肴摆上桌来。紧接着来了两个气度不凡的陌生人将王崧让上桌竟左右夹击敬起酒来。几杯酒下肚，那两人问起的还是关于种世衡有无带给野利旺荣书信之事，王崧却酒醉心明，完全否认，直到酒尽席散那两人也没有探得半点情况。这又使得王崧再度被刑讯,施刑过程中,有人怒喝:还不速招,死矣!王菘却咬住牙关紧闭双目不吭气,直到一把冰凉的大刀架到自己的脖子上。而且这回他是真切地感受到死期将至了,他心里就想:是将信交出来的时候了!于是他大声呼号着喊道:

唉,苍天呀!我辜负了种世衡将军呀!

执刑者忙停住手问:

此话怎讲?

王菘用血淋淋的手指着自己的胸前说:

这里藏着一封种将军带给野利旺荣大人的信,不过他嘱咐我一定不能连累了野利旺荣大人,一定找个最恰当的机会才能给他呀!

于是几个人就扑上去将缝进那件皮衣里的信取了出来。这款被蜡封闭的书信很快就被送到了夏王李元昊的手里。

李元昊这些日子闷闷不乐,不乐的根源应该归咎到他和太子宁令哥的关系上。自打他从贺兰山离宫回来,他和王后野利氏的关系已经发生了明显的变化。要说太子宁明失踪事件导致了他们夫妻早期的微妙变化,那么没移氏事件则将他俩的关系推到了一个裂变的临界。但为了大局着想,他们的外表似乎一如以往,只是野利氏更沉溺于佛事,她常常有意借佛事拉开与他的距离,除了有要事相商,他们亲密的程度简直等于零了。好在他太忙,那儿女情长之事实在占据不了一席之地,他可以不在乎和女人的关系,但他在乎与太子的关系,他拥有一个王国,那么太子就是他未来的王国,是国王,是另一个他,是早年的他,更是将来的他!总之他父子俩无论怎样,终归他们是合二为一的,他俩合起来才能真正拥有和掌控这大夏国。可是现在,相貌举止越来越像他的宁令哥却在感情上与他越来越冷,这让李元昊在睡梦中梦见过好几次童年时的宁令哥。在梦中,他们是那样亲密,他总是用髭髯扎那张嫩嫩的小脸,那童稚的笑声是那样的肆无忌惮,当然他们还比剑,他总是让着那乳幼小儿,野利氏也总是在一边甜甜地笑着,给他们加油……那个时候是多么好哇!可不知不觉中,就在前天的午后,他与几位内侍大臣从大殿通往西殿的途中正好碰到宁令哥与陪练浪烈正腾挪跳跃、刀光闪闪地展开着一场武赛。他们就站住了,瞧着这两名小将的武功,夏王心里高兴啊,夏国的未来是大有希望的!

于是他就情不自禁地叫起好来,身边的大臣们也都击掌喊好,他本指望着宁令哥很亲热地给自己行拜见礼,最好是邀请他也来过上一招,从前总是这样的。可让他没想到的却是,宁令哥收起大刀淡淡地说了一声:见过父王。然后一扭头,走了。这是怎么回事?难道说是因为那个没移氏?如果大夏国的太子真是为了这么个女人与他赌气较真儿,说明他还是个孩子,唉!一个人的心智要经过多少历练才能成熟,这对他夏王来说是再清楚不过了。但宁令哥经历过什么呢,他才刚刚长大,除了在边境上惹是生非地杀过一两个小兵外他还没有任何的机会。加之各国处在议和时期,宁令哥就浸在这一盆温吞水中眼界怎可能远大呢!从那天起,他就想找个机会要和宁令哥好好地谈一谈,他想把事情说开,他们父子俩可是天下数一的人物,他们怎可能因为个区区的女子而坏了关系,影响前程呢?他也要告诉他,身为未来的君主,永远都是国事第一!女人嘛,你宁令哥想要什么样的父王我可让你在整个大夏国里挑选,挑怎样的人都行,挑多少都行。但是他太忙了,一直都没有找到可以如此推心置腹的机会。也就是在这个时候,有人呈上来了种世衡写给野利旺荣的那封信。

十天前野利旺荣亲自来给他禀报了王菘一事,李元昊并没将这件事太放在心上,他不会怀疑野利兄弟,在大夏国里,他们是眼下最最靠得住的左膀右臂了,这兄弟俩跟着他李元昊出生入死,现如今掌管着夏国的军事大权,享有大夏国的最高待遇,更何况他们又毕竟是皇后叔亲,就算是他哥俩合起来夺夏国权也能说得过去,但这个时候说他叛夏投宋于情于理不通啊?他原本想将那王菘略审一审撵回去就算了,谁知这件事最近却总是在耳边聒噪着,王菘王菘的,这王菘到底何人,怎使本王如此心烦意乱?特别是眼前这封呈上来的信,李元昊不读也罢,可这一读……一团黑色的乌云就又压上了心头。

自读了"信"之后,李元昊顿生疑窦,种世衡的字里行间充斥着对野利旺荣的脉脉温情。这让夏王想起了他们的交情,不过这不是秘密,野利旺荣也从不避讳他与种世衡的私交,甚至有那么几次他都是当着夏王的面在赞美种世衡的能耐,那样子颇为如此友谊而骄傲。李元昊呢,说实话他内心也很羡慕,他历来敬仰超拔出众之人,特别是在军事上赫赫有名的人。因此,他从未干预过他们的私交,而且每每听野利旺荣说起种世衡的时候都是饶有兴味。野利旺荣是个义气之人,之所以对这事不避讳是因为他坦荡,他拎得清友情归友情,敌对归敌对,在目前议和的大形势下彼此都温情地保持着一种距离。

但信中内容却透露了野利旺荣有过归宋的企图,而且,他们在一起商量了不止一次。这真让李元昊坠入五里云雾。怎么可能呢?可这眼前的信可是种世衡亲笔所书,他在野利旺荣那里见过他的墨迹,这一点也没有疑问,如果这事不是真的,那么王嵩就不会因为一封信吞吞吐吐备受酷刑。那不是种世衡想暗中保护野利旺荣所再三叮嘱的吗?可野利旺荣对此也疑惑不解,他想为自己开脱吗?那天,他捧着种世衡送的枣、龟物件来见他,那气愤和无辜的样子博取了自己对他的信任,可面对这封信,就算是大肚弥勒佛也会合上他那常开的笑口吧!

宋边将种世衡听说野利旺荣的人前来与他商量归降的事,即刻产生了怀疑。他太了解野利旺荣了,如果不是以国事为重,他是不会如此对待他这位挚友的,但作为大宋国的一名边将,必须抓住消灭夏国的最佳时机。这是他作为将领的天命和职责,相比之下,儿女情长就显得微不足道了,友谊、义气这些感情都不得不轻淡了。依着野利旺荣那对夏国忠心耿耿的一颗心此刻应该已经明白我种世衡在干什么了,大概已经暴跳如雷诅咒我了,怎可能这时派什么人来?莫不是夏王李元昊的计谋?种世衡心里也泛起阵阵疑虑,但他一挥手对手下人说:先安置到最好的驿馆中以礼相待,就说我查边还没有回来。然后他又对他们如此这般地交待了一番。

种世衡以慰问为借口,派了三男两女来到驿馆,在彼此交谈中对方果然露出了马脚,既然是野利旺荣的人,可说起野利旺荣所在区域却显得支支吾吾,不甚了然,却对兴庆府的事如数家珍。这更加重了种世衡的疑心,就让上回投宋来的浪埋等三人在暗中辨认。说起这浪埋三人,他们的确是野利旺荣的人,只不过是几个没名没分的小人物,因为觉得在野利旺荣管辖内他们这样的人是没有前途和希望的,因此就私下里串通,三个人偷偷地投了宋。种世衡当时就觉得这三个人有用,因此给了他们相当高的待遇和职位。又让王嵩一见到野利旺荣就说这三人是野利旺荣派过去商议叛逃之事的,搞得野利旺荣怒火中烧。

浪埋和另两人轮换着在窗外的洞孔中朝里面观望,突然就有人认出其中一人是夏王身边的心腹将领,而且报出了他的名字。

种世衡当机立断,接见了使者。

心腹将领回到兴庆府立即就向李元昊作了汇报,说种世衡如何夸赞野利旺荣降服朝廷、弃暗投明的义举,又怎样痛骂李元昊擅自称霸与宋作对没有好下场,临离去时又怎样赠送厚礼,等等。这一切使得李元昊终于相信了野利旺荣的背叛,他恨从心来——为什么?这到底是为什么呢?!

这天夜里,李元昊噩梦连连,他梦到自己的身体在溃烂,身体的疼痛此起彼伏,他在梦中还看见了大批曾经被他下令削去鼻子的契丹俘虏,他们呜呜地哭着,发出凄惨怪异的声音。惊醒,心里好一阵难过,什么意思呢?这几天怎么老是做一些奇怪的梦?前天晚上,他梦见有人送来一个八百里加急,打开却是一个锦囊,锦囊里是一片黄锦,上面只有一句话:

以无国为国,以无土为土。

李元昊百思不得其解。今晚,又是如此怪梦,莫非我大夏国要发生什么?

那个早上李元昊是那样浑身无力,卧榻里冷冷清清,野利氏一早就去了她的经房,这一早一晚她是以佛事为重的,关于她叔叔野利旺荣准备叛国的事她一无所知,她现在很少再向他过问国事。当他自以为将事情弄清楚了之后,没有惊动野利氏,他实在不想再听那些哭哭啼啼的求情了,他这回得速战速决,秘密杀掉野利旺荣。

左厢军野利旺荣这阶段心神不宁,那个王嵩给他带来了不祥的讯息,尽管他一直在安慰自己,不做亏心事不怕鬼叫门,但他已经知道了种世衡的企图,这让他心生悲凉。他们之间数年的友谊了,这是坦荡的事,此刻却让他感到无比的寒心。人啊,在大利益的驱使下是什么都可以抛弃的,什么情呀义呀的,原来都是假的!只有他野利旺荣这种人不会对朋友来这一手⋯⋯可这一切对谁去说呢?他本想去见一下侄女皇后野利氏的,自从没移氏进宫后夏王他们夫妻的关系显然大不如从前,他清楚野利氏是以佛事为由在平抚着她自己的伤痛。现在如将这莫须有的事件告知她会引起不必要的混乱,或许还会将事态严重化。

那么去一趟天都山找兄弟野利遇乞说说吗?但不久前野利遇乞让人给他送来了一封信,还诉说到他自己的苦恼。右厢军野利遇乞常年驻守在天都山,对夏王李元昊可说是死心塌地。可近年来他却不顺心,原因说起来好笑,曾经给夏王做过几天乳娘的白姥现在天都山当着一群侍人的管事,这婆子刁钻蛮横,极尽苛虐下人之能事,常因琐事搅得他不得安宁!而且她常常借故去兴庆府夏王面前告他的状。另外他妻子没藏氏也总是和他别扭,两人感情不合。这些虽说都算不了什么,可却也日益影响着他的心情,总是没事喝闷酒。此刻若将自己的处境告之于他,也等于是火上浇油。野利旺荣感到了一种从未有过的彻骨的孤单,他就安慰自己,想自己历来赤胆忠心,倒要看看,夏王这回该怎样发挥他的英明。

这么边想边走着,就来到了附近的一处废弃的峰火台。议和时期,峰火台没有了战时的用武之地,也像死去一般寂冷。野利旺荣登高望远,满目荒凉,他是那样怀念那些戎马争战的日子。那个时候,他们团结一心,彼此信任,他们在一个又一个大胜仗后欢声笑语,是那样的陶醉⋯⋯那才是人过的日子,是属于军人的日子!而现在,他这大夏国赫赫有名的军事家却过着徒有虚名的生活,更可怕的是走到被离间陷害的地步。苍天呀!求你帮帮夏王吧,宋朝这是企图将他最后的一双羽翼斩断,借机灭掉大夏国啊!他忽然意识到,兄弟野利遇乞的处境其实已经和他一样了,种世衡是何等智慧之人,他向来是一不做二不休,他野利兄弟二人肯定都是他已锁定的目标。这么一想,他就转身急步走下烽火台,他得赶紧去一趟天都山与野利遇乞碰头,他们不能做无谓的牺牲品,在这紧要关头,他们不仅仅只是保存自家性命,更多的应该是要保夏国,保夏王……

可就在这时,他看见一团黑压压的马队朝峰火台围来,从气势和装束看是他手下的兵。野利旺荣的心狂跳了一下,他一边驻足观望,一边寻思,莫非朝中出了什么事?几乎就在同时,他的心里掠过一个连自己都大吃一惊的念头,但他又立即否认了这个念头。可是这不同寻常的马蹄声又分明告诉他这个念头是有道理的。可是,没有我野利旺荣的命令,他们又能做什么呢?也就是这个时候,他看清了他们的表情,那是在战斗中面对敌人时才会有的表情!

第二十六章　野利遇乞

野利旺荣以叛逃罪被杀的消息传到天都山时,野利遇乞惊得手里的那把宝刀掉落到了地上。这怎么可能呢？一刹那间野利遇乞冲进马厩拉起他的那匹高头大马就要起身飞上,却被他的贴身侍卫官一把拽住。侍卫官压低声音在他耳边吼道：

您想去送死啊！

野利遇乞脖子上的青筋直跳,他憋着胀红的脸嚷道：

我就不相信夏王他难道昏了头了？我要当面去问他,若他真是昏庸到如此程度那他就将我野利遇乞的头也一并拿了去吧！

但侍卫官横在大马的前面强硬地夺下了他手里的缰绳：

大人,你能不能冷静冷静,咱们商量个对策再行事啊！

野利遇乞重重地咳了一声就扑通一下跪倒在地双手向天：

苍天呀！你告诉我到底发生了什么事？说我兄长野利旺荣叛夏投宋就是杀了我我也不信！

侍卫官左右看看,用力将野利遇乞拉起来朝着大帐内走去。

进了帐内,侍卫官更加低沉地说道：

大人,快跑吧！

野利遇乞像不认识侍卫官了似的用一双充血的眼睛瞪着他问：

跑？谁跑？

侍卫官生气地咳了一声说：

大人呀,你难道没有闻到这血腥之气,你难道没有感到这大难就要临头了吗?

野利遇乞反问道:

那又怎么样?我倒要看看夏王他给我一个怎样的解释!

侍卫官说:

现在不是赌气质问的时候,是得赶紧逃命的时候。

野利遇乞更加困惑地望着侍卫官说:

难道夏王还会杀了我不成?

侍卫官一跺脚:

大人你好糊涂啊!那种世衡是何等人?他既然已将旺荣大人置于死地,那绝对不会放过你遇乞大人,他是要将夏王最后的两根翅膀断然削去呀!

野利遇乞的贴身侍卫官将野利遇乞从疑惑中又叫醒过来:

大人!事不宜迟,咱们现在只有投宋这一条路可走了。

野利遇乞血红着双眼,扭过脸不认识般看着侍卫官说道:

我野利遇乞誓死不叛国,而且究竟发生了什么事情我还不清楚,我要面见夏王,他就是杀我剐我也得弄个是非明辨才行!

说完他就看见侍卫官流露出绝望的神情,摇晃着纸人儿一般的身子朝外走去。他猛然警醒,是呀!自己这一番举动会牵连到他们的性命,这些上有老下有小的人是无辜的,一旦自己遭不测,他们全都会被杀头……想到这里他就喊住了侍卫官对他说:

我野利兄弟自打跟随夏王后可以说我们的脑袋也就交给他了!俗话说伴君如伴虎……我原以为,我们的生命总有一天会献给轰轰烈烈的战役,或者冠冕堂皇地死在夏国盛世中,可没成想今天却落个苟且之罪……这不公平!你跟随了我多年是了解我这性格的,我必须去面见夏王,澄清事实。你现在快去准备准备,听到我遇不测你就赶紧带着家小逃命去吧……

侍卫官面色苍白地说道:

大人既然如此,我作为您的贴身侍卫官怎能在这生死关头离您而去成为一个不仁不义的人呢!

野利遇乞又急切地说道：

咳，这是两码事，本官让你逃命是给你肩负了一个重任呢，我将我的夫人没藏氏托给你了，你务必要将她带离险境，至于今后生死就看各自的造化了！

侍卫官就跪下给野利遇乞磕头，边磕边双泪长流着说：

谢大人给我逃生之机，我不会辜负大人的交待，定将夫人送到安全的地方……

野利遇乞听见"夫人"二字，眉头又皱起来，如果说此生还有什么让他难以安宁和遗憾的事情，那就是这与他夫妻三年的夫人没藏氏了。三年来，他对她可说是百依百顺，只想博她红唇一笑，当然更重要的是给他野利遇乞生个带把的后人。可是……没藏氏却像是他前世的仇人，三年来不但没对他温存过，就算他野利遇乞将天上的星星摘下来献在她的面前也无济于事！她不仅对他冷若冰霜，而且百般嘲讽与挑剔……作为大夏国大名鼎鼎的右厢军、天都王，野利遇乞在妻子的面前竟是颜面扫地，威风全无。依着他的性格，早将没藏氏这样的人拉出去杀掉了，可是，也不知为什么，面对没藏氏的时候，他总是束手无策，心柔如水……他们的这种状态连夏王都知道，白姥那个不省油的灯总跑到夏王那里去聒噪，他什么事能不知道呢！

有一次朝罢后夏王叫住了野利遇乞，说：听说你的家事不舒心？野利遇乞懒懒地回：也没什么大不了的，只是彼此性情有差、易生龃龉罢了。夏王一皱眉头说道：休了去！我大夏国首屈一指的人物怎能受这蝼蚁委屈？本王我让你在大夏国的境地随意挑选！野利遇乞就慌了，赶紧摆着手说道：不不，这可使不得，我夫妻二人虽多生涟漪，但总体来说还是不错的，人嘛，一口锅里搅勺子哪有碟不碰碗的？夏王你国家大事那么多，可别再将我这点家事往心里放了！夏王就拍了拍他的肩关切地说：那好，本王可不许什么劳什子女人欺负我的右厢军大人，再让本王听到不舒服的事非杀了她不可！野利遇乞暗惊出一身冷汗，忙谢了恩退了出来。尽管如此，他夫妻二人的关系并没有得到改善，这让野利遇乞常常背着人借酒消愁，内心里那一团苦闷的结却是难以解开。

就在这时,风云突变,野利遇乞真想在自己死前一刀结果了没藏氏的命。他宁愿到了阴间再去看她的冷脸,受她的奚落,他不相信凭他的热情痴情就打动不了她,他觉得总有那么一天没藏氏会对他启齿一笑,为他递上个大胖小子……但眼下,野利旺荣已死去了,他野利遇乞唯一能做的就是到夏王面前澄清事实,而这一去也必是九死一生。就在这紧要关头,他忽然决定:让侍卫官将没藏氏带走,逃一条生路去吧!野利遇乞对侍卫官交待好一切后,就扬鞭飞马直奔兴庆府去了。

野利遇乞进入大殿的通道上一路无阻,好像那两边全副武装的卫兵早就知道他要到来,正恭候两旁。

李元昊在怒不可遏中杀了左厢军野利旺荣,正余气未消,有人禀报要面见夏王。李元昊沉着脸子说道:

无论何人一概不见!

禀报的人就说:

来人事关重大,有野利遇乞的物证要亲交夏王。

李元昊一听就霍地一下站了起来问道:

什么物证?关他何事?

当一份已被烧损的祭文和一把宝刀呈到李元昊的面前时,他顿觉天旋地转,身子跌坐在龙椅上。那个白姥,李元昊是那样讨厌她,她总是跑来告野利遇乞的状,说心里话,他不愿意任何人谗言他的左右厢军,他对他的这两位左膀右臂是视如兄弟的,他怎能不信任他身体的一部分呢?可是,野利旺荣就赤裸裸地背叛了他!他非常担心这时有人趁机来告野利遇乞的状,他以为又是白姥那副嘴脸呢,那老太婆实在是太烦人了,如果不是念及她曾当过自己的乳娘,他早就将她杀了!但来人不是白姥,却是野利遇乞手下的一个小兵。李元昊恨眼前这个人,更恨他呈上来的这两样东西。他定了定神,打起精神问道:

说!怎么回事?

那个小兵就向夏王报告:宋人是怎样听了野利遇乞被杀的讹传,又是怎样在边境为野利遇乞摆设祭坛,野利遇乞大人是怎样带兵去讨伐,宋人见状又是怎样四散逃逸……

夏王不耐烦地打断他的话问：

缴获重要物品不上交，怎么私存你手？

那小兵转着鼠眼嗑巴巴地说：

小人……小人本是要上交的，但又以为，若野利遇乞大人毁物销证，夏王怎能够得知他的阴谋勾当呢，这张祭文还是小人从大火里抢出来的呢……

李元昊闭上了眼睛挥了挥手，就有人将那小兵拉了下去。

从这些灼迹斑斑的字样上看，野利遇乞竟然将自己赐给他的宝刀当成他投宋的信物给了他人，唉，真是人心叵测啊！他如此信任的两个人都这样对他，这天地之中还有谁可信呢！他正要传旨将野利遇乞满门抄斩，就听见有人报：野利遇乞来了。李元昊心想，真是亡命之徒自投罗网啊！就故作镇定地说：

让他进来。

野利遇乞一进大殿就高声喊道：

野利旺荣冤枉！

夏王看见野利遇乞心里顿时五味杂陈，好像深渊就在眼前。他使了很大的定力稳住了自己，用平和的声音问道：

哦，他里通外国，人证物证俱在，难道我错杀了他不成？

野利遇乞血红着眼睛嚷道：

那是宋人的奸计，夏王你上了他们的当了！

李元昊脸色灰白，他前倾了一下上身说道：

本王我当然希望这是一场阴谋，可是……

他的上半身又退回到椅背上，一股黑云又布到了他的脸上。

野利遇乞又朝前跨上一步：

夏王，我代旺荣兄在您面前向苍天发誓！我野利兄弟对大夏国忠心耿耿，没有半点投宋之心，是宋人想借薄弱之际孤立夏国，使夏王你……陷入势单力薄的无助境地啊！

李元昊的眼皮突突突地跳了起来，他的腮帮子也不由自主地鼓动

着,一时间他都没有办法安抚自己的身体了。半晌,他用听似平静的语气问野利遇乞:

那你能将你们无罪的证据拿出来吗?

野利遇乞说:

拿不出来。

李元昊提高了声音说:

可我能拿出你二人不忠的铁证!

野利遇乞也提高了声音说道:

那正是宋人使的奸计。

夏王就说:

那我问你,我赐给你的那把宝刀在哪里?

野利遇乞回答道:

宝刀素不离身,我身上的这把就是。

李元昊说那你就取出来看看,也让大家看看本王我赐给你的宝刀可当真是素不离身!

野利遇乞就取下大刀,拔出刀鞘,恭身呈上。

夏王说:

你不要给别人看,你自己先好好看看那可是本王我赐给你的宝刀?

野利遇乞心想,这还有假?就端刀细看,这一看不禁倒吸一口凉气,赶紧翻过来看背面,天哪,这哪里还是夏王所赐的宝刀!

这时当啷一声,另一把大刀扔到了他的脚下,夏王沉重的声音响起:

好好看看吧!它怎么会丢到宋人祭奠你的火堆里?还有这个,这难道说都是子虚乌有吗?

一张被烧掉边角的祭文也甩到了他的脸上。野利遇乞从脸上抓下来一看,整个身子都快爆炸了,小马官苏赤奴在他帐内与他比刀的情景出现在脑海,原来这小兔崽子是个盗刀贼,可怜我野利遇乞还对他心柔如水,难怪那天之后他就不见了,唉,这真可谓奸人四伏防不胜防啊……

那天,野利遇乞路过马厩听见里面有呜呜的哭声,好不凄凉。他就

停了下来,朝马厩里拐去,就看见小马官苏赤奴伏在马槽上肩膀一抽一抽正哭得伤心。野利遇乞就走到他身边拍了拍他的背轻声问道:

小伙子,何事如此伤感?

那苏赤奴扭头一看,忙抹了一把脸上的泪扑通就跪在野利遇乞的面前说道:

苏赤奴给大人行礼……

野利遇乞将他扶起来说:

有什么过不去的事说给大人我听听?

苏赤奴一听这话禁不住热泪奔涌,哽咽着说道:

……小人我……思父心切……

野利遇乞心里一动,想到自己如今也该是为人之父的年纪了,却还没有一儿半女,就怜爱地拉着苏赤奴的手回到了自己的大帐内,听他讲了自己的悲惨身世。苏赤奴讲到自己如何刚出母腹母亲就大出血而死,从此与父相依为命,父亲如何怕自己受委曲拒不续弦,到了自己也能干些杂活的时候父亲就带着自己投了军,没想到在一次战争中父亲成了宋军俘虏,现生死未卜,父子俩常在梦中相见,每每醒来苏赤奴都禁不住要痛哭一回……

这个故事是苏赤奴的真实情况,因此他的讲述声情并茂深深打动了野利遇乞,苏赤奴也几度陷入悲情差点忘记了自己身有使命。

就在几天以前,小马官苏赤奴收到了一封密信和一把仿制大刀,这两样东西带来了他父亲的消息,同时也赋予了让他盗取野利遇乞宝刀的使命!一边是父亲的谆谆教导和殷切的期望,一边是和蔼可亲的野利遇乞大人……唉!世事啊,为何满足一桩事又要以另一件违心的事来做代价呢!苏赤奴顾不了那么多了,他擦净泪水之后终于看见了正墙上挂着的那把传说中的夏国宝刀。他极其天真地走到那把刀的面前,想伸手摸一下却又缩了回去,问道:

听说大人有一把夏王亲赐的宝刀,可就是它么?

野利遇乞听了就大步走上前去取下了那把刀说道:

是啊,正是此刀!

说着拔出刀鞘,闪亮的刀光射了出来,晃得苏赤奴睁不开眼睛。野利遇乞见状哈哈大笑,他慷慨地将大刀递到苏赤奴的手里说:

　　好好看看吧,这可不是谁都有缘亲眼一见的宝刀。咱大夏国原本已是出名刀的地方,而这一把又是夏国最顶尖的刀匠献给夏王的刀王。夏王却将它恩赐于我,足见夏王的心意和倚重!自那时起,进门高悬堂上,出门刀不离身,每天有它相伴,力量无穷矣!

　　苏赤奴百般羡慕地抚摸着那把刀,十分小心地抡起来摆了一个舞刀的架式,之后,他恭恭敬敬地双手托着刀还给野利遇乞。就在野利遇乞收起大刀的时候,苏赤奴忽然又思索着自言自语:

　　这宝刀还真与小人那把刀有几分神似……

　　野利遇乞正往墙上挂着,听他这么一说就转过身来说:

　　哦?你也有一把?

　　苏赤奴垂肩答道:

　　是,父亲曾经送给我的,嘱小人闲暇时刻要多练刀法,只可惜小人到现在也不成器……

　　野利遇乞一听来了兴致又将刚挂好的刀重取了下来并对苏赤奴说:快快取你的刀去,本官教你两招。

　　苏赤奴趴到地上磕了个头就跑去取刀了。

　　当苏赤奴把他自己的刀亮在野利遇乞面前的时候,野利遇乞吃了一惊,他没有想到一个小马官手里竟也有着一把一流的好刀,如果上面也刻上夏王那一串小小的蕃字赠言,那么这两把刀竟是分不出彼此的。可见大夏国的确是出好兵器的地方啊!于是他俩各持己刀,腾挪跳跃练起来了。这过程中野利遇乞不时停下来指点着苏赤奴,苏赤奴也悟性极好,两人一来一往渐入佳境。

　　也就是这个时候,外面有人来报,说边境上逮着一个滋事的宋兵正押往大人这里呢,他却坠马而亡了。野利遇乞一听忙进屋擦汗更衣,出来时苏赤奴已将宝刀入鞘,双手举在他面前了。野利遇乞在心里说了一声好灵活的小伙子,就接过宝刀佩在身上跟着来人匆忙出去了。野利遇乞边往出走边想,怎么连日来总是发生这些怪事。先是一阵谣言,说他天都王野利遇乞已被白姥诬陷而死,继而又听说种世衡要在边境上为他野利遇乞设祭。这让他百思不得其解,说起来只是兄长野利旺荣与种世衡有私交,而种世衡与他野利遇乞并无瓜葛。没想到种世衡听说他野利遇乞死了竟会为他祭奠。于是这天晚上,野利遇乞带着人来到宋夏交界的一处大碑附近,远远望去,川野之间火光熊熊,人号马嘶好不热闹。细细一听那一片嘈杂声中夹着一个人边哭边高喊着的声音:

……遇乞兄弟你死得好冤枉啊!除夕才去怎么就发生了如此祸事,早知如此还不如除夕夜里就留你二人别走了,直接归顺了朝廷多好哇……呜呜……想起那个晚上我们兄弟三人在一起共度良宵是多么让人怀念,呜呜……野利遇乞听着瞧着,又是好笑又是好气,这子虚乌有的一切被演绎得像真的一样!除夕那天他是因为追逐岩羊去了宋境,是因为迷恋风景逗留数日,除夕夜也是在宋国度过的,可自己与种世衡素无往来,哪有什么共度良宵之说!这些说辞连夏王都不相信,他不是将前去告状的白姥都撵回去了么?前些时候自己因心情烦闷给兄长写了一封信,不过是自家的是非琐事,野利旺荣回信也只是一些安慰之辞,并无说起什么除夕之夜,难道旺荣的这位挚友真向他们兄弟二人伸出了黑手不成?野利遇乞怒火中烧,大喝一声:

我野利遇乞在此!

就带兵朝那祭祀的人群冲去。

这事情过去有十来天了,兴庆府那边没有动静,也没有人再提起这事,空气里有着一种奇怪的宁静,野利旺荣却出事了,而且是夏王亲自降旨。

野利遇乞做梦都没有想到,宋边大将种世衡派奸细王嵩来夏对野利旺荣行离间计的同时也对他下了手。每逢除夕日,凡边将头领都是亲自带人巡边的,野利遇乞也一样,在巡边的时候因追撵一头岩羊越了境,又被宋风光迷住逗留数日,这件事被与他素来不和的侍人管事白姥向夏王诬告成野利遇乞企图叛变投宋。那阵夏王当然还不相信,好声安抚将白姥哄走了事。可这些事情不知怎么竟都让宋大将种世衡了如指掌,连野利遇乞有一把夏王李元昊亲赐的夏国宝刀,他也尽在掌握之中。种世衡得知自己这边有一个俘虏的儿子正是给野利遇乞喂马的人,于是就找来那个俘虏,待他十分友好,交待他如果让他儿子盗得那把宝刀就许他们父子在宋边任高职。于是,这盗取宝刀的重任就落在了野利遇乞的马官苏赤奴的肩上。

这时夏王李元昊就说:

你还有什么可说的?你要是能拿出个驳倒这些证据的证据,我为你野利兄弟昭雪立传,将我大夏江山给你一半!

野利遇乞踉跄了一下,但他还是站稳了,说道:

我野利遇乞此刻身陷奸妄,百口莫辩,这颗脑袋也任由夏王自取了……不过我仍然要对夏王说,我野利兄弟对大夏国的确是忠心不二,没有半点叛国企图!杀了我们,夏国有朝一日定会遭受大悔之痛,求夏王三思而后行!

呃!你死到临头还胡搅蛮缠!如本王我不洞察及时,此刻恐怕已身首异处,国亡家衰了……来人,将这不擒自获的叛贼拉出去斩了,满门抄斩!

第二十七章　王后野利氏

　　王后野利氏当然不相信自己的两位叔叔会叛国。她跌跌撞撞地在兴庆府里到处寻找着夏王,可是,她找不到他。连日来他不知去了哪里,他难道疯了么?她的两位叔父,就是大夏国的半壁江山!或者说是大夏国的铜墙铁壁,这难道不是世人皆知的吗?怎么唯独夏王昏庸,做出这天地不饶的蠢举?如果你李元昊的良心是安宁的,你就出来见我野利氏,我野利家族披肝沥胆忠心耿耿出生入死追随你夏王半生,竟落了个投敌叛国满门抄斩的下场!今天,自然也是我野利氏的忌日,我要用我的死来证明野利叔父的清白,也省了你夏王再下赐死之令……野利氏在绝望中泪流满面,她设了自己与两位叔父的灵堂,在灵前念了一整天的《地藏经》,然后将三尺白绫悬系梁上。

　　就在这个时候,宁令哥冲了进来,他将母后从梁上抱了下来,他说母后大人您这是干什么呀!我们的好日子还在后面,您儿子宁令哥还没有坐上江山,夏国的大权还没有掌控在我们的手中,您如此举动是多么糊涂哇!野利氏慢慢睁开了双眼,一边流泪一边诉说起来:

　　我儿宁令哥你听好了!既然你今天从鬼门关将我抢了出来,就好比你又生了我一回,你我母子已扯平,无论今生往世我们缘分已尽,形同陌路……

　　宁令哥哭着说:

　　母后呀,您难道真被父王气糊涂了不成?说什么我们母子形同陌路?好在我们都还活着,做什么都还来得及,从今往后儿要好生服侍膝下以弥补以往不孝……

野利氏打断了宁令哥的话：

晚了,这辈子说什么都晚了！我已看破红尘,当年,我是多么喜爱那顶至尊的金丝起云冠啊！我又是多么爱恋你们的父王……这一切的一切时过境迁,曾经的追寻灰飞烟灭,打江山也好坐江山也好,到头来意义何在？也罢,今天我没有死在李元昊的手里,但我的心已经死了,就如行尸走肉……

野利氏说完这一句泪干语尽,果真如一具行尸那样离开了泪眼婆娑的宁令哥。

其实,夏王李元昊杀了野利兄弟不久就知道了这场彻头彻尾的骗局,这让人痛心疾首的离间计！当他从噩梦中醒来,一切都晚了,他长久地承受着断臂之痛,欲哭无泪,悔恨着自己的鲁莽愚蠢。他扔下朝政,如梦游者般独自打马出城,驰至荒郊野外,遍地游荡,却不知道在哪里落脚,也不知道今后该向谁去请教！

就在这时,他看见了一个山洞。让他奇怪的是,塞外正是深冬时节,到处荒芜,唯独这个洞口却密布着葳蕤的植物,充满生机。他突然想起了数年前失踪的大太子宁明,就下马上前,扒拉着那些植物朝洞里走去,一边走一边叨叨：

我儿宁明,你修道经年,想必如今已修炼成仙,是你将父王引到这里的么？是你要为迷茫的父王指明方向么？

如此想着,他似看到了大太子宁明。他已然一派仙风道骨了。他叫了一声宁明儿。宁明面含微笑,也不应答,反而转身,飘然入洞。他紧紧随着,不防额头碰上一物,定睛一看,洞顶悬挂着一个剑盒。这不是自己当年送给太子的生日礼物吗？他摩挲着当年他最喜欢的来自大夏国顶级工匠制做的雕花剑盒,百感交集。太子把它悬挂在这里,到底是何用意？

他小心翼翼地摘下雕花剑盒,打开,里面没有宝剑,却是一根芦苇。

夏王回到兴庆府时,众臣正候在大殿等他回来。他似进入了无人之境,黯然入座,良久沉默。

众臣看见,消瘦失色的夏王眼里汪满了泪水。之后他挥泪下旨:派夏国最好的巡逻兵,查野利家族遗口,按最高忠臣待遇安顿!

在众臣听来,那已不是一道圣旨,而是茫茫大漠。

第二十八章　宋将狄青

秋风阵阵,落叶纷飞,都门帐饮无绪。

我狄青就要被逐放陈州了。

说实话,我不愿去那个地方。陈州有一种梨叫青沙烂,我有一种预感,此去肯定也会烂在那里。对于一个出生入死的军人,死倒不足为惧,但我在乎死的方式。如果命运再给一次机会让我选择,我宁愿战死沙场。

众所周知,我大宋重文轻武。我狄青出身贫贱,没机会参加科举入仕,是因为对夏用兵有功,被皇上直接从马军副部指挥使提拔至枢密副使的职位上。这时候就有人开始不满,说什么狄青行伍而位至执政,这是本朝从未有过的!恐四方轻朝廷!接着,以右司谏贾黯为首上书皇帝奏我狄青升官有四不可,御史韩贽等人也随声附和。

谁想就在这时,西南侬志高起兵反宋,自称仁惠皇帝,传说这个头领的母亲是专吃婴儿肉的怪物,极其凶猛可怖,一路攻城掠地直打到广东,朝廷派出的军队节节败退,朝野震荡。

这对我来说无疑是一次甩开那些文官,出去"散心"的好机会。于是我向朝廷上书请战。皇上十分高兴,不但准奏,而且任命我为宣徽南院使、宣抚荆湖南北路等职务,并亲自在垂拱殿为我设宴饯行。

就在这时,又有人出馊主意说,狄青武人,不可独任,提出让宦官任守忠监军。宦官监军是唐朝的政策,本朝基本废止,现在却因我死灰复燃。其辱何其甚哉!幸亏谏官李兑力谏皇上,宦官坐观军营对主将多有限制,不利攻敌,举前朝殷鉴历历,才使得皇上允准,让我独领大军出发。

因为上述种种原因,到了战场上,个别将领竟然不听节制,有一个叫陈曙的人不以国事为重,心怀私利擅自出击,结果死伤惨重大败逃回。为了整肃军纪,我正好拿他开刀,下令将其处斩,将其人头挂在营门,警示三军。

再战军心果然思齐。说实话,和鏖战李元昊相比,收拾这个侬志高真没有费我多少心力,但朝廷和百姓却报凯旋之师以同样的热情。当我骑在高头大马上率领三军进城时,全城百姓水一样涌出来夹道相迎。

男女老少齐呼:

天下男子谁最美啊?狄青也!

天下男子谁最勇啊?狄青也!

回朝后,皇上不顾大臣反对将我直接提升为枢密使。唉,曾为枢密副使时都不得安宁,这大宋国最高军事长官的身份又会给我带来什么呢?当然首先到来的是皇上加倍的恩宠。

一天,皇上在御膳房设宴款待我。酒至半酣,他看着我脸上的刺字说:

狄青啊,朕听说有次你赴韩琦酒宴,因为脸上的刺字竟让一个歌妓当众羞辱,此事当真?

我一惊,心想怎么这事都让皇上知道了?那是我们和夏休战返国休整期间,韩琦大人设宴犒赏三军将官时特请来了一位叫白牡丹的歌女助兴,谁知那个歌女斟酒到我时说道:劝斑儿一杯!当时所有人都难堪不已,韩琦将军更是生气,一怒之下将她赶走了……现在皇上问起我只好如实作答:

确有此事。

没想到皇上却说:

爱卿现在已是我大宋枢密使了,可你脸上还留着当年低级军人的刺字,朕让御医调配药水替你抹去吧。

狄青的感动可想而知,但我不假思索地回了皇帝:

谢主隆恩！陛下以功择臣，不问门第，才有臣之今日，因此，微臣反倒愿意留着这个刺字以鼓舞三军士气。

皇上有些动情地看了我一会儿，然后举杯说：

爱卿用心，何其良苦尔，真我大宋洪福啊。

微臣不敢，皇上英明，才是我大宋真正的洪福。

接着皇上又问了我许多治国治军的谋划，我都谨慎作答，从皇上的反应来看，他还是满意并真诚接受的。

说实话，我不怀疑皇上的真诚。但是他哪里知道，罢免我的呼声已甚嚣尘上了。尤其使我难过的是，曾经称颂我的庞籍、欧阳修也开始向皇上进言了。这到底是怎么回事呢？一直以来，我狄青可是谨小慎微，谦退清俭，不敢有一点傲慢；朝廷上下，三军营中，谁不知道我狄青的低调？比如曾有阿谀奉承之人附会说我是唐朝名臣狄仁杰之后，我当场就制止了这种说法，说我一时遭际，安敢自比梁公！还有与侬志高之战胜利后，在并不明确侬志高本人是死是活的时候，有人在一片死人堆里找到一个很像侬志高的人，让我以此报告朝廷侬志高已死。我严肃地驳斥：不明真相的时候焉能谎报朝廷以贪战功！这些，都被人们传为美谈……唉，人要倒霉，真是喝凉水也塞牙。欧阳修上书朝廷弹劾我，但他洋洋数千言却举不出一条得力罪证来，反而有"青之事艺，实过于人"，"其心不恶，为军士所喜。任枢密使以来，未见过失"这类明显的称赞之语。既然如此，为什么要弹劾我？

想来想去，理由只有一条，那就是他们都是文官，而我则是一介武夫。

说来真是荒唐！为了把我撵下台他们竟然假托虚妄的阴阳五行来说事！竟然将一场大水灾归罪到我的身上。说什么"水者阴也，兵亦阴也，武将亦阴也"，老天爷因为对狄青任官不满而发水警告。传说越来越离奇，说我家住宅夜发怪光，狗头长角，反相昭然。

面对四起的谣言，最着急的其实是皇上，因为我毕竟是他亲自提拔的。一天上朝，当有人再次弹劾我时，皇上说：

就连妇儒都知道狄青是大忠臣，你们缘何穷追不舍？

一大臣立即反驳说：

太祖难道不是周世宗的忠臣?!

在群臣巨大的压力下,皇上终于病倒了。好不容易等到皇上康复,大臣们接着上书：

天下有大忧者,又有大可疑者,今上体平复,大忧去矣,而大疑者尚存!

就这样,我狄青硬是被这些文臣树为朝廷最大的威胁! 直至八月,我在众压之下终于被罢官,但因无过,朝廷出于安慰还是封了我宰相衔,却要出知陈州,离开京师! 我从八月份磨蹭到这九月底,总是以种种借口推迟着行程,直到再也无法找到托辞。

明天就要启程了,真是往事不堪回首。

我狄青本是汾州西河人,出身贫寒,从小喜欢练武。到了十六岁那年,我的武功已在当地小有名气。有一天,我正在家里舂米,邻家小孩跑进来气喘吁吁地说兄长在村头被人围打,话音未落,我就飞身驰援。到了近前一看,果然兄长正被一伙人围攻。我大喝一声冲进人群。就在我痛快淋漓地过拳脚瘾的时候,突然有人喊道：打死人了,打死人了……我一愣,住了手,忙背起兄长出逃,不想一队官兵已包抄了过来。

刑讯过程中我一口将杀人的罪名应承了下来。刑官见我有些侠肝义胆,问我愿不愿意充军抵罪。我就直觉得头顶的天空闪开一道缝儿,透进一线光明来。我扑通一声跪在了刑官的面前说：愿意愿意,小人愿充军抵罪!

由于表现良好,1038年西北党项族首领李元昊称帝建夏的时候,我被选入西征的京师卫队中并任职延州指挥使,当了一名低级军官。我的作战才能得以施展,我除了在每次的打仗中骁勇善战,冲锋在先,当然最重的就是我那副特制的铜面具了! 每进战场,我便将头发披散开来,戴着那獠牙青铜面具呼啸而出。

我第一次以这种面目出现在战场上是夏军攻打保安军那一战。当时夏军从西边打过来,一路攻占了安远诸寨,势如破竹,却不承想遇到我这个披头散发青面獠牙的怪物！我当时带领着一支骑射部队,我以如此的装扮大喊着冲在队伍的最前面,夏兵看见我后个个都吓呆了,以为是天神降临！战士们在我的感召下个个勇猛无比,所向披靡,一举将夏军击败。紧接着,麓延铃辖那一带我们也全获大胜。

大将军韩琦和范仲淹先后接见了我。

特别是范大人的接见,让我终生难忘,也终生受益。

那是一个狂风大作的下午,我接到了范大人的传唤。作为一个低级军人去面见大名鼎鼎的范大人,我既激动又紧张。到了帐外还没等卫兵进去通报我的名字,范大人竟然亲自迎了出来。我赶快俯身行礼,谁知他笑呵呵地拉住了我,眼睛却盯在我臂膀的箭伤上:

受伤了？

我说:

区区小创,大人不必担心。

范大人立即叫来军医为我查看伤情,上药,包扎。然后亲自为我沏茶,说这是行前皇上特送他的御茶,让我尝尝。一个出身贫寒的军人,被大人如此款待,一股暖流涌上心头。范大人看出我的局促,一边为我斟茶,一边笑着说:

谁会把眼前这位温文尔雅的狄青,和那个冲锋陷阵时披头散发面戴铜具使敌人闻风丧胆的狄青联系起来啊。

我忙说:

歪门邪道,让大人见笑了。

范大人却说:

智慧之举,怎么说歪门邪道,此举因何而来？

向兰陵王学来的,目的是先屈敌人之志。

噢,看来你一定是饱读兵书了？

末将惭愧,兵书读得很少,是从古戏中学来的。

啊？把古戏变成战术,真奇才也。

说着,范大人从帐壁取下宝剑,哼着一种蘑然有节的曲调,退到帅府中庭,舞了起来。我当然连连拍掌叫好。

范大人问我：

知道这个曲名吗？

我说：

不知道。

这是《兰陵王入阵曲》，隋朝时的一种宫廷舞曲，也是男子专跳的"指麾击刺"的独舞。这个舞蹈讲的就是兰陵王，也就是你所效仿的那个勇士。

谢大人教诲。能给末将讲讲这个兰陵王的故事吗？

他回到座上，品了一杯茶，缓缓说道：

兰陵王高肃是北齐末期一位文武双全的名将，忠以事上，和以待下，英勇善战，屡建战功，誉满天下。先后被朝廷封为徐州兰陵郡王、大将军、大司马、尚书令等职。和你一样，也是个相貌英俊的男子，为了使自己变得粗犷蛮野震慑敌人，他出阵总是戴一种凶恶的面具，且每战必胜，声威日显……特别是有一年北齐重镇洛阳被北周十万大军围困，那是何等危急的局面，高肃率五百名精骑反复冲破敌军重围，使被困齐兵士气大涨，变被动为主动，突破重围，击败周军，洛阳之围得解！只可惜呀，其堂弟高纬称帝后，竟赐毒酒于他……据说，众将士为纪念高肃集体创作了《兰陵王入阵曲》，此曲悲壮浑厚，古朴悠扬，一直在民间和宫廷流传。

天不早了，我看大人面有倦色，就起身告辞。不想大人让我等等，然后转身进入内帐。旋即出来，手里是一听茶，一本书。

这是我平时喜欢喝的茶，喜欢看的书，送与将军。

我忙躬身谢过。一看，原来是《左氏春秋》。

一定要多读些书，将不知古今，匹夫勇尔。

谢大人教诲，末将记住了。

从那以后，我开始发愤读书，也读了许多秦汉以来的兵书，那次范大人对我的影响和教诲使我终生难忘，使我狄青在对夏四年的战争中更加有勇有谋，积累了一份对夏战争的功劳单：

先后攻克金汤城、宥州等地。烧毁夏粮草数万。收其帐二千三百，牲畜五千七百。在战略要地桥子谷修城。筑招安、丰林、新寨、大郎诸堡。共参加大小二十五次战役,身中八箭。

"那是一种何等的英雄气概。只可惜呀,其堂弟高纬称帝后,竟赐毒酒于他……据说,众将士为纪念高肃集体创作了《兰陵王入阵曲》,此曲悲壮浑厚,古朴悠扬,一直在民间和宫廷流传。"现在回想那天范大人讲述兰陵王的语气,他一定是料到我狄青的下场了。

这也许就是真正的《春秋》大义了呢。

事实上兰陵王的境遇不也是他范大人的境遇吗?

"处庙堂之高则忧其君,处江湖之远则忧其民"。"先天下之忧而忧,后天下之乐而乐"。谁不知道大人的胸襟。可是如此赤胆忠心的一代名臣,最终不也落得个被贬邓州的境地?谁不知道皇上是多么喜欢他的《答手诏条陈十事》,谁不知道百姓是多么欢迎他的"明黜陟、抑侥幸、精贡举、择长官、厚农桑、修武备、推恩信、重命令、减徭役"的庆历新政,可为什么在推行一年之后就草草收场?而这不正是皇上当初慷慨激昂大力支持的吗?

纷纷坠叶飘香砌。夜寂静,寒声碎。珍珠帘卷玉楼空,天澹银河垂地。年年今夜,月华如练,长是人千里。

愁肠已断无由醉,酒未到,先成泪。残灯明灭枕头欹,谙尽孤眠滋味。都来此事,眉间心上,无计相回避。

"长是人千里",这个"人"指的是谁?高堂?爱妻?抑或红颜知己?今天,我终于明白,这个"人",既不是高堂,也不是爱妻,更不是红颜知己,而是人和人之间的距离,也是所有渴望回家的灵魂和他故乡的距离,最起码也是一个人的理想和现实的距离。这才是让范大人"谙尽"的真正的"孤独滋味",难怪它的词牌名为《孤雁儿》呢。

可是转念一想,范大人并不孤独。他是最有知音的,且不说喜欢他的三军将士,拥戴他的大宋百姓,单说叛臣李元昊,他们二人虽然连年交手,但他深知,他们是彼此欣赏的,甚至敬爱的。他狄青再清楚不过,在

191

李元昊眼里,大宋君臣,无不饭桶;唯有范公,为他倾慕和畏惧。假如没有范公,现在,谁是这大宋河山之主,还真不好说……

狄青被自己的这个想法吓出一身冷汗。好在那些可恶的佞臣是无法钻进他的心里搜罗证据的。那次,范大人烧了李元昊的求和信,不就被那些奸臣疯狂地鼓唇摇舌一番,使皇帝一怒之下差点下旨杀了大人,如果不是韩琦大将军力保,大人早已成为刀下之鬼。一种对范大人的敬意油然从心里升起。为了国家,为了苍生,他居然可以置生死于度外。他之所以背着皇上烧掉李元昊让使臣送来的亲笔信,一方面是为了羞辱李元昊,让李元昊认识到我范仲淹对你的这些缺乏诚意的把戏不屑一顾;更为重要的是为了不让皇上看到这封近似谩书的求和信震怒,再次贸然作出举兵伐夏的决定而使得生灵涂炭。

对于不了解大人的人,觉得此事匪夷所思。但他狄青深知,如果不这样做,恰恰就不是范大人了。

天圣六年(1028),大人服丧结束,经晏殊大人推荐,荣升秘阁校理——负责皇家图书典籍的校勘和整理。秘阁设在京师宫城的崇文殿中,秘阁校理之职实际上是皇上的文学侍从。在此,不但可以经常见到皇帝,而且能够耳闻不少朝廷机密。对一般官僚来说,这乃是难得的腾达捷径。但范大人却不顾个人安危介入到险恶的政治斗争中去。他发现皇上年已二十,但朝中各种军政大事,却全凭六十岁开外的刘太后一手处置;而且,听说这年冬至那天,太后要让皇上同百官一起,在前殿给她叩头庆寿。范大人认为家礼与国礼不能混淆,损害君主尊严的事,应予制止,便奏上章疏,批评这一计划。

范大人的奏疏使晏殊大人极为恐慌,他匆匆把范大人叫去,责备他为何如此轻狂,难道不怕连累举主吗?范大人素来敬重晏殊,这次却寸步不让:"我正为受了您的荐举,才常怕不能尽职,让您替我难堪,不料今天因正直的议论而获罪于您。"一席话,说得晏大人无言答对。回到家中,范大人又写信给晏大人,详细申辩,并索性再上一章,干脆请刘太后撤帘罢政,将大权交还仁宗。朝廷对此默不作答,却降下诏令,贬范大人离京,调往河中府任副长官——通判。秘阁的僚友送他到城外,大家举酒饯别说:"范君此行,极为光耀呵!"

三年之后,刘太后殁。仁宗把范大人召回京师,派做专门评议朝事的言官——右司谏。有了言官的身份,他上书言事更无所畏惧。明道二年,京东和江淮一带大旱,又闹蝗灾,为了安定民心,范大人奏请仁宗马上派人前去救灾。仁宗不予理会,他便质问仁宗:"如果宫廷之中半日停食,陛下该当如何?"仁宗惊然惭悟,就让范大人前去赈灾。归来时,他还不忘带回几把灾民充饥的野草,送给仁宗和后苑礼宫眷。

这时的宰相吕夷简,当初是靠讨好刘太后起家的。太后一死,他又赶忙说太后的坏话。这种狡诈行径,一度被郭皇后揭穿,宰相职务也被罢免。但吕夷简在宫廷中的因缘关系,依然根深蒂固。不久,他便通过内侍阎文应等重登相位,又与阎文应沆瀣一气,想借仁宗的家务纠纷而废掉郭后。堕入杨美人、尚美人情网的年轻皇帝,终于决定降诏废后,并根据吕夷简的预谋,明令禁止百官参议此事。大人深知,这宫廷家务纠纷背后,掩藏着深刻而复杂的政治角逐。他与负责纠察的御史台官孔道辅等,径趋垂拱殿,求见仁宗面谈。可他们伏阁吁请多时,却无人理睬。司门官又将殿门砰然掩闭。范大人手执铜环,叩击金扉,隔门高呼:"皇后被废,为何不听台谏入言!"看看无济于事,范大人只好和同道在钢虎畔议定一策,准备翌日早朝之后,将百官统统留下,当众与吕相辩论。次日凌晨,妻子李氏牵着范大人的衣服,再三劝戒他勿去招惹祸机。他却头也不回地出门而去。刚走到待漏院,等候上朝,忽听降诏传呼,贬他去做睦州知州。接着,朝中又派人赶到他家,押他即刻离京。孔道辅等人,也或贬或罚,无一人幸免。

彼时至城郊送别的人,已不很多,但仍有人举酒赞许说:"范君此行,愈觉光耀!"在离开谏职去睦州的路上,大人心中并无悔恨,只是略觉不平:"重父必重母,正邦先正家。一心回主意,十口向天涯!"有人笑他好似不幸的屈原,他却认为自己更像孟轲:"分符江外去,人笑似骚人","轲意正迂阔,悠然轻万锺"!

过了几年,范大人由睦州移知苏州,因为治水有功,又被调回京师,并获得天章阁待制的荣衔,做了开封知府。前时一同遭贬的孔道辅等人,也重归朝廷。范大人在京城大力整顿官僚机构,剔除弊政,把公务安排得井井有条,仅仅几个月,号称繁剧的开封府就"肃然称治"。范大人看到奸相吕夷简广开后门,滥用私人,朝中腐败不堪。范大人根据调查,绘制了一张"百官图",在景佑三年(1036)呈给仁宗。他指着图中开列的众官调升情况,对宰相用人制度提出尖锐的批评。吕夷简不甘示弱,反讥范大人迂腐。大人便连上四章,论斥吕夷简狡诈。吕夷简更诬蔑范大人勾结朋党,离间君臣。

范吕之争的是非曲直,不少人都看得分明。偏偏吕夷简老谋深算,善于利用君主之势而最终取胜。仁宗这年二十七岁,尚无子嗣。据说范大人曾关心过仁宗的继承人问题,或许谈论过立什么皇太弟侄之类的事。这事虽出于兴旺宋廷的至诚和忠直之心,却不免有损仁宗的自尊。加以吕夷简的从旁中伤,范大人又被贬为饶州知州,后来又贬,几乎死在岭南。台官韩渎为迎合宰相意旨,将范大人同党的人名,写成一榜,张挂于朝堂。余靖、尹洙、欧阳修等人,因为替范大人鸣不平,也纷纷被流放边远僻地。从此,朝中正臣夺气,直士咋舌。

这次到都门外送行范大人的亲朋,更是寥寥无几。但正直的王质,却扶病载酒而来,并称许"范君此行,尤为光耀!"几起几落的范大人听罢呵呵大笑:"仲淹前后已是三光了,下次如再送我,请备一只整羊,作为祭品吧!"第二天,就有人警告王质说,他昨日送范大人的一言一行,都被监视者记录在案,他将作为范党被审查。王质听了,毫无畏色,反以为荣。饶州在鄱阳湖畔。从开封走水路到此,至少须经十几个州。除扬州外,一路之上竟无人出门迎接。范大人对此也并不介意。他已经习惯于从京师被贬作地方官了。这不,到了饶州官舍,他的诗兴又来了,他捻着花白的髭须,如此吟道:

  三出专城鬓似丝,斋中萧洒胜禅师。
  近疏歌酒缘多病,不负云山赖有诗。
  半雨黄花秋赏健,一江明月夜归迟。
  世间荣辱何须道,塞上衰翁也自知。

范大人自幼多病,近年又患了肺疾。不久,妻子李氏也病死在饶州。在附近做县令的诗友梅尧臣,寄了一首《灵乌赋》给他,并告诉他说,他在朝中屡次直言,都被当作乌鸦不祥的叫声,今后愿他拴紧舌头,锁住嘴唇,除了吃喝之外,只管翱翔。大人立即回答了一首《灵乌赋》并说,不管人们怎样厌恶乌鸦的哑哑之声,我却宁鸣而死,不默而生!

五十岁前后,范大人先后被调到润州和越州作知州。如果不是李元昊帮了他的忙,让他和自己当年出兵岭南一样,让皇上离不开他,大人是否能够活到天命之年,都难料定。

什么叫百折不挠?

这就叫百折不挠。

什么叫视死如归?

这就叫视死如归。

就觉得有一对眼神打了过来,那是大人送给他的饯行礼物。

德不孤,必有邻。吾不孤,依止大人行。

"范君此行,愈觉光耀!"狄君此行,不也愈觉光耀吗?

可是出乎我意料的是,就在我打点行李的时候,一块腰牌跳了出来,那是从野利遇乞帐下的夏军手里缴获的,一代名将野利兄弟的身影就闪现在眼前。

呵呵,大家都在这行李中了。这一刻,到底谁是赢家呢?

我狄青和他们的区别又在哪里?

第二十九章　寻找遗口

这年深秋,大夏国派出了一队巡兵在满是苍凉的沙地、河边、山间到处寻找着野利家族的遗口。他们已在这些地方游荡了好多天,偶尔逮到个孩子或老人,一问都不是野利家族的人。天气越来越冷,巡兵们也是人困马乏恨不得接到指令赶紧回兴庆府去休整。但夏王的命令却是找不到野利家的活人一个都别想回来!没办法,巡兵只好继续转悠,朝着贺兰山的深处继续找寻。

这是个秋雨霏霏的傍晚,又冷又饿的巡兵们来到一处叫做三香家的尼姑庵门外,叫了门,被这里一位年老的住持让进庵里,她吩咐小尼姑们给这些兵煮了粥,又将他们引进火房烘烤他们被雨淋湿的兵服。就在这时,一个小兵碰碰身边的领队示意他朝窗外瞧。那领队就扭脸朝窗外看去,此刻窗口前正有一个满身素服双手托盘的年轻尼姑经过。自打他们进了这尼姑庵后,梁柱屋檐处处走动着这样的身影。尼姑庵嘛,这情景并不稀奇,可这打窗前一过的尼姑却让领队吃了一惊,心中顿时升起一股希望。兴庆府的巡兵可不是一般的兵,他们是皇族身边的人,他们的洞察力和敏锐度可非同一般。因此,从窗前匆匆一过的身影立时就被他们认出来了。他们并没有见过没藏氏,也不知道天都王野利遇乞的妻子就藏在这里。但他们已经知道,上天将他们引到这尼姑庵总算是能给夏王一个交待了。

野利遇乞的侍卫官到底是如他所愿,在危急时刻将他的夫人没藏氏带出险境,可就在他们路过三香家尼姑庵的时候,没藏氏喝住那赶马车的人,她从那严实的小轿子里探出了上半身,使得前面骑在马上的侍卫官不得不转身喊道:夫人!

没藏氏用袖拢遮住额头,眯起双眼望着半山腰的尼姑庵对侍卫官说道:

……卫官,你带着别人跑吧,我没藏氏就留在这尼姑庵了!侍卫官焦急地说道:

夫人,情况危急,我答应遇乞大人一定将您带到安全的地方……

没藏氏却下了车,她裹着一件银色镶边的丝质披巾,白色的百褶裙下露出一双精巧的绣花尖钩履足。时至秋季,满山层林,风欲吹起,裙带飘舞。没藏氏身上反倒没有那种逃命的仓皇感了。她掠了一把被风吹散的额发,坚定地说道:你们走吧!这里就是我命中注定的归宿了。

夏国巡兵们发现了没藏氏之后就围成一团悄声商量,首先他们一致肯定这非同寻常的尼姑就是野利家的一个遗口,虽说他们并不能确定她究竟是谁。后来他们分成了两部分,一部分就死守在这个庵里,另一部分速回兴庆宫去禀报夏王。连日来李元昊一直沉浸在面壁思过的悔痛中难以排遣,忽听到在三香家尼姑庵里发现了野利家的活口,就迫不及待亲自赶来了。

住持听说夏王亲临小庵,慌得不知如何是好,又听说是为了前不久刚被她接纳为尼的那个落魄女子而来,就以为她是带了灾来,难免要殃及贫庵。于是只顾着双手合十阿弥陀佛地念着,只求佛能消弭这从天而降的灾祸。

可就有人端来了夏王布施的一大盘夏币。

住持将夏王让进了庵里一间最敞亮的房内,又差人赶紧去叫那个小尼姑,夏王刚刚坐定,就见门外走来一个灰袍布巾的尼姑,进得门来双手合十,躬身垂眉,念了一声阿弥陀佛,才用王族礼仪拜见了夏王。李元昊没看清她的眉目,但从她施礼的举动上看,无疑是他们王族的人了。于是他正襟危坐,令她道出自己的来龙去脉。没藏氏缓缓说道:

197

小尼是天都山守将野利遇乞的遗孀——没藏氏……

李元昊的耳边滚过一阵惊雷:她就是使得野利遇乞烦闷不堪又无可奈何的那个贱人?唉唉!这该死的不死不该死的却已赴黄泉……也罢,杀了这贱人去给我的天都王陪葬去吧!于是他厉声喝道:

抬起头来,听本王细数你不守妇道的罪过……

夏王李元昊正这么说着,面部却发生了急遽的变化,好像他的面前有一轮红日正冉冉升起,将他也通体照亮了。啊,原来如此!这就是野利遇乞为何再三替她开脱的原因了。李元昊愣愣地看着面前已抬起脸正直视着自己的没藏氏,脑海里竟出现了一瞬难以形容的梦幻感。没藏氏脸上没有笑容,没有悲伤,也没有面对夏王的惶恐不安。她就那么站着,尼姑的衣着是那样的暗淡,可她却那般攫人心魄。李元昊忽然在心里冷笑了一声:这克夫的女人!难怪野利遇乞会受不宁之苦,她哪里是他所能受用得起的呢?正这么想着,没藏氏又说话了:

天意如此,让小女子做了出家人,今日如果是我没藏氏的忌日,那就请夏王取了我的命去。若我没藏氏罪孽深重,连死也难以消弭,就让我生生世世侍奉佛吧!

这一番话从她嘴里说出来也不像她说的,而像她头顶上哪尊看不见的神在说话。夏王沉吟了片刻,不由自主地说道:

错杀野利兄弟本王我罪过难赦……因良心无安才力寻野利族活口,既然今日找到了你,那就是找到了慰藉本王的良药,哪里还会再使你受不白冤屈……

没藏氏这才嫣然一笑。使李元昊想起来,野利遇乞怎么都无法使她如此一笑。

就好像打了一回大胜仗,夏王李元昊将没藏氏迎回兴庆宫时动用了豪华的马车和宫中乐队。一路上的欢腾热闹就连野利王后也从未享用过。在这欢乐气氛里的没藏氏眉心舒展,面目坦荡,她胸中的暗气如一缕烟灰被徐徐吐出。这才对了,她没藏氏阴差阳错嫁给野利遇乞本身就是个错误,是一场悲剧,这是谁也难改的事实。没藏氏打量着车内的豪华,又从帘子的缝隙往外看,那护道的开路兵正将路两旁的人群往边上赶着,看样子这就是兴庆府的城里了。

城市是繁华的,喧闹的。想当初野利遇乞的侍卫官带着她逃跑的时节是何等凄风苦雨,满山荒凉,这会儿却是另一派都城盛况了。没藏氏虽未卜自己的前途,但那颗寂寞已久的心却像一条鱼儿归了水,温润活泛了起来。

第三十章　没藏兄妹

　　野利王后听说李元昊动用了盛大礼仪才能够使用的皇家车马将野利遇乞的遗孀没藏氏迎回兴庆府,内心就像布上了一层浆状物,不舒服的感觉只有她自己能体味。按理说,两位叔父去了之后,她野利氏就没什么娘家亲人了,叔父虽说是她的长辈,可他们年龄相当,又形同兄妹。多年来野利遇乞的婚事很是让野利氏操心,直到四十岁出头他总算答应娶了这二十几岁的没藏氏,可是他们婚后三年里野利遇乞不幸福,似乎一天好日子也没有过上……

　　唉！凭着他野利家族的富有与权势,什么样的女子能不握于股掌之中？可偏这没藏氏不知是哪里的神仙,不仅使野利遇乞难以高兴,连休她都不得！俗话说,清官难断家务事,既然野利遇乞都护着她,别人又能怎么样呢？当时他们在天都山结亲的时候,正是她和夏王北上亲征辽国的时候,他们都没能参加野利遇乞的婚庆,所以他们也都没有见过天都王的这位妻子。后来听说这女子无德,野利遇乞很伤脑筋,野利氏几度都想召见一下这个没藏氏,但是……宫内烦人的事够多的了,她未能成愿,谁知大夏国竟发生了错杀野利兄弟的惨痛事件……

　　此刻,夏王何以大动干戈地将那妇人迎回宫中？何以因此又招致宫内上下是非迭起……野利氏感到自己真是力不从心,她能阻止得了什么呢？细细盘点,她连自己的心头肉宁明都挡不住……还能谈得上别的什么？人活着可真是虚无,虚无啊！

　　说起来这没藏氏就是她野利氏如今唯一的娘家婶子,无论怎么说,自她来宫后她都该与她见个面,可是日子过去了一月有余,与其说野利王后没顾上见没藏氏倒不如说是她刻意回避着不见,而且想起这件事她的心就堵得慌。

这天,野利氏忽然萌发了前去看看没藏氏的念头,她知道没藏氏自被迎来之后一直住在西宫,穿过这后花园有一条通往西宫的小径,抬眼望去,相隔百丈的宫楼也是近在咫尺。曾经野利氏就在那里悄无声息地住了数年之久,到了现在,她都快将它忘记了。平日里她想不起朝西边望上一眼,偶尔瞄到了,内心也不会再起什么波澜。但是这会儿,她的心乱了起来,一如这四处飞舞着的苇花。野利氏就对身边的两个贴身仆人说:你俩别跟着了,我想一个人到西宫去走走,过上个一时三刻再来接我。说罢,野利氏裹了裹肩上那雪白的羔皮披肩,就独自朝那条小径上走去。

就要接近西宫宫楼的时候,野利氏踌躇起来,这偌大的楼阁里没藏氏住在哪一间呢?因为不想节外生枝,她用披肩护着脸,尽量凭着自己的观察判断着,也就在这时,南面的一扇窗内响起了一阵轻柔悦耳的笛声。这声音不仅悦耳,而且是直通心上了。野利氏循着这声音攀梯而上,她走走停停,微息弱喘,心里判断着这吹笛者的来头。就凭笛声如此清约,也可想见吹笛人的心情该是多么的妙不可言。不要说在西宫,就是兴庆府吧,野利氏从不知道什么人笛吹得如此之好。早年张元国相有把铁笛,但也只是听说,她并未亲耳听过。眼下这吹笛人会是谁呢?她揣测着,就走到了这条廊子的尽头,笛声也察觉到了走来的脚步声,顿时停住了。野利氏很吃惊,她没有想到吹笛人是个女子,更没想到这女子让她瞬间有了一种目眩的感觉。就在这一刻,一个温厚又略微羞怯的声音响了起来:

没藏氏拜见王后!

野利氏就定睛瞧她,这位一袭黑衣的女子已经跪拜在自己的面前了。野利氏稳了稳心绪,慢慢地朝屋内的坐椅走去,她走近没藏氏,仔细瞧着她的跪相,这个从寺院里接来的尼姑依然一头黑发,与她的黑衣融为一体,宽松齐整地垂在地上。有一缕暗香在她跪伏的地方跃动着,使得野利氏的身心即刻舒畅。但她的眉心是平静的,无论喜怒,她都保持着王后那无上尊贵的表情。她款款走上座位,从容不迫地坐了下来,又环视了一下室内的景致,这才问道:

这么说,你就是那幸免一死的遇乞婶婶啦?

野利王后没让她起来,她还那样伏着,声音却依旧是不卑不亢:

回王后,鄙女正是左厢军天都大王野利遇乞的遗孀没藏氏。

野利氏鼻腔轻哼了一声说:

那不还是我的婶婶么?一个长辈长跪于晚辈的面前,岂不是折损于晚辈的寿命么?

没藏氏就立了起来说:

国礼在先,家礼在后,我没藏氏先礼于王后至尊合情合礼……

野利氏就抢过话说:

哦?你的意思是说你行过国礼就该我给你行家礼了?

没藏氏说:

不敢!故人已亡,亲缘无存,你我之间除了王后与民女并不存在别的关系,因此这"家礼"也是子虚乌有,请王后……忘掉吧!

野利氏的声音忽然高了八度:

什么?我叔父冤魂地下,尸骨未寒,你作为他的未亡人怎能如此绝情?你难道就不想一想,你若不是沾着遇乞叔父的光,就凭你这么个小小女子怎可能来到我兴庆府?又怎么能住进这豪华西宫,享受这荣华富贵?你你……

野利氏终于找到了宣泄的机会,简直像是要为野利遇乞报仇似的,她只顾说着,连王后的威严也不顾了,在她看来,那个伫立在一边的沉默女子只配当个出气筒,她丝毫也没有察觉到,没藏氏那张毫无表情的表情深处,正闪耀着多么不可思议的内容,那里面藏着忍耐,不屈,自信和蔑视……

也就在这个时候,门外突然有人报道:夏王到了!野利氏就猛然停住,仿佛从哪一个梦中醒来,夏王李元昊神采奕奕地走了进来。一瞬间时光倒流,野利氏觉得正是当年那个英异勃发的青年朝着自己走来。她顿时心花怒放,自己也一下子成了那个红衣少女。哦!那相隔了多么久远的情景啊,又像是昨天的事情,那种已失的亲密忽然又回到了心里,这凭空而降的一切使野利氏热泪盈眶,他是怎么知道她在这里的?唉唉,那是心灵感应呀!当年在那开国大典上,是他夏王李元昊亲自将那顶充满荣耀的金丝起云冠戴在她野利氏头上,从那以后,王后的身份一直使她高高在上,那金灿灿的起云冠纤尘不染,这多少年当中无论发生过多少事情它都为她壮着胆,为她撑着腰……眼下,在这么不伦不类的环境里他能突然朝她走来,这也足够全部打消她对他以往的不满了……

可是,李元昊看见她却愣住了,一副完全没有料到的样子。接着问道:

你怎么在这里?

野利氏绽放在脸上的惊喜僵住了,横空而来的尴尬攫住了在场的每一个人。但野利氏毕竟是野利氏,她脸色一变反问道:

是呀,夏王国事繁忙,何以用这大好的时光闲逛西宫?

李元昊就说:

此言差矣,天都王的遗人是本王我安置在这里的,如今过去一月有余,她起居饮食究竟如何,本王我如不亲来过问怎能对得起我那厢军大人啊!

野利氏这才意识到,夏王李元昊与那看似规矩的没藏氏之间已经有了一种难以言说的关系。她一阵眩晕,鼻腔里却发出轻轻的一声冷笑,心里说:夏王啊夏王,你真是变了啊!如果说当初你带着没移氏隐居贺兰山是鬼迷了心窍,那么今后……野利氏看见仍然默默站立的没藏氏忽然一阵战栗,多么不祥啊!她什么也说不出来了,她开始诵经,她那波涛汹涌的心绪随着默默的经声肆意翻腾着,她的渺小的肉体能有什么办法呢?她求助强劲的梵音来增添自身的力量,除此之外,她分明感到自己曾经的征服力正渐渐远去……

自那日在西宫相遇后,野利氏已经与夏王大闹过三次。如果说曾经在他们之间出现过的没移氏是对她野利王后个人的情感冲击的话,那么眼下,这没藏氏的出现却让野利氏感到忧心如焚。没有人理解她野利氏的担心,说不上那是为什么。野利氏此次的担心却是大担心,是为着大夏国、夏王,还有宁令哥……虽说她起先并没有将没藏氏放在眼里,但她自打西宫回来后却不得不重新掂量那个浑身上下笼罩着丧气的没藏氏了。连她上楼时闻听到的笛声,竟然还断断续续地响在她的耳边。细细听来,那声音里就是有着颠覆国厦的危机,那个黑衣女子,她身上展露着的那种美不是世间的妖艳之美,而是……是什么呢?野利氏没法准确地说出那是什么,但感觉却是那么清晰。她焦急,却又是那样无能,夏王不听她的,那么所有人都不会听她的,她将那没法准确说清的感受只能压在心底,否则,会给她召来灾祸……但令她没有想到的是,李元昊的态度却来了个大转弯,他忽然宣布:将没藏氏仍送至兴庆府的戒坛寺出家为尼,赐号没藏大师。野利氏就轻轻地吁了一口气,她感觉自己最后的一点力量被消耗尽了!从此以后,一心向佛,静静等待着宁令哥坐上夏国的王位。那个时候,她就会成为太后。说起来,她已是个看破红尘的人了,什么王后啊太后,对野利氏来说已经不像从前那样富有诱惑力了。但她有所期待的是宁令哥,她的坚守是为着终有那么一天,她亲眼看见宁令哥从李元昊手中接过大夏国,看着大夏国坚实无比地存在下去,那么,她年轻时对李元昊所说过的那个很有玄机的类似使命的缘分也就尽到了,善始善终是一种圆满,但这又是多么难求的境界啊!她还是隐隐地感觉到,没藏氏虽说被送进了戒坛寺,但事情没有完,那种深入骨髓的不祥总是会在意想不到的时候冒了出来。

  野利氏的感觉是没有错的。夏王李元昊开始频繁潜进戒坛寺与没藏氏幽会,不仅如此,每当他进山打猎游玩,没藏氏成了一位公开跟在夏王身边的女人。这个没藏氏,歌舞辞赋、琴棋书画无不精通。更加特立独行的是她酷爱在夜色甚好的晚上出游,让夏王李元昊陪自己以皇家车马大队为随从,华盖锦辇,极尽铺张。若不出游,也时时让宫人张灯结彩,和夏王嬉戏,直至通宵达旦,李元昊也是乐此不疲,没藏氏太合他的心意了。夏王李元昊又一次陷入不顾一切的沉溺和陶醉之中。这时,也有大臣斗胆提醒他,可他哪里还听得进去?他甚至认为,没藏氏是上苍给他夏王的身体注入的一股新力量、新血液,大有相见恨晚之感。没藏氏呢,自从她暗地里成了夏王的女人之后,她感到自己整个人都活了过来,没错,她是属于夏王的,她还有种感觉,迟早有那么一天,连大夏国都会与她血乳交融的。没藏氏开始在夏王的耳边吹起枕头风来,说她的哥哥没藏讹庞是怎样的隐忍屈才,曾是野利遇乞的一个部下,多年来默默无闻,很是能干,却苦于没有更大的机会报效国家……李元昊一听就说:还有这事,怎不早说?我大夏国现在缺的就是人才,快快传令你兄长,我要在兴庆大殿隆重接见他!就这样,没藏讹庞很快就见到了夏王李元昊。没藏讹庞天生丽质,分寸感把握得非常之好,一下子就被李元昊喜欢上了,不久他就成了夏王的身边人。

大夏天授礼法延祚十年(1047)二月,夏王带着没藏氏乘一挂大车出猎,行至途中,没藏氏忽然腹痛难忍、冷汗淋漓。夏王看着她那高高隆起的腹部,怜惜地抱怨着:早就对你说过一个临盆之人是不宜外出打猎的,你却如此任性非跟着不可,这前不着村后不着店的可如何生产?话是这么说,但他还是迅速让人在这条叫做两岔河的河边上扎起了厚厚的营帐。当天晚上,没藏氏就在这营帐中生下一个男孩儿。夏王大喜,即刻依照两岔河的谐音给婴儿取名"谅祚",又为显示宠爱,依旧沿用"宁令"(党项语欢喜之意)为小名。

没藏氏毕竟名为出家人,也由于野利王后的威严,她不得不继续住在戒坛寺,也难以哺乳婴儿,就只好将谅祚托于哥哥没藏讹庞抚养。夏王久久地沉浸在中年得子的喜悦里。没藏氏生了谅祚有功,她便借这个机会蛊惑夏王提升没藏讹庞,就这样,没藏讹庞一跃成为国相,主政国事了。

第三十一章 冷　宫

　　以上这种种消息传到野利氏耳中的时候,她是那样的绝望。不用多说,谁都知道那个孽种意味着什么,更何况那样快就将没藏讹庞提升为国相,纲常何在,这中间难道没有联系吗?大夏国未来的命运怎不岌岌可危!太子的命运堪忧,事情不是明摆着吗?这没藏氏坚持不给二叔传宗接代,现在身为比丘尼,却不顾名声,不怕因果,悍然破戒,给夏王生下一个孽种!她心里打过一个寒战。这是明白着给宁令哥生了个死对头啊!
　　如果太子能够放得下,以野利氏如今的心态,她真有心劝太子离开这个污浊之地,去追寻宁明。可是,宁令哥不是宁明,他涉世未深,连一个贱女子都放不下,到现在还和他父王赌气,哪里剃得下三千烦恼丝,做得了法王账下伟丈夫。他也早到了选配太子妃的时候了,她和大臣们换着花样儿给他挑选推荐,可他就是不见,野利氏叹道:看似志气,实则无谋!但他毕竟是自己身上掉下的一块肉啊。
　　野利氏很清楚,夏王已陷昏庸,自己是个失利之人,两个叔叔已死,老臣杨守素已去,如今宫中还有谁是靠山?只有靠自己,她要设法和夏王平心静气地谈一次,她要告诉他这个没藏讹庞是个奸臣,他们是心怀鬼胎而来;她还要告诉夏王,一个人走了歧途不怕,只要回头就可,怕的是执迷不悟、迷途不返,一意孤行。如此,就会人心尽失,失道寡助,穷途末路……你当年不是常说水可载舟亦可覆舟吗?流香渠边的故事难道你夏王不记得了吗?马嵬坡前的故事难道你夏王不记得了吗?现在,只有她野利氏能够为他说这些话,如果他夏王的良心未泯气数未尽,那么她应该听得进去自己的这番话。

可是,夏王压根就不给她见面说话的机会,最后野利氏只能给夏王上书了。

但野利氏得到的答复却是一道将她打入冷宫的旨令。

元宵节的前一晚,宁令哥设法潜进冷宫时,母后已经安详而卧。母后似乎对他的到来没有表现出多少热情,这有点出乎他的意外。但他还是让浪烈守在门口,急急地和母后商议大事。

这些日子,国相没藏讹庞频频邀约宁令哥到他府上来,和他推心置腹:

国相对他说,对夏王的阴险毒辣他看在眼里记在心上,告诉宁令哥说不要看自己现在身为国相,到头来还不是第二个山遇兄弟、野利兄弟!不要看没藏氏现在得宠,到头来还不是第二个野利氏、没移氏?因为多疑嗜杀是他的本性,因为喜新厌旧是他的本性。他身为天都王的部下,深知天都王赤胆忠心,一心为国,到头来却落了个满门抄斩的下场。山遇兄弟、野利兄弟一生为大夏立下何等战功,具有何等威望,都是这般下场,更别说他没藏讹庞了。这且不说,如果听凭这位暴君如此一路斩尽杀绝,夏国将来怎么与强敌对抗?最后还不是死路一条,大家最终还不是统统成了阶下囚……大夏国急需一个英明的君主力挽狂澜,这个人除过太子还能有谁?

国相的意思再明白不过,他该怎么办?

不想母后的回答出乎他的意外:

我不同意。

为什么?

宁令儿你千万别做傻事!

母后,我是在救你,在救大夏国,怎么是傻事!这昏君,他杀你全家,灭你全族,把你打入冷宫……

野利氏平静地说:

对母后我来说,冷宫不存在。我如今身处何地都一样,如果不是对太子你的牵挂,母后我早就遁入佛门,一了百了!但现在有你,我牵挂未了,虽说我无力阻止什么,但不能看着你遭坏人算计。国相的话不能听,他们心怀鬼胎,想借刀篡国,你父王迷了心窍,你不能再做别人的刀下鬼。

宁令哥无比沮丧又着急地说:
母后你难道走火入魔了不成?

这时,野利氏脸上垂下了两行清泪,缓缓地,自言自语地说道:我所担心的事情终于发生了!我已阻止过你,但你定要一意孤行,那就是命了!

宁令哥觉得自己是要去完成大使命的,他需要母后给他加油鼓气,但她却这般消沉,定是受"冷宫"刺激太深。好吧,待儿将大事做成后,会凯旋接母!他正要离去,身后响起野利氏最后的声音:没藏讹庞是借刀杀人!阿弥陀佛。

第三十二章　没藏氏

唉！本尼我是那样的不适,头痛,浑身没有一处不疼痛……现在是什么时辰了？没有人回答我。透过卧榻的纱帐朝外看,除了两小盏长明灯在默默地燃着,到处都是黑暗,静得让人害怕。

可就在刚才,我明明听见了远处响起的一阵阵笛声,那笛音是那样动听,那样熟悉……阵阵风雪……夜归人……那个吹笛的人是那般的黑白分明,她的脸,包括露在衣袖外面举着黑笛的手臂都如夜空里飘着的雪花,那么白。可她那长长的头发,她的衣裙,她那根长长的黑笛,都更像这夜色,是来衬托白雪的。也是在刚才,曾经的一幕又清晰地呈现了一遍,也就是我刚刚来到兴庆府西宫住下的时候。诸君一定都还记得,王后野利氏是怎样来西宫看望我及那整个的过程……其实,她视我为不祥之物是她的聪明,就凭一个吹着笛子的黑衣寡妇,她浑身上下散发着的怎么可能是吉利的光彩呢？

不错,我没藏氏的确是野利王后的灾星,可那一切能怨我吗？我的命运又掌握在谁的手里？就算她最终的家破人亡与我没藏氏有着密不可分的关联,可这一切又是谁造成的呢！我知道野利王后是多么的不甘心,她死去后也不放过我。后来我所经历的一切,我知道,都是她的冤魂在折磨我。唉！说什么富贵荣华名誉地位……我的兄长没藏讹庞当初冲破重重阻挠将我儿子谅祚扶上帝位,那难道不是天经地义的吗？难道让夏王那毫无战功的侄子委哥宁令当了皇帝就是对的吗？我没藏氏如果让出帝位难道就是仁义的吗？不,如果当时不抓紧时机将谅祚扶上帝位,等待着我们的就是死路。

野利王后,不管我没藏氏被你诅咒了多少回,但有一个功劳你不得不承认吧,那就是我毕竟替夏王,替嵬名家族留下了一条血脉吧?谅祚即位是天意,我们这些所谓他的衣食父母只不过是上天为他派来的仆人!

无论如何,我求你放过我。自从我走进兴庆府后,在你的眼里,在别人的眼里,我是个多么为所欲为的女人啊!但是你们都不知道,那个表面上光艳得意的没藏氏并不像你们想象和看到的那样嚣张。虽然我最终离开了那个我一点也不喜欢的野利遇乞,但他是个好人。他被宋人离间被夏王所杀那是他的宿命,可你身为一个王后身为遇乞的侄女却将失去叔父的仇恨转嫁于我,将你失去丈夫的仇恨转嫁于我!我知道,在你活着的那些日子里你没有一天不诅咒我,你表面在念佛,背地里却对我施毒咒。有一次,我与夏王正在一起,一缕细细的阴欷从我俩的身体中间冒了出来,并散发着极其怪异的气味儿。我指着它惊慌地问夏王,看啊,那是什么?阴欷不是冲着夏王来的,因此他什么也没看见,也没有闻到它的气味儿。但那东西却像几条黑色的爬虫,我清晰地感到它们从我的七窍进入了我的身体。从那以后,我有了头疼的毛病,后来浑身都痛,那种疼痛一直延续到我生命的尽头……

那些在你之下的宫中女子哪一个能逃掉你的毒咒呢?因此,她们疯的疯死的死,没有人知道自己是活在王后的阴毒之中……我自以为是命硬的一个,却没有逃掉头疼欲裂如坐针毡的不适……

俗话说,百鸟朝凤。就算你是一王之后,可你毕竟颜色将尽花容枯,有何理由独占夏王呢?是的,当我看见他第一眼的时候就深深爱上了他!他呢?当然也是一样。诸位还记得三香家尼姑庵我们相遇的那个场面吧?他当时听说我就是天都王野利遇乞的女人时恨不得立刻就让我人头落地……但是,随着他那一声抬起你的头来……我们的目光相遇了,我看见了夏王那一刻表情的急遽变化,我知道我能够免去一死了。在心的深处,我长吁一口气!唉,人啊,真是个怪物,一旦获取了不死的讯息,更多欲望立即就往出蹿,那一刻,在我平静的外表下我其实在颤栗,我感激着苍天,它让我活了过来。

我哪里曾想到后来会发生些什么!对你来说我是个不祥之物,当你来到西宫看我从我身边走过时我就知道你是那样想的。对,那些时候我和夏王已经疯狂地恋爱了。对于我来说,那是我生命中的第一次,我来不及考虑是否对不起你,说到底,哪里还谈得上这些呢?就算我对你内疚,夏王也不会。他对我的痴迷让我害怕,我也知道这场爱情的暴风雨过后会是长久的冷清!现在不是应验了么?他们都去了,可我却还在,我忍受着难耐的寂寥,忍受着莫明的疼痛,忍受着辽国对夏国的频频进攻,忍受着兄长没藏讹庞带兵出击却节节败退的坏消息……

唉!我的主心骨在哪里?是年幼无知的谅祚吗?他虽说是我的骨肉至亲,是我为夏王留下的唯一一条血脉。可是在这些难熬的日子里,他对我能起什么作用呢?连起码的安慰也办不到。

在我得知夏王有可能被刺杀的那些日子里,我对兄长没藏讹庞大哭大闹,就凭着我和夏王的感情,我也不能失去他。夏国的王座就是李元昊的,任何人现在来抢都为时过早。可是预谋已久的兄长是那样的顽固不化,他对着我又拍桌子又瞪眼,他说你这个愚蠢的女人你懂个屁!你以为你对他的感情是什么?是忠贞永恒的爱情吗?别傻了我的亲妹妹,女人对夏王来说是什么?卫慕小鱼的故事你听说过吧?兴平公主听说过吧?索氏知道吧?没移氏现在还疯在贺兰山里你是知道的吧,就算他最宠爱的野利王后现在在冷宫如何度日你更是清楚的吧?你以为你和她们会有什么不同吗?没有,你最终的下场和她们一模一样!所以,我告诉你妹子,天下的事情只有抓权最重要,其他的都是假象!我们现在终于有了谅祚,宁令哥现在恨死了他的父王,这是一个我们得权的大好时机,如果此刻不抓,我们就再也没有机会,你知道宁令哥如果掌了权你我的结局是什么吗?那就是死,是人头落地啊!

兄长与我说这番话时他的面部是那样的狰狞,我两手抱着头,抬起泪水横流的脸朝着他嚷,可谅祚依然是夏王的骨血,怎么也不可能是我们没藏氏掌权啊？兄长嘿嘿嘿地笑起来,可谅祚是我们的,是我们兄妹两个人的！我用衣袖抹了一把脸上的泪,不行,我不同意他们父子相互残杀,夏王是我的男人,我不能没有他……

　　出事的那天晚上,还有夏王弥留之际的那些时辰,我不停地在做噩梦,他的声音一直在追着问我,你在哪里？你在哪里？还有他的手,一直在我周围摸索着,想要抓住我。唉！我的心都碎了……除了流泪,我别无他法。兄长将我软禁了起来,说实话,那阵子我也想死,我看了看房间的东西,抓起任何一件器物都能将自己致于死地！可是我不敢,我的脑海里涌出了那么多自我了断的人,佩服啊！他们是何等的勇敢,特别是那些女子,夏王早先的女人都在其中,而我却怕死,怕得要命。除非夏王的魂灵来将我一起带走……

　　我流着泪面对着一条丝带、一只簪子、一个金坠子、一片裂成两半的瓷碗……这些东西,任何一件都能结束我的性命,可是我害怕,我从心底深处厌恶和拒绝它们！难道是我对夏王的感情不够深么？我比起他以往的女人不够忠心么？唉,那一切却恰恰相反,女人是骗不了自己的心的！可这关键时刻我却不能为他死,我不能……我匆忙将那些虎视眈眈盯着我的物件一一从窗口抛了出去。不敢去死,我还能做什么呢？就让我为他吹笛安魂吧！我的笛声响了一天一夜,后来兄长让人将迷魂药从门窗的缝里吹了进来,我的黑笛才从嘴边滑落,才从我的手中滚落……三天后我昏昏沉沉地醒了过来！当然,那该发生的一切都已发生了！

　　我浑身无力却感受到了一种极度紧张的气氛,我听到了兴庆府到处小心又急促的脚步声,我要爬起来,我要出去,我拼命叫着来人呀……可我的声音比地下蚂蚁的叫声还要小。我只好挣扎着,慢慢爬到了窗口前的椅子上,窗户是打不开的,我只有用指甲划破那精美的窗纸,我终于闻到了一丝外面的空气,我赶紧朝着洞眼向外望去,天啊,所有忙碌着的人们都身披大孝……我的眼一黑,从座椅上跌落到了地上。

　　等我再次醒来,我的嘴里正浸漫着参汤的苦味儿,我已经成了太后。我的身边围着那么多人,他们小心翼翼地为我穿戴梳理着,我还看见我那刚满一周岁的儿子谅祚已被穿上了龙袍,穿上了龙袍的他多么像他的父王啊！可是我的夏王呢？兴庆府大办丧事的气味儿还到处弥漫着,可另一种就要登基的喜气却更加浓烈地洋溢其间。我推开围着我的人跌跌撞撞地喊着没藏讹庞,正在极度繁忙的兄长听到动静就奔了来,他一把将我拉到一个背人的地方压低声音朝我吼道,妹妹,你难道疯了不成？我也拼出全身力气朝他喊道,是你,你才疯了,现在不是夏王的丧期吗？没想到他抬手打了我一个嘴巴,打得我倒退了几步差点摔倒。我捂着脸泪光闪闪地继续问道,为什么？兄长苍白的脸抖动了一下说:国不可一日无君,你难道不懂？此刻你我所处的险境你难道不明白？听着,我的亲妹妹,你现在只能乖乖地听我的话,照我的指示去行事,稍有闪失你我都会人头落地！

于是,新帝登基的仪式在旧王尸骨未寒的气氛中及时举行。那天,兴庆府大殿庄严辉煌,威武肃穆。身穿帝服又裹着金褪褓的谅祚正在熟睡着,他对眼下发生着的大事一无所知。他被抱在我的怀里,一步一步朝着那攫人心魄的龙椅走去。那阵,我的脚步虽说朝着大殿的正前方走着,满朝文武百官发出阵阵对新帝的拥戴声,那声音如黄河水的怒吼,低沉而有力,又像是夏王的威风震慑着整座大殿。我怀抱着新皇帝缓缓朝前走着,我们母子俩一时合二为一,一时又成了两个人。我的双眼直视前方,却没有人看出来我的目光在满大殿搜寻着,我再也找不到夏王的身影,却能够真切地感受到他的气息。他就在场,在某个角落里直盯着我们……我真想放声大哭,但是不能够,不能够哇！谅祚终于被隆重地安放在皇位上,他还在熟睡,只得由我在一边扶着他,我扶着他,忽然感觉坐在龙座上的不是谅祚,而是我,是我没藏氏本人。一刹那间,女王的气质在我的脸上显现了出来。我知道,夏王就在大殿的某个地方盯着我,甚至发出一声,抬起你的头来！啊,一切都回到三香家尼姑庵的那个场面。我们四目相对,情感迸发……唉！怎么说着说着就说到那老早以前的事情去了？我还是说说谅祚登基以后的事吧！

那以后,事实上夏国的整个大权就落在了我们没藏兄妹的手上。人们都说,投胎做皇帝,死后变五谷。可是谁又知道当皇帝的难处呢！听我说吧,一个人他掌握的权力有多大,他付出的代价就有多大。可是人们知道什么呢？只是一味地羡慕和争夺着权力，真不知上苍为何要赐给人们这么一种欲望，使人被卷在其中，身不由己……

我的兄长没藏讹庞仗着我和谅祚继续当他的国相，总揽了夏国的军政大权，并扬言他将如何如何治理国家，他一定要将大夏国的军事政治进行种种变革，一定会使夏国更加独立强大起来。他虽说不是皇帝，但出入仪卫俨然王者，言行桀骜狂妄。可是，就在他还沉醉在成功的狂喜之时，也就是延嗣宁国元年（1049）的七月。辽国趁着夏王刚死不久的机会开始对我大夏国进行大规模征战。说实话，当我听到一个接一个辽攻进的消息时，我真是恐怖极了，我再也没有夏王那强有力的支撑了！一个女人家，我该如何是好？兄长啊兄长，你为何一定要将妹妹我逼上这可怕的王位呢！

传过来的一个个坏消息是辽皇耶律宗真要亲征夏国，并派了辽国赫赫有名的齐天王重元、北院大王耶律仁宪为先锋，韩国王萧惠为河南道行军都统，赵王萧孝友、汉王贴布为副都统，他们先后率兵渡过黄河，破了我夏国的唐隆镇，紧接着，萧惠又率兵循黄河南进，这次被我夏军击败。到了十月，辽皇耶律宗真又遣北道行军都统耶律敌鲁古率军由北路趋凉州，然后从东面进入了贺兰山。在贺兰山上，辽军俘获了夏王从前的那个女人没移氏，诸君还记得那个早就疯掉了的小女子没移氏吧？她真是太可怜了，还不如那些死去的女人！我听说当辽兵抓获到她的时候，她还疯疯癫癫地与夏王一对一答，扒掉自己的衣物裸露着身体朝着那么多男人做着淫荡的姿势……唉，真该早点杀了她，免得夏王地下蒙羞！

而这一次兄长没藏讹庞率三千骑兵出战，却遭到辽军的痛击，惨败而归。

到了第二年的二月，兄长没藏讹庞声言要报仇，以牙还牙出击辽国！为此我发动了一批有威望的文武大臣极力劝阻他，可是没用。他先派大将洼普、猥货、乙灵纪率兵包围了辽国的金肃城，可是没想到又被辽国南面林牙耶律高家奴、西南面招讨使耶律仆里奴联合率兵击败。猥货、乙灵纪在这次战斗中相继战死，只有洼普中箭逃了回来……对此，兄长不但不检讨自己的过失,而是更加疯狂地准备派兵再战。到了三月,我在万般无奈的情况下只好同意派观察使讹都移带兵到黄河南三角川察看情况,却再次被辽殿前都点检萧迭里得率领的轻骑兵击溃,讹都移被辽兵俘获,失辎重兵器无数!

那个阶段,我在濒临崩溃的边缘……夜里做噩梦,惊叫不止,醒来后总是虚汗淋漓!我害怕,我需要个依靠,我需要个结实男人的怀抱来躲一躲……可是我的夏王,你在哪里呀!我内心的渴求终于被要臣李守贵窥透,这个魁梧标致的男人暗暗地接近着我。在一个极度空虚的傍晚,我在我的卧室召见了他。我们如胶似漆,极尽欢爱之能事。从那以后,我再也离不开他了。我们欢爱的时候,我总是将灯盏全部熄灭,我在黑暗中将李守贵想象成我的夏王,我紧闭双目对他狂吻不止,我内心里一遍遍叫着的是夏王的名字。就那样,李守贵的身体果然变成了夏王的体魄,那种迷狂竟然将我的恐惧和痛苦渐渐驱散。

夏兵屡遭失败,辽军攻势更猛。到了五月,辽皇耶律宗真竟然下令西南面招讨使肖蒲奴、北院大王耶律宣新等率师直奔兴庆府,密密层层的辽兵把整个兴庆府包围了起来。他们在兴庆府的周边烧杀掳掠,我们怎么办?我们不敢出战,只得令诸将死死守住紧闭的城门。我,我的兄长没藏讹庞,还有那些要臣们都缩在里面瑟瑟发抖,人们彼此抱怨,长吁短叹,打着嘴仗,一副死到临头的样子。在这种情况下我们坚守了一个月。辽军又攻破了贺兰山西北的摊粮城,那是我夏国最大的一个粮食储备地,他们将夏国囤积的粮食劫掠一空才全面退军。我们这些大夏国的元首就像一只只缩头乌龟,有气无力地出来视察,看到的却是尸骨遍野,悲声四起,战火渐熄……这时候没藏讹庞不得不认输了,经过多次的较量,他终于清醒了,我们夏国还远远不是辽国的对手。他不得不召集要臣上朝,几度商讨之后决定向辽国妥协,派人赴辽讲和。这一次,我们给辽国送去了精良驼马五十匹,名贵药材一车,钱数万,并答应继续向辽称臣纳贡,依旧称蕃,这才暂算息事宁人!

从那以后，我万念俱灰，对国事不闻不问，基本上是兄长一人料理。而我，不可救药地沉溺在男女情事上。除了李守贵，我又喜欢上了我的侍臣赤多乙，我在他们二人之间周旋，乐此不疲，渐渐淡忘了对夏王的哀思。这期间，国事依旧繁乱，虽说两国讲和，但他们总会想一些办法刁难我们，比如说夏王元昊时期收降了数千户辽边境上的党项族，现在，他们早就融入大夏国，娶妻生子，成为我们的主力军队，成为我们的百姓。怎么能在这个时候再拱手交出……因为这事，夏国满朝惶惶不安，明知道这又是一次挑衅，可谁也想不出好办法来。男人们把这个难题推给我，没藏讹庞派李守贵请我出来拿主意。这阶段我躲进深宫不见人，兄长亲自来过两回了，又轮换着派别的大臣来请，我借口身体不适一律不见。不知有人对兄长说了什么，他就派李守贵来监视我。

那阵，我正将赤多乙悄悄约了来，我俩在卧榻上颠凤倒鸾，云雨正欢，没想到李守贵就径直走了进来。因为近来与赤多乙正热，就有些冷淡了李守贵，他已让我的贴身侍人暗地里给我传了几次渴望想要见我的话，都被我拒绝了。这回他有了名正言顺的理由，门外的侍者都没挡住他，他就冲了进来。唉，可想李守贵吃惊的程度了！觉到有人进来，我们都吓得停止了动作，看清了是李守贵，赤多乙羞愧难当，他们平时还是要好的兄弟。我反倒一副豁出去的样子，发缕散乱衣衫不整，袒露着的羞处也懒得遮掩，我斜视着李守贵，看见他双眼充血，咬动着腮帮子。我等待着他大骂我这个荡妇，但他却从梦里醒来一样闷闷地说了一声：得罪太后！躬身退了出去。

我简单整理了一下，就去见兄长没藏讹庞和诸位大臣。他见到我就皱了眉头，我知道他是嫌我不成体统，但自从我成了太后以来，兄长再也不把我当成一个无知的妹妹，即使不满也不能像从前那样训斥我了。我对他的态度故作不知，大臣们见状纷纷行礼拜见太后，我无视他人，高傲地朝着王座走去。当我坐在了那个至高无上的龙椅时，所有的不适都烟消云散。我的神情严峻高贵，像个真正的皇帝那样威严地发话。

我问道：都没有主意了？你们不是雄心勃勃吗？你们不是说大夏国无人能敌吗？现在却都哑巴了？唉！夏王已逝，谅祚尚幼，可以说我们夏国正值孱弱之际,也是强国有可乘之机的时候!宋朝是仁义之国,不主张乘人之危,如果也像辽国这样趁势而来,大概夏国早已夷为平地了……大殿上又响起一阵长吁短叹,有人问道,依太后之见,我大夏国就这么给人欺负不成?我也无奈地叹了一声,人要懂得量力而行,势不力敌只能是自取灭亡,大丈夫也有伸屈之遇,我们又能如何呢!

其实这些话在我阻止没藏讹庞举兵之前已说过无数次,没藏讹庞是不撞南墙不回头的人,此刻他一言不发,只等着我来决策那些谁都清楚的无奈之举。

只能继续给辽好处。我将赤多乙派到辽国去以物平事。赤多乙此次赴辽带去了大量的马、驼、牛、羊等物。临行前我们在兴庆府的高台寺举行了大型的祭天仪式,保佑他此行大功告成,平息辽的无理要求。

赤多乙刚走我就和李守贵混到了一起。我们是那样迫不及待,李守贵像一团熊熊烈火,再次燃起我深渊般的情欲!我没有想到李守贵是那样的嫉妒,在如两条蛇死死绞缠在一起的时候,他忽然大哭,他掐住我的咽喉要我答应不再与赤多乙来往,他要我完全属于他一个人。我差一点断了气,眼泪都被憋了出来。我赶紧点头,他松手后我一阵大咳,他又紧紧抱住我完全瘫软的身子。那阵,一股不祥的气息又从我们身体中间窜过,好像当年我和夏王在一起时出现的那股阴歊一样!我不知道野利王后是否到现在还阴魂不散,还在诅咒我,也许她永远都不会放过我了!我身体的疼痛时好时坏,时轻时重,只有和那两个男人混在一起的时候才会暂且忘却……难道我真是个罪孽深重的女子么?这一切究竟该怎样得到救赎呢?我是个当过尼姑的人,唉,每日念佛也断不了这世俗情缘!虽说我答应了李守贵,但当赤多乙赴辽谈判平息无理取闹凯旋之后,我又投入了他的怀抱。李守贵又警告过我一次,那次更严重,他血红着眼睛对我说如果我不断掉赤多乙他就会杀了我!我有气无力地说了声放肆……就晕了过去。

此后不久的一天夜里,我梦见兴庆府的西南一角平地盛开一朵莲花,上面幻现出一座顶天立地的高塔。我想这一定是上苍的启示,上苍要我在兴庆府偏西的位置建造一座高塔安放佛宝,也是以此帮我走出孽障,走出男欢女爱的深渊,走出五浊恶世三界苦海。奇巧的是就在第二天,西域僧人来我夏国进献佛骨。

翌日上朝,我就降旨役兵民数万,开始了浩大的佛刹建设工程,心想正好借此从那两个男人间摆脱出来。从察看堪舆到祭土动工,我都亲自参加,亲自督工。那些个繁忙的日日夜夜让我忘记了所有的痛苦,也忘记了一个王太后的身份。

五年之后,也就是夏福圣承道三年(1055),壮观的承天寺塔威然屹立在兴庆府的西南边,一座比长安城内的慈恩寺塔还要高的佛塔矗立在寺内,给人一种顶天立地之感。正如唐人岑参题慈恩寺的名诗所咏:

> 塔势如涌出,孤高耸天宫;
> 登临出世界,磴道盘虚空。
> 突兀压神州,峥嵘如鬼工;
> 四角碍白日,七层摩苍穹。
> 下窥指高鸟,俯听闻惊风;
> 连山若波涛,奔凑似朝东。
> 青槐夹驰道,宫馆何玲珑;
> 秋色从西来,苍然满关中。
> 五陵北原上,万古青蒙蒙。
> 净理了可悟,胜因夙所宗;
> 誓将挂冠去,觉道资无穷。

看着新立的《夏国皇太后新建承天寺瘗佛顶骨舍利碑》,真是悲欣交集。我不知道这座佛刹会矗立到什么时候,也不知道它会不会把没藏氏这个名字带进青史,但我知道,这是"承天顾命,册制临轩",是"今上皇帝,幼登宸极,夙秉帝国;分四叶之重光,契三灵而眷佑;粤以潜龙震位,受命册封,当绍圣之庆基,乃继天之胜地",因而"大崇精舍,中立浮图","崇基坌于斌珢,峻级增乎瓴甋;金棺银椁瘗其下,佛顶舍利闷其中"。

我仿佛看到,让我崇敬的佛陀驾着祥云来此安家;无量的佛光正在广被幼子谅祚、让我大夏"圣寿以无疆,俾宗祧而延永"了;正是"崇宝刹,则绵亘古今;严梵福,则靡分遐尔;我国家纂隆丕构,口启中兴,雄镇金方,恢拓河右"了。

"承天顾命",这是我给这座新刹起名为"承天寺"的缘由,"承天",这是一个多么让人感动的词儿!

看着那些东土名流、西天达士,每天面朝安放在宝刹中的佛手、佛中指骨、佛顶骨舍利跪拜,看着他们身上的袈裟,我没藏氏觉得既感动又羞愧,据说真正的得道高僧,他们的眼里没有男女相,如今有了这承天塔,我没藏氏该怎样收回淫身乱相一心治国,一心向佛?想当初,在夏王身边,守身如玉,出家为尼,在戒坛寺登台讲法,又是赢得四方僧众敬仰。

"原夫觉皇应迹,月涵众水之中;圣教滂辉,星列周天之上。"看着碑文上这样清澈的句子,没藏氏我如出沐浴。

但是到了夏福圣承道四年(1056)的三月,国相没藏讹庞为了屈野河界又和宋兵发生了瓜葛,导致宋延知州庞籍一怒之下又一次关闭了榷场。他知道我夏国是多么依赖与宋的边贸交易,就算两国交战,宋国也不会先出手,他扬言只要对我夏国断绝银星和市,我们就会过河去讨战,就会上门去挨打……唉!不仅如此,我夏边缘的许多小寨子之间也是乱战不断,有的趁势叛宋,骚动此起彼伏,真是一言难尽啊!

巍峨的承天寺塔似乎也并未助我没藏氏震慑敌国。当初的治国决心也轰然而塌,我越来越无力,越来越孤单!浑身的疼痛也丝毫未减……

我再次周旋在男人们中间,除了李守贵和赤多乙,我还与其他标致强壮的男子有染,我知道我是不可救药了,我也知道我的下场是要死在因我争风吃醋的男人手里。难道这一切都是野利冤魂诅咒而成?她非要将我拉下地狱不成?

可怕的事情终于发生了!这是十月的一个黄昏,也就是开头我所讲的那个气氛里,我正要进入梦乡,恍惚间看见帘子一动,一个充满着血腥气味儿的男人走了进来,是李守贵。他手里握着把还在滴血的尖刀,身上脸上全是血,他就那样站在了我的面前。奇怪的是我好像早就见到过这个场面,早就知道有这么一天,又好像是我太累了,连惊怕的力气也没有了。我平静地问道:你把赤多乙杀了?他像个木头一样回答,是!我又问道,该轮到我了?他没有吭声。我将脖子朝他伸了伸说道:

　　来吧,我早就厌倦了,求你成全我吧!

　　接着我就听到一声锋利的响声,我看见一片飞溅着的鲜血像一大朵红花突然盛开在我的面前。

第三十三章　没藏讹庞

有一段日子了,每到深夜,那个声音就会盘旋在国相没藏讹庞的耳边,像是鸟鸣,又像女人的低吟,断断续续,不绝于耳。睁眼看时却四面空空,了无踪迹。闭上眼睛,声音就又会袅娜而来,如此反复。没藏讹庞干脆不再睁眼,死心塌地地倾听了。虽说其中的内容他无法解释,但那声音却直钻他的心,他跟着它亦喜亦悲,每每会有一通泪水打湿毡枕。

这情景已延续了不算短的时间,没藏讹庞没有告诉任何人,他独自承受着它,暗暗接受着上苍给予他的某种启示。总之,从妹妹没藏太后死去后,它就时断时续地跟着他,起初他还以为那就是没藏氏的悲音呢,但很快他就否定了,那不是妹妹,绝对不是。

也是这个阶段,没藏讹庞勤于去高台寺上香,只有上香的时候,他那纷乱的心才能够得到片刻的抚慰。但是后来,就连寺院也难以给他安宁了。他虽然跪拜在佛菩萨的脚下,但眼前却是一个个白日梦,黑白颠倒的白日梦。寺里的住持让他专心念佛,但他就是难以专心,一句阿弥陀佛的"阿"还没有出口,就被白日梦抢占了。

多少年来,他没藏讹庞是一路披荆斩棘过来的。有多少次是提着脑袋在行事,比如说策划妹妹成为夏王李元昊最宠爱的女人,又策划她为夏王诞生一子,当然最让他没藏讹庞得意的就是"夏王父子的相互戗杀",他成功了!他没想到那最可能要了他命的策划是那样的轻而易举。事成之后,他的整个身体都在狂喜,所有的细胞和血液都在沸腾。他一边警告着自己,一边震慑着大夏国,他知道,当上苍就要降大任于某个人的时候,那滋味错综复杂,令其疯狂!当悲喜两极在一个人身体里迅速变换的时候,就像两把刀子同时插了上来。夜深人静,当他脑袋运转得就要燃烧的时候,他就悄悄地潜到膳堂,捞起缸内的水瓢就往头脸上浇,不尽兴时干脆扔掉水瓢将脑袋整个扎进水里。

那可是深寒的季节啊!缸沿上已结着不薄的冰层,他完全没有觉出破冰的响动,他只需要那彻骨的冰凉来浇灭他那快要烧着了的身体。他需要冷静,再冷静,一边是乳臭小儿谅祚,一边是全无主张的没藏氏。权力就在这两人之间悬置着,没藏讹庞的美梦啊,已经唾手可得!

就是在那样的情况下,他都充满着定力,黑白在他这里不会不分,一手替谅祚掌权的岁月里,没藏讹庞也没有失眠过。但是,妹妹没藏氏死去后,失眠就像鬼魅一样跟着他,让他无可奈何。眼前反复出现的是没藏氏那天鹅般的长颈,长颈上浸着的鲜血,还有那双至死也没有合上的眼睛。妹妹啊,你可知道,为兄即刻就替你报了仇,杀了李守贵全家去给你陪葬,你为何还如此不肯安息?!

说起来没藏讹庞这时候应该更加无拘无束,更加大权在握,那小小的谅祚完全听任他的安排。感情上视他为父,国事上依靠于他,使得没藏讹庞有着虽非王者却胜似王者的气度。天下似乎没有他应对不了的难题,可是谁料想却败在一个小小的失眠手下。每到深夜,他会长久地坐着,或者在地上踱来踱去,是什么原因呢?他的身边不留女人,他的一双儿女,没藏祈佑和没藏珍珠,他们的母亲在生下他们之后就被送走了。是没藏讹庞清心寡欲么?这方面他从来也不多想,他算得上是个要风得风要雨得雨的人了,除了最高权力,还有什么更让他看中呢?叱咤战场他算不上好手,他甚至比不上同时代任何一位名将,但他却得到了大夏国的最高掌控权。

没藏讹庞如今虽上了些年纪,可依然容貌清癯,风采不减当年。他依旧喜欢穿淡紫色的衣裳,靴冠和饰物也都还是以往的风格。当他在灯影中徘徊或枯坐的时候,有一个人会悄悄地悲叹,有时候还会从里屋轻轻走来,隔着层层纱帐,小小的身体娇柔清透,那张小荷花般的脸上呈现着纯净良善,就如一颗珍珠在黑暗中静静地发着一点光芒。不错,她就是没藏讹庞的女儿没藏珍珠。没藏讹庞一回头,就朝珍珠笑了笑,和霭地问道,这么晚了你为何还不入睡?

没藏珍珠忧郁地一笑,回答:

女儿正要问父亲呢,您白日里辛劳无度,夜深了却还不肯宁睡,长此下去父亲身体怎保安康呢?

说着,没藏珍珠掏出一块丝帕轻轻地擦拭着眼睛。没藏讹庞的心立刻就痛了起来,他招招手,珍珠就从帘子后面移了出来,给他行了礼。这一夜,父女俩长灯相伴,促膝而谈,无尽的亲情使夜色也显得格外温存。没藏珍珠又想乘势问问自己的母亲,可欲言又止,她知道没藏讹庞又会长叹一声说道:刚刚生下你就死去了!没藏珍珠能有什么办法呢?她知道她和弟弟祈佑并不是一母所生,隐约听说母亲并没有死,祈佑的母亲也没有死。可父亲总是这样回答他们。为此她有时都想得罪父亲,却又办不到,父亲太爱她和弟弟了!完全取代了母亲。为了他俩,他几乎不近女色,整个身心似乎除了国事就是这一双儿女,独独没有他自己!

想到这些没藏珍珠总是免不了泪水涟涟。好一阶段了,父亲夜夜无眠,她看在眼里,疼在心上。她知道这一切是因为姑妈没藏太后离世所造成的,面对着绝对权力,面对着虎视眈眈的满朝大臣,面对着谣言与不满,父亲太孤单了,也太恐惧了!尽管他表面上镇定自若。此刻,她多么想帮助他,而不是再给他添什么乱。

这时候,一个绝妙的想法从天而降,使得没藏讹庞看着珍珠的表情突然发生了变化,他凝视着她,双眼冒出光泽来,仿佛一个濒死的人抓到了得救的机会。

这个想法就是将没藏珍珠嫁给谅祚。对呀!这是多么正确的办法啊,只有这样,权力才会牢牢地抓在没藏讹庞的手心里。于是,就在这年的年终,国相没藏讹庞做主为年轻的皇帝谅祚举办了隆重的婚礼,美丽的新皇后正是自己的爱女没藏珍珠。

给新王完婚之后,这对没藏讹庞来说多了一股巨大的力量,没藏讹庞以为总算大功告成,他与大夏国的关系更牢固了,地位更明确了。可是,还没等他长出一口气,一股暗中的势力又冲着他反攻过来。谅祚亲自过问国事也就罢了,要命的是他受人挑拨,竟罗列出一串串对朝政的疑问来。唉,他太年轻了!如此下去,成事不足败事有余呀。没藏讹庞派去调查的亲信很快来报告说,果然大臣高怀正、毛惟昌两人与夏王谅祚关系甚密,常常在他面前议论着对朝政的不满。这两人的妻子都是谅祚曾经的乳娘,因此关系非比寻常。

他们在谅祚耳边不知点了多少火,也将众臣的不满多次传递给谅祚。没藏讹庞怎么能容忍这样的事情,八月的一天,当朝廷又宣布了一项新政策时,这两人竟狐假虎威,带头反对,使得没藏讹庞终于下令杀了他们。谅祚还苦苦求情,他哪里知道没藏讹庞的真实用意,不杀掉他们后果该是多么的不堪想象啊!

这件事平息后,兴庆府重新陷入了寂静,人们大气不敢出,脚步轻了又轻,连树上飘落的树叶都无声无息。没藏讹庞重新陷入似睡非睡似醒非醒的状态。嫁走了珍珠后,偌大的国相府更加空空荡荡。自从夏王一家人从兴庆府消失了之后,没藏讹庞举家从黄芦搬了进来,兴庆府的富丽奢华从那时起就属于他没藏家了。但是,他没有充裕的时间享受胜利的陶醉,它来得那样迅猛,停留得又是那样短暂!他的大部分精力被警惕和紧张给取代了。现在他才发现,充实的背后又是多么的空虚!

起风了,只有这塞北的夜风是肆无忌惮的,它能够与没藏讹庞直接抗衡,不不,是更胜一筹,它声嘶力竭,随心所欲,可没藏讹庞却没有那样的气度,非但没有,此刻他是多么软弱无力,没有人看见,那一手遮天的夏国国相在这样的夜晚是多么的无助。

夜风的喧嚣终于掩盖了那类似鸟鸣的声音,没藏讹庞爬了起来,在这飘摇无定的深夜他想起了儿子祈佑。其实不只是这个夜里,如果说没藏讹庞有什么软肋的话,那就是他这一双儿女了,特别是祈佑,说起来祈佑比新王谅祚年长两岁,两人从小生活在一起,情同手足。可祈佑到了三岁却得了癫症,请了世间名医无数,没有一个奈何得了这个魔症,且随着年纪的增长,魔症越发严重了。

每每瞧着没藏祈佑从发病中苏醒过来,没藏讹庞、珍珠及家佣们皆唏嘘不已,点高香,谢神仙,除此之外也并无他法。随着年龄的增长,他发病越频,身体却像一棵迅速成长的小树,该发芽的发芽该开花的开花,喉结须髭无不凸显,如果不是那种病症特有的面目,从他的体格来讲,那俊美也是不逊于谅祚皇帝的。唉,人这一辈子,十全九美总有一缺啊!外柔内狠的没藏讹庞心上一块难以化去的暗疾就是这大公子祈佑。除了出征在外的日子,无数个深夜,没藏讹庞都会从卧铺上爬起来,悄悄来到祈佑的睡榻前,端详着他的睡相。偶尔地,会有两行清泪挂在他的腮上,阵阵叹息会像轻轻的烟雾从他的嘴角呼出。如果这时祈佑突然醒来,会看到一双世上最为慈爱的目光。但没藏讹庞想要抚摸儿子的手总是伸出去又收回来,他不忍心将他扰醒。他睡得那样香,根本不知道自己是个多么不幸的人……每当没藏讹庞想到祈佑发病的痛苦状时,他都宁愿他干脆就在这样甜美的深睡中不再醒来,不要被那一次比一次更凶恶的病魔所折磨吧!可祈佑每日照常醒来,照常接受着命运对他无情的摧残。

当这晚没藏讹庞又轻手轻脚地来看望祈佑的时候,他呆住了,祈佑没有睡觉,而是正裸着身体面对墙壁,两手把玩着自己那膨胀的私物,灯光将他一晃一晃的巨大身影投在了墙上。没藏讹庞吃惊地望着那个情景,直到祈佑将一股股的液体喷洒到了墙上。没藏讹庞明白了,原来祈佑也到了该需要女人的时候了啊!从那以后,没藏讹庞开始派人满天下选美,他发誓要给儿子选一个特殊的女人,这个女人不仅要相貌美丽,还要贤淑通达,最重要的一点是她要一辈子对儿子好,一辈子对他不离不弃。

经过了半年的挑选,目标终于锁定了一个名叫梁氏的中原汉族女子。这件事使国相没藏讹庞精神大振,亲自参与选日子,定婚期,失眠和白日梦不觉中都被冲淡了。

娶梁氏进门的当天夜里,热闹散尽之后,没藏讹庞还是爬了起来。祈佑的新婚之夜他是忧虑的,尽管这梁氏是百里挑一得来的,尽管她并非出身皇族,可没藏讹庞还是隐隐感到了这女子的异人之处。她对儿子的病情一无所知,祈佑在新婚之夜会不会发病?梁氏得知真相后会不会大闹洞房?没藏讹庞像以往那样,来到祈佑的窗外,他站住了,内心感叹着再也不能像从前那样信步出入了!同时从那有着烛光的宁静的窗户上得到了些许的安慰。这让他更加好奇,祈佑没有发病,梁氏也没有大闹,那新房里的情景到底会是怎样的呢?他轻轻弄破了窗纸,里面的情景让他感动不已。梁氏已卸去了新娘那沉重的装束,变得素颜轻纱,她正用调羹一下一下喂祈佑喝银耳汤,祈佑笑得像个孩子,梁氏也微笑着,更像是一位小小的母亲。那一切怎会如此自然?他窥看着,直到梁氏放下汤碗,两人相拥着向里间走去。没藏讹庞长出了一口气,梁氏举止之温和形容之贤淑完全符合他的要求,他低声嘟哝着,天生的一对,天生的一对呀!

　　接下来的数月中,没藏讹庞对梁氏依然是明察暗观,却对她越来越叹服了。儿子在成亲后的日子里只发病过寥寥的一两次,而每一次都被梁氏温柔地搂抱在怀里,祈佑的病中狂躁明显弱了下来,一切都显示着安宁的吉兆。没藏讹庞彻底放心了,对梁氏给予了很高的信任和重视。

　　第二年春意融融的时候,梁氏突然提出要在兴庆府办一次茶艺表演。没藏讹庞一口答应,汉人的茶叶早就深入夏国了,人们都喝茶,离不开茶,但关于茶的知识他们却所知不多。因此,这个消息传开之后,兴庆府的人奔走相告,都为能借机一睹梁氏的美貌和这个新鲜的事物而欣喜着。夏王谅祚夫妻当然也知道了这件事,他们也在期待中盼着这天的到来。特别是没藏讹庞,为此特批了经费,出库了上好的丝绸绢帛,选定了场地,完全将这事当成了宫中近来的一件大事。

　　但就在那个日期到来的前一天夜里,没藏讹庞又听到那似鸟非鸟似人非人的鸣叫声了,这声音距离他第一次听到时已很遥远了,而且此刻听来,与早先听到的有着明显的不同,曾经那个声音无疑也是悲歌,可没有像今夜这样撕心裂肺,难道这预示着什么不祥吗?没藏讹庞翻身坐起,在黑暗中他侧耳静听,却听到噼噼啪啪突然落下的一场春雨的声音。

第三十四章　梁　氏

　　一切都是造化弄人。一个人是根本不知道在他自己的人生路途上到底会发生些什么事,会出现些什么人,他们何时来,又何时走,以什么样的面貌出现,又以什么样的状况消失,事情或人的来与去,给他带来了灾难,或是给他带来了福音,或是福兮祸所伏,或是祸兮福所倚。一个人呢,就像大箩筛里的一粒米,或是一粒沙,只能随波逐流随遇而安……

　　就拿我一个小小的梁氏来说吧,我并不知道自己最终会掌控大夏国专权十八年,成为大夏国历史上第一个母党专政的代表人物!当然后来我的侄女小梁氏承袭了我的路,也执政夏权十多年,形成了当时非常有名的"一门二后"的特殊局面。关于我的侄女小梁氏那是后话,如果她也想表白她自己的酸甜苦辣,她总会找个说话的机会。而我现在还是对诸君讲讲我自己的故事吧。

　　正如我公爹没藏国相前面所讲过的那样,我是被他们千挑万选几经曲折才来到兴庆府做了大公子祈佑的新娘的。而对我本人来说,那都是机缘或偶遇,其中的难度我是没有任何感觉的。当我看见我的丈夫祈佑的时候,我的心里的确是"咯噔"了一下,我见过那样的病人。也是从那一刻起,我对祈佑心生怜悯,我暗想,就让我好好对他吧,可怜的人儿。至于公爹没藏讹庞是怎样怎样地窥视监督,我是一无所知的,我只是凭着我的本能在行事。

　　我怎么就心血来潮地想要在兴庆府举办一次茶会呢?我并非出身茶乡,对茶的了解也只是来自于和我一同长大的贴身侍女红菱的影响。

她是天姥山茶乡的一个小姑娘,自八岁起就到我们家来陪伴我,每年到了茶忙她都会告假回家,很多时候我也会被应允和她一同回去。在那个飘满茶香的山庄,我自由快乐的天性得到了激发,我混到那些采茶姑娘们当中,戴着斗笠,背着装茶叶的背篓,唱着采茶的歌登高望远。如果说我早期的生活对我后来命运有什么重大影响的话,那就该归功于我的家庭。

我是中原一户大地主家里的女孩,从小受着正统的汉文化教育,我生长的环境说起来也是相当开放明朗的。我的那些叔父长辈们的身上都有着奔放不羁的自由天性,他们广结善交,出手阔绰,有着很多外族朋友。长辈们对家里女孩的管教也不是太严,总之,我是个幸运的女子,我感谢我的成长环境。

还是将话说回来吧。没想到我提出开茶会,公爹一口就答应了。从他对我的态度中我感受到了他的满意和信任,但没想到对我提出的这桩事他会如此重视。那阵我的确是挺闷的,每天除了哄着祈佑过充足富裕的日子,那森严呆板的兴庆府的气氛很快就让我感到乏味厌倦了。但我也知道,我不比从前在家里当小姑娘的时候了,现在是为人之妻,特别是当了祈佑的妻子后,我好像突然又变成了一个母亲,唉,那其中的成分并不虚假,我自然而然就成了那样。为了筹备茶会,我暂时将祈佑丢在了一边。

我仿照着红菱家乡每年采茶之前的全村茶会那样,给家人每人缝制了一套茶服,配备了一个乐队,还组织了一个"茶神"舞蹈队。在这个准备的过程中,我的才能一一显露,但是连我自己也没有意识到那些"才能"对我今后的人生会派上怎样的用场。

那一天终于来到了,人们都穿着各种色彩的茶服,将大殿西边一处有着廊亭楼台的广场围了个水泄不通。从人们兴奋的眼神里我看到了这个新鲜事物的必要性,我也相当兴奋,但却能稳住自己,有条不紊指挥着茶会的进展。那真是一个令人难忘的边塞春日,明媚的阳光中飘洒着若有若无的雨丝,宫廷乐队使用了不下七八种乐器吹奏着当时在大宋国最为流行的乐曲,舞蹈者扮成各式各样的小茶神跳着富有韵味的舞蹈。而我呢,我煮茶,并将一盏盏或碧绿或琥珀色或珊瑚红的茶汤送至最前排观坐的皇族家人们的面前。我敢说,那是一个醉人的时刻,那个场面无论何时想起,我都能闻到那弥漫在空气中的茶香……

当然,使得整个事态发生了意料不到的大变化也正是从那时开始的。当时,年轻的夏王谅祚和他天真美貌的妻子没藏珍珠坐在前排正中间,他们的左右是我的公爹没藏讹庞和我的丈夫没藏祈佑,依次下去就是要臣和其他亲戚们。我将火候最好的茶汤端给他们,在那个过程中,我感到一双相当有力量的眼睛一直在盯着我。不用刻意寻找,我知道那眼光来自最中央的夏王谅祚。这位年轻英俊的国主穿着我亲手缝制的那款宽松雪白的纯丝绸茶服,宛若天子下凡。他的身边,王后那件粉红色茶服也出自我手,她穿着那样的茶服,像一朵淡雅的荷花。她纯情地观赏着茶会的过程丝毫也没有发现将要发生的事情。唉,人和人之间,有时会发生特殊感受。有时连语言也不需要。我是否回应过他一个眼神,他又在示意着我什么? 就在那场迷人的茶会上,我和夏王谅祚人不知鬼不觉地达成了一个默契。

那个茶会圆满成功后,我陷入了对谅祚王的相思中。他盯着我的那种感受,说实话,我快要满十七岁了,从不曾体会过被一个年轻男子盯着看的强烈感受,我脸颊发烧,心跳猛烈,更像是有一股强风将我吹向他那里! 我一边搂抱着怀中的祈佑,一边如饥似渴地回忆着那种感受,幻想着他哪时会突然出现在我的面前……我和祈佑,怎么说呢,我们是有肌肤之亲的,但并不是真正意义上的男女交欢。在遇到谅祚王之前,我对男女情并不是很清楚,思春的心情从来也没有浓烈过。唉! 我这个妇道人家怎么会有如此邪心呢? 我将祈佑安抚好后就去神台前烧香,我没有忏悔,而是更加虔诚地祈求着再一次能见到夏王谅祚。

说来真是奇特,不知是神仙听见了我的祈祷还是我和谅祚王心灵相通,有一天午后,天忽然下起了大雨,伴着电闪雷鸣,雨水像是从天上用盆泼下来的,好像老天发了怒,天色也黑暗了起来。自从嫁到夏国我还从未见过如此大雨,祈佑惊恐不安地叫唤着,我怕他发病,就赶紧来到他身边,他抱起我的一只胳膊喃喃着:夫人,夫人,我、好怕啊！祈佑不发病的时候头脑也还清楚,语言也基本能够表达他的想法。我将他拉到远离窗口的座椅处坐下,我们一起承受着好似要天塌地陷的动静。在这异样的天气中我管不住自己的心又念起了夏王。这个时候想起他是那么绝望,正常的情况下都难以见到他何况是这等恶劣天气……可就在这个时候,门咣当一声被撞开了,一个披着蓑衣的人影闪了进来。那一刻,门外的风雨都一同被带了进来,祈佑忽然发起抖来,更加紧张地抱住了我。这可真是奇迹啊,来人掀去蓑衣,谅祚王就站在了我们的面前。祈佑看清后就松开了我,兴奋地迎上去喊叫着:是谅祚兄弟驾临啊,有失远迎,有失远迎……

我却呆呆地看着这个让我朝思暮想却又从天而降的人！当然那一次什么事情也没有发生,当着祈佑的面,我恭恭敬敬地给他端上了茶,他也一边敷衍着祈佑一边又将他那咄咄的目光扫在我的身上。我呢,唉,我真不知道那是一种什么滋味！他接茶的时候刚要拉我的手,一声惊雷霹雳斩断了我们的企图。我打起精神低声道:夏王快快离开吧！那阵的情景在大雨过去后我一直以为是个梦,可雨过天晴后湿漉漉的空气能够证明那不是梦。

两天以后,不甘罢休的谅祚王又一次潜进了我们的住处,这一次祈佑正呼呼大睡着。我们俩什么话都没有说,我们彼此都已经知道等待对方太久了！于是紧紧盯着对方,他的脚步跟着我,我将他带进更暗的一间厢房里。

从那以后,谅祚三天两头来和我幽会,我们每次在完事后就约好下一次见面的时间,在他来到之前,我总是设法将祈佑哄睡着。我们如干柴烈火在昏暗的后厢房里燃烧,肆意享受着男欢女爱……但是有一天,事情过后,一阵恐惧不约而同地朝着我们两个人的身心袭来。谅祚王忽然推开我,接着问:

你是谁？为何从遥远的地方来蛊惑本王？

我心里一惊,但却妖娆一笑,又轻又狠地说道:

是你夏王的神魂勾我而来！

谅祚王揉了揉眼睛,他光溜溜的脊梁上还滴滴答答掉着汗珠,他翻了一个身,又将我拉近眼前,仔细辨认着,他看着我的样子好像我是一团白雾那样不真实!接着,他放开我叹了一口气咕哝着,唉!我谅祚犯了大忌,怎会动了舅父的儿媳,动了我兄长的女人……

我听后心里一软,用一根手指轻轻抚弄着他那好看的嘴唇安慰着他说:

我千里迢迢嫁到夏国就是为你夏王而来,我是你的人,这是天意,与他人无干!

谅祚王反问道:

你不是对祈佑也百般恩爱着么?

不错,我爱怜他如母亲爱怜儿子,我可以做他的母亲,但却是你夏王的女人。

谅祚王就又垂下头,喃喃着:

珍珠……唉……珍珠……

我不知该如何是好,伸出手轻轻擦抹着他身上的汗水。这以后,我俩非但没有止步,而是更加频繁地见面,那狂乱的情欲如一场又一场的暴雨打在我们身上,使得我们神魂颠倒,欲罢不能!

又一次事情过后,谅祚王无力地说道:

我感觉这样下去会出什么事情……

我整理着鬓发冷笑一声问:

谅祚王那样害怕么?

他抢过话说道:

当然,作乱会引来杀身之祸……

我却仰面长叹一声:

唉,死何足惜!

就在这时,我们的身后突然发出一声响动,我俩同时回头一望,只见祈佑失魂落魄地看着我们,好像天已经塌了。接着,他"嗷"地叫了一声,就倒在地上抽搐起来。我们慌忙穿好衣服,谅祚趁乱走了,我全力将祈佑拖进了我们的卧室。

祈佑这一次醒过来后,明显对我冷漠了,他有时盯着我看,若有所思,好像在努力想着什么,有时则摇摇头叹一口气闷闷走开。我使出浑身解数哄着他,希望那一幕从他的记忆中消失或混淆,总之他要是问起那件事,我就死也不承认。但他很快就又寸步不离地跟着我了,看着他那如弃儿般可怜的样子,我也是心生内疚!我希望谅祚王这段时间不要再来了,让这事变得平淡一些吧!可当祈佑安静下来或是睡着以后,我又在渴望着见到谅祚王了,我是那样想他,像是得了什么怪病似的。

唉,谁知道我和谅祚王的事情由不得我们自己,不知道是哪里来的一股魔力在控制着我们,使我俩在相当危险的境地中继续幽会。

直到现在,我上了年纪似乎才想明白,当一个国家要发生重大改变的时候,总有一些蹊跷的人和事要在前面做一些铺垫或是牺牲来完成那种预示。那不是人力所能抗拒得了的!那么,鞿都五年(1061)四月初五那个黄昏所发生的一切,都是那种铺垫或牺牲了?没有办法!该发生的必然要发生,那都是上苍的旨意,小小的人儿是阻止不了任何事情的。那天,当祈佑再次堵住了我和谅祚那难堪的场面时,他没有发病,而是举着一把大刀怒目圆睁地对着我们。只要他手起刀落,那种劲头足可以将两个还叠在一起的光溜溜的身子拦腰斩断。我看见那个情景心里就想,完了!嫁到夏国来竟死于一场苟合,我是要背着淫妇的罪名遭千秋唾骂了!也罢,我眼睛一闭,浑身已如一摊泥,只等着那惨烈的断腰之痛降落在我的身上。可这时谅祚王说话了,他声音低低的,发着抖:

祈佑兄、别胡来……

祈佑声若洪钟:

谁在胡来?狗男女,奸夫淫妇,快受死来!

我从来没有听到他的声音如此洪亮,斩钉截铁。然后呼哧呼哧喘着粗气。

谅祚王再次哀求,声音更加小心:

……求你……祈佑兄……让为弟穿好衣服……定受死……

谅祚王的胸脯就贴在我的胸脯上,如果说那阵我已气若游丝,谅祚王的心却跳得如惊雷一般。直到现在,我每次想起那一幕,还清楚地感受到他的心跳敲打着我的心跳,两颗心无法相救,那死到临头的战栗紧紧攫住了两具身体。祈佑毕竟是祈佑,就在这你死我活的关键时刻,他握刀的手闪向一边,仍怒气冲冲地说:

那就快些穿上衣服吧,省了死后没有遮羞的布……

声音还没落地,谅祚王突然如一头猛虎腾起,反身擒住了祈佑握刀的手,"当啷"一声,利刀落地,祈佑成了谅祚的掌中俘虏。

我本能地爬起来,朝着谅祚王喊道:

放开他!

但是我的喊声于事无补,我亲眼看见祈佑在谅祚的控制中开始发病,他浑身抽搐,口吐白沫,眼睛歪斜朝着我似乎在求救……至今那一幕还会很清楚地出现在我的眼前,谅祚王赤裸的背部是那样健壮,他挡住我的视线,像掐一只小鸡那样掐断了祈佑的喉咙。我跪在那里,忘记了穿衣服,眼里飞溅的泪珠像雨点那样打在了谅祚王的脊背上。

后来,谅祚王一不做二不休,回宫后立即派人将我公爹没藏讹庞召进他的密室,在密室里迅速地杀掉了他。随后传旨,一夜之间将没藏讹庞的家族全部诛灭,彻底结束了大夏国没藏专权的局面。

那场疯狂的屠杀过后,谅祚王三天闭门不出,他哭号的声音是那样悲凉绝望,仿佛他是一个濒死的阶下囚而不是一个就要亲自执政的年轻国王。那些天里我也一直在哭,我想起那个单纯善良的王后没藏珍珠,我听说她在家族被诛杀的时候还不知道发生了什么事情,她被夹在拴成一串的族人们当中,一改她往日的文静,头发散乱,衣衫不整,大喊大叫着:

为什么?这是为什么……我要见谅祚王,让我见谅祚王,我要见父亲,父亲在哪里?

有一个执刑者实在不忍心了,就假装制服她凑到她耳边说道:

王后啊,请你在归西的路上安静吧!你父亲和哥哥已经在那边等你了……

珍珠睁大她那双泪眼更加惊恐地说着：

我这是在做梦么？我这是在做一场噩梦吗？

行刑者回答她说：

是梦，王后全当它是一场噩梦吧……

诸君啊！历史上一切的演变都像是一个婴孩从母腹中诞生一般，充满着血腥、窒息、疼痛或者是死亡……这一切并不是人力所为，一个小小的人又能做什么呢，他只不过是上苍的胁从者服从者而已！因此，当这一切作为代价所换取的最高权力堆在谅祚王的眼前时，他所承受的并非是大喜，而是悲伤。

到了谅祚王亲自执政和立新王后的那个日子，也就是，奲都五年（1061）十月的一天。那天，可以说艳阳高照，晴空万里，是极少见到的好天气。谅祚王挽着我走在通向兴庆府大殿那条铺了毡毯的御道上时，阳光刺得我睁不开眼睛。我大清早就被侍人们装扮成了一位着装华美的新王后，我的头上也戴着一顶金丝起云冠，诸君也一定都还记得，就是当年野利王后戴的那种金丝起云冠。路径两旁，文武群臣夹道行礼，伴随着阵阵威武的拥戴新王的齐呼声。

我不得不承认，无论是谁，一旦被这种最高权力的光圈所笼罩，他就不是原来的他了！我用眼角的余光看身边的谅祚王，我发现，他就是在那一刻长大起来的，虽说他的眼睛还是红肿的，隐隐地还闪烁着伤感的泪渍。但他深沉了，好像老了几岁，一位王者的气度突然在他的身上显现了。我也是，我全身的毛孔随着众人的呼喊声一开一合，瞬间什么都不存在了，我完全沉浸在洗礼中，我相信，我也是走在通向大殿的那条道路上成熟起来的。我们这一对新人，不，我们是大夏国最高权力的拥有者，我们的外表雍容华贵，内心却是一派沧桑，我们从这一刻起脱胎换骨，与几日前那对还在不顾一切苟合的男女已是天壤之别！

接着，谅祚王降旨在国内停止使用蕃礼从汉礼，且立竿见影。接待宋国的第一批来使就改用起汉族礼仪来。第二年五月，谅祚王对先王李元昊设立的十二监军司作了部分调整和改编，还增设了官职。比如：将原驻石州的祥佑军司换驻绥州，改名为祥佑军；威州军司改为静塞军；左厢神勇军司改名为神猛军,又在兴庆府设立翔庆军司;等等。汉职设立了各部尚书、侍郎,南北宣徽使以及中书学士等官。在原蕃职里又增设昂撮、昂星、谟个、阿泥等称号。这些更换军名、驻地和增设官职的各种措施究竟有什么好处呢?自从谅祚王立我为后以来,他的军政事务一点也不回避我,在汉族传统文化、民风民俗诸方面他总是虚心向我请教,多次大臣议事他也将我请坐旁侧,还不时征求我的意见,因此我深谙他改革的种种意图,这些做法不仅加强了夏、宋边境的军事力量,而且改变了军政合一、各监军司权力过大的弊病。地方文武官员相互牵制,对进一步巩固夏国的中央集权是有着很大作用的,也使得中央官制比先王时期更加完备了。

夏国的国事紧锣密鼓地进行着,转眼间已经到了拱化元年(1063)的二月。这天的傍晚,朔风瑟瑟,天气寒冷,我和谅祚王正在温暖的后宫准备用餐,忽然有人来报,说是西使城首领禹藏花麻带领西使城和兰州一带的众兵前来投降。谅祚王听后大喜,饭都不吃了就起身去迎接。我当然也是紧紧跟随,那时的我不仅是他的王后,在国事上又是他最为密切的助手。我们都深深懂得,这个土蕃贵族此刻来降对夏国是多么的重要,我们太希望这批力量能够补充进来。于是我跟着他匆匆前往,一出门,那凛冽的西北风就扑面而来。

当天晚上,夏王大摆酒宴招待禹藏花麻和他的部队,谅祚王和禹藏花麻都喝得酩酊大醉。因为人手不够,我将贴身侍女玉凤派出来专门服侍禹藏花麻,谁知这时却发生了一件事,醉酒中的禹藏花麻首领突然间抱住玉凤,吓得她大喊大叫起来。夜里,酒醉心明的谅祚王对我说,将玉凤嫁给禹藏花麻他才会死心塌地为夏国效力。我惊讶地说,玉凤只不过是个小侍女,怎么能够笼络住一个堂堂的土蕃贵族呢!我俩商量到半夜,终于想出了一个好法子。

第二天,我们郑重宣布封玉凤为宗室女,并举行了一个仪式。玉凤经过这一变故后,大概也与我当时被封新王后的心情相同吧,立刻也变得截然不同了,皇宗室女的身份和贵气在她的身上体现出来了。接着,我们将她堂堂正正以皇家宗室女的身份嫁给禹藏花麻,又封他为驸马……那个婚礼办得多么隆重啊,那种喜庆的场面直到现在想起来我还会不由自主地露出笑脸。人啊,各自有命!玉凤那丫头在婚礼过后还常携手禹藏花麻来给我们请安呢,也看得出来,那小两口是多么的恩爱和幸福。当时,我们夏国看上去完全处在一种欣欣向荣的景象里,谁也没有注意到那表象的背后,暗藏着战争的气息,暗藏着烽烟和死亡。

第二年的七月,发生了一件事,后来成为新一轮夏宋战争的由头,这既让人感到意外又在意料之中。那天刚刚从宋国回来的一位夏使因办事不利来给谅祚王哭诉,说不知怎么回事,这次给宋敬贡的良马中掺杂了劣质马,去了之后非但没有得到礼遇反遭羞辱。因此这次宋皇帝所赐的物品也是又少又差,简直就是在打发叫花子。谅祚王一听就气炸了锅,立刻点集军队,准备入攻宋境。当天晚上我劝告谅祚王谨慎行事,我将他的脑袋轻轻按到我高高隆起的肚子上,里面的小宝贝正翻来覆去。谅祚王隔着我的肚皮跟里面的孩子说话,他嘿嘿嘿地笑着,竟对肚腹里的胎儿振振有词,一一列举他出征的理由和他所具备的实力及不甘平庸的治国理想等等。那一晚,谅祚王骨子里具有的征战的野性爆发了出来。他对我说,上苍成就他的时候到了,他战心不可动摇,正因为有了继承人,才要成为榜样,何况驸马禹藏花麻的力量让他信心百倍。我看根本就劝不住,只好爬起来挺着肚子帮他打点需用品。

当十万大兵出发之后,我一个人悄悄地来到神堂,我想起来我们两人的结合还是会不由打个寒颤,我现在名正言顺,身怀龙种,一切的一切已今非昔比,阴霾一般的往昔早已被驱散……但此刻,历历往事又像死水里的沉渣被阵阵击石惊醒了过来,我烧香磕头,祈求天神保佑谅祚王,保佑我腹中的孩子安然无恙……

终于有消息传来,谅祚王打了大胜仗,久未作战的夏军好像强弓之箭,轻易就攻下秦、泾、原等州,驱胁归宋的党项熟户八十余族归夏,缴获数万人畜凯旋而归。就在举国上下庆祝大胜利的时候,我生下了一个男婴。谅祚王高兴啊,立刻为他取名秉常。大夏国为此而熠熠生辉,我们都似乎感受到一股强劲的新生力量注入到了我们的身体里,当时我们是多么得意啊,我们坚信,秉常的诞生意味着一切都是合情合理的,一切也都是顺其自然的。但是,就是这个让我们信心饱满过的秉常,他长大后曾是多么的让我失望……不过这都是后话了。

正当我们忘乎所以的时候,连降三天大雨,导致黄河水泛滥,使夏国发了一场早见的大水灾。这场水灾前所未有,淹没房宅居民甚众,耗去财物万千。大概因为是我们当时都年轻吧,这场天灾并没有使我们有多少警觉,那个时候我们都还没有多少敬畏心,像我在之前说的那一番话也是到了后来经历了很多事情之后才渐渐明白的。谅祚王只因过了一把胜仗瘾,就觉得攻打宋朝是件能够胜任的事情,于是刚刚平息水灾就又迫不及待地将征战的矛头对准了大宋国。那是夏拱化三年(1065)的正月,谅祚王派兵万余人进攻庆州,却很快就被宋延经略使孙长卿击退。三月,谅祚王又出兵数万攻打宋保安军,围顺宁砦相持半月不得而已才领兵退还。接下来是八月、十一月,掠泾原,夺德顺军的同家堡,杀宋熟户数千,掠牛羊万计。事已至此,我已经有了一些隐隐的预感,我依然祈求神灵的保佑,我希望谅祚王收回战心,稳稳地坐好他的天下。但他那时已杀红了眼,完全沉浸在征战的快感中,任是谁也阻止不了他攻宋的步履了!

夏拱化四年(1066)的二月,谅祚王亲自率兵数万,左边是保泰军,右边是驸马禹藏花麻相护,浩浩荡荡直驱庆州。这一仗打得极其惨痛,夏兵围城三天,攻不能破。谅祚王亲自督战,终被乱箭射伤,众兵将一看,战心散溃,纷纷败逃……

人们是在一个山洞里找到谅祚王的,一个放牛的牧童在洞口发现了一只血迹斑斑的靴子,他拎起它往出一倒,哗的一声半靴鲜血倾出。人们将他抬出来后给他擦洗干净,换上帝服,让这个年仅二十一岁的夏王安静地躺了下来。

第三十五章　惠宗秉常

　　转眼间到了夏大安三年(1077年)的一月,年满十六岁的大夏国第三代国主秉常在朝廷的呼声中开始亲自执政。大清早,太阳也像披了龙袍,充裕的光泽在兴庆府大殿的四周激滟着,与兴庆大殿顶上那层层密密的琉璃瓦相互辉映,就好像已到了春光正浓的时节。其实西北的一月正是天寒地冻的景致,不管是谁,如果离开烧着大火盆的室内到外面走上一趟,连身上最好的羔羊皮袍也许都会被冻硬呢。

　　年轻的秉常王正被人们围拥着,人们在他的身边忙碌着。十六岁的他肤色白皙,眉目清俊,单薄的身板也与他剽悍勇武的父王谅祚完全不一。但细看时,一个王者的英气也是暗藏其中的。此刻,他微蹙眉宇,心事重重,无视眼前因他而起的繁乱,就好像他并非是要去执掌一个国家的大权,而是要去赴汤蹈火一般。看他的情景,会让人想起一个人来,就是近四十年前大夏国失踪了的那位大太子宁明。就连那份既忧郁又飘逸的气质也是如出一辙。只可惜眼前的一切早就物是人非,没有人知道夏国早年的那段历史了。为了激励自己,皇谱是他常常翻阅的,不知为何,关于皇叔宁明的记载,最引他沉思,虽然只有寥寥数字:

　　　　天资聪慧,好学,明大义,然性仁慈,不乐荣利,常从定仙山修静道人学辟谷法,于天授礼法延祚四年某天隐遁,再无音讯。

　　是啊,从唐末五代的老祖宗拓跋思恭平复镇压黄巢起义算起,到李继迁、李德明,再到李元昊,这些人哪一个不是武功盖世、声名显赫啊!就算最近的谅祚王,也有着赫赫威名,太子们也都个个不甘寂寞,总有浓墨重彩的一笔留下,唯独这个宁明叔却是如此与众不同。每每读到这段,秉常王便会发呆,神思便会追随皇叔而去。有一次被梁太后逮住,她气急败坏地将皇谱掼到他的面前:

这就是你的出息?身为一国之君,你瞧瞧你整天都在干些什么?你的进取心呢?你的抱负呢?你的雄才大略呢?!

梁太后的声音震耳欲聋,秉常总是下意识地想捂耳朵,但他不敢,而且还要很快调整成洗耳恭听的姿势。他们母子的关系是什么时候变成这种样子的呢?他不仅对母后感到厌烦,更多的是惧怕。他相当苦闷,随着年纪的增长,麻烦的事情越来越多,父王走时他还是个不谙人事的幼儿,他被立帝是命中注定的事情,但立帝究竟给他带来了什么呢?烦恼,无边无尽的烦恼!

幼小的时候,他还不懂得父王突然战死会对他造成什么样的影响,他总被母亲死死抱在怀里,像是她的一个法宝。他曾亲眼看见在兴庆大殿上母亲是怎样舌战群臣据理力争的。在朝上,她似乎充满着雄辩力,但是回到宫里,她懦弱的眼泪会噼里啪啦地掉在他的头上脸上。他听着她的唉声叹气,听着她喋喋不休的自言自语,感受着她的喜怒哀乐。起初他会随着她的震动而震动,随着她的哀伤而哀伤。到了后来,他就厌烦了母亲的怀抱,他丝毫不明白他为什么得随着她总是处在既吵嚷又压抑的环境里,她随时就会将气急败坏和紧张的气息传染给他。

比如说父王刚刚死去的那阵子,母亲发抖,哭都要往嘴里塞满绢帕来堵住那呜呜咽咽的声音。还有,她在深夜睡觉的时候会翻来覆去,他被她的动静弄醒后看见她总是睁一只眼闭一只眼。他多么害怕呀,就大哭,在她的怀里挣扎,乱抓乱踢,想逃离开那个令他不安的地方,可是巴掌就狠狠地打到了他的屁股上。之后,母亲依然将他紧紧箍在怀里,给他讲她和父王曾经那些见不得人的勾当,讲事发后他们怎样果断行事将大权握在了手里,又讲如今他秉常接替父权,母后不得不如此替他撑腰,他太小了,根本不知道这人世间以及高峰上的险恶。

总之,母亲唠叨着这些,他重又睡去。于是,长长的梦魇出现了,以至于他后来的现实生活总是与这些梦魇搅缠在一起。他继续被把持在母后的怀里,还有母亲身边的那个人他也不喜欢,那是舅父梁乙埋。母亲在兴庆大殿里对着文武大臣们宣布,她的弟弟梁乙埋从此以后就是夏国的国相了。她的宣布声刚一落地,幼小的秉常就闻到了来自两股势力那浓浓的怨气和不满。他们一边是党项势力,一边是汉族势力。母亲这时就敞开怀将秉常高高地举一举,于是那两股势力的怨气和不满立刻就销声匿迹了。母亲和舅父两个人合起来抓紧了夏国的大权。但是,大殿里并不安宁,污水浊流常常泛起,就算母后和国舅两个人合起来对付也还是东按葫芦西起瓢。后来,身为汉人的母后突然想出了一个讨好党项贵族的办法。她和兄弟梁乙埋商量,其实秉常听见他俩在吵架,母亲的胸脯一起一伏,几次都堵住了秉常的嘴巴,使他差点上不来气!她心跳得那样激烈,也像是里面有着另一个急于要逃走的秉常。终于,似乎是国舅让步了,母亲抱着他雄纠纠地来到兴庆大殿,她完全换了一张面孔,美丽、慈祥,声音变得那样动听,与私下里那怨妇的声音截然不同。秉常努力仰起小脸,试图多看她两眼,但母后的脑袋仰得更高,他只能看见她雪白的脖颈和尖尖的下巴壳儿。

只听母后说:

为了将先王们的基业发扬光大,为了让大夏国的江山源远流长,为了让党项这个剽悍勇敢的民族享誉四方,永立不败之地,我现在替——她低下头看了一眼怀里的秉常——替夏王秉常正式宣布,恢复蕃礼……

她的话音还没落地,殿内像是一块巨石投入水中引起一片大哗。党项势力举双手赞成,而汉族势力却持反对的声音。梁太后依然用秉常暂时制止了混乱。紧接着,她就伏在桌子上以秉常王的名义起草奏疏,请求宋帝准许夏国恢复蕃仪。可就在那个时候,忽然一伙人扭住一个彪形汉子在殿下吵吵嚷嚷着,秉常王听见人们议论纷纷,说什么都统军吃了豹子胆了,竟敢倚老卖老仗着自己是先王李元昊的表弟驳斥梁氏的行为是倒行逆施……秉常王开始紧张了,母后胸腔里的怒气已经四散了,直接的受害者就是秉常王。果然,梁太后拍案而起,降旨将这位精通兵法熟知边事又劳苦功高的大臣罢官流放了。

后来,梁太后不得不将秉常王从怀里放了出来,因为从那时起,缘于绥州屈野之地的分歧,夏与宋朝开始了一场长达十余年的战争。在那绵长不绝的战事中梁氏的激情真正迸发,她自己终于可以在大夏国的青史上留下一笔了!最值得一提的是梁太后组建了一支叫做"麻葵"的女子部队。这以前,女子与战争是无缘的,如果军中有女人出现会被看成是晦气所在,出师必败。但梁太后一改从前的偏见,"麻葵军"不仅在前线英勇杀敌,屡立战功,而且下了战场又能耕能织,成为当时夏国一支不可小觑的重要力量。她再也顾不上年幼的秉常王了,她亲自带领着"麻葵"冲入杀场,发挥她那不群的军事才能去了。秉常王后来自嘲地说过,他是趁着这个机会偷偷长大的。但是,他越长大越觉得那郁闷之气的缠绕,母后虽说远离身边,可她笼罩在他头上的阴影却无处不在,无论是从前线传回来的捷报,还是战败的消息,都刺激着秉常王那脆弱的神经。除此之外,皇族里的另一股势力也紧紧地纠缠着他!他们在他耳边聒噪,专门教他与梁太后唱反调,他烦啊,都快烦死了!因此,向往宁明皇叔成了他的奢侈。

在皇谱的长河里,梁太后最瞧不起的就是这位修道后来又失踪了的太子宁明。秉常很小的时候她就告诫过他,要向那些青史留名的人看齐,她用鄙夷的口吻提及宁明,之后一略而过。但梁太后没想到她这个做法反而激发了秉常对宁明的好奇心,他开始对他着迷,总是偷偷地打开皇谱对着宁明发呆。

秉常王今天就要亲自登朝了,虽说外部的一切看上去都是那样吉祥,但只有他知道自己有多苦,夏国的大权早已被母后国舅他们所掌控,他们完全控制了夏国朝廷的最高权力,朝廷所有重要的位置上也都安排了梁氏家族的人。秉常知道自己就算登基,也只不过是个傀儡。如果有可能,他宁愿让母后亲自登基。但是,他没有这个权力,所有的人都没有这个权力。那么这最高权力到底是什么?为什么会让那么多人不惜生命铤而走险地想要抓住它?在秉常王看来,它简直就是一头凶恶的怪兽！他那么小的时候它就缠住了他,逼着他驾驭它,掌控它,可是他面对它却充满了畏惧,他知道命运有时候也会出错,会强加于一个无法胜任使命的人以重担,给他百般折磨。既然无法摆脱,就只有屈从吧！于是,他一身龙袍端坐在大殿正位的龙椅上。登基的仪式又一次再现,兴庆大殿里轰鸣着齐整的拥戴声,皇权的威严再一次显现。

没有人看出来秉常王就在这种气氛里瑟瑟发着抖,只有身边的梁太后感觉到了。她瞟了他一眼,然后她的一只手从有着金丝花边的袖笼里伸出来,轻轻地握住了他的手。母后的手是那样绵软,蓄着精修过的美丽指甲,很难让人想到就是这样的手竟然也无数次征战沙场,杀人无数……秉常王没有感到力量倍增,而是额头上密密地沁出一层细汗来。母后低低的声音:瞧你那点出息,振作起来！记着,从现在起你就是大夏国正式的国王了。母后并没有看他,她直视着前方,面部微微昂起,神情是那样高贵,还有母族的其他人,他们像布阵一般在他身边依次排开,那暗中的压力像看不见的一层浮云荡漾在秉常王的身边。

秉常王亲政后,才知道宋朝廷因两国战事又断绝了岁赐,并再度关闭了边境榷场,目前已是国库亏空民不聊生的现状！宫廷里原有的两股势力也更加分明,梁太后家族的高官和拥戴秉常王的帮派经常明争暗斗,秉常王的亲党们开始在他身边怂恿:

陛下啊！您既然亲临朝政,就该有自己的主张,把大夏国带向繁荣昌盛。

首先要像中原王朝那样传播道德文章,建立君国礼仪,因为只有化民成俗,才能不治而治。

为此,就要和大宋重修和平,谦虚请益。再不能向太后那样一味地蛮打蛮干,退回到令人可笑的蕃仪里去！

陛下,要抓住时机,行使一国之君的权力啊！

……

秉常王一边听着这些谏言一边踱着步子说道:

是啊,太后本是汉人,不管她有着怎样的治国理念,但她自幼给朕请来的老师也是汉人,使朕从小接受儒家教育,生活的点点滴滴又无不渗透着汉族的影响,其实朕的骨子里何尝不仰慕中原文化,又何尝不希望取消蕃仪,恢复汉礼……

这时一位名叫李清的近臣趁机建议:

陛下,既然亲政,大权在握,就该速速行动而不是唯唯诺诺左顾右盼。

秉常坐回龙椅,叹了口气说:

这些年母后频繁进攻宋国,两国关系如此难堪,我用什么办法能挽回僵局呢?

李清进一步献策:

陛下,依臣所见,您应该降旨放弃那绥州屈野之地,主动献给宋朝以求和好。因那块不毛之地夏与宋打了那么多仗,真不知梁太后为何要那么做?

……

在大臣们的鼓动下,秉常终于决定要做一件大事了。他知道,这是一件极其危险的事,对母后来说他秉常王这么做完全等于是背叛她!可是不背叛她呢,他就甘心让夏国这么倒退下去吗?他难道真就甘心做个傀儡皇帝唯唯诺诺下去吗?不!他的勇气和激情似乎被亲党给点燃起来了,他要冒险,要一不做二不休!于是派李清私下赴宋谈判的事紧锣密鼓地开始了,一切在秘密地进行着。

结果谈判以失败告终。愤怒的梁太后杀了李清,将秉常王软禁了起来。但梁太后也没有想到,消息传出去后,夏国大乱,秉常王的亲党和各部酋长竟各自为政,固守堡寨,与梁太后对抗起来。这时候,那个曾经归降谅祚王的驸马禹藏花麻开始借机寻找自己的出路,他当时是奔着谅祚王来的,此时先王死去多年,禹藏花麻也不再受宠,对梁氏的统治早就心灰意冷,无心再留!于是,他以秉常失位为契机,趁乱来到宋朝请兵讨伐,并表示如宋出兵,他愿举族内应!宋神宗认为这是个好机会,决定出兵大举伐夏。宋神宗竟派五十万大军兵分五路朝着夏国攻来,梁太后闻讯立即分遣各监军司兵,派当时最强的大帅梁永能总领抵御。可她一点也没料到,禹藏花麻在关健时刻带领他手下的部队弃城出走了,这导致驻守西使城的党项首领等也率兵万余人向宋投降。国相梁乙埋原本正领着数万军队赶往西使城增援,途中有人报城已失,只好气急败坏地退守囊谷。囊谷是大夏国窖藏粮食的重地之一啊,可万万不能落在宋人的手里,梁乙埋带着部队一边急行军一边这么想着。可他哪里想到,宋军一路军占领西使城后比他们夏军的骑兵还快,乘胜向粮窖囊谷挺进。夏兵一路丧失抵抗,纷纷溃逃,宋军就这样轻易攻破了粮食重地,掠走了大批谷物兵器!

就在两国又陷入新一轮大战,大夏国一败再败的情况下,秉常王在兴庆府外一处荒僻的府邸里被囚禁,好像被人们遗忘了。说是囚禁,也就是,不许他离开这四方小宅的院落半步不得过问国事,起居饮食比起宫中并不逊色。此刻的秉常王,身穿白色的袍子,头上裹着一方黑巾,正独自低吟着一首词曲,且跳着缓慢的舞蹈。那声之戚戚舞之寂寥使得天上飞过的一只小鸟忍不住落在了墙头,院墙外面那飞花柳絮也随风而入。

他吟唱的正是南唐李后主的那首《虞美人》,特别是其中两句:问君能有几多愁,恰似一江春水向东流……如泣如诉地呈现着秉常王此时的境遇。不同的是,后主李煜抒发的是家破国亡的伤感,而秉常王却是对母亲梁太后独断专行跋扈好战的深深厌恶!她一个汉族女人,为何如此喜爱战争?如此喜爱血腥弥漫的场面?是被党项族的气息俘虏了还是她原本就残暴嗜杀?

这时,他看见了墙头上立着的小鸟儿。那鸟儿通体雪白却红睛红喙,小小的脑袋上顶着一个红冠,两边还披着淡金色的羽毛。它微微偏着小脑袋,静静瞧着他。那姿态宛若从天而降的一位仙女,仿佛认识他,是专门赶来观看他的歌舞的。他缓缓地收回了动作,直立着,呆望着那鸟儿,眼里盈满了泪水。恍惚间,他努力翻腾着记忆,他在哪里见过它呢?没有。他长这么大可以说从来没有见过这样的鸟儿,也不知道它该属于哪一类的鸟儿。可为什么此时此刻他们会这么相互凝视呢?当这个世界如此孤寂的时候为什么会和一只鸟儿这样默契呢?

秉常王轻轻地朝前走了几步,他仰着已垂下两行泪的脸对鸟儿说道:

仙女,你是知道我太孤单了才来看我的么?或者因我们是前世的知音才在此相逢?如果这两者有一样能得到你承认,那么就请你飞到我的双掌里来站一站吧!

如此自语着,他的双手已高高地捧起。但是,那鸟儿却发出一声绝美的吟唱,腾身飞走了。它那雪白的身影朝着一股昏黄的旋风里冲去,只留下瞬间美妙的余音……秉常王的魂似乎也跟着飞走了。

一阵狂风挟着大雨点落了下来,贴身男侍拿着蓑衣从小凉亭的后面匆匆赶来,喊着:

陛下,陛下,快请回屋避雨。

然后裹了呆立着的秉常王回房去了。

对秉常王来说,囚禁他的这处宅子倒是让他躲开母后的一个好所在。虽闭塞孤单,倒也符合他的心性,但使他难以安宁的是部下李清的死,一直让他心怀愧疚。他听说,李清死后头颅被挂在城门上示众多日,其惨状无不让路人掩面唏嘘!此刻,距他登基那日才不过一年,事情就到了这般田地,他想起唐朝诗人杜甫哀叹诸葛亮的那两句名言:出师未捷身先死,长使英雄泪满襟……可诸葛孔明身为丞相却一世多功,让后世人望尘莫及!自己命定为君,却无能无奈,想起母后的威慑他就不寒而栗,他们这一对母子仿佛生来就是彼此的克星,他不想和母后争夺什么却永远也摆脱不了她的淫威。身为国君,不仅救不了他人,连自己也是如此可悲……

就在秉常王自哀自怜的时候,前线的战事正进行得如火如荼。这是大安九年(1083)九月,梁太后不仅将夏军著名的"步跋子兵""铁鹞子兵"全部派出,还亲领着一支女主兵"麻葵"增援。此刻梁乙埋带兵营救米脂寨时被宋种谔部队打得落花流水,米脂失守,守将被俘,梁乙埋逃走,夏兵相互践踏而死不计其数……当梁太后快要赶到时,噩耗传来,死尸将无定河河道都堵塞了!梁太后站在河道的堤坝上,烽烟扬起她凌乱的头发,其中的白发格外扎眼。

继而，她带军转向围灵州十八天不能破城的另一支宋军，一不做二不休，下令从高堤决七级渠水灌宋营，当洪水猛兽般扑向宋营时，宋兵还处在深夜的睡梦中，结果溺死者无数。而围困永乐城时却使用了"旱法"，卡断城中水源，阻拦宋军粮运，导致城内宋兵渴死者上万。总之，夏宋两军将这场战争从夏打到秋，又从秋打到冬，双方胜败时常转换，最终宋以永乐城失守宣布大败而告终。消息传回两国，据说宋神宗听到永乐的败讯后，竟临朝痛哭。而大胜归来的夏国梁太后也是遍体鳞伤。

秉常王没有看到这样的场面，更没有经历过那些场面，但奇特的是他总能在梦里见到这些场景。梁太后的处心积虑和身体力行他有一千个不理解，为什么？治理国家为何要用如此的代价来换取？他在梦里除了看见战争，还有"岁赐""和市"两绝，国内财用困乏，物价暴涨，民无耕种，不能买卖，陷入了饥寒交迫的境地……

大安十年（1084）六月的一天，荒郊这个寂静的宅子里，秉常王正双手捧卷读着一本书。门外传来大片的嘈杂声，他放下书细听，就见男侍慌忙跑来喊道：

陛下，太后、国相亲自来接陛下回兴庆府了！

战争结束以后，夏国的国情令人忧虑，梁太后政党迫于种种压力，终于又让秉常王重新复位了。秉常复位十天后，梁太后和梁乙埋又大操大办了一场婚礼，他们将梁太后的侄女，也就是梁乙埋的女儿梁秋水嫁给了秉常王，成为大夏国的正宫王后。接二连三的大喜事并没有改变秉常王，相反，他神情恹恹，没精打彩，对新婚王后也很快就失去了兴趣。他整天沉默寡言，虽说手不释卷，却心不在焉，多半是盯着手里的书发呆，有时候还会望着天空喃喃自语。秋水王后问他在说什么，他就会矢口否认，看也不看她，眼睛又盯着手里的书了。秋水王后为这事到姑妈梁太后跟前哭哭啼啼了几回，说是秉常王的心里可能另有女人，不然怎会对她如此冷淡！梁太后也专门为此事训斥过秉常王，秉常王当场洗耳恭听，可是太后一走，他又是原来的样子了。

秉常王虽说复位，但国政仍然掌握在梁太后和梁乙埋的手里。这时的局面是一边不断派使者入宋讲和,向宋称臣纳贡,一边索要夏国旧有的疆土,因此两国在面子上看似求和,其实小的争端和攻掠也还是经常发生。梁太后这时上了些年纪,看见弟弟国相的身体也大不如前,就逐渐将一些事情交给秉常王让他独立去做,但秉常王对国事不闻不问,那羸弱恍惚的样子使梁太后非常失望。

转眼间又过去了两年,国相梁乙埋突然病逝。梁太后觉得顶梁柱倒塌了,心情大晦,自身也垮了一半,慌忙中速任梁乙埋的儿子梁乞逋为国相,填补了这个空缺,才算略得一些安慰。

半年后,正是深秋时节的一个早上,梁太后像往常那样要起来梳洗之后去上朝,秉常王自复位后也日日早朝,可却像个木偶坐在那里,桩桩事情依旧是梁太后亲理。可这个早晨阴冷异常,窗外秋风响着嗯哨,将院中大树上的枯叶子噼噼啪啪打到窗棂上来。梁太后翻了几次身,竟没能爬起来。尽管她上了年纪身体不比从前,特别是梁乙埋故去了后更是每况愈下,但从没有出现过早晨起不来的现象。她总是在清晨那点数起来,侍女将她的头发梳理得紧实光洁,然后穿上朝服气宇轩昂地朝大殿走去。不管刮风下雨,只要不是外出征战,她总是天天如此。可是今早,情况不对了,她翻了几翻,又重重地倒在了枕头上。一缕散发耷拉在她的眼睛上,透过发丝的缝隙,她看见自己花白而又失去光泽的枯发正散发着不祥的气息。

此刻秉常王却起来了,秋水王后每天亲自替他打理,尽管他像个木偶,可从小就心仪于他的梁秋水是那样地爱他,所以她宁愿为他梳洗穿戴,就算手指触摸在他的身上也是种享受呢。可这个时候门外有人报:

太后驾到!

正忙活一半的小夫妻慌忙迎到门口,就见两位侍女正将梁太后从她的大轿上搀扶了下来。

秉常王看见冷风中的梁太后突然间苍老了许多,那么衰弱,她怎么一夜间白了头?与日日见到的那个母后怎么就天壤之别了?

秉常王和梁太后在铺着上等提花羊毛毯的地板上对坐着,他俩都穿着宋赐的居家长衫,印花丝绸,颜色款式典雅高贵。就算梁太后面容憔悴,是强打了精神的,就算秉常王面色苍白,神情恍惚,但他们彼此的施礼却优美到位,没有一点敷衍的意思。礼毕,就那般相对而坐了。

沉默片刻,梁太后先开口了,她说道:

秉常王,我是你的什么人?

秉常王恭恭敬敬地回答:

是我母后。

梁太后又问:

你的心里恨我么?

秉常王微垂首道:

儿不敢。

你看着我的眼睛说真话。

秉常王抬眼看了一下母亲默不作声了。

梁太后咳了一声,又说:

你母后我来日无多,你再也不用怕我了!或许今天,或许明天就是我的大限。我今早不能够起来去上朝了,却挣扎着特意来你这里,就是告诉你一些事情的。

秉常王头垂得更低了。只听梁太后继续说:

你我虽今生母子,却可能是前世冤家……

忽然猛咳一阵,秉常王朝前探了下身子,梁太后朝他摆了摆手,抚着胸口继续说:

这一切都是命!你恨我也罢不恨我也罢,以你的名替大夏国行事是我梁氏的宿命……没想到当初,我嫁给夏国国相的公子是为了有一天让我来承载一段夏国的命运……而这承载太沉重了!它最终还是压垮了我,也压垮了你的舅父!因为你我是这样一种命运,我们也就失去了许多寻常母子的珍贵感情,也失去了许多属于自己的自由……

秉常王抬起苍白的脸,看着眼前这个衰弱陌生的老妇人,除了畏惧,并没有生出多少怜悯来。他很想对她说,他并不恨她,只是想逃离她,从婴儿时期就只想逃……他想问问她,难道她没有看见他也早就垮了么?尽管他才二十几岁,可他的来日难道还会多么?

这时,一阵大风刮开了屋门,原本坚实的雕花木门被大风拍打得发出嘎嘎的怪叫声。那天的情景秉常王每每想起都觉得是一个梦,可后来母后的死证明了那不是梦,她的确被压垮了,他们都给压垮了,是啊!替天行事的人哪一个能逃脱得了如此命运呢?

第三十六章　宋将曲珍

大宋元丰八年（1085）十月的一天，夏国梁太后驾崩。消息很快传到了大宋。不久国王秉常就派大使吕则、嵬名怀普等人前来报哀，还将梁太后的遗物红鬃马和白驼献给我大宋。新皇帝赵煦就派我曲珍带领一行人去夏吊唁。

唉！如果不是皇命难违，我曲珍真不愿踏上这片让人心酸的土地。

我们的车队白衣素辇，载着神宗皇帝赐给夏国的慰问品急驰在愈渐荒凉的西行途中。一路上，车子颠簸着，不管是秋风扬起的沙尘，还是黄河水中泛起的波浪，都在诉说着当年的惨状。

永乐城战败的时候也是临近深秋……

提起这永乐城啊，真是觉得又窝囊又荒唐，如果说这世界上真有给自己掘墓的人，那徐禧就是一个。可又有什么办法呢？当时神宗皇帝带着我和内侍李舜举在夏、银、宥三州界考查，对富延总管种谔说要在此地修筑永乐城。当时种谔就反对说，此地依山无水源，不可修城。但是神宗皇帝那阵就像着了魔般地非要在此筑城不可。后来经过朝议，赞成者和反对者争执再三，最终还是顺了帝意。神宗帝很快就派给事中徐禧即刻修城。徐禧领命后火速招募兵丁二十一万用了十四天的时间建好永乐城，之后，他撤回米脂。我就被任命为此城的副总管带兵一万留城屯守。永乐城筑好之后，也的确起到了威胁夏国的作用，但同时引起的攻城之战也是接连不断。当年的九月，梁氏就派了三十万大军进攻永乐城，徐禧急忙领军来援救，就在永乐城下与夏兵交战起来。第一个回合

徐禧打退夏兵,顺利进入永乐城。徐禧站在城墙上捋着长髯得意地说:

大事定矣!凭此坚城,只要将士团结一心,定能让贼军望而却步!

他手下的人也纷纷恭维:

全仗大人威风!

徐禧之轻薄可见一班。他哪里知道夏国的深浅。梁太后的"麻葵"女子军,"铁鹞子"军,"步跋子"兵都是好生厉害。"步跋子"就是步兵,素有"上下山坡,出入溪涧,逾高超远,轻足善走"之称,而骑兵"铁鹞子"也有"尤骁健,倐然百里,往来若飞"的美誉。梁太后用兵足智多谋,遇到山谷险要处,就用"步跋子"进攻,遇平原旷野就派"铁鹞子"冲杀。

果然,没过多久,夏军重又逼来,一将领申请带小股锐兵绕夏军尾部击打,使之措手不及,但徐禧不听,反而让万人阵坐城下,手执黄旗口中念念有词:

夏国的军队啊,看见我们的黄旗就止步不前吧……

唉,真是荒唐透顶!这难道是打仗吗?夏军哪会理你这一套!人家分阵迭攻,迅速向城下靠来。这时我发现有一股"铁鹞子"军正在渡河,他们一旦过得河来就势不可挡,忙建议徐大人派弓箭手阻击。可徐禧竟让我的队伍去水上迎战。不是我曲珍无能,而是我的队伍完全是旱鸭子,与敌军水战,那不是白白去送死吗?我的士兵山野陆地打起仗来也个个英雄本色,可这会听说要下水打仗就纷纷面露惧色。

我只好对徐禧说:

打水仗我军没有经验,此仗不可打,打必败,还是速派弓箭手为上策!

徐禧一听就火了:

你曲珍身为大将,竟遇贼不战,先自退耶?难道你就不怕愧对大将之名?

我说:

打仗须有勇有谋,蛮干是不战先败,无谓的牺牲我曲珍不干!

正说着,先行过河的"铁鹞子"已压了过来,我在心里赞叹着"铁鹞子"的神速,忙带兵出城迎战。瞬时间,两军厮杀在一起,直杀得天昏地暗。

这一仗我军大溃！将校寇伟、李思古和使臣十余位、士卒八百余战死。我带领残兵败将冲回永乐城,途中因崖峻路险,有数百匹战马都纷纷坠崖！等我们刚刚入城,夏军就将城层层包围了,且卡断了水源。就这样,徐禧、我等都被困在了这个无水死城。

很快,朝廷知道了永乐城的处境,神宗帝召集大臣,急议退敌之策。

不想沈括老儿上奏神宗：

夏人逼永乐,见官兵队伍严整,自然回返。

这次神宗帝还算英明,他说：

敌军不见迎战的大部队,岂肯轻易退兵？必有大兵在后！

他一方面降诏让沈括援救永乐城,另一方面又派人去与夏国谈判。当然无功而返。这时,夏人已将永乐城围了个水泄不通,厚达数里,且攀越城墙射箭投石者如蚁不断。我带士卒昼夜奋战,已精疲力竭！沈括的援兵和物资完全被夏军隔断,送不进来。但最可怕的还不在此,而是城内已断水数日！战士因渴而毙的报告与日俱增。城内大将们互相埋怨。徐禧下令挖井,但掘地数丈仍不见水,一种绝望恐怖的情绪弥漫了永乐城的上空……

许多士兵伏在马腹下抢挤马尿喝,可缺水的马一滴尿也挤不出来了。一个个战马因为饥渴倒了下去。众兵士一拥而上使短刀扎戳,吸吮马血解渴……

吸过马血的人都张着血盆大口,瞪着血红双眼,狰狞恐怖之极。让人觉得他们随时都有吸人血、食人肉、互相吞啖的可能。

就这样,"永乐城"变成了一座真正的"死城",淹淹一息的士兵们沙哑着喉咙呻吟着,求告着：

曲大人……请打开城门吧……我等宁愿战亡,也不愿意渴死！

我的双唇干得冒火,舌头像一团干棉花,不听使唤。我努力驱动着双腿,沿城巡防,所到之处,横尸遍地……还有一些人正在掘井,但仍然没有水的消息,黑洞洞的井口就像一个个地狱之门。

求助声不绝于耳,那悲戚的声音比万箭穿心还让人难受。

这时,城墙上响起夏人劝降的声音,我忍无可忍,冲到徐禧的面前朝他吼道:

徐大人!趁着还有一些士气赶紧突围吧,能活几个就活几个,让士兵们自己求生去吧!

徐禧却说:

一派胡言!曲大人战胜金汤的威风哪里去了?永乐城乃宋之要地,就算死,我们也要和城池同归于尽!

我又说:

敕使谋臣同殁于此难道不是国耻吗?

正争执着,夏军劝降的呼喊又响了起来:

宋人快快投降吧,我们知道城内已无滴水可饮……

谁想就在这里,徐禧一扬手将仅存的一壶水扔出城墙:

谁说没水,此乃何物?

身边的将士红着眼睛目送着那壶水飞出城墙,如同目送着自己的灵魂。

城墙外响起一片哧笑之声:

死到临头了,还臭架子不倒,请曲珍将军出城讲话!

我恨不得立刻飞出城门与夏人求和,好让快要渴死的士兵有一口水喝……

但徐禧大人又阻止了我,他说:

且慢,你曲珍是我总军政,一旦出个差错责任重大,还是派吕文惠去吧。

吕文惠是我的随从,年轻精明。我拍了拍他的肩用眼神叮嘱着他。他也意会地回应了我。接着,他就被用天梯送出城墙。

可是不久,他又被送了回来。大家立刻围拢过来,吕文惠满面愧色,叹声连连:

夏人看不起小将,不与交言,定要曲将军前往。

我也顾不得徐大人的阻挡了,一边喊人架天梯一边说着:

今势已逼,倘能以口舌说之,使敌缓攻以待外援,救活数万同胞性命,末将粉身碎骨也在所不惜!

但是谈判没有成功。夏人退围的条件是要我答应将兰会、米脂两地割给夏国。我对夏人说:

你们到底懂不懂规矩啊?土地割让是朝廷的大事,我一个小边臣哪里有这种权力啊!

可贼人根本不听我说,最后我只得以回去和徐大人商议为名乘着天梯再回城内。

我只得一遍遍地在心里祷告上苍赐雨救命。

老天像是听到了我的祷告,当天夜里下起瓢泼大雨。众官兵们疯了似的冲进雨幕,张着大口迎接雨水。

但夏军这时开始攻城了。我军立刻集合迎战。

几个回合之后,我军体力就明显不支。黎明之际,大雨渐收,只听轰隆一声,城门倒塌。

永乐城被夏军攻陷了!接着,城中箭矢如雨,中箭者的惨叫声混杂在雨声里……

将领们护着徐禧退至一死角处,见夏军没有追近,建城守城的一些元老们纷纷取出笔纸,涕泪交流地给皇上写着遗奏。大将高永能已是白发之人,须髯垂泪,一边长叹一边写道:

老臣自结发起从事西戎之战,从未打过败仗,今年已七十,受国之大恩,恨无以报,现老身愿战死而无憾!

李舜举以败纸半幅写道:

臣舜举死无所恨,但愿陛下勿轻此贼……

李稷写道:

臣稷将死,千苦万屈未能保全永乐城,以死领罪……

还未轮到徐禧和我执笔,夏兵就打了过来。护卫即督促将领们上马逃奔。但哪里有可逃之机!徐禧不肯上马,正举鞭挥击,一支箭朝他面上射来。我亲眼看见他一声惊叫坠下马来,遂又几箭追来,徐禧毙命。

此刻天已大亮,夏军水一样淹杀过来。

我的随从小吕紧紧跟着我,机警地保护着我,他时而将我塞进马肚子下面,时而以尸掩蔽。我一边听从着他的安排一边骂着后援部队:

真不知沈括他们是干什么吃的,敌军既已攻进,后援部队为何不跟进来狠打?为何连一丝影子都不见了!

小吕对我说:

好我的曲大人啊,您还做什么梦呢!朝廷得知夏国又出动八万人袭击绥德,就又改口说永乐城之胜败对国家来说无足轻重,绥德可是国之门户,切不可失,早将沈括部队调去援绥德了。

他娘的!本大爷早就说过,永乐不乐,它早晚是个吞吃人命的鬼城!如今城被攻破,朝廷又说无足轻重,唉,草菅人命,草菅人命哪!

小吕拉着我一边继续躲闪奔逃,一边阻止我的骂骂咧咧。我说大人哪您能不能省省力气,咱们逃出这死亡谷您再发泄胸中愤懑吧!

现在回想起来,已记不得小吕是怎么带着我逃出那死城的,真是不可小看这后生啊!我们在刀光剑影、乱箭追击中杀开一条血路,奔上了一堵城墙。墙头外荆棘密布,无路可寻。我还试图辨别着什么,吕文惠就将我一把推下,紧接着他的身子也重重地摔在了我的身边。我们还顾不上叫一声,一队骑兵就从附近急驰而过。我们只得伏身屏息,直到马蹄声渐渐远去……这才发现身上被木刺扎伤多处,腿脚也痛得站不起来了。可就在这时,我俩同时听到了隐约的流水声,就在离我们的不远处。天啊,我们得救了!我和小吕两手紧紧握在一起,两人的眼里都放出光来。我们顺着水声爬去,爬呀爬呀,大概用了一顿饭的工夫,一条闪闪亮亮的小溪就敞开在我们的眼前。

诸君呀!您可曾想像到死里逃生又快要渴死之人看到小溪的那种喜悦吗?

我和小吕都嗷地叫了一声,就翻滚进那条小溪里去了。我们四仰八叉地躺在水里,任清澈冰凉的溪水埋没我们伤痕累累的身体,带走我们浑浊的热泪和浓腥的血臭……我们张着干裂的大嘴咕咚咕咚尽情地吞咽着泉水,除此之外我们一动也不能动了,我们身体里仅存的力气只够我们下咽溪水……

那一刻,我们宁愿被水灌死,宁愿淹死在那条仿佛是上苍臂弯一样的小溪里。

那时也如现在一样已是秋凉时分,没过多久,寒气入骨,我和小吕都哆哆嗦嗦地从水里爬了出来,我们水淋淋的,喜笑和打喷嚏的声音都是颤抖的,我们彼此用目光庆祝着,歪歪咧咧地朝山里走去。

诸君啊,没有死里逃生的人是无法想象死里逃生的喜悦的。

那一刻,我曲珍才知道什么是极乐。

彼时,我和吕文惠就在极乐里,就在劫后余生的极乐里啊。

走了一程,觉得安全了,突然,吕文惠的双唇一咧,哭了起来,一边哭一边不停地磕头。

诸君啊,没有经历过死里逃生的人,是不知道感谢苍天的!

经历了千辛万苦,我们终于回到了我的国家。知道永乐之战我大宋死了多少人吗?说来诸君大概不会相信,整整六十万!三军将士加上士卒、役夫、熟羌、义保整整六十余万!损失钱、粟、银、绢就不计其数了!

永乐之战虽然以宋大败落幕,但夏也落得个元气大伤,自此只能长时间地偃旗息鼓。

而且听说梁太后回去不久就生起病来。

事隔三载,罪孽深重的梁太后也许是厌倦了,也许是累了,她身心疼痛,在这个凄凉的季节里,驾鹤西去了。

我的车帐继续行进在边塞的道路上。

我掀起窗帘看着茫茫戈壁的荒凉,再一次想起了梁太后。在金汤之战中我与她有过一面之交,虽然离得远,但她的蕃式战甏与威风还是被我看到了。

那一刻,我难以相信她还是个女人,更难相信她曾经还是个宋人,还是个汉族少女。

梁太后啊,现在,躺在棺椁里的你是否听到我曲珍为你奔丧的马蹄声呢?

第三十七章 辽公主耶律南仙

我曾是辽国的宗室女耶律南仙。夏元德七年(1125),是我大辽国灭亡的时刻。

我躺在夏国第四代皇帝李乾顺的卧榻上奄奄一息,绝食已第五天了,开始出现幻觉。我变成了七八岁那个总是笑闹不够、在父皇跟前撒娇的小女孩。我的父皇是辽国天祚帝,我看见他无数次朝我走来,他来到我的榻前,弯下腰吻着我的前额,轻轻地对我说,我的珍宝,跟父皇走吧……我的身子从榻上飘了起来,双臂也轻轻地朝他伸着,像小时候那样朝他扑去。可我总是扑空,面前空空如也。我大声喊着,父皇,带南仙走,带您最最疼爱的女儿走啊……实际上我的声音细如蚊鸣。

父皇还是那么年轻,穿着他出征时的契丹戎装,佩剑,骑在他那匹叫做雅格的棕红色高头骏马上,是世上少有的英武男子。我的眼前又是一片漆黑。偶尔,耳边有嘤嘤的低泣声,还有一小缕一小缕的阴风从我面上掠过。一会儿,我的父皇又来了,这回他老了,他俯身看着我老泪纵横,他还是那句话,我的宝贝,跟父皇走吧……当我再伸手的时候,他又没有了!我的眼睛啊,早已枯涩无泪,我的嘴巴呢,也成了一口干涸的井……

我,曾经那个仙女般的耶律南仙,不复存在了!深爱我的两个男人,父皇天祚帝和丈夫乾顺王,我是被这两个高高在上的男人给宠死了吗?是的,我也深爱着他们。他俩对我来说一个都不能少。可是,有一天命运却要我选择他们其中的一人,确切地说这一天是我的母国死去的悲哀日子。金国女真人要将我辽国赶尽杀绝!不,已经赶尽杀绝了……只剩我的父皇正向我们夏国逃亡着,我哭天抹泪,听到父皇还活着的消息心急如焚,赶紧到佛堂烧香磕头,求佛保佑我的父皇快快逃到我兴庆府。就在这时,乾顺王推门走了进来,他快速来到我的身边对我说:公主别急,我已派了一队亲兵到边境去迎接岳父大人了!唉,我这个堂堂的一国之王总是这样,只要我俩在一起,我们完全不使用宫廷那套规矩,我是王后,嫁到夏国都十年了,我们还是恩爱如初。只要不在朝上,不当着别人的面,他就称我公主,我叫他夫君,我们习惯了这样。听他这么一说,我大得安慰,又一次为父王给我选的这个丈夫暗暗自豪。

是啊,按理说我耶律南仙的命就是仙女的命,那幸福快乐一直伴着我才对。可世间的事啊,总是物极必反。人活一世也不可能总是一种滋味,不是苦尽甘来,便是甘尽苦至。随着我辽国命运的终结,我的生命也就到头了!但是我的夏国王夫君跪在我的身边求我。自古以来,无论是我契丹人还是他们党项人,对于下跪这种仪式都看得比命还重。我也知道,他现在跪在我的面前可不是给我一个小小的女子跪,而是给已经死去的大辽国下跪!他有愧啊,他如今是我父皇面前的罪人!

唉,我真是不想再面对这事情的来龙去脉了,可是诸君啊!我如今行将就木,如果不说出我和父皇与夏国这一段鲜为人知的故事,就算我死了,我的眼睛也不会闭上……

那是夏贞观五年(1105)的一天,我成了一个新嫁娘,我的仆人们将大铜镜举在我面前,我惊讶得不敢相信里面的女子就是我,太美了!比那下凡的仙女还美丽……这时,我父皇笑呵呵地出现在我的旁边,父皇太爱我了,他从来不叫我的名字,总是开口闭口叫我珍宝、宝贝什么的。看见父皇我一边起身给他行礼一边娇嗔地说着:

……父皇,女儿很是心慌……

父皇继续笑着说:

当然,女孩儿要当新娘了哪有不心慌的。

不是,我听说我们辽国很早的时候,有一位叫兴平公主的嫁给夏国主李元昊后受尽冷落,最终生病郁闷而死……

父皇听罢哈哈大笑说:

嗨,我女儿原来是为此担心啊,今天的辽国和夏国那是何等的亲密,过去辽兴宗皇帝是逼着兴平公主去夏国和亲的,他们明知道李元昊的情况还将女儿往火坑里推,可现在父皇可逼我的宝贝女儿了么?你自己不愿意嫁给乾顺王吗?

父皇这么一问我脸红得飞起一片云霞。是啊,乾顺王经常来辽大殿与我父皇议事,都是些因宋朝欺负夏国而求助辽国帮忙的事情。乾顺王仪表堂堂,英俊儒雅,言行举止处处有礼,根本不像传说中蛮夷之邦的粗鲁暴君。说心里话,我第一次见到他便倾慕于他了,其实这是父皇的小阴谋,父皇早就喜欢上了这位年轻的国王。有一次乾顺王来还特意安排我出来见他,果然乾顺王看到我也是一见倾心。父皇将那一切都看在眼里记在心上,他知道不久乾顺王一定会来向辽国求婚的!事态就照着大家的愿望发展着,事事都是那么顺心,我嫁到夏国后与乾顺王的恩爱就不必多说了,那情景与当年的兴平公主是天壤之别的。

还是说说大难如何来临的吧。金国崛起,凶猛无比,攻打辽国的气势不可阻挡,最终在无数次的抗衡中辽国消亡了!就在这悲愤时刻,金国皇帝完颜阿骨打听说我父皇投奔夏国来了,就立刻派人马来夏国了。当时乾顺王刚刚对我说完那番安慰的话,我安静下来等待着父皇的到来。可这时有人来报,金国大使到了。我紧张地看着他,乾顺王拍拍我的肩说,没事,我去去就来。他将匆忙离去的背影留给了我,那真是一个难熬的夜晚啊,我从小到大所有的难题都集中在那个晚上了!我心急如焚,一会儿求佛,一会儿在地上不停地走动,我盼望着父皇或乾顺王的到来,哪怕有一丝消息也好……

终于,到了半夜,我丈夫乾顺王回来了。可是他的步履是那样无力,他的脸色是那样灰暗,他的目光躲闪着不敢看我。他简直像变了一个人,根本不是我往日的那个夫君了!我忙走到他面前抓住他的胳膊盯着他问道:

都快急死我了,父皇呢?我父皇迎回来没有?

乾顺王却甩掉了我的手颓丧地坐在椅子上。我的心里"咯噔"一下,又追了过去问:

怎么了?你到底怎么了?

乾顺王这才抬头看了我一眼说道:

我对不起公主,对不起岳父大人了!

我睁大眼睛看着他说:

夫君说什么呢,你怎么会对不起我和我父皇,出了什么事,到底出了什么事?

乾顺王忽然泪如泉涌:

也罢,迟也是说,早也是说,我就对公主你招了吧。金国皇帝阿骨打向我们要岳父大人呢!

我忽然反应过来,从他的怀里挣出来:

是啊,我父皇呢?他在哪里,被金军抓去了吗?

乾顺王说:

那倒没有,我派的骑兵将他迎回来了!

我一听,立刻就往门外走去。乾顺王却一把拽住了我说:

公主要去哪里?

我一边甩脱着他一边说:

这还用问么,我当然是赶紧拜见父皇去,他老人家遭了惊吓,此刻是多么需要我的安慰。

乾顺王却死死地抓住我,使我的脚步无法迈到门外去。我突然朝他大喊:

你干什么?放开我!

乾顺王却像个铁卡子似的使我无法动弹。我一边挣扎一边说:

哦,我明白了,你刚才说金国皇帝向你要人?你莫不是要将我父皇献给金国吧?

乾顺王不语,脸扭向了一边。我又大喊一声:

难道这是真的吗?

乾顺王此时已泣不成声：

不是我要献他，是他们逼我要人啊！

我第一次看见夫君那懦弱无能的模样，几乎不相信我的眼睛！我冷冷问道：

他们逼你要人？要是你不给呢？

如果不交出岳父大人，他们会像消灭辽国那样踏平夏国……依我们现在的力量，根本不是金国的对手……也保护不了岳父……

我嚷道：

住口！你这个没有良心的东西……我父皇是怎么对你的？一次又一次，我的父皇是怎么帮你对付大宋国的？在你危难之际贫困之时，我父皇是怎么救你来着，啊？你的良心难道被狗吃了吗？如果你还是个人，在这个关键时刻你该以死相报才对，怎么能如此软弱，要交出恩人？

我这么嚷着，头一阵晕眩，差点摔倒，但他挡住了我。我缓了口气，接着说：

快快带我去见父皇，要交你就将我们父女两人都交出去吧，要死我也和我父皇死在一块儿！

乾顺王擦了一把眼泪说：

公主别傻了，你就是去了也是白白送死，何必要做那无谓的牺牲呢。

我又开始大骂：

胡扯！你不救你的大恩人还将他往虎口里送，你管我送死不送死呢，我的命是父皇给的，现在，我心甘情愿给父皇陪葬，也好使他在黄泉路上不寂寞……

公主这是何必呢！为夫我难道就没有想过以死相救岳父大人吗？我乾顺个人区区一条命算得了什么？可是你想过没有？我不是一个普通人，我是一国之君，我的背后是整个大夏国，是我祖宗的基业！我的身上背负着重大的使命，就算我去死，难道让一个国家都跟着去陪葬吗？难道让成千上万的夏国人跟着去死吗？辽国已经完了，难道夏国受过它的恩惠就一定要为它陪葬么，公主！你为你的夫君也想想吧，我该有多难啊！

"啪——"我狠狠地扇了乾顺王一个耳光,五个红色的指印清晰地落在了他的脸上。我们都愣住了,十年了,我们夫妻那么恩爱,我们做梦都不会想到有朝一日我们之间会发生这样的举动……

沉默了片刻,乾顺王说:

实话跟你说吧公主,岳父大人与我谈过话了,为了你的幸福,为了我大夏国能很好地生存下去,他决定独自承担,让我亲自将他送给金国皇帝……而且他教给我以此向金要辽国的部分土地当条件……他说,他一个人的命能换回这些也值得了!

听乾顺王这一席话,我泪流满面。诸君,你们想想看啊,我这个素来娇生惯养的辽国公主哪里面对过如此难过的事情啊!我哭着对他说:

既然如此,就让我去见一面父皇吧!当面谢他老人家的大恩大德……

乾顺王也哭着对我说:

岳父大人就怕那大伤心的场面才采取果断行动的……

我有气无力地问道:

什么果断的行动?

乾顺王说:

他……他老人家已经跟着金使连夜去往金国了……

我听完之后,一下子就晕了过去,什么都不知道了。

我醒来后得知,父皇天祚帝耶律延熹就这样成了金国的俘虏,我那曾几度辉煌过的大辽国正式灭亡。作为答应的条件,金未失承诺,将与夏国接壤的辽国几州割让夏国。大夏为此举国欢腾,而我却在寂静的卧榻上再也不愿起来了。乾顺王几度亲自来请,说大殿上的欢庆仪式正等着王后的驾临呢。我冷笑着说:什么王后不王后,我现在国破家亡,满心凄凉,哪有心情参加你们夏国的欢宴……乾顺王想将我扶起来,说着:

公主啊,你现如今难道不再将大夏国当成你的家了吗,不再将夫君当成你最亲的人了吗?为何如此啊!

从那以后,我再也没有说过一句话,回答他的只有沉默,后来连眼泪也流干了,曾经说过多少花言巧语的嘴巴永远闭上了。每天都有人围着我往我的嘴里灌东西,起初我还有力气,紧紧咬着牙抵抗着,后来就没有劲了。我听见耳边的人都兴奋起来,说我有救了,可是那顺顺当当喂进我口里的参汤又顺顺当当地流了出来。我绝食成功,下咽食物的能力完全丧失了。

　　到了第七天的早晨,我的眼前一片金光,我竟飘飘然地站了起来,我环顾着我生活了十年的兴庆府,看着那群服侍我多年的仆人们围着榻上那个已枯竭的人儿惊呼着,看见夫君乾顺王大放悲声,看见夏国后宫无数嫔妃正在诅咒我死……我冷眼看着这一切,不知是体能耗尽,还是身心已凉,对眼前的情景已是无动于衷……这时候,我听见父皇的一声轻唤,珍宝,跟父皇走吧!我循声望去,看见年轻时的父皇正骑在他那匹叫雅格的大马上朝我笑着,我一阵欢心,纵身一跳就跨到了雅格的背上,紧紧地抱住了我的父皇。

第三十八章　借兵复仇

时光来到夏大德三年(1137)，距辽国灭亡的日子已过去了十二年之久。自从辽公主耶律南仙悲伤过度，拒食身亡后，夏国乾顺王的心情似乎就再也没有开朗过。这期间金国对夏国并没有食言，按照当时的约定，该"割让"的西北诸地都割让了，乾顺王该保全的地位也保全了，十二年来夏国又经历了多少风风雨雨啊。至于说女人，南仙公主在世的时候乾顺王的三宫六院就已经存在，但那就像个摆式，远远地与乾顺王保持着距离。不久前夏兵取西安，原西安州判任得敬率兵民出降，乾顺王就任他为知州事。任得敬后将自己年方十七的女儿托人献给乾顺王，看那女孩清丽娴静就纳为妃子，但依然没有让乾顺王回到与南仙公主曾经的那种心境。

这是十月的一天，兴庆府纷纷传说后堂高守忠家的院子里长了一颗奇绝的灵芝，乾顺王正有些百无聊赖，被这事勾起了好奇心，就带着两个近臣亲自来到高守忠家的院子里观看。果然，一颗硕大奇美的灵芝就耸立在院子的角落里。围观的人们叹声不止，久久舍不得离去，见乾顺王来了才纷纷让开。乾顺王走到近前也叹为观止，且双眼都放出光来，他对着那灵芝左看右看忽然诗性大发，便吟起一首《灵芝歌》来：

　　俟时效祉，择地腾芳
　　德施率土，贵及多方
　　……

他一边沉吟着一边琢磨着下句时,忽然有人来报说,金国有个名叫李世辅的人前来投奔夏国,此刻要急见乾顺王。乾顺王被打断了思路,觉得此事蹊跷,便站了起来快步朝等在门口的大轿走去。

在乾顺王的私宅内,摆了一小桌美酒佳肴,乾顺王请面前这位李世辅用餐,一边听他讲述着不幸的遭遇。李世辅几杯赐酒下肚,未曾开口双泪流。原来这李世辅哪里是什么金人,他本是绥德清涧人氏,延安沦陷于金成为伪齐时,任第六将的李世辅被金右副元帅宗弼看好,将他编在自己的名下迁往知同州。路上,李世辅私下里与亲校崔浩、拓跋忠商量,暗中派了使者给川陕宣抚副使吴玠送信让他在半道出兵外应。一路上,监视队伍的金臣们一直在议论割地之事,大言不惭,气焰嚣张。而且每到一地,就逼着当地使将让他们的妻女出来侍饮,李世辅一边按捺着心中的忿怒,一边寻找着逃脱的机会。快临近同州的山地里,李世辅突然大叫一声伏地不起,并嚷着崴伤了脚踝站不起来了。

等一个监侍跟过来看时,李世辅一跃而起掐死了他,紧接着抓了金人领队萨里干作为人质飞身上马,和亲校等十余人突围而奔。他们一边跑一边打,到了一个叫五交原的地方,后面追赶的骑兵更多了起来,李世辅朝后面大喊:

哪个离我近,就是离死不远矣!

但追兵仍紧紧地追在他的身后。萨里干被缚在他的身前,他起初还大骂李世辅,不久就开始求饶:

只要你放了我、我保证不让他们再追你……保证放你一条生路……

李世辅一边听萨里干说着,一边回头看,和自己一同突围出来的十几个人都被冲散,不知去向,果然自己是寡不敌众。就对萨里干说:

那你能保证我父母家人不遭杀身之祸?

萨里干恨不能把心挑出来给李世辅看:

当然当然!我萨里干发誓!发誓保证你和你家人生命无恙!

那你敢和我折箭盟誓?

当然敢!即刻折箭!

李世辅就将背上的弓箭抽下来递给萨里干,只听"咔嚓"一声那箭已折成两截,李世辅就松了口气,要知这"折箭之誓"是没人敢轻易发的毒誓,因为它的见证者是上苍,尤其在将士心中,它是一种生死契约,就像天子之言那般笃定有效。于是,李世辅解下萨里干扔后数丈,追兵们一拥而围,李世辅趁机逃远。

　　李世辅孤身骑马跑了三天三夜,终于来到络水河边。但此刻,河水暴涨,咆哮翻滚,腾起的浪柱达数人之高。眼见河水泛滥,已朝着堤岸溢出,一场洪灾在所难免。李世辅沿河呼叫着船家,可哪里还有半个人影,河岸的人家早已撤向山里,沿河一带已是空无一舟。无奈,李世辅只得向西奔去。后来决定一不做二不休干脆投奔夏国去。但在投夏的路途中他听到了一个噩耗,他的父母及家族百余口都被金敌所杀。这对他李世辅来说无疑如惊雷振耳,萨里干如此儿戏誓约,使悲愤之中的李世辅胸中燃起了复仇之火。他想起了父亲李永奇,延安沦陷后,金人设伪齐,授他们父子官职,可李永奇却哭着对李世辅说:

　　我家世代都为宋官,一直袭受国恩,现遭沦陷怎能反首事敌?

　　就在他们分手之前,李世辅与父亲见了最后一面,李永奇悄悄嘱咐他:

　　我已会刘豫,令你设法率马军赴东京,路上你若得趁机会,一定即归本国。不要因听到父亲的不测而动摇决心,如能所愿,为父我就是死也瞑目了!

　　唉,李世辅一边向西奔跑一边想着这乱世中无法救国的遗憾,刘豫毕竟是金国封的傀儡皇帝,后来还是被废了。如今大事未遂,父亲和家人却遭此横祸……

　　李世辅对乾顺王讲述到此,突然擦去泪水狠狠地说道:

　　夏王,如陛下您能派军给我,我李世辅定将陕西五路为你夏国取下!

　　乾顺王像先前吟诗般沉思良久,然后说道:

　　你世辅将军的才干我夏国有所耳闻,但派兵毕竟事大,你突兀而来,本王我当然欢迎,但你须在我国获得身份立下功劳,带军也才名正言顺……

李世辅又一次起身给乾顺王行大礼并请求:

陛下就是我世辅的在世恩人,如夏国眼下有为难之事请陛下交我处置,也好给我李世辅一个立功的机会!

乾顺王立刻就说:

好!君子一言驷马难追,近来我境时有酋豪号称"青面夜叉"者,恃众扰边,不堪其烦,本王我派精兵一千与你,先将这青面夜叉替我荡平如何?

李世辅欣然领命,将最后一杯酒一饮而尽。

李世辅带骑兵一千,分成两股,一部分潜伏在青面夜叉常出没的地方,另一部分在边境地带日夜急驰,十天后,终于将又一次夜袭的青面夜叉一网擒获。李世辅将青面夜叉的头领捆了送至乾顺王的面前。乾顺王大喜,马上封李世辅靖难军承宣使,富延、歧雍等路经略安抚使职务,派军十万并命宰相王枢任招抚使、都统军山讹随同监军,出兵金国。临行前,乾顺王设宴为李世辅饯行。

就这样,李世辅带着大军浩浩荡荡向东开拔,王枢,山讹紧随其左右。一路上,李世辅招兵买马,月余间又得万人。经过长途跋涉,终于在天刚亮时来到延安城下。时过境迁,李世辅看着紧闭的城门,心中涌起强烈冲动,就朝城门大喊:

萨里干出来!

里面的人嘟哝着说:

还萨里干呢,萨里干使人杀了李世辅一家早躲得没影子了!

李世辅听人这么一说更是怒火万丈,更大声地嚷着:

我是李世辅,找杀我家人的人算帐来了!

门内立时泛起一阵骚动,没人再敢应声了。

如今谁是延安主?快快给我李世辅打开城门,省得我十几万军兵破城而进。

半晌,城门内有人应道:

守城者赵夷清。

李世辅上前拍打城门喊道：

让赵夷清出来见我！

紧接着一个声音又响起：

鄙人就是赵夷清，世辅将军有何话要说？

李世辅高声言道：

金人毁誓践约，灭我满门，我李世辅今日带着千军万马就是来报仇雪冤的，我只要仇人，不滥杀无辜，快开城门！

他身边的监军王枢和山讹听他如此一说不由面面相觑。

只听里面又喊：

世辅将军与金人为仇，应该找金人算账，无端在大宋州府门前造声势，真是无理取闹！

李世辅又问：

这明明是金人领地，何故说成是大宋州府？

里面的赵夷清叹了一声回道：

将军有所不知，金国已割三京地界还给大宋，且行敕书到府，官吏军民也已拜恩完毕，所以现在此府乃是宋之延安。李世辅听完之后大吃一惊，又说：

那请夷清大人将敕文给我世辅亲眼一见？门内赵夷清无奈，只得用竹篮将敕书真本吊下城来，李世辅看罢之后还回，又说：

即然如此，我们还是一家人，请夷清大人放我一人进去，与你有要事相商。赵夷清听了也觉无奈，只得开一小侧门将李世辅一人放了进去。

李世辅进得城来看到市井街巷到处百姓喜笑颜开，一派祥和，更加证明了金割地给宋的事实。赵夷清迎上前来自我介绍。李世辅见他是个穿宋官服的瘦削之人。彼此行过礼后，李世辅忽然脸一变说道：

方才我李世辅在门外已经说过，我不攻宋城，但是杀我全家的刽子手一定要交我世辅亲手处置，否则夷清大人别怪我六亲不认！

赵夷清身边的人又是一片哗然，都看着赵夷清的脸色。赵夷清说：

欠债还钱，杀人偿命，这是天经地义的事情！如今为了大局，我也只得将杀你家族的两名杀手苏常、柳仲二人交你李世辅处置。来呀,将苏常、柳仲两人带上来!

一时间名叫苏常、柳仲的两个人已被五花大绑着押到了李世辅的面前。两人一边挣扎一边大喊着:

饶命呀李将军,小人我们与您大人素无冤仇,都是金人萨里干刀架在小人的脖子上逼着小人干的呀!

李世辅哪里肯听,仇人相见,分外眼红,跨上前去长剑一挥,已将二人剖腹取心。一旁的人战战兢兢端上银盘,两颗血淋淋的心竟还蹦跳良久。李世辅双膝跪下,两手托着银盘举向苍天:

父母大人啊,亲眷族人!世辅我今取了杀害你们的刽子手的心,为你们报了仇,你们看见了吧?这两颗毒心正奄奄一息,即将去为你们服罪!儿世辅向苍天求助,有朝一日让金贼萨里干落在我的手里,定将他的人头和脏腑都献给你们!

李世辅带着杀气出城回到队里。等在门外的夏监军王枢和山讹已借机碰头,两人都觉事态有变,相互提醒着须见机行事。但两人却不知道李世辅与赵夷清已经商量过,劝降夏头目王枢及山讹,带军南归宋廷请赏。如不从,杀之。对此计划两人一拍即合,赵夷清答应全力配合。

当天夜里,李世辅就在城外安营扎寨,设酒尽欢。席间,李世辅对王枢、山讹频频劝酒,两位夏监军虽有防备,但见李世辅已明着要算计他们了,暗下里着急,外面可都是他们夏国的军马呀!如何让这些人知道这李世辅的阴谋呢?两人互递着眼色,随时准备着决一死战。无奈李世辅早就控制了他俩,且使夏兵们卸去兵甲装备回营休眠。就算此时有办法发布命令,大军恐怕也都昏昏欲睡了,更何况军队现在也只是听李世辅的指挥!

酒过三旬,门外突然闯进一伙全副武装的人,他们手持兵器大声嚷嚷着:

我们乃延安城主赵夷清的手下,是来劝降夏国招抚使都统军王枢、山讹归宋的!

王枢、山讹此刻已酒深胆壮,指着来人大喊:

归宋?真是天大的笑料!亏你家主人想得出来,难道他不知我等此次就是协助世辅将军来攻拿此城的吗?

他俩故意高着嗓门朝李世辅说:

世辅大人,你亲自对他们说吧,夏王给你带了多少军队?

李世辅却不答正题一反常态地请来人入座,并像侍坐上宾似的给他们斟起酒来。山讹对李世辅喊道:

世辅大人,夏王派军是让你来和延主讲和的吗?你请兵时的振振有声都丢到九霄云外了吗?李世辅见状索性冷笑了一声:

事到如今,我只好与二位督军摊牌了吧!我李世辅世代为中原效力,受大宋恩惠,虽说眼下遭逢乱世,但有识之士都在浴血奋战,总有一天中原依然归大宋国,现在,我奉劝二位趁此降宋,我李世辅保你二人将来能够实现宏愿,扬名天下……

山讹跳起来指着李世辅骂道:

卑鄙小人,你借公报私,犯下欺君之罪!我山讹只要夺得机会定杀你这无仁无义的骗子不可……

李世辅不等山讹说完已一剑刺穿他的胸腔,紧接着进来的一伙宋兵即刻将王枢绑了起来。

帐外顿时大乱,睡梦中的夏国兵士全被惊醒,懵懂中不知发生了什么事情,相互打听着乱作一团。李世辅很快出现在军中安抚大家说:

各位将士们,没有发生什么大事,大家不要慌乱,我军中只不过出了两个小小叛贼,已做处置,现在没事了,请大家继续休息吧。士兵们看到经略安抚使大人亲自来给大家解释,正困乏不堪,顺势都纷纷入睡。

夜里,有两位低级军官翻来覆去难以入眠,悄悄议论着:

究竟何人会在这种时候叛乱呢?即然是小兵发生叛乱,哪须李大人亲自来给士兵们解释呢?宰相王枢和都统军山讹怎么没露面?不对!事情蹊跷,莫不是……

两个人猜着猜着就冒出一身冷汗来了,紧接着他们开始往起叫人:

起来了起来了,都别他妈的睡了!要逃命的就快跟着老子突围吧……

刹那间帐内又是一片混乱,诸军皆不知其因,闻风而逃,盔甲兵器乒乓乱撞,呓语叫骂声不断。

之后,延安方面出军帮助李世辅镇压夏军,双方大战。混战之中,李世辅骑在一高头大马上劝降夏军:

夏国的将领们、士兵们,归降大宋者前途无量,天下终归是大宋的天下!金人也好夏人也罢,无非都是边野蛮族,都如契丹一样终有毁日!有识之士们,只有大宋国最终一派光明……

混战中的夏兵愤然:

一派胡言,大宋如今四分五裂,所谓二圣被金人押在东北,赵构跑到杭州自立为王,金人又将刘豫弄个什么伪齐傀儡皇帝,就他李世辅如今都不知何去何从,还不是想将我们这支夏军队带到南边去请赏……

王枢大人和山讹大人一定是给李世辅害了!身为党项人誓不当叛贼……

乾顺王待我们不薄,为人不能忘本……

对,乾顺王是天下少有的明君,大家知道,只有他顺天应时,体恤百姓,屈尊忍辱,睦辽和宋,让人民安享太平……

跟他们拼了!

拼了……

将士们说得没错。

李乾顺继位后,不惜屈尊降贵,通过艰苦的外交斡旋,争取与辽宋和好,为夏争得了难得的休养生息时期,并且善于利用他国斗争收回失地,扩大疆土。在金与辽、宋争夺中央统治权的战争中,夏国巧妙应对,从中大获其利。刚开始,乾顺王未认清形势的变化,曾支持过辽国抗金,当他目睹了新生强国金的实力以后,立即改变外交政策,开始向金称臣,对金国保证"永依臣事辽国旧例"。作为回报,金"以下塞以北,阴山以南,乙室耶刺部吐禄泺西地与之"。同样,在联金抗宋中夏也得到许多好处。

乾顺王还尊行儒教,在国内推动汉文化。夏自元昊立国后,就开始创立蕃学,蕃礼与汉礼之争延续了数十年,使国家动荡,朝政多舛,就在乾顺王亲政之前还是蕃礼占上风。乾顺王亲政后,御史中丞薛元礼向他建议:

> 文教不明,汉学不重,则民乐贪顽之习,士无砥砺之心。董子所谓"不素养士而欲求贤,譬犹不琢玉而求文采也",可得乎?

他非常同意薛元礼的看法,立即在国内推行"尊行儒教"和"恢复汉礼"的基本国策。夏贞观元年(1101),乾顺颁下旨令在蕃学之外建国学(即汉学),置教授,设弟子员三百,享受官方供给。此后,儒学日盛,文教繁荣,汉礼逐渐占了统治地位,结束了夏王朝蕃礼与汉礼的反复之争。

乾顺王本人的汉文极好,常常兴文赋诗,他诏令编印的蕃文韵书《文海宝韵》、蕃文字典《音同》成为诗赋学者的必读书。

和先帝一样,乾顺笃信佛教,在他的努力下,使从景帝元昊时就动工的3500多卷汉文佛经翻译蕃文的浩大工程圆满划上了句号。他还大规模修建寺庙和佛塔,如重修凉州护国寺感通塔,修建甘州卧佛寺等等。

这一仗直拼打到黎明,双方死伤无数,夏军也跑掉了不少。李世辅无奈,盘点了一番剩余兵马,仅余两万之多。遂整理一番,往延安开来,与赵夷清商量下一步该怎么办。赵夷清看见他只剩这么点人马就面露不屑:

我赵夷清说句实话你不要不爱听,你李世辅曾在伪齐和夏时也有过功名,但于大宋你父子还没有立过大功,就算你现在去投南宋,区区两万兵马,谁又能看得起你呢?不如这样,夷清我给你出个主意,你可就此长驱直渡黄河,乘胜取河北、河东献给朝廷,才可获得大名声。

但有人提出异议,凭李世辅现在的实力,就算敢于渡河也未必取胜。

李世辅正犹豫着,忽听陕西楼照宣谕大人已临边境,有人就劝李世辅去见见楼照宣谕,对他讲讲归朝之意,看此大人有何高见。于是李世辅颇费了一番周折,终于见到了陕西宣谕大人,且直抒己意。楼照宣谕自是宣扬了一番天子德意,勉励世辅速归朝廷,并帮他策划如何带一直被软禁的王枢同行,且替他写了荐书,命行府备差遣王希韩一路护送。

此事给夏王乾顺一次致命打击,他一时大病不起,终于于大德五年(1139)六月四日驾崩,时年五十七岁。他身边的侍人们都说,乾顺王弥留之际总是说胡话,每句不离一个"金"字。果然,不久金即对宋毁约,安宁了不几天的世上再次烽烟四起。

第三十九章 纷纭之战

关于乾顺王时代,南仙公主讲的是事实,但在她的叙事中乾顺王成了一个只知儿女情长、吟诗弄赋最终图利卖义的人。而轻信李世辅,乾顺王又成了一个无脑无识的蠢君。事实上,在乾顺王所执政的近四十年来,可以说是夏国相当复杂的阶段,梁门二后专权刚刚结束,国家千疮百孔、百废待兴。宋朝表面接受夏国所采用的和解政策,实则觊觎夏土已久,总想找机会一举攻下,因此攻战不断。所幸夏国与辽国久有根基,乾顺王执政后,政治上更加依附于辽。特别是两方合亲后夏辽间的关系更加密切。但后期金的崛起使辽风雨飘摇,自暇难顾,最终才导致了那样的结局。乾顺年间宋夏也发生不少战事,这些战争可以说夏国求和无门,节节败退,几欲崩溃。但历史不能回避,让后人记住这些血的战事。

从夏贞观四年(1104)五月始,在没有征兆的情况下,宋陕西转运使、知延州陶节夫带兵突然攻入夏的一处重要粮库石砦,夺窖藏粮食数千,不是夺完就走,而是驻扎下来并修筑城堡。乾顺王怎能坐等任欺,只得派兵去打,但说实话,照当时的情况,乾顺王心里很清楚,派兵去打也是有去无回。果然,这一仗夏军败退而归。到了六月,知河中府又派一队精骑兵出萧关直逼灵州川,驻守的夏兵缺乏防备,一举被打败。

乾顺王颜面扫地,但硬打明摆着打不过。作为一国之君的乾顺,他更不能一次次送羊入虎口,他采取的是迂回之术,还是派使者去宋请和。但尝到甜头的陶节夫拒绝议和,还让使者带话来羞辱夏国,这下子激起了乾顺的愤怒,士可杀不可辱,该出手时就出手!他豁出去下令集中四监军司兵突入宋泾原路,包围平夏城,杀掉管辖杨忠,攻进镇戎军,把没设防的镇戎军杀了个片甲不留,掠俘虏军资数万,凯旋而归。

这一反击战虽大胜,出了口恶气,但乾顺王深知这又带来了多少后患。势弱就要挨打,土地丰沃就会有人来抢,这是生存的法则!为了减少损失,乾顺王只好再次向辽国求援。辽国便派使带了不少礼品向宋朝说情,请宋罢兵,但宋徽宗不买账,到了第二年的二月,宋又出兵围攻银州。夏方派夏监军兀移带兵迎战,却被宋将韩世忠在蒿平岭打败,兀移战死,银州被宋军攻陷!三月,夏有了一次机会。因萧关一带水草丰美,便于屯集,又有旧址,早就为宋所垂涎,于是宋连连取胜后更是乘胜追击,打算一举拿下后成为他们的新领地。但这次天公不作美,就在宋队伍向萧关路行进的时候,天下大雨,雾霭弥漫,宋偌大的队伍迷了路,在迷雾中像瞎子似的团团乱转。踏口的夏军得到消息,趁机袭击,宋受损失,不敢久留,只得退兵了。可他们对继续攻打夏国的行动一刻也没有停止。

到了五月,宋朝廷紧锣密鼓地商量着如何进兵攻取夏的政治中心灵州。夏得知消息后,先下手为强,出兵先攻宋顺宁砦,但被宋廷州副将刘延庆击退,夏军那时好像被逼疯了,转身就去攻打湟州以北的蕃市城,又被知州辛叔宪打败,只好撤回休养。所有人都清楚,夏国实力远远不能与宋抗衡。到年终,乾顺王与大臣们合计再三,唯一的办法只能是派使者再赴辽乞求援助。辽便又遣枢密副使萧艮去宋朝劝说,请宋退兵,并将占领的地方归还夏国。贞观六年(1106)二月,辽国又一次去宋为夏谈判,宋皇帝赵佶迫于辽国压力使出权宜之计,答应了归还宋崇宁年间以来占领的西夏边地。六月,宋废银州改银川城,与夏国议和。

就这样,宋夏两国算是平静了七年,这七年中,夏国养兵练兵一日不敢松懈。其实两国都清楚,宋夏两国的战争是不可能平息的,果然,夏雍宁二年(1115)正月,宋派熙河经略使刘法带兵十五万出湟州,秦凤经略使刘仲武领兵五万出会州,两路夹击夏国的卓罗和南监军司,童贯军后援,这简直就是一种"口袋"式包抄,大有对夏一举歼灭之式。夏右厢兵数万人迎战,被刘法军击败,死伤数千人。刘法立即在占领地筑起"震武城"。刘仲武率兵至清水河,迎战的夏军拼死阻截,逼得刘军不得不停下来,就地筑城留兵屯守。

拖到十一月,乾顺王忧心忡忡,面对大宋,夏国岌岌可危。他不能让堂堂一国毁在他的手上,背个千古骂名!宁死也不能让夏国亡,他不能让祖业就这么垮掉!俗话说,大丈夫能屈能伸,眼下只能向宋进贡,将夏国最好的东西派人送去,并派大使去谈判,务必请宋朝退兵。但遭蔡京一口拒绝。自宋对夏发起攻势以来,宋步步为营,修筑了多处城堡,胜多败少,正打在兴头上,怎肯罢休。

夏雍宁三年(1116)二月,宋再次派两路军攻夏仁多泉城,守将困守一月有余,最终因粮尽水绝而降,降兵三千余人全部被杀。

夏国防守不胜、请和不成,几乎陷入任人宰割的地步。为了不成为史上笑柄,乾顺王只得孤注一掷,打不过也要打,哪怕打个同归于尽也在所不惜。十一月,夏大举出兵包围了靖夏城,并通过挖暗道入城突袭,将城内宋兵全部屠戮。这使得宋种师道率陕西七路十万大军扑向夏藏底河城,他发誓:十日攻克!但夏兵铜墙铁壁,视死如归的气势使得宋方难以攻破。种师道也疯了,他下令:凡不用力攻城者斩!宋兵攻退都是死,索性拼了,皆奋力登城。安边巡检杨震率领先锋队先一步登上城墙,斩夏守城将士数百,后面的宋兵趁机而上,夏兵大乱,城就这样被攻陷了。次年二月,夏境内几处发生地震,民心慌乱,内忧外患。宋夏的几场战事依然杀得难分难解,夏仍然败多胜寡,边打边修的几处囤积城堡也频频被宋攻破,宋更名为己有。

夏元德元年(1119)三月,忘乎所以的童贯派熙河经略使刘法攻取夏兴州、灵州两个政治中心。在这个问题上他们发生了分歧,刘法认为将夏国的边缘地带逐一攻下是不成问题的,但是一举歼灭夏国核心领域还为时过早,时机不成熟。但抵不过童贯官大一级压死人的淫威,刘法只得从命率兵两万从统安城出发,向夏中兴府方向开拔。乾顺王只好派晋王察哥率步兵、骑兵万余人迎战。

夏国兵力有限,察哥将部队分为三阵,一队阻挡前军,另一支精锐骑兵抄刘法后军,一队对付中段。夏宋两军混战一处,从早到晚,杀得难分难解,宋军人饥马渴,死伤人数越来越多,终于,宋大将杨惟忠、焦安节、朱定国相继战败,刘法带残兵入夜溃逃,跑了七十里后被夏兵追上杀死,察哥全歼刘法部队后直接攻破统安城,接着又乘胜围攻震武城。童贯急派刘仲武、何灌增援。震武城即将攻破,察哥又改变了主意,算了,这城太破了,烂摊子留给宋朝去吧!于是打道回府。这次打夏,宋兵损失惨重,死亡十万余人。童贯不敢实报,反向朝廷报捷。到了四月,童贯想扳回那盘输棋,便派种师道、刘仲武、刘延庆带兵出萧关。乾顺王再次请辽向宋议和。宋朝由于连年出兵,国内经济陷入困顿,只好同意了议和。至此,夏国被动挨打的局面总算告一段落。

到了夏元德六年(1124)正月,乾顺王向金正式称臣,金国把下塞以北、阴山以南的天德军、云内州、金萧州、河清军、武州等地赐给夏国,并约夏攻麟州,以牵制宋朝河东的兵力。金武州取胜后却将它给了宋,从中挑起夏宋之间的矛盾。夏元德七年(1125)二月,金全力追击辽天祚帝,在应州将其俘获,耶律大石等辽贵族西迁,辽亡。在这之前,乾顺王得到辽天祚帝逃亡的信息,派大将前去援救,无奈被两股金兵合击,夏兵大败。五月,乾顺再次出兵救辽,得知天祚帝已进入夏境,即派使前去迎接。但这时金也追至此地,金便提出,将天祚帝送还给金,且能如对辽那样对金,便将辽国西北一带割让给夏。乾顺王看见辽国的灭亡无可挽回,为了保全夏国的割据地位,便答应了金国的要求。时隔两年,夏正德元年(1127)正月,金兵攻下汴京城,俘虏了徽、钦二帝,北宋灭亡。

总之,乾顺王执政期间,世事动荡,充满了血雨腥风,但由于乾顺王审时度势、隐忍不发,保全大局,为大夏国达到鼎盛奠定了基础。

第四十章　起义领袖多讹

又过去了好多年,此刻已是大庆三年(1143)的夏天。三至四月,夏国境内接连发生强烈大地震,房屋倒塌,人畜死亡数以万计。农田干涸,无法耕种。到了秋天几乎颗粒无收,可怕的大饥荒和瘟疫开始了……路边到处是无家可归的人,他们搭建一些低矮简陋的茅棚,不时就有被拖出去的死人,凄惨的悲哭声此起彼伏。

一天,一户看上去还算殷实的人家门口,聚着一小队举钵端盆的穷人。一个三十多岁的妇女面带愁容地给他们分发着粮袋中不多的谷物。屋内,一位气度不俗年纪也就三十几岁的男子正从开着一条缝的门里看着这一切。他就是银州一带很有名气的好人多讹。说起来多讹祖上以宰牛为生,也积了些薄田屋宅,到了父辈又开始经商,成了当地的有钱人。多讹从小读私塾,家人指望着他成为一个读书人,日后考取仕途以改门风。可是多讹却喜欢舞刀弄棒,闲暇时骑马射箭,练就了一身好本领。

他人很重情义,谁家有难总是倾囊相助,成了银州一带受人敬重的名士。多讹二十岁左右的时候也曾数次去打仗,但后来腰部中箭留伤,他想要成为一名将军的梦想早早地夭折了。

连年战争,多讹虽没再亲上战场,但对国家大事、军事却颇为关注。灾难来临之前,他热衷广交朋友,上至达官显贵下至贩夫走卒,三教九流什么人都有,为此他还特意开了个茶坊,不为赚钱,单是为了友人聚会方便。近年来民间各阶层对朝廷不满的呼声越来越高,总有一些人聚在这个茶坊高谈阔论,从先帝李元昊一直议论到眼下新登基不久的仁宗仁孝皇帝。人们尤其对母党执政时期留下的后遗症抱怨不休。因此,大家对新皇帝仁孝都有着些许期待。

多讹的一个武士朋友还向他借用茶坊的后院开了一个武馆。多讹很是高兴,每天也适度地跟着练练,幻想着有朝一日腰疾自愈,遇上战事或许还可重回沙场。

可就在这个时候,老天爷发怒了,数度大地震从三月持续到四月,把人们的一切愿望都毁灭了。灾难发生后,饿殍遍地,惨状不忍目睹。灾区各部落联名向朝廷频频呼救,可这时的朝廷只是发了一点救济,暂时减免租税之类,杯水车薪,紧急实际的问题一样也解决不了,死去的人越来越多。

多讹在灾难一开始就将自家储藏的窖粮拿出来救济灾民,起初他的夫人还忧虑地望着他们年幼的一双儿女说:

咱们就算是将一窖的粮食都献了出去又能救得了几个人?粮食没有了我们的孩子们又怎么办?多讹说:

这毕竟是灾难时期,能救一个算一个,如果这世上的人都死了,我们却活着,难道不羞愧吗?

夫人说:

你以为你是谁啊,难道你是救世主吗?朝廷都不羞愧你有何资格羞愧啊!

这时候,有人拍打他家的大门,有女人和孩子撕心裂肺的哭声,夫人没等多讹再发话就抹着眼泪去开窖发粮了。和多讹要好的几家富户在他的带动下也都捐出了不少粮食,但是,眼看着他们的粮窖就空了,接下来又该怎么办呢?不要说救济别人,自家也要陷入这无米充饥的可怕境地了,多讹就这么看着夫人将最后一点粮食分发给求上门来的饥民了。

朝廷还是没拿出个实际办法来,民愤已铺天盖地,多讹也从曾经的热情中跌回到了可怕的现实里。这时,韦州的大斌、静州的池浪、富儿等部落的一些血性汉子找上门来,他们平时也是非常要好的哥们兄弟,一进门就吵吵嚷嚷着：

多讹兄，我们堂堂男子汉总不能就这么坐以待毙吧？朝廷既然闭着眼睛不管，不如我们反了吧，拼它一场也比饿死好一些！

多讹起初还茫然地问着：

反？怎么个反法？

有人喊着：

抢！抢他狗日的州府去！把咱们几个州的百姓结集起来，杀富济贫，替天行道！多讹兄，你有号召力，是文武双全的好汉！你当我们的头儿，我们都拥戴你，信任你，你就给我们大家领个头吧，不然就算死了也死得窝囊啊大哥！

人群这么嚷嚷着，多讹的血液渐渐沸腾了。在群情激愤中，在如黄河怒涛般的鼓动声中多讹的原始力量仿佛都给召唤了回来。但他毕竟是个读过书的人，理智告诉他他的腰伤是个阻碍他斗志的拦路虎。

这些兄弟们很快就想起了他的这个难处，他们又开始抢着说：

大哥，你只要指挥兄弟们就行，发生意外时弟兄们会抬着你跑，相信我们吧，弟兄们一定会保护好你的，大哥！

多讹哈哈大笑着说道：

我多讹还没有脆弱到那种地步，既然如此，盛情难却，多讹我就受兄弟们之命，赴汤蹈火也在所不惜！

于是，在极短的时间内多讹招纳了几个州自愿加入起义的百姓，组建了万余人的队伍，自带铁器、木棒、大刀、射弓等，以"多讹"为名，在夏国的边缘地带揭竿而起。就在这时，池浪、富儿部落也不谋而合，在呼喊着"杀富济贫，救援灾民"的口号声中与"多讹"相遇了，几万人的队伍立刻就汇合了进来，大家依然推举多讹当领袖，两个部落头领甘为副将，夏国历史上出现了规模最大的一次农民起义。

由于这支庞大的起义军是怀着满腔怒气拼一死战的，所以气势勇猛，斗志高昂，一路连连攻克各州城府，抢兵器、粮食、财物无数，凡抢到的东西即刻派人送往灾区，散发到濒死的灾民手中。得到后方的声援，起义军更是所向披靡，继续一路攻去，频频得胜。多讹后来的确被人们抬着指挥作战,大部队中绣有"多讹"字样的大旗迎风飞舞,黄河水般的队伍滚滚向前,势不可挡地朝着他指挥的方向前进着。

事态很快就惊动了朝廷。各州城、郡、县的告急奏章频频传来,兴庆府就如炸了锅一般,年轻的仁孝王惊惶失措、坐卧不宁,不断地问着左右大臣,如何是好?如何是好?

其实自地震发生后,仁孝王也是苦不堪言,整天为赈济灾区着急。连续大地震的破坏难以恢复,国家不是不倾囊而出,而是将三个夏国国库倒个底朝天也救不了这样的灾情啊!更何况,仁孝王登基初年最头痛的就是国用不足,先王们争战的烽烟才熄灭了几天?难道使自身富强起来只有靠打吗?那么打了这么多年哪一代富裕强大起来了?谁给后人留下了丰裕充足的财富了?没有!仁孝王痛恨战争,他曾暗暗发誓,他要靠依附他国特别是最有实力的金国保持和平,结束连年争战的局面。只有休战才会国泰民安,像中原那样文明发达……可是,这一切还在理想当中,天灾人祸却连连袭来,天灾的事还没有处理好,人祸又来添乱了!暴动、匪患……但是,仁孝王毕竟是夏王,再年轻也不能乱了阵脚让大臣轻看。于是他调整心态,接受了大臣们的两种建议,一方面降旨各州按灾荒轻重设法赈济灾民,另一方面派西平都统军任得敬领兵出动镇压多讹匪患。

多讹带领的起义军正逐路进攻各州府,并频频取胜,将财物散给百姓时所得到的快乐和幸福感是前所未有的,他愈打愈勇,完全不知道朝廷的军队已经向他们出动了。两军第一次正面交锋,多讹起义军显然打不过朝廷派出的正规部队,由于欠缺经验,多讹损失惨重,死伤人员无数。义军很快被打散了,还有很多被俘虏了。多讹只好指挥剩下的义军边抵抗边撤退,一直退到贺兰山的山野深处,朝廷军队才停止了追击。残兵败将们聚集在山洞里缺吃少喝,多讹也腰疾发作,心情从先前的高峰跌落到了低谷。

外出找水和食物的义军在大山里碰到了失散的两位副手,就是池浪、富儿两部甘当副将的那两个头儿。彼此相见,抱头痛哭,毕了,一同拖着射死的岩羊和盛在皮袋子里的泉水回到山洞里。多讹一看到他们,心情好了许多,腰痛也减轻了不少,立刻叫人在洞中央点火烤肉,大家分喝着泉水,吃着烤羊肉,慢慢缓过了精神。不知谁带了个头,众人竟纷纷歌舞起来,完全忘记了身处险境。火光将多讹的脸映照得红光满面,曾经怂恿他造反的兄弟和那两个部落副将围坐在他身边七嘴八舌地说着:

既然是反了,就迟早要面对朝廷的军队,我们是为了活下去才被逼上此路的,我们没有错,但朝廷是不会放过我们的,如今也只能一不做二不休对抗到底了!听着这些话,多讹将拳头重新攥紧,斗争到底的信念又在他们的心头燃起。果然,他们在洞内养足了精神后,又出动了。第二次的交战打得极为艰苦,他们依险据守,顽强抵抗官军两个多月,最后在任得敬的疯狂屠杀下终于失败,多讹和两个副将被活捉。

多讹及两名副将被押赴刑场的那天,天色阴暗,下着小雨,道路两旁全是赶来给他们送行的老百姓。有的双手合十小声为他们祷告着,有的嘤嘤低泣流泪不止,当押送多讹的刑车开过来时,人群发生了潮涌般的骚动,护车的士兵用牛皮鞭和木棍维持着秩序,但依然挡不住人们呼喊多讹的名字。多讹在那辆能露出脑袋的刑车里神态自若地朝大家微笑着致意,两个副将从他的背影得到了鼓励,都效仿着他,显出好汉的本色来。也就在这时,忽然一阵新的哗然,羁押多讹的那辆刑车戛然停了下来。人们循声望去,却见多讹夫人领着一双儿女扑倒在车轮的前面。

多讹夫人大哭道:

苍天哪,你可都看见了?多讹他造反是为了救灾民呀……如果不是为了救人,我全家何至于如此一贫如洗、家破人亡……如果这些不是真的,为什么大家会这样拥戴他,冒着这般冷雨来为他送行啊……

几个士兵如狼似虎地架起多讹夫人及孩子,嘴里骂骂咧咧地嚷着:

叛匪家属,夏王正降旨诛灭你家族呢,你倒自个找上门来了,省了小兵我们再到处去搜了……

刑车上,脑袋露在囚笼外的多讹嘴巴被堵塞着,全身也无法动弹,只有两只愤怒的眼珠子在充血,那眼神里,有对夫人不带着儿女们躲藏起来的埋怨,有对捆绑夫人孩子的官兵的愤怒,有对自己命运不济的无奈……

后来,这个场面传到了王后罔氏的耳朵里,她让仁孝王破例下旨,使这位起义领袖的夫人和孩子免于一死,并给了他们一些田产房屋安顿生活。

第四十一章 盛 世

夏天盛七年（1155）的九月，蓝天白云，茫茫戈壁滩，一列马队从远处走来，马背上的人不时发出欢快的叫喊声。其中一位男子气宇轩昂儒雅风流，他放眼四观，目光中充满了正大光明，他就是大夏国第五代皇帝李仁孝。他身后同样有一位气质不凡的女人，这个女人就是闻名天下的"贤后"罔氏。罔氏是党项的一个大族，先王李元昊的母亲也是罔姓，不曾想相隔数代罔姓中又出现了一位王后。

眼下的夏国没有硝烟，虽说边境上频繁出入着来使，但那都是为了和平而进行的外交活动。早年被迫关闭的边境榷场经过再三谈判也都陆续开放了。不仅如此，仁孝王在这个安宁的国土上兴建学校，提倡儒学，使得夏国大地上的狼烟散去，战火渐熄，取而代之的是铺天盖地的朗朗读书声。

如此美好的气象中，罔氏那端庄美丽的脸上却透着忧郁，并不像往常打猎时那样兴奋。以往出宫，罔氏会像离弦之箭，先奔出去一程，引得仁孝王直追不舍，使角逐的气氛一下子就形成并且高涨起来。可今天是仁孝王率先跑出去，回头看并不见罔氏追来，就兜一个大圈又折了回来。他来到罔氏身边问道：

王后身体可是欠安？朕怎么没听你说起呀。

罔氏摇了摇头，欲说还休地叹了一口气，不知该怎么解释自己此刻的心情。

今天一大早，罔氏猎装打扮来到院中，要出行的兴奋使她步履轻快，

容光焕发。院中正在备马的侍人们看见罔氏出来都要纷纷给她行礼,罔氏忙制止说:

免礼,免礼,你们忙着,我只是早些出来呼吸新鲜空气而已。

说着就朝后花园走去。

宫中上下都知道罔氏是一个随和谦逊、通达明礼的王后,深得众人爱戴。人们都知道她和仁孝王不仅是一对君王夫妻,更多的情况下两人也算得上旷世知音,比如对儒学的共爱,对棋琴书画的热衷,就是国政大事仁孝王也多请教罔氏。大家也知道,自仁孝王即位以后,设立各级学校,推广教育,实行科举,选拔人才,尊崇儒学,发展佛教,大修孔庙,维修佛刹,建立翰林学士院,编纂历朝实录,修乐书,颁行法典等等,罔氏也多参与其中。

说起来仁孝王的后宫嫔妃无数,但对罔氏的宠爱却长年不衰,经年不减。侍人们还常常看见,这对夫妻有时对弈累了会将棋盘换酒桌,两个人推杯换盏,酒深时,还盟誓祈愿,说什么来世还做夫妻之类的话,惹得一旁的人也会黯然神伤。

罔氏来花园里看着葳蕤繁茂的花朵心里一阵欢喜,她快步走到有着一颗大露珠的绿叶子前正要伸双手捧那露珠,忽然从花丛中飞出一只从未见过的鸟来,那鸟发出的声音勾魂摄魄,使罔氏打了个激灵。她抬头望着天空,呆呆地看着飞远的鸟儿,身心出现了一种难以言说的不适感。这个时候有人牵马过来说道:

王后请上马,夏王在等候您了。

出了门仁孝王就感觉到了罔氏的异样,但为了不扫兴也没有管那么多,此刻这么一问,又好像为难了她,一时间不知如何是好。

随从们为了调节气氛,总会为野兔子地鼠之类的小动物弄出喧哗声来,你追我赶着,将机会让给仁孝王。其实,每一次打猎装备都那样隆重,好像是为了打老虎而准备的,实际上每次获取的猎物也只不过是野兔山鸡什么的,遇到岩羊母鹿罔氏都要制止的,久了就成了规矩,人人都知道他们的打猎不过是徒有虚名,主要的目的是到贺兰山的离宫里住两日,借此休朝。

每次罔氏随着仁孝王到各地视察,都会下榻在沿途的行宫内,她由此想起先王们的一路风尘,唉,血腥气太重了!罔氏借此机会每到一处就大办法事,祭祖焚香,为先祖们的过失忏悔赎罪。每每来到贺兰山离宫,她都会想起那位名叫没移氏的妃子的故事,那个疯掉了的美人儿没有死,最终做了契丹人的俘虏……

骑在马上的罔氏就这么一边一路想着,一边看着前面的仁孝王跟随从们追逐着小猎物的身影,完全没有想到会马失前蹄连人带马摔到一个沟畔里。马队闻声驻足,回过身奔到一群挖沟修路人的中间,七手八脚总算将王后弄了上来,马却在沟下崴伤了腿爬不起来了。

仁孝王当即下令立斩修路人,不想尚食官阿华啒的一声跪下了:

陛下且慢,您为了这件事杀掉修路的人,如传到民间,百姓们会说您贵畜贱人,再说您新制定的《天盛年改定新律令》里并不曾有如此的明文规定,道义上也不合适,会引起国人不服。

罔氏帮腔说:

陛下,臣妾以为尚食官言之有理,非旦不能杀修路人,还要奖赏尚食官仗义直谏。

仁孝王听罔氏这么一说,火气也消了一半,只好问身边人说:

难道今日这么好的天气并非是朕的出行之日?

罔氏说:

陛下这话问得好,臣妾也正疑心今日好像并不适合我们出行,发生这样的事情似乎有什么预示……

仁孝王经这么一折腾也没了兴致,问:

王后的意思是?

既然不宜出门我们就打道回府吧!

仁孝王答应,人马一行又掉头回去了。

回到兴庆府,罔氏让仁孝王奖赏尚食官阿华银两一千,用以鼓励众臣敢于直言,敢于对时政提出自己看法的作风。这一风气在这个时代的夏国盛行良久。

刚刚举行过奖赏的仪式,就传来任太后驾崩的消息,兴庆府顿时大乱。

说起这位任太后,就不得不讲到当下的国相任得敬,但一提到任得敬,仁孝王那原本安宁的面部上就会暗起波澜。如果罔氏在一旁,会说一些别的事将那种不愉快驱赶开去。但更多的时候却是他们不得不共同面对任得敬这个相当有势力又似乎专门与皇权对抗的人。

任得敬是怎么当上国相的呢?提起这件事仁孝王也是一副悔不当初的模样。当初嵬名仁忠等皇室大臣坚决反对任得敬入朝,可嵬名察哥却大力推举,动辄就说起当年任得敬镇压义军有功云云。更重要的一点是,任得敬曾将自己十六岁的女儿送给崇宗皇帝做妃,但不久崇宗驾崩,年轻的任妃从此深宫守寡,身患多疾,基本没有再出头露面。仁孝王即位后将任妃封为太后,任得敬又心生利用女儿改变自己命运的愿望,而且真就实现了。

时过境迁,任得敬不但早就入朝,且如今已是大权在握的国相了。数年前,任得敬想尽各种办法几乎是胁迫性地使仁孝王破例封他这位汉人为楚王,按理说,功勋卓著的党项皇室子孙才有资格得到这种荣誉。结果这一举动使得众皇族怨怒不已。

从那以后,任得敬出入仪从完全与仁孝王等同,奢侈程度甚至超过仁孝王,那还不算,任得敬竟然公开反对仁孝王推行的以儒治国的策略,上疏仁孝王"请废学校",疏称:

> 经国在乎节俭,化俗贵有权衡。我国介在戎夷,地瘠民贫,耕获甚少。今设多士以任其滥竽,縻廪禄以恣其冗食,所费何资乎?盖此中国之法难以行于我国者,望陛下一切罢之。

仁孝王不予采纳。

任得敬表面上倡导节俭,事实上却率先奢糜,风气一开,宫廷贵族阶层竟相攀比起奢侈来了,他们不但比田产屋宅,比钱财珠宝,还比起豢养大型凶猛的动物来。比如蟒蛇、食人鹰等,竟然有人带着一头老虎来到大街上,将活鸡当众扔给老虎吃,一时间人们纷纷关闭了店门,数日不敢开张。

对于国相的所作所为,仁孝王也只有唉声叹气的份!他重文,逐步将军权都交给了任得敬,加之自己也是夏国第一位不是战场上成长起来的党项皇帝,如果一旦出现兵戈交锋,他真有些不知道如何应对,因此事事让着任得敬只求个息事宁人。

可就在这种情况下任太后仙逝。

罔氏恍然大悟,对仁孝王说,难怪此次出猎未能成行,是有大事将至啊!

她又想起那日大早遇见那只鸟以后竟发生了难以言说的不适感,原来那是一只报丧的鸟!为了不再多生事端,夏国为任太后休朝三日,按太后规格厚葬发送。

可事情未能像他们想得那样平顺,虽然任太后属于寿终正寝,但任得敬仍然借题发挥,将兴庆府上下搅得昏天黑地,并要挟仁孝王,将夏国的东半部赐给他独立治理。

罔氏就对仁孝王说:

这显然是叛逆谋反,要另立为王嘛!

那天仁孝王喝醉了,他在醉酒中亦哭亦笑,一会儿自嘲无能,一会儿又傲视一切,在皇后的精心抚慰下,才没有惹出事来。

仁孝王最终还是向任得敬妥协了。乾佑元年(1170)五月,他将夏国的西南路及灵州一带割让给了任得敬。任得敬为了地位更加稳固,让仁孝王派大使去金国请求册封。那天恰在任得敬的府上,仁孝王听说国相身卧病榻就亲临探望,谁知任得敬软硬兼施,使得仁孝王再一次向他全盘妥协。朝廷为此群情激愤,被派金国请求为任得敬册封的大使拒不前往,还有两位大臣为此辞官不做,仁孝王陷入左右夹击之中。

当金世宗见到夏国使者呈上来仁孝王的请求后疑窦顿生,他问宰相李石:

夏国称藩岁久,岂肯无故分国与人?这分明是权臣逼夺,并非夏王本意,难道夏王遇到难处了吗?

李石回:

别国的事与我国有何干系,皇上也别费那个心思,给他封了就是。

金世宗说:

那不行,朕为四海之主,岂能允许这等事情发生!你们去查清楚,如果确是夏国王无力自主,我大金国可派兵诛之!然后退回册封要求。

金世宗说完就下朝了,将夏使及带来的东西也一并拒绝了。

任得敬得知金世宗拒绝册封他,便恨从心来,他设法联络上了宋朝四川宣抚司,提出联手攻金。一直在寻找机会报辱国之仇的四川宣抚司得到这个提议可说是大喜过望,火速复信任得敬表示同意。

这天傍晚,细雨霏霏,仁孝王、罔氏及参知政事杨彦敬等在闷闷地喝着一种夏国宫廷御酒——酽酒。气氛明显压抑,酒过三旬,杨彦敬忽然对仁孝王说道:

依臣所见,不如快刀斩乱麻杀了那贼臣……

一句话惊得仁孝王嘘声大起,慌忙四顾并压低声音说道:

难道你忘了热辣公济及焦景颜诸臣的下场了吗?……他军权在握,吾等如没有足够的理由不可轻举妄动啊!

这时候门外有报,夏巡兵在边境抓到一个可疑骑兵,从其身上搜到一封密信。

就像是上苍相助,这封信正是任得敬书于四川宣抚司的,内容是密谋伐金的计划。仁孝王边看信边浑身发抖:

这这这……快给朕拿下这贼臣……

罔氏就说话了:

请夏王镇定,臣妾以为,快速派人将这密信送往金国,送到金世宗的手上。

仁孝王和杨彦敬都恍然大悟,争相伸出大拇指说道,还是王后高明,此乃上上策啊!

于是经过周密布置,送信的使者连夜赶往金国。

金世宗收到此信后拍案而起,怒喝道:

果然不出朕所料,竟还要打到我大金国的头上,真是岂有此理!出兵十万,助夏诛贼!

就在任得敬焦急地盼望着四川的回音时,他做梦都没有想到,金国大军已如水一样淹来,兴庆府驻军里应外合。

除掉了任得敬,仁孝王如释重负,很快上书金世宗表示感谢:

……今既贼臣诛讫,吾夏国不胜感戴,甘愿称臣,从此别无所求,只希望继续保持两国间的和平友好……

之后,仁孝王命夏国大学者斡道冲担任国相。

斡道冲担任国相之后,首先组织汉学大家系统地翻译了《论语》等儒家经典著作。仁孝王又尊孔子为文宣帝,降旨各州郡修建宏伟高大的孔庙。

罔氏十分赞同仁孝王的做法,而且提议仁孝王到民间私访巡查,了解民情,完善律令,改良国策。

同时仁孝王开始广建寺庙,在夏国各地普遍实行释典礼,国内频繁举办大型佛事,仁孝王和罔氏亲自参加,并广为施散梵典,受到百姓的拥戴和喜爱。

乾佑二十年(1189),仁孝王为了庆祝即位五十周年,特意用夏文和汉文印制了十万部《观弥勒菩萨上生兜率天经》和五万部其他经典。庆典仪式上,身披袈裟的仁孝王带头表示着自己对佛陀的感激之情,成千上万的臣民百姓齐声诵经,为夏国历史上最为壮观的梵典。

老百姓苦苦期盼的和平盛世总算在仁孝王执政期间实现了,夏历史的长河流向它的鼎盛时期。国力强盛,百姓富足,文化繁荣,连西域各国都很是羡慕,纷纷派使臣到夏国贡献方物以求密切。

仁孝王在位五十四年,夏国鼎盛一时。他享年七十岁,是夏王中寿命最长的一位,也是当政最久的一位,更是给老百姓留下怀念最多的一位。

第四十二章　李觅名与成吉思汗

我听母亲说,蒙古第一次攻打夏国的时候是夏天庆十二年(1205),那时候我还小。母亲讲,蒙古大军是在三月的一天突然压境而来的。那天天气阴沉,天空飘落着小雨,塞北的初春依然是寒凉萧瑟,宫里的人们大都还裹着冬季的皮袍,大火盆里的火焰也都旺旺地燃着。那是人们最闲适的时候,宫里正在举行歌舞表演,供给皇族们的各类茶点非常丰盛。人们聚在宫里,悠闲地欣赏着宫女们的舞蹈曲乐,打发着无聊的时光。

母亲说,当报兵报告这个惊人的消息时,我的父王,第六代夏国皇帝纯佑王正在他那张舒适华丽的卧榻上打着盹。他惊愕地睁开睡眼,以为自己是处在一个噩梦里。母亲说她扑过去摇晃着他,让他快一点出兵抵抗。可是父王依旧愣怔着,嘴里说着:

这怎么可能?这怎么可能呢……

结果,久未经过战事的夏国面对蒙古军强大的武力束手无策,眼睁睁看着他们在夏国的国土上大肆蹂躏,大掠人口及其骆驼财物而去。

我父王跌跌撞撞地爬上一处高坡,眺望着远去的蒙古大军,那密密麻麻的马群的后面是久久都未能落定的黄尘。

父王转过身,坡下站着被虏掠过的族人们,他们衣衫不整,惊魂未定,脸上是泪水,身上是鲜血……

父王战战兢兢地从坡上下来,他指着蒙古军的背影对他们说:

没事了……他们……他们走了……

族人们的眼神流露出轻蔑和不信任。父王回避那些人的目光,自壮其胆地喊着：

哈哈……他们滚远了……滚到天边去了……

然后他的手向后一挥，朝回走去，依旧嚷嚷着：

好啦，天下太平了，起驾回宫，摆酒庆贺，大赦全国……

我母亲说，她亲眼看见人群里各式各样对着父皇的眼神，那些眼神是那样的骇人，散发着冷气和仇怨。皇太后的眼神尤其凛冽，她就是我父皇的母亲我的亲祖母罗氏。我母亲还说，她又看见父王的堂兄弟李安全凑到罗太后的耳边说着什么，他一边小心地将她扶上大轿，一边显出他在罗太后跟前的与众不同。

母亲说，她私下里示意父皇不得大意，要提防着镇夷郡王李安全和皇太后，可糊涂的父王怒斥母亲大胆，怎能怀疑自己的母亲和堂哥呢！

果然不出母亲预料，次年的一月，正是冰雪封天的时候，太后罗氏和觊觎皇位已经很久的李安全联合发动宫廷政变，废黜了我父皇纯佑，李安全做了第七代夏国皇帝。

我把话题说远了，母亲的那些话对我来说已经远去了，自我记事以来，我是在伯父李安全那丰盈羽翼的遮护下成长起来的。尽管人们都说，李安全是个暴君，说他天资暴狠，心术险鸷，连当时夏国依顺的金国也不认可他这个篡位者，说什么也不肯为他册封。直到后来在我祖母罗太后一再的请求下才勉强为他册封……

在他的呵护下快乐成长。他在我的心目中与别人的评价完全相反，我一直以为他就是我的亲父皇。

可是没过几年，就在我刚满八岁的那年，我却亲历了一场新的政变。

那是在蒙古大军第二次攻打夏国，李安全王向金国求援，而金当时也遭攻击，在自身难保的情况下没有派兵援助夏国。遭到强大蒙古国重击的夏国害怕了，安全王慑于蒙古的强大和胁迫，开始将矛头指向相互友好了几十年的金国，并发兵万骑攻打金国葭州，两国关系宣告破裂。而且夏国宫廷从此形成了依蒙打金还是联金抗蒙两股潮流，夏朝廷动荡不止。政变就在这个时候发生了……那天，我和母亲及一些家眷宫人们都被突然蒙了眼睛堵了嘴巴,身子也都给捆到了一块儿……我第一次经历那么难熬的时光,我只有八岁,对死没有特别的恐惧,但却听到了被绑在一块儿的一大堆的心跳声。在寂寞难耐的黑暗中我开始聆听和分辨那各种各样的心跳声。这让我发现了人和人的不一样,也让我悟到了为何千人千面的道理。总之,当时那可怕的处境并没有要了我们的命,不知过了多久,我们被解禁之后,我得知了安全王已暴死的消息,而且齐王遵项已经自立为帝了!人们都明白,这场宫廷政变是遵项亲手所为,他是宗室齐王彦宗之子,因曾经考中进士,唱名第一而嗣齐王爵,并擢升为大都督府主。人们都说他端重明粹,自幼好学,挥墨隶篆,博通群书,是夏国不可多得的一位德才兼备的人物。可就是这个人,杀了伯父李安全,篡夺王位,成了夏国王位上的第八位皇帝。那时候,在新政权为此而举办的国庆大典中,只有我这个八岁的女孩儿在肆无忌惮地大哭着。

  我这位夏国公主就成长在夏国最为动荡国主更换最为频繁的那些年代里。不知是不是受生活所影响,我变成了一个外表沉默顺服的少女,骨子里却暴躁不羁,幻想着有朝一日亲手降服并宰杀掉一匹烈马。当然,没有一个人知道我的内心有多么狂野,人人都说,我越来越美丽温顺,说我长了一副王妃相,天生就是贵人的命。对于人们的种种说法,我只是温婉一笑,默默地走开。

  回到我的闺房,我常常闭紧门窗,用一把匕首千百次地扎着一个木墩子。那个木墩子布满刀伤,有时候看见它我自己都会吓一大跳,好像它在我的杀戮中越来越有生气,有几次它好像就要活了过来,就要突然跳起来将它满身的刀伤全都还给我。我举着刀的手停在了半空中,然后一脚将它踢到旮旯里,匆忙地钻进了被窝。那天晚上我虚汗不止,恶梦连连,侍女阿莲夜里来送夜宵我都不敢开门,含混地将她支走了。

  蒙古大军第三次攻打夏国的时候更加凶猛,一路攻进夏国包围了中兴府。他们围城近两月,夏军在里面严防死守,但时至九月,又遇大雨,河水暴涨。蒙古国著名的首领成吉思汗命令他的部队筑起堤坝,提高水位引水灌城,一时间城中大水滔滔,救命的呼声此起彼伏,淹死城民无数。无奈之下,遵项王亲自登城督军,皇族一家怕被水淹没也纷纷登上了城墙。当然,我李嵬名也在其中。我们男女老少一族人高高地站在城墙上面,虽说头上顶着大块毛毡遮雨,脚下却是洪水泛滥,族人们发出阵阵哀怨的惊叫声。可是我却隔着蒙蒙雨雾望着城门下那密布的军队急切地寻找着一个人,对了,就是蒙古领袖成吉思汗。这位在我八岁就让人们闻风丧胆的人物究竟是个什么样子呢?大家都说,他是从蒙古草原上腾空而起的"上苍之鞭",这支"鞭子"在不知疲倦地舞动着,所指之处地动山摇河水翻滚!如今,这支鞭子又一次指向了我们夏国,我听人们说,这时的成吉思汗已是五十华年,而我,李嵬名公主,此刻刚满十六岁。

我在密密麻麻的人群中找着那个奇特不寻常的人,完全忘记了脚下的危情。我急于寻找着成吉思汗的身影是因为仇恨吗?肯定是!但另一种模糊的情愫也潜伏在我那动荡的胸中,那应该是少女对英雄的崇拜敬仰,还有我一个女孩家深藏不露的杀气。也就在这个时候,轰隆隆一阵巨响,城墙的一部分突然倒塌,城里城外的河水四溢开来,像成群的猛兽下山般壮观。河水也将蒙古军驻扎的营地淹得一塌糊涂,蒙古军不得不退兵撤走。我看着蒙古部队退潮般向后撤,内心升出一股无名的惆怅,还有失落。但是不久,一个意想不到的转机重新出现。蒙古退兵百里之后,成吉思汗又派遣太傅论答返回诏谕,遵项王情急之下将我献给成吉思汗以求和解,当然,还送上了很多别的贵重物品。就这样,我李嵬名辗转来到蒙古国,成了大名鼎鼎的成吉思汗的一名妃子。

皇族们哭哭啼啼地为我送行。特别是我的母亲,她已经老了,在我父皇纯佑时期她就是一个偏室,又经历了这几代皇室更替,她已神情憔悴,一幅老态。此刻,她弓腰驼背白发苍苍,紧紧拉着我的手亦步亦趋老泪纵横,那种悲伤好像是要送我入虎口似的。还有我的侍女阿莲,早在一边哭成了泪人儿!可我呢,虽说也在道着离别情,安慰着她们,可此刻的心境却完全是另外一种,连我自己也难以辨清是喜还是悲,也许那就是悲喜交加吧!除了前面我的那些怪癖之外,我还渴望冒险,对我来说,嫁给成吉思汗完全就是一个冒险行为,我的心为此而片刻难安,充满着跃动感。

一行人来到城门前,遵项王竟然在大门口等待着我,他看见我也是面露伤感,并解释了一番纳女求和也是不得已而为之的话,还说将我嫁给成吉思汗并非因为我不是他的亲生女,而是因为在所有皇家公主里我长得最美。我给遵顼王行了礼,然后说了一番感天动地的话语,大致是,鬼名公主我能赴蒙古国嫁给成吉思汗也是天意,如果用鬼名换得我夏国的太平安宁那该是我的骄傲,不要说是嫁给蒙古领袖,就算此去是赴汤蹈火只要能救我们夏国,能使百姓安宁,我鬼名也在所不惜,死而无憾!

一席话说得在场的人无不唏嘘。

遵顼王长叹一声,转过身指着几匹载着财物的马车和两百名兵士说:

那好吧,公主既然如此侠肝义胆,那就请上路吧,这护送你的卫士和车马是朕为你准备的陪嫁。

说罢,将一顶相当漂亮的鎏金银翠羽凤冠戴在了我的头上。

那个夜晚天蓝得透明,照得茫茫草原清晰如画,一弯月牙像是嫦娥露出的柳叶眉。我掀起轿帘朝天空望着,听着夜行队伍急促的脚步声……那一切,真像是一场梦啊!

天露晨曦之时,我们来到蒙古大殿,那个传说中的英雄成吉思汗御驾亲迎,我的脸被凤冠流苏遮挡着,但还是看到了大汗看见我惊呆了的情景,这位传说中的蒙古英雄,他果然魁伟,宽额长髯,英异无比。

诸君知道,"成吉思"在蒙语中是"大海"的意思,说实话,我第一眼看到这位英雄的时候,心里涌起的就是一种大海的感觉。

此前,我只知道他生于蒙古贵族世家,父亲也速该被塔塔儿人毒死,也速该的遗孀月伦领着他和他的几个弟弟度过数年艰难生活。少年时期的艰险经历,培养了他的坚毅勇敢。蒙古部主忽都剌汗死后,蒙古部众大都在札木合控制之下,他投靠札木合,随其游牧。他笼络人心,招徕人马,最后脱离札木合,建立自己的斡鲁朵,于夏乾佑二十年(1189)称汗。札木合率领札答阑、泰赤乌等十三部来攻,他兵分十三翼迎战,因实力不敌而败退,史称十三翼之战。后和克烈部脱里汗出兵助金,于斡里札河打败塔塔儿人。金授他以察兀忽鲁(部长)官职,封脱里汗为王。

他与王汗联兵攻打古出古·乃蛮部,回师途中又与乃蛮本部相遇。王汗见敌势盛,不告而退,把他留在乃蛮兵锋之下。他发觉后,迅速撤兵,回到自己牧地撒里川,反而把王汗暴露在敌前。王汗大败。因为有许多蒙古部众在王汗处,他怕他们被乃蛮吞并,对自己不利,便派称为四杰的博尔术、木华黎、博尔忽、赤老温领兵援救王汗,击退乃蛮。他在部落争战中善于利用矛盾,纵横捭阖,逐渐摆脱了对王汗的臣属地位。

再后来,成吉思汗和王汗联兵,与札木合联盟大战获胜,札木合投降王汗。接着,他消灭了四部塔塔儿,占领了呼伦贝尔高原,实力猛增。继而王汗对他发起突然袭击,他只得败退到哈勒哈河以北。不久,他又乘王汗不备,奇袭王汗牙帐,克烈部亡。同年,汪古部也归附他。就在夏天庆十一年(1204),他消灭了乃蛮太阳汗的斡鲁朵,成为蒙古高原最大的统治者。

时隔两年,就在我夏国李安全称帝的那年,他在斡难河源召开忽里台大会,即蒙古国大汗位,号成吉思汗。即位后,他把蒙古牧民划分和固定在95个千户中。千户下设百户、十户。千户那颜都是他的封臣,各千户内的牧民不能任意离开千户组织,对那颜有人身隶属关系。他把一部分千户作为领民分给诸弟诸子,形成左右手诸王。又以木华黎、博尔术为左右万户那颜,即两个最大的军事长官。把怯薛(禁卫军)扩充到1万人,征调千户那颜、百户长、十户长的子弟充当怯薛,以此控制全国。设札鲁忽赤掌管户籍词讼等行政司法事务。他的汗廷是由传统的草原贵族斡鲁朵发展起来的游牧军事建制。蒙古国建立后,大批原来的部落人口被分编在不同千户中,许多部落的界限从而泯灭,开始形成共同的蒙古民族。

没有他,这一切几乎是不可能的。当然,没有他,也就没有我们大夏国的灾难。

为此,接着大海的感觉到来的是一种风的感觉,一想到马上就要投身他的怀抱,我的心里就一派风声。构成这风声的,是刚才我讲的这些关于他的故事。那些平民百姓家的女子大概永远无法体会,做一个王者的妻子,你投身的既是一个血肉之躯,更是一个历史之躯,既是"铁木真",又是"成吉思",更是"汗"。因此,在那个新婚之夜,当他充满膻味的身体压在我的身体上时,我觉得不是这个名叫铁木真的男人,而是"成吉思",是"汗"。当这个念头从我心里冒出来时,我突然一个翻身,把他压在身下。同样,我觉得被我压在身下的不是铁木真这个男人,而是"成吉思",是"汗"。一种从未有过的快感掠过我的身体,它并非来自男女的肌肤之亲,而是这一翻,被我压在身下的是"成吉思",是"汗"。

我的王啊,你可曾想到,整个世界都差点被你踏在脚下,现在,你却在我的身下。我的夏国啊,你可曾想到,那个天下无敌的王,现在就在我的身下。

我哈哈大笑。

我把这个不可一世的汗给弄愣了。我和他四目相对时,彼此已夷为平地,变成草原的感觉。我是如此强烈地盼望他的铁蹄从我的草地上踏过,也是如此强烈地渴望千唇之羊把青草吃个净光,当然更加强烈地是想在他的胸膛插上一刀。

那天,蒙古大汗娶亲的气氛是那样喜庆隆重,大殿摆的宴席是蒙古宫廷最高级的——蒙古八珍。这八珍主要是由醍醐、野驼蹄、鹿唇、驼峰、天鹅肉、马奶酒等组成的奢侈酒宴。酒宴过罢,成吉思汗在微醺得意中与一同前来的夏使签了一纸与夏国议和的协约书。夏使大喜,以为天下从此太平,三谢大汗后纵马离去。

此后五年,成吉思汗在集中力量进攻金国的同时,对我夏国只是小打了几次,大金国在蒙古大军的强攻下于夏光定四年(1214)将都城退至汴京。之后,成吉思汗又开始率大军西征了,西辽和花剌子模王国就是这时被蒙古军灭掉的。这个阶段,夏国作为战败国,被迫不断向蒙古军输送部队,弄得不堪重负,礼意渐疏……夏宫廷两股势力又纷纷活动起来,反蒙派的代表阿沙干不又向蒙古国出言不逊,导致成吉思汗找到了消灭夏国的借口。两国的使臣频频互访,硝烟的味道却越来越浓。夏王专门让使者带给我的信就有十封之多,国人给我的压力以及我自身的民族仇恨和心底里原有的烈火都让我似乎到了要用生命换取一件大事的程度。

我开始想办法接近成吉思汗并劝说他放弃消灭夏国的念头。可接近他谈何容易？他是一个征服狂，是最终要将整个天下都攥在手心里的人！那不是一纸和约和女人的枕边风所能阻拦得了的，尽管我一再找机会说服他。

一次，我和他在草原上散步，他问我：

你说我是不是天底下最大的英雄？

我说：大汗武功之盛，古来无人能及！不过……

不过什么？他问。

自古英雄必为当世敬仰后人追慕，是为民造福者。大汗虽征战无敌，得国土无数，但却以杀人如麻所换取……

如我所料，他狠狠地看了我一眼，愤然离去。很长的一段时间里，对我都是避而不见。

我只不过是他的一个妃子，作为战败国送给他的礼物而已，说得再难听一点只不过是个俘虏。这次他没有一刀劈了我，已是万幸了。

大汗的女人有很多，最主要的就有五位，皇后蒲儿贴、呼兰夫人、也遂夫人、合答安和歧国公主……列不上名字的还不知有多少，他怎么可能非要听我这么个女人的唠叨。

而且后妃们和他见面的日子也由不得自己，大多都是在想不到的时候他会突然来临，在某个夫人身边度过时光的长与短也根据他的心情和当时的情况而定。五个主要夫人分别住在五个地域，只有蒲儿贴皇后和我住在蒙古宫里，且有正宫偏室之分。平日除了我给她定时请安，那等级之森严也使彼此的距离有隔壑之遥。大汗就算没有外出，他身边的要臣大将也铜墙般围裹三层，几个儿子术赤、察合台、阔阔台、拖雷更是紧紧相随。

收起劝诫之心后，日子倒变得有趣起来，大汗也变得有趣起来。

这时，我才发现他在我的生活里是个影子，是一阵阵捉摸不定、来去无踪的风。其实，他就像一团迷雾已悄悄迷住了我的心，调动起了我心底的兴奋,使我对他的捕捉完全有别于其他女人普通的争风吃醋。没有人知道和了解我,大概人们不屑于我这个低眉顺眼的异族小女人,这正合我意,使我在不被注意的情况下窥探大汗的秘密。

　　直到那紧锣密鼓的出征气氛加剧,我才又想起我的使命,不得不把他再次看成一个仇敌。

　　终于,蒙古国对夏国毁灭性的征战开始了,并且大汗点名要带我同行。他的习惯是每一次作战都要带上一位夫人,呼兰夫人、也遂夫人都跟着他打过无数次仗。这一次,扬言要消灭我夏国却要带上夏国的公主,他这葫芦里到底卖的什么药呢?是有意辱没我夏国,还是觉得这样打起仗来更刺激?我无法猜度他这次打仗带上我是出于什么心态,而我的内心却是阵阵激动,各种复杂的情绪一涌而上,因为我知道,属于我的机会来临了。这时距我嫁给这位冤家的日子已过去了七年,我已经二十三岁,而他已年近六旬。

　　那是夏乾定元年(1226)春季的一个早上,辽阔的大草原蓝天白云,几只雄鹰盘旋在祭祀台的上空,那矫健的身姿仿佛是在预示着大汗的成功。蒙古国像以往任何一次出征一样,正在进行一个大型的祭祀活动。祭罢天地,一身戎装的大汗站在祭台上,向蒙古军发表慷慨激昂的出征诏令。祭祀台前,群情激荡,士气高涨。送行的皇族人更是虔诚焚香,久久跪拜在神像前祈祷着。大碗酒喝罢,大汗跨上他那匹雄壮的兔斑赤马,发出一声号令,如黄河水一般的队伍就浩浩荡荡地出发了。

　　我此刻离他如此之近,他的一举一动一言一行甚至表情眼神都落在了我的心上。我也骑在一匹马上,跟在他的身后,他的左右是术赤和拖雷,前后都是最密切的大将,外围还有一圈最强壮的护兵。

　　我紧紧跟在他的后面,身处这铜墙铁壁之中,我如何才能阻止这气势如虹的军队呢?我的身上藏着两件利器:匕首和红剧毒。我设想着我到底该怎样结果这位大英雄的性命呢?是的,我这个小小的夏国公主是个身载使命的人,我的使命就是要阻止大汗消灭夏国,这个阻止完全有可能拿我的生命作代价,曾经那想要降服并宰杀一匹烈马的冲动仍然在等着我。相比之下,若干年的男女私情退至千里,渺小得不堪提起。

在此之前的几年里,大汗对夏国虽说是小攻打,也已经破了夏国的军事重镇黑水城、乌拉海等城。遵项王也因慑于蒙古军的淫威而一病不起,并早将王位让给了德旺王。德旺王趁着大汗集中兵力攻打金国的时候,将漠北未被蒙古征服的部落联合起来打算共同抗击蒙古军,但却被成吉思汗得知,并冠以"阴结外援,蓄异图"的罪名,为此次调集大军反毁合约灭亡夏国找到了一个最有力的借口。

蒙古大军兵分东西两路向夏都城中兴府挺进,势如破竹,过沙陀,抢占黄河九渡,攻陷应里。

夏国连连失守!

我也还是无法找到一个最佳的时机对大汗下手。在几度与大汗合寝的时候我拿不出我那两件武器,要面对的毕竟是大蒙古国的首领而非曾经的那个木头墩子!由于缺乏经验和紧张过度,第一次取匕首时我的手抖动得厉害,差点将短刀弄出响动。后来觉得直接用刀刺杀的成功率太小,我远远不是他的对手。所以在一次急行军的途中我悄悄地将刀丢进了一个沟壑里。第二次就是使用那个红剧毒了,可是,他身边的人相当谨慎,一路上端茶斟酒这样的事一次都不让我做。我根本没有给他下毒的机会,况且,在一次渡河的过程中,大水齐腰,等到狼狈不堪上了岸之后,衣襟兜里却空空如也,那缠裹在腹间的红剧毒早已随水而去……

我心急如焚,苍天呀,我李嵬名到底该怎么办呢?难道就这么前功尽弃了吗?我所付出的一切都没有意义了么?眼看着就让蒙古军这样攻克中兴府吗?那简直不亚于我李嵬名亲自带着他们去杀戮我的父老乡亲!

屋漏偏遇连阴雨。就在这个时候,又传来德旺王突然病故,他的侄子李睍即位的消息。唉!我嵬名公主短短的人生中经历了怎样的变故和不测啊!我还是收起这些感叹吧,我目前的处境是多么的紧迫危急,如果等到成吉思汗攻下了中兴府,那我哪还有颜面见我们夏国人,哪还有颜面活在这世上啊!

蒙古大军听到德旺王驾崩的消息别提有多高兴了,他们不会将新即位的李睍放在眼里,当天大汗这支部队刚刚进入萧关,军士们被这里葱郁的景色迷住了,纷纷感叹着满目葱绿。气候宜人,大汗也是异常兴奋,忽然说道:如果我成吉思汗死在这西征的途中,能葬在此处也是一桩幸事。

真是天意啊,他说完这话不久,他那兔斑赤马就忽然受惊将他摔下马背。

大汗伤得不轻,部队不得不在此地停留。到了夜里,大汗发起高烧来,我暗暗叹道,天助我也!起初围护着他的人很多,但战事加急,一个个都去外应了,最终给我创造了一个绝好的机会!可是当我看到他高烧不退翻来覆去的痛苦时,又无论如何对他下不去手了!这可是国破家亡的关键时刻啊!这是苍天赐给我李嵬名的最后一个机会……于是,我伸出双手,我亲眼看见我的两只手开始变形,变成了两只铁一般的鹰爪,朝着他那衰弱的喉咙伸去……

事后,我疯狂地朝荒野奔着,后面的追兵叫嚣着拿下我的人头。

前面是一条宽阔的大河,我奔跑着,杀掉一匹烈马的快感在我的身体中翻滚着,让我有着一种从未有过的痛快!我如释重负,知道我夏国公主李嵬名的使命已经完成……我的人头,怎可能被你们这些追兵得去?前面那宽阔的河水就是我的归宿……

成吉思汗临终留下遗言:

朕死之后封锁消息,暂秘不发丧。夏主李睍投降时,将其与中兴府内所有兵民全部杀掉。

宝义元年(1227)六月,被困到绝境的夏王李睍向蒙古国投降。蒙古军突然宣布了成吉思汗的死讯,并立即处死了这位夏国末代君主,生存了一百八十九年的夏国就此灭亡。

尾　声

　　我听着别人对我外形的描述，内心生起阵阵欢愉，我试着抖动了一下翅膀，差点就飞了出去。但对我说话的人就轻轻按住我接着说道：你的一生会变幻七种模样，每一种都是人鸟结合，毛色有时斑斓，有时素淡。当你临死之时，你的美丽会达到一生中的极致，那最为绚烂的一刻是谁也看不到的，它和热烈的大火融为一体，变成火的颜色……

　　他接着说道，你的寿命是一千岁，死时注定与火相融；你的嘴里有七个音孔，每一个孔都会发出无穷的音律，七音孔汇合的声音是世上最完美的音乐；你的一生会有无数乐师因追你而累死；你能歌善舞，你翩翩起舞的时候双手反弹着一只琵琶，你头上的如意宝冠有时会盛开一个莲花坐斗，里面装着最美味的供品。

　　还有，你会做梦，一不小心你就会迷失在自己的梦里，久久回不到极乐佛国……你的梵语名字是迦陵频伽，俗名妙音鸟；记着，你就是佛前的乐舞使者，一心侍奉佛是你一辈子的功课；你的毅力就是设法不沉溺梦里，不为梦中人事所动容，所牵绊。你要及时从梦中醒来，回到你的栖息地——雪山，将最纯洁的泉水含在你的口中，运送到极乐佛国；直到八百岁时你侍奉佛的使命便完成了。

　　说话的人由近而远，渐渐消失在曼陀罗花的后面。从那以后我的一生都如那人所说，我循规蹈矩，在五方佛面前歌舞，一心做着自己份内的事情，偶尔须挣扎着从温柔的梦乡里醒来。

　　就在我八百岁的时候，我在梦中邂逅了西夏国……这时候离我的死期还有两百年,这两百年是世俗人间一条漫长的时间大河,而对我妙音鸟来说已是到了转瞬即逝的终结期。我并不为自己的暮年而哀伤,相反,我的内心开始生出极乐。那个人还对我说过的另一段话让我耿耿于怀。

他说,当你的寿命只剩最后两百年的时候,你就自由了;越是临近死亡你就越会产生狂喜,你会从四面八方找来各种花卉的枝杆堆砌一个大巢,之后,你的生命时间进入倒计时,你开始绕圈跳舞,边舞边唱,乐曲上升到最高境界就会大火燃起,散发出百花之香;这时,你通体火红,金光闪耀,散发出你一生中最绚丽的色彩;你纵身投入火中,当大火燃尽,那灰烬中会出现一颗蛋,时机一到,一只新鸟破壳而出,从此,你又开始新的生活,千年之后再度燃为灰烬,再重生,无休无止。

因为向往着那个时刻,果然剩下最后两百年时我开始产生喜悦感,而且越接近死就越是狂喜。我已经开始了那奇特的体验,正勤奋地从各地寻找搬运着百花的木枝。我飞过千山万水,有时会在亮如明镜的湖水边停下来,我会被自己的模样迷住,久久看着湖水里欢歌起舞的身影。有时候我在空中飞行,从山坡上欣赏自己飞翔的影子。的确,在我已活过的八百年当中,我变化过各式各样的身形,每种模样都妙不可言,都让我自己也深深陶醉⋯⋯有时候我栖息在大树上,在浓密的树叶深处我会睡觉,会做梦。

我第一次梦见夏国是那个未来国王就要出生的时候,他的母亲卫慕氏穿着大红色的袍子坐在炕中央祈祷着那迟迟不肯出世的龙子⋯⋯

第二次梦闯夏国正是他们举行建国大典的时刻,国王李元昊携王后野利氏在兴庆大殿上熠熠生辉的情景拖住了我从梦中醒来的脚步,我驻足观望着人间盛会,惊叹着夏王和王后那高贵雍容的姿态。我亲眼看见夏王李元昊将一顶金光耀眼的金丝起云冠戴在了野利氏的头上,我下意识地摸摸我头顶上的如意宝冠。那一次我从睡梦里醒来后开始惦记夏国里的人和事,我越来越被这个国度里发生的桩桩件件的故事给吸引了。不过,我牢牢记着自己那快要接近死亡的时刻,那临终的激情使我不会轻易就转移注意力,可夏国的人和事却还是会不期而至,会搅扰我筑火巢的专心。但那都是命,是谁也无法避免的宿命。

有一次,我正摆弄着一枝橄榄枝,奇迹就出现了,橄榄枝上闪现出当年的国舅卫慕山喜正逼迫着王后卫慕氏戕害国王李元昊的情景,唉唉!为何要如此呢?我真为那个英名一世的夏国王捏一把汗呢!

那一次,我使尽神力帮了他一回,就是借助卫慕山喜的小妾水缨暗恋夏王的机会救了他。谁会忘记那个傍晚的宅院里,得了怪病的水缨像鸟神一般召来了铺天盖地的鸟儿……

说到底,我不是救世的神鸟。我只是一只为终结期付出最后精力的鸟儿,多数情况下我也只能是旁观,我无法阻止将要发生或正在发生的一切,比如说,时光进入夏天授礼法延祚十一年(1048)那个元宵节的晚上,那个晚上的月亮真是奇诡,它散发着比太阳还耀眼的金光给人以警示,但没有谁能扭转夏王李元昊被杀的命运……

我在我的梦里看见了行将毙命的李元昊,这个容貌出众的夏国王已被削去了高挺的鼻梁,奄奄一息。

在每日太阳落山之前,我要从梦里醒转,将找到的易燃物衔到目的地。可是啊,只要我梦到夏国,我就难以醒来。我有一种预感,虽说我不是和他们同生,却与他们有着同死的机缘。有一次,我拣到了一粒红豆,我正瞧着它时,红豆却变成了一只靴子,我看见一个牧童拾起那只靴子倒过来,哗哗地倒出了半靴筒鲜血……那是夏国第二代国王谅祚的血,那个年轻人,不久前他亲手杀了将他从小养大的舅父没藏讹庞,而那个没藏讹庞,为了谅祚,称得上是处心积虑含辛茹苦了!他以为连谅祚的出生都是他一手策划所成,没有他就没有谅祚的一切。可他却忘了,有三条人命在他手上,李元昊、野利王后、太子宁令哥。因此,我佛说过,前因生后果,没藏讹庞最终赔去了他和一双儿女的命!谅祚王因此也造了恶因,使自己早死。何况他还私通了那个梁氏,生了个软弱的第三代夏王秉常,夏国大权就被梁氏篡了去。

梁氏将秉常软禁在兴庆府的郊外,我从那座院落的上空经过,我看见孱弱寂寞的秉常王正一个人在院子中间跳舞。我停落在了墙头上,秉常王将我当成仙女,双手捧起,渴望着我能成为他的知音。可是他哪里知道我与他是相隔着九重天的瞬间缘啊!我在我的梦里,他们母子临终前对坐的那一幕我也看到了,那时刚好一阵大风将我的一根银杏枝吹落到他们门前,而他们的那扇门也正被大风吹开。

我的火巢已筑到了半人高,那些堆砌起来的花的枝杆中有:白兰花、茉莉花、十里香花、桂花、栀子花、蝴蝶兰花、茶花、牡丹花、荷花,还有那最妖冶的罂粟花……我试着端坐在里面,芬芳熏陶着我的心灵,我真想看看我生命中最后的模样,曾经在我耳边揭示我命运的那个人说过,我死于灰烬之前的模样是我这一生最美丽的时候!他说谁都看不到,难道连我自己也看不到吗?是啊,不要说时候还不到,即使到了时间也只有熊熊烈火在吞噬我的同时才照亮了我。我愿意,我愿意被世上最美丽的烈焰所包裹。我坐在半人高的火巢里遐想的时候,时间已经到了夏元德七年(1125)。这年是辽国灭亡的日子,正在夏国做王后的契丹公主耶律南仙悲伤绝食的一幕从大火的色彩中徐徐而过……

我无意于再重复夏国那些已经发生过的故事,那些悲壮惨烈的场面无论谁再来复述都是画蛇添足。但命中注定,在我的归途中不得不和那忽然碰面的人和事相遇,我也只好以我的角度再现一些夏国里的点点滴滴。有一次,我在空中飞着,并没有找到合适的易燃花枝,索性我就吹奏起我七音孔里的笛声来了。我的身下,群山苍茫,云雾飘荡,我发出的声音在空气中回旋,那美妙的乐曲感染着山谷,也感染着山谷中的丛林。我又看见在大山里奔跑着的乐师,他们一边跑,一边朝我呼叫召唤,由于距离太远,我听不清他们究竟在喊什么,可我知道他们是要我停下来,要我传授他们音乐的秘诀。

我无法停止飞翔,我真想劝阻他们别傻了,难道他们就不曾听说过那累死的徒劳吗?我的一切都是佛气所生,又用于佛前,我如何才能传递给他们那样的迅息呢!就像我的启示人曾说过的,我亲眼看见好多乐师匍匐在山林里再也不曾站起,我甚至泪洒胸前也无法达成与他们的交流。就在我穿越夏国的时候遇到一个吹笛的黑衣女子,不错,她就是被夏王李元昊刚接到兴庆府的没藏氏。那笛声吸引着野利王后的脚步,也使得我停在了西宫屋檐的琉璃瓦上。

　　不吉利！野利王后的揣测清晰地流露了出来。果然啊,没藏氏那绝美的黑发黑衣里散发着阵阵暗香,那果然是导致家毁人亡的晦气呀！晦气太重,没藏氏虽说成为了太后,但最终也没有逃掉被杀的结果……

　　唉,我只是一个旁观者,又是一个终极乐观者,怎么总是对世俗人生唉声叹气呢！那些盛开的花使人悦目也使人迷狂,我手持一把素馨花,继续奔波在我的末世快乐中。又有一次,我躲在一个树洞口避雨,那阵子大雨弥漫天地,好像苍天在往下灌水,那让我再一次想起了秉常王的母亲梁太后水灌宋营的情景。那时我刚刚弄到一枝宽大的凤尾竹叶,闯入宋营的河水湍急凶猛,我来不及躲闪,只好踩着凤尾竹如一叶轻舟从奔腾的水面上滑过。我看见了站在高高堤坝上的梁太后,她身着戎装,倒竖长发,浑身散发着浓浓的刀剑味儿。那是夏国最英勇好战的一个女人,与后来我看到的她在末日与儿子秉常王对坐在地板上的样子大相径庭。

　　我真是絮叨啊。大概是到了暮年,虽说乐此不疲地为终极目的忙碌着,但这个阶段的寂寞毕竟是我独自承受,无论入睡还是醒来,我总会喃喃自语着我碰到的事情。当然,大多数还是西夏国的故事。我无须刻意按着顺序来排列那些人和事,我想到哪里就絮叨到哪里,完全是为了给自己解闷儿。我准备着,都是为了朝那美妙的最后时刻靠近。我妙音鸟真是幸运,我为我临终还能变得极美而盼望着那一天,当然最盼望的还是那重生的时刻。

　　我的火巢越筑越高,眼看着就快筑好了。现在,无论我走了多远,我总会赶回到这个巢里过夜,夜深时分,各种花香争奇斗艳,蛊惑着我,使我不断地游迷在梦里。这一次我见到了第五代夏王仁孝王的妻子罔氏。这个聪明贤慧的王后正朝着清晨开放的一片鲜花走来。我知道她正要随着仁孝王出行,但我更知道有个叫任太后的病人就快要死去了,我的确是给她报了丧,尽管那声丧啼也动听无比,还是拦住了他们中途的脚步……这个被后人称为夏国盛世的阶段安宁祥和了很久,每每从远处聆听他们举国上下的诵经声,我都会误以为那是我出生的时刻……

终于,我的火巢开始散发温度,我感觉到那令我最激动的时候就要来临了!倒计时也就此开始,我的身体微微颤抖着,就要进入围巢歌舞的状态……但是,我看见了一个叫做黑水城的城池,那是夏国的一个军事重镇,一大批黑魆魆的蒙古军队正压寨而来。一个守城的黑将军正令士兵挖井埋宝。忽然,他做出了一个异常的动作,拔刀杀了他的妻儿并投入井中。之后,他跪在井边仰天长叹:吾宁死也不做亡国奴啊!当蒙古人那密密麻麻的长毡靴朝他围拢过来时,他拔刀自刎……

　　这一切让我触目惊心,使我就要飞舞起来的翅膀耷拉了下来,我还唠叨什么好呢?是啊,我是和这夏国有着同亡之命的!所不同的是,我的极乐时刻却是他们的大悲时分。

　　时间一分一秒地催促着我,使我处在冰火两重天的处境里!我的火巢已经燃起,百花的枝叶随着火焰散发奇香,我的旋转终于有了速度,我的歌声感天动地,大火的颜色火红金黄,啊,我终于看见了我最后的美丽!当我纵身投入火巢的那一瞬间,奇迹又发生了。

　　我亲眼看见夏国公主李嵬名纵身投入滚滚黄河水……我正销魂般地感受自己化为灰烬,在温暖中变成一颗蛋的时候,嵬名公主也幻化成了一条金红色的鱼儿。

附一　西夏纪元

西夏　　1038～1227

元昊于戊寅年十月十一日正式称帝,国号大夏,改元天授礼法延祚。

景宗武烈皇帝(嵬名元昊)	天授礼法延祚(11)	1038～1048
毅宗昭英皇帝(嵬名谅祚)	延嗣宁国(1)	1049
	天佑垂圣(3)	1050～1052
	福圣承道(4)	1053～1056
	奲都(6)	1057～1062
	拱化(4)	1063～1067
惠宗康靖皇帝(嵬名秉常)	乾道(2)	1068～1069
	天赐礼盛国庆(5)	1070～1074
	大安(11)	1075～1085
	天安礼定(1)	1086
崇宗圣文皇帝(嵬名乾顺)	天仪治平(4)	1086～1089
	天佑民安(8)	1090～1097
	永安(3)	1098～1100
	贞观(13)	1101～1113
	雍宁(5)	1114～1118
	元德(9)	1119～1127
	正德(8)	1127～1134
	大德(5)	1135～1139

仁宗圣德皇帝(嵬名仁孝)	大庆(4)	1140~1143
	人庆(5)	1144~1148
	天盛(22)	1149~1170
	乾佑(24)	1170~1193
桓宗昭简皇帝(嵬名纯佑)	天庆(13)	1194~1206
襄宗敬穆皇帝(嵬名安全)	应天(4)	1206~1209
	皇建(2)	1210~1211
神宗英文皇帝(嵬名遵顼)	光定(13)	1211~1223
献宗(嵬名德旺)	乾定(5)	1223~1227
末主(嵬名晛)	乾定(2)	1226~1227
	宝义(1)	1227

附二　古今地名对照

甘州（今甘肃张掖）
凉州（今甘肃武威）
华州（今陕西渭南市华州区）
兴庆府（今宁夏银川）
麟州（今陕西神木）
府州（今陕西府谷）
镇戎军（今宁夏固原六盘山北）
陈州（今河南周口市淮阳区）
汾州西河（今山西汾阳）
河中府（今山西永济一带）
睦州（今浙江桐庐附近）
润州（今江苏镇江一带）
越州（今浙江绍兴一带）
葭州（今陕西佳县）
摊粮城（贺兰山西，今内蒙古阿拉善左旗北）
西使城（今甘肃定西西南）
顺宁砦（今陕西志丹北）
庆州（今甘肃庆阳北）
永乐城（又名银川砦，今陕西米脂西）
斡里札河（今蒙古国东方省乌勒吉河）

撒里川(在今蒙古国克鲁伦河上游之西)
斡难河(今蒙古国鄂嫩河)
西平府(今宁夏灵武)
黑水城(今内蒙古额济纳旗境)
乙室耶剌部吐禄泺西地(今山西大同西北)